烟花夜不见不散

项国托 著

北京燕山出版社
BEIJING YANSHAN PRESS

图书在版编目(CIP)数据

烟花夜不见不散/项国托著.——北京：北京燕山出版社,2013.6
 ISBN 978-7-5402-3105-7

Ⅰ.①烟… Ⅱ.①项… Ⅲ.①中篇小说—小说集—中国—当代 ②短篇小说—小说集—中国—当代 Ⅳ.①I247.7

中国版本图书馆CIP数据核字(2013)第010332号

烟花夜不见不散

作　　者	项国托
责任编辑	常思薇
营销编辑	王然　王迪
数字编辑	张皓　王秋颖
内文排版	北京时代佳誉图文设计中心
出版发行	北京燕山出版社有限公司
地　　址	北京西城区陶然亭路53号
联系电话	010-65240236（发行）
经　　销	新华书店
印　　刷	中煤涿州制图印刷厂北京分厂
开　　本	710×1000mm　1/16
印　　张	17.25
字　　数	291千字
版次印次	2013年6月第一版　2013年6月第一次印刷
标准书号	ISBN 978-7-5402-3105-7
定　　价	32.80元

版权所有　盗版必究

目录

海底的骨头	1
丢失的北极熊	18
带我去东京	33
她来听我的演唱会	49
恋恋之岛	94
路口	117
十七岁那年，寂静的海	128
我们的青春是怎样流逝的	152
烟花夜不见不散	163
偷窥	181
遇见地下铁女孩	203
再遇地下铁女孩	219
天堂的伞	238

我的泪不知什么时候悄无声息地爬了一脸。
五年了,我依然认得你的容颜。

海底的骨头

仲夏一个异常炎热的黄昏,我和几个朋友在海边的一家露天酒吧聊天。我们围坐在一张白色的沙滩桌上喝着威士忌,开怀畅谈。夜幕正从海天交接处向沙滩方向蔓延过来。海风温煦无比。

其中一个潜水爱好者朋友讲起他前几天在一处深海潜水时,在海底发现一具人类骨架和一具鲸类骨架。两具骨架紧紧相拥在一起,安静地躺在海底的细沙上。

"你确定那是人类?"

"没错。我还肯定那是一个男性。"

"你怎么这么肯定?"

"他的骨架很大,女人不会有那样的骨架。我还断定那是一位年轻的男性。"

"这你都知道?"

"我大学修的是生物学,你们忘了?"

"你说到他身旁还有一具鲸鱼骨架,那是一条什么鲸鱼,你能看出来吗?"一个朋友对鲸鱼产生兴趣。

"如果我没判断错的话,那应该是一头海豚。"

我没有说话,双手紧紧地握住酒杯。

"他们为什么会在一起呢?你说他们是抱在一起的,是怎样抱着?"

"相拥。就像这样。"潜水爱好者朋友做了一下手势。

"好奇怪啊!为什么会这样……"

"你们说那个人类骨架会不会是条美人鱼啊?"一个年龄最小的女生用富有幻想的语气说道。

"你是说人鱼之恋？"大家这时哈哈大笑起来。

一个朋友见我一直没出声，问道："谢莎，你怎么不说话？你的脸色很难看，你不舒服吗？"

我抬起焦灼的脸，对潜水爱好者朋友用哀求的语气说道："阿明，你明天能带我去潜水吗？带我到那里去。"

五年前，我工作的电视台要拍摄一系列关于海洋与人类的人文纪录片，由我们几个年轻导演分别去完成。每个导演做一个提案，送往上级审核，讨论，通过，然后拍摄。大家提的方案都非常精彩，有的对准渔民，有的对准海上营救员，有的对准潜水作业者，我则把镜头对向海洋公园的驯养师。也许是小时候，如果没有记错应该是小学五年级，父亲带我去香港的海洋公园看了一次海豚表演，从此便留下了不可磨灭的深刻印象。尤其是让海豚翩翩起舞的驯养师，那时在我眼里就是非凡的魔术师，总觉得他们手里有不可思议的魔法。

经过几番讨论，我的提案获得了通过。我把拍摄地选在三亚。一切准备妥当之后，我就带着我的团队出发了。我们联系了当地一家海洋馆。当我们说明目的和拍摄计划后，馆方很愉快地答应了。这部纪录片，我们需要选定一个驯养师作为主角全程跟踪拍摄，却在这儿遇到了困难。在我们第三次来海洋馆时，馆长很遗憾地告诉我们，没有一个驯养师愿意参与拍摄。

"馆长，您让我和他们谈谈，或许他们某个人会改变主意。"我努力争取。透过落地玻璃窗，我能眺见水池碧蓝的一角，那儿有海豚欢快的叫唤声传来。

"我也是这样想的，今天把你们叫过来就是想让你们和他们面对面交流一下。如果还没有人愿意，我会让他们抽签，一定要找出个人来配合你们的拍摄。"

我想也只好这样了。

馆长叫来他的秘书，吩咐她把所有的驯养师召集起来开会。正当秘书关门出去时，馆长突然叫住了她，像想起了什么似的："你等等，先别通知大家，你把乐图叫到我这里来。"

馆长转向我们："他是我们这里最优秀的驯养师。他休了半个月假，今天刚来上班。我都忘记问他了。"

不大一会儿，进来一个湿漉漉的年轻人。上身赤裸，下身穿着紧身的长泳裤。他以为只是馆长一个人叫他，没想到还有其他人在，特别是看到我这位陌生的女士，他略有些惊讶，害羞地说了句"我去穿件衣服"就转身出去了。当他重新站在我们面前时，我才看清了他。驯养师身材颀长，皮肤黧黑。脸部线条很硬朗，特别是他高耸的鼻子，将线条感衬得更加强烈。

自我介绍一番后，我便向他说明来意以及我们的拍摄计划。他很安静地听。我尽量把我们的拍摄计划说的明白以打消他的顾虑。一边在心里默默祈祷这一个一定要答应。我需要一个自愿配合的，而不是一个抽签的。

他答应了。

"但我有个要求，如果我的海豚们害怕你们的镜头，你们不能强制拍摄。而且我随时有权力中断与你们的合作。"

待朋友散去后，我带着些许的酒意一个人来到海边。夜幕已经笼罩大地。大海也融入这茫茫夜色中，和天空一并消失了它的湛蓝颜色。我所站的这一片海滩是三亚新开发的海滩。沙滩上依然游人如织，热闹非凡。森林后面的酒肆、会所、餐吧的灯火在树林中隐隐现现。酒鬼、妓女、年轻情侣、各种小贩在这一带流连忘返，通宵作乐。喧哗声从四面八方飘过来，最后消失于这茫茫大海。而五年前，当我第一次踏足这里时，这里十分荒凉，没有这么多的游人，没有这么多的房子，没有这么多的灯火，没有这么多的喧哗。一切都是原始的状态，甚至有藤蔓植物从森林那边一直蜿蜒到海边。生命是那样肆无忌惮。

我眺望茫茫大海，在脑中恢复它五年前我看到的样子。我感觉他就要出现了。不管他以怎样的姿态，怎样的面貌，我都在爱着他。

似乎起风了，海涛声越来越大，发出骇人的声响。我感觉有点冷，向潜水爱好者朋友阿明的住所走去。

"你去了哪里，莎莎？散了之后大家都找不见你。你的手机似乎没带，我们都很担心。"阿明对我的来访十分惊讶。这时已经快十点了。阿明是华裔，香港人，说着不太流利的普通话。他身型高大，浓眉络腮，方形脸，嗓音清亮，一点不像香港人，倒像北方人。

"你怎么了，莎莎？你似乎哭过，谁欺负你了吗？"心细的阿明还是发现了。

我摇摇头，直说没事。

"你明天能带我去潜水吗？带我到那里去。"

海底的骨头

阿明疑惑地看着我："你这么晚来找我就是为了此事？我以为傍晚时候你是随便说说的。"

"可以吗？求求你带我去。"

阿明皱起他的两道浓眉："那有什么好看的，不过是两具骨骼。况且你还在疗养中，下水恐怕不合适。"

"如果我给你讲一个故事，你愿意带我去吗？"

乐图虽然答应了我们，但一开始我们的合作并不顺利。我们想在他答应的当天就开机试拍，但他拒绝了我们。他说他要回去想想，写一些他对我们的"要求条款"。第三天，他带来条款，写满了一页纸，里面都是禁止拍摄的内容，涉及各方各面。我们的团队拿到这张"条款"后不禁有些气馁和生气，"条款"与我们原先计划好的拍摄内容大部分发生了冲突。如此一来，我们的拍摄就无法深入。而且他还说，有些禁止事项还未想到，如果后面想到会继续加入。最终的样片他也要过目，他觉得不合适的镜头我们必须删减。"这还怎么拍？到底是我们拍，还是他来拍？"摄影师小孟愤愤不平。我不断地安抚我的队员。他肯答应与我们合作就很不错了。因为我有信心打消他心中的种种顾虑，取得他的信任。而且我早就对拍纪录片时遇到这种事情习以为常了。总得需要一个磨合期。我一点没有对这些条款生气的更重要的原因在于，条款不是为了保护他或者是海洋馆，而是大多都是为了保护海豚。我不禁对这个驯养师心生好感。

我们的拍摄从海豚表演开始。我们需要取几个这样的镜头。这天是周六，来了不少观众。我们和乐图他们站在池子的表演台上。乐图不愧是这里最棒的驯养师，他指挥的海豚们在水中翩翩起舞，做出各种高难度动作，或跳跃，或顶球，或钻圈。看台的观众们不断地爆发出阵阵掌声和喝彩声。我自小就喜欢海豚这种动物，它们可爱而聪慧，对人类又友好。第一次这么近距离地与海豚接触，我非常兴奋。要知道，台上的观众要很幸运才能被抽中到池子中央来参与表演中的互动环节——触摸海豚。又想到在整个拍摄期间，我几乎要与海豚朝夕相处，就更加兴奋了。

乐图穿着一身蓝色潜水服站在池子的边上，对海豚做出各种指令。我感觉他像交响乐的指挥师，又像一个魔术师。我注意到，这是一个不苟言笑的"魔术师"。表演过程中的旁白和观众的互动都由他的一个女搭档完成。他只静静地站在那里，目光始终看着海豚们。海豚每次表演完一套动作，钻出水面向他讨食时，他都抱一下它们，在它们耳边耳语几句，像对待孩子一样。只有在这时，我才看到他的笑容。

为了拍下他的笑容和他每次拥抱海豚时的亲密，在一头浅灰色海豚表演完后向他讨食时，我让摄影师走近拍摄。没想到，这一个举动差点让我们中断了合作。海豚受了惊，转身飞速钻入水中，它在水中乱窜，惊动了其他伙伴。一条一条的海豚毫无秩序地跃出水面，蹦跳，翻转，激起一阵一阵的浪花。不知情的观众叫得更欢，吆喝声和掌声如潮水般涌来，甚至有的观众往池中掷矿泉水瓶和水果。海豚更是惊得四处乱窜，跳上跃下。一旁的海狮、海豹也受了惊，乱作一团。场面有些失控。

看着这场面，我惊得目瞪口呆，心想，这下完了。乐图再次发挥了优秀驯养师的本领，他很快便使海兽们镇静下来。观众们以为这就是结束了，纷纷起立鼓掌。这时，乐图走向我们，恶狠狠地瞪着我："你们给我下去！"

后果可想而知，尽管我们一再道歉，乐图说什么也不肯原谅我们。

这天晚上，心情烦躁的我久久不能入眠。我在思忖应该怎么才能取得乐图的原谅。我又想这个人也太不近人情了，才犯一次错误就将人打入冷宫。辗转到半夜，空调竟然坏了。真是倒霉透顶。这时正值仲夏，身上的汗很快便扑扑地冒出来。隔壁房的队友们估计正呼呼大睡，我不好意思去打扰他们。看月光清朗，我便换了衣服，到外面转转。

出得旅馆，抬眼便望见不远处在一片民居中有几幢火柴盒形状的白蓝色建筑物，那便是海洋馆。为了方便工作，我们搬到最近的这个旅馆来住。海洋馆建于上个世纪八十年代，带着那个时代特有的粗朴的印迹，在清朗的月光下显得有些黯淡。

本想走向那里，我却选择了一条相反的路。这条小路通向旅馆后面的一片密林。借着林中昏暗的月光，我穿过密林，来到密林后面的海岬。在阵阵海涛声中，我隐隐听到左侧的大海岩后方传来一声一声无比清越、熟悉的鸣叫声。我绕过海岩，竟见到一头海豚在海面上欢快地跳跃翻腾。而且还有一个人半身浮在海面上。

我很快认出了他，是乐图。

我踩着湿滑的岩石往下走去，同时向他招手大喊。乐图很快也发现了我，他看我一眼，没有回应，依旧去逗那头海豚。

我已经走近水面了，鞋子已触到水。我扯着嗓子大喊："我们可以谈一谈吗？"

他像没听到似的，看都不看我一眼。

海底的骨头

"喂！喂！喂！"我又嚷了几声，他依旧不回应，这可把我气坏了。我使劲全力扯高嗓门："我从来没见过你这么冷漠无情心眼小的男人……"

由于我过于激动，脚下打滑，话还没讲完，就扑通一声跌入海中。我拼命地在水中乱扑，一边大呼救命。虽说会游泳，但对这突如其来的意外，我毫无防备，感觉像跌入深渊般，而且有一只脚崴了。

待他拉我上岸，我已经灌了好多口海水，胃十分难受。我感觉我受到了莫大的委屈，竟不顾形象像小女生般哭泣起来。

乐图在一旁慌手慌脚地看着我。

女人的眼泪终究是有用的。乐图领我回海洋馆，让我换下湿漉漉的衣服，又给我擦药酒。他的大号T恤套在我纤瘦的身上，晃晃悠悠像一块床单。

"你怎么会到那里去？而且还这么晚？"他倚在桌沿上好奇地问。

"我睡不着，为你生我们气的事。"我擦拭着头发，毫不掩饰地对他说道。

他怔了怔，丝毫没有歉意地说："你真够拼命的。"然后他走向厨房给我倒了一杯白开水。

见他无动于衷，我没接水，没好气地说："你嫌我刚才喝得不够啊！"

他扑哧一声笑开，杯中的水抖落了一地。我也笑了。

他的笑容迅速收敛，用孩子气的口吻说道："你真够难伺候的。"然后将剩下的半杯水一饮而尽。

我见他柔和了许多，便抓住机会说道："对不起！昨天真不是有意的，我没想到它们会受到这么大的惊吓。"

他沉吟片刻，说道："这恐怕不能怪你们，毕竟你们对它们不了解，它们对你们也陌生。而且这是你的工作。"

"对。我非常热爱我的工作。在导演这条路上，我走得十分艰辛，所以无比珍惜。我看得出来，你也非常热爱你的工作。我觉得你就像一只海豚。"

他抬起深邃的眼睛看我一眼，却没有说话。

我赶紧接着说道："你能带我去认识你的海豚吗？我很想和它们成为朋友。"

乐图带我来到水池。这时的观众台空空荡荡。露天的表演池波光粼粼，静静地反射着月光。四下阒静无比。乐图在池边蹲下，唧唧地轻唤几声，一头海豚很快便钻了出来。他轻轻地拥抱它,海豚在他怀里撒娇似的发出唧唧叫声。

"来,你过来摸摸它。"

我怔了一下,没想到他会向我主动邀请。我走过去,缓缓地把手贴在海豚的皮肤上。湿湿滑滑的,就像按在一块海绵上。小家伙不惧生,欢快地摇动它的尾鳍。

"它叫爱丽丝,今年才三岁。受到你们惊吓的就是它。昨天是它初次登台表演。"

"噢,爱丽丝,真是抱歉。"我轻轻地抚摸了一下它的头。我好奇地问道:"刚才在外面和你嬉戏的是它吗?"

"对,是它。"

乐图带我去饲养池。饲养池在表演池后面,仅有一墙之隔。是个室内池,有两三个表演池那么大。池水幽蓝的光投射在天花板上,有一种梦幻的感觉。借着暗淡的灯光,我看到一条一条的海豚安静地浮在水中。

乐图一一为我介绍它们。它们都有名字。乐图带我到池的另一头。走到这里,我看到一大团黑乎乎的东西,不禁有些骇然。

"别怕,这是一头虎鲸。它叫里昂,是头公鲸。虎鲸的体型都十分巨大。里昂有十米长呢。"乐图蹲下去,拍击拍击水面。这庞然大物哧啦啦地浮了上来,划开一道水道。乐图做一个手势,这庞然大物像个孩子似的,懒洋洋地沉了下去。

"真是听话。它会参加表演吗?"我问。

"它体型太大了,在池中翻腾不过来。但有时我们会让它表演喷水柱。大多数时候它都在观赏馆供游人观赏。"

这庞然大物刚才的动静引发了池中一阵小小骚动。乐图不断地指给我看池中的动物:"那是伪虎鲸,那是白鲸,那是白海豚……"

我饶有兴致地听他的介绍。他说起这些海兽的时候,眼里满是爱的光芒。他熟悉它们每一个的脾性、喜好、体重和食量。

爱丽丝又钻出水面朝我们"啾啾"地叫。叫唤几声便钻入水中,过一会儿又钻出来。它乐此不疲地与我们玩捉迷藏。

"它是这里最聪明的海豚。顽皮又害羞。我看着它长大。"

"你晚上常常带它们出去吗?"

他点点头,抱住刚从水里钻上来的爱丽丝。我感到惊奇:"这是你们的训练?"

海底的骨头

"不是。因为只有到晚上,才是我和它们的时间。白天并不属于我们。在夜里,我们可以无拘无束、自由自在地玩耍。你知道吗,海豚白天一直处于紧张状态。它们对声音非常敏感,人类的噪音能严重影响它们。它们一紧张就容易患上溃疡,我们要经常给它们喂抗酸药和溃疡药。"

"你很爱它们。"

"不。"他摇摇头,"我们都不是真正爱它们。我们对它们的爱都不够纯洁。"

经过这一晚的交谈,我们冰释前嫌。他也对我们的工作给予了更大的支持和配合。为了更深入他的生活,晚上我也常去找他。后来,他还允许我对他晚上的生活进行拍摄。

这天早上,一头叫灰灰的海豚死了。对海洋馆和驯养师来说,这是一件稀松平常的事。可乐图却无比悲伤,他抱着那头死去的海豚足足抱了一个小时。旁人怎么都拉不开。今天轮到他演出,他也拒绝了。

到了黄昏时分,我听到了他和馆长的激烈争吵。

"你不能卖了灰灰,我们要把它埋了。"

"你说什么?你又来了。上次那头海豚我答应了你。但这次我不会再同意。我已经答应人家了。这次这个人出五万。是五万,一头死去的海豚都能卖这个数。我们正好可以买一头新的。"

"但灰灰为我们馆挣了这么多钱,它应该死得有尊严。"

"尊严?乐图,你怎么还是这德性。记住,无论它们再怎么聪明可爱,它们永远是动物。不是人,是动物,你明白吗?"

"我出六万买了它。"乐图不依不饶。

"你真是个疯子!"馆长转向我,挡住我的镜头,"哎哎哎,别拍!别拍!"

灰灰最终还是卖给了出五万块的商人。货运车吊起灰灰的尸体往车厢中放的时候,我看到乐图的眼睛红红的。

这天夜晚,乐图又带着爱丽丝到馆外畅游。七月的海洋温煦而平静。夜空是蓝的,没有一丝浮云,明亮无比。海底传来的腐败的气息,混合着夏风,沉潜在海天之间。

爱丽丝绕着乐图,欢快地蹿上跳下。它大抵不知道它的一个同伴在今天死去了,更不知道它的主人心中的悲伤。

乐图直到筋疲力尽才上岸来。

"你知道灰灰是怎么死的吗？"

我好奇地看着他："不是病死的吗？"

"不是。"乐图摇摇头，抹了抹头发上的水，"它确实生病了；但它是自杀死的。"

我瞪大眼睛看着他。

"海豚每一次的呼吸都是有意识的行为，如果生命不堪忍受，只要通过放弃下一次的呼吸，它们就能结束自己的生命。爱丽丝的妈妈海斯就是这样在我怀中死去的。"

他开始给我讲爱丽丝的故事。

"日本本州岛有个叫太地町的小渔村，那里的居民以捕鲸为生。海豚是鲸类，是他们主要的捕捉对象。那里风景秀丽，三面环海，鱼类资源十分丰富。每到秋天，就有成千上万的海豚聚集在太地町附近的海域。渔民们便会驾驶小船，带着长矛去猎杀。渔民们首先把海豚赶到岩石构成的凹口内，再将入口用渔网封锁，被困在里面的海豚只能任由渔民处置了。

"第二天，来自全球各地的水族馆和海洋馆便会来挑选适合表演的海豚。聪明的海豚被挑选走后，剩下的海豚渔民就会将它们杀掉，拿到鱼市上卖。他们用长矛将海豚刺伤，拉上渔船，然后用钩刀砍杀。整个海域瞬间就被血水染成红色。

"他们连有崽的母海豚也残忍杀害。海斯便是这样一头海豚。那年我们几个驯养员去太地町挑选海豚。海斯一直朝我们唧唧地叫唤，形影不离地跟着我们。后来我发现它的腹部和尾鳍有伤，估计是在渔民驱赶过程中被礁石划的。开始我们并不知道它怀孕。只觉得这头海豚特别聪明和讨人喜欢。一般我们都不会买有伤的海豚，因为这极难照料，风险很大。自然，海斯不在我们的购买范围之内。但当我们挑选好其他海豚装好箱，准备离开时，海斯突然跃起，连续在空中翻了几个筋斗，还不断朝我们叫唤，好像在说：'我很会表演。带我走吧！带我走吧！'我们动了心，和渔民讨价还价，半买半送把海斯带了回来。

"回来后，我们仔细检查，才发现海斯怀着孩子。我们无比动容，原来它这么努力想跟我们走，是为了保住它的孩子。从此，我们对海斯照料有加。它身上的伤很快便痊愈了。几个月后，它提前生产，生下了爱丽丝。我们都非常惊喜。但爱丽丝出生几个小时后，却停止了呼吸。它是个早产儿。海斯伤心极了，拼命地用自己的吻部把爱丽丝推向水面，不断地重复这个动作。我们担心海斯会因体力衰竭而死亡，便把爱丽丝打捞上来。

"海斯更是丢魂失魄,像只没头苍蝇在池中乱窜,不断地哀叫。后来,它终于没了体力,慢慢安静了下来。我游过去抱着它,给它安慰。谁知,它自杀了,它在我怀里吸了一口气后,自动关闭鼻孔,然后,它径直沉了下去。

"爱丽丝在妈妈死后不久不知怎的却突然活了过来。这大概是爱的奇迹。爱丽丝的复活让我们十分振奋,但同时我们对海斯的死去仍感到悲伤。爱丽丝由我来养育,我几乎对它倾注了全部心血。没有养育幼崽的经验,妈妈又死了,我一直担心养不活它。但它总算活了下来。它是我见过的最聪明最顽皮的海豚。"

我看着仍在海中快乐嬉戏的爱丽丝,才知道他对它,不,对它们都倾注了那么多的爱。

"爱丽丝的妈妈海斯就埋在我们身后的这片树林里。"我不由得转头朝身后看了看。"它当时也是准备卖给一个商人的,但我争取了过来。但这次却没能争取过来。"

我默默地听着,发现他那双被海水浸润的眼睛透出湛蓝色的光。

"人类是害虫。它们那么可爱善良,我们不应该驯养它们。那次在太地町看到渔民这样猎杀海豚,我的心真如刀割。现在我经常去太地町,呼吁渔民不要杀害它们。他们都对我进行驱逐和威胁。他们很不理解我,认为他们捕猎海豚和我利用它们进行表演是一回事。确实是这样。所以我对它们的爱根本就不够纯洁。我经常这样想,拼命赚很多很多的钱,然后把全世界水族馆所有的海豚都买下来,将它们放入大海。"

风越来越大。窗户被吹得来回摇摆,哐当作响。

在我沉默的间隙,阿明起身说:"怎么回事,怎么突然起风了,要下雨了吗?"他自言自语似的边说边去关窗。关好窗后他给我倒了杯水,对我说道:"你情绪有些激动,你可以慢慢说。你要注意你的身体。"

"你拍的那个关于保护海豚的纪录片,里面的那个男主角是他吗?"阿明坐定后若有所思地问道。

"是的。"我点点头,十指交叉握住温热的水杯。

"后来,我爱上了他。"

七月快结束的时候。一天傍晚,我和乐图筋疲力尽地靠着水池边席地而坐。爱丽丝患了胃溃疡。今天早上,爱丽丝表现得很烦躁,不愿意进食。

下午表演完毕,筋疲力尽的爱丽丝躺在池子里一动不动。我想它一定是饿坏了,便丢了几条它最喜欢吃的多春鱼给它。爱丽丝咽下没多久,嘴巴流出血来。当时的我吓坏了,乐图告诉我,爱丽丝胃溃疡了。这是爱丽丝第一次得胃溃疡,喂药的过程极其艰难。它一直不愿把嘴巴张开,表现得十分烦躁。我们稍一抱紧它,它就把我们甩开。后来在其他驯养员的帮助下,我们才把爱丽丝的嘴巴撬开,喂给它大包的溃疡药和抗氧剂。

"爱丽丝终究还是逃不过患溃疡的命运。表演的海豚没有哪一个不得溃疡的。"

"我记得你说过,海豚对声音非常敏感。馆内的各种声音都严重影响到它们……"

"对,特别是在表演时,它们一直处于高度紧张状态。而一紧张,它们就会患上溃疡病。严重的话,就会死去。"

也许是习以为常了,乐图的语气显得十分平静,也可以说是麻木了吧。从乐图的神态看来,爱丽丝应该没什么大事。但我还是非常担心爱丽丝。

"你晚上没什么事吧?"乐图突然问道。

"没有。"我说道。

"等一下我们去意大利餐厅吃饭,然后去海边散步。"

"啊?!"我十分惊愕。这是约会吗?

"一个小时后我们餐厅门口见。"

回到旅馆,我为挑选衣服而犯起愁来。不知何故,为这次非正式的约会我感到非常紧张。由于拍摄工作长期在外,我带的衣服并不多,更不用说那些能衬出女人身体曲线的漂亮衣服了。最后在剪辑师 Suesue 的建议下,我穿了一身刚到三亚时买的一套充满热带风情的连衣裙。妆呢,让我的化妆师出马。站在镜子前,我差点认不出自己,感觉像是要参加颁奖盛典。

去餐厅的路上,我在想,乐图会是一身什么装扮呢?我平时见到的他,大多是穿着橡胶潜水服,要么赤裸上身。我又担心,是不是自己自作多情了,我穿得这般隆重会不会被他笑。

我们见面时,彼此都有些讶异。乐图穿了衬衫、长裤和皮鞋,刮了脸,头发打了摩丝。我第一次见到他这般模样。恐怕乐图也是第一次见到这般有女人味的我。平时的我,素面朝天,一身短衫牛仔裤。

用餐时,乐图告诉我,今天是爱丽丝的四岁生日,并且他发起的海豚

 海底的骨头

保护基金会今天申请成功了。怪不得会请我吃饭了,原来是为此!虽然说这次约会不是专门为了我,但我还是非常高兴。我也是今天才知道他在成立海豚保护基金会的事。

饭后,我们沿着长长的沙滩散步。夜色温柔地笼罩过来,空气中带着焦灼的气息。我们都喝了不少酒,十分亢奋,彼此讲了很多中学、年少时的往事。我们都是第一次对彼此这样敞开心扉。乐图这时给我讲起他的双亲。

"他们死去的时候很美,牵着手静静地躺在海底。当时我只有十三岁。"他父母双亡我早已听说,但具体怎么死去还不知情。我静静地听。

"你相信有美人鱼吗?"

"美人鱼?"我疑惑地看着他,人人都希望有,但到底是安徒生的童话。

"爸爸和我一样是一名海豚训练师,也是在这家海洋馆工作。妈妈是潜水训练员。我爸爸和妈妈的相遇是一段奇缘。爸爸也爱好潜水。一到休息日,他都去附近的礁岛潜水。有一次他潜水发生事故,被海底一股激流卷走。他被带得很远很远,不知被冲到哪里。正当他往海底下沉感觉无望时,'美人鱼'出现了。爸爸说,这条美人鱼充满光芒,从天而降。美人鱼将我爸爸救起。这条美人鱼就是我妈妈。

"我妈妈当时正在另一个礁岛训练潜水,刚好看见被冲得不省人事的爸爸。因为这段奇缘,他们就结合了。他们都爱好潜水,我出生后便带着我去。可以说,我是在海里长大的。出事的那天是他们结婚十五周年纪念日,我们一家三口刚刚庆祝完。从餐馆出来后不久,他们便去潜水,这一潜便没再上来。而我由于感冒没去。到了傍晚我才得知他们出事了。打捞他们上来的潜水员告诉我说,两人手牵着手躺在海底,姿态十分平静。打捞上来后,很难才把他们分开。"

听完后,我十分难受,心像堵着什么东西。然后我将被夏风吹得微醺的脑袋靠在了他肩上。他牵起我的手,说道:"我们回海洋馆看看爱丽丝吧,不知道它吃药后恢复得怎样了。"

爱丽丝比我们想象得要恢复得快。看到我们,它在池中欢快地跃上跃下,唧唧啾啾地叫着。

"真像个孩子。"乐图拍拍它的脑袋,"你等我一下。"乐图向浴室走去。待他出来,他已换上泳裤,上身赤裸,露出健硕的身材,正是平日我见到的模样。他扔给我一套女士泳衣,说道:"和我们一起去吧。"

我非常兴奋。他终于把我当作真正的朋友。我迅速换上泳衣,跳进池水，然后跟着乐图和爱丽丝，向饲养池的后方游去，那儿有一道闸门，直接通向海洋。平日晚上，乐图正是从这里和爱丽丝奔向海洋。

这对我来说是一趟奇妙的旅程。我奋力地抡动手臂，任海浪在身体上不停地起起落落。我感觉我正通向一个奇异的世界。我跟随乐图来到平日他们嬉戏的海域。从海里抬头向上看，夏日的夜空仿佛裸露在外，毫无遮拦。月亮硕大无比，非常明亮。岸上景物随着海水起伏晃晃悠悠，在某一时刻陡然消失，海天化作一体，仿佛整个世界都是海洋。

我是个笨拙的泳者，总跟不上乐图的节奏。我几乎都是浮在水面上，目光追踪着乐图的身影，看着他轻快地时而浮出水面，时而潜入水中。他光滑裸露的背在水中时隐时现，闪耀着月光和水的光泽，让我分不清到底哪个是他，哪个是爱丽丝。

爱丽丝像个孩子似的欢快地绕着我们转，在我们之间穿梭，跃上跃下，发出清亮的嘶鸣，丝毫看不出它今天生病了。

海水不断簇拥着我。在观望此情景的时间里，我确定，我爱上了这个男子。可是一种怅然若失的感觉就像这海水将我包围，令我窒息。我蓦地感觉到，我还将在哪里目睹如此熟悉的场景，这情景将会萦绕我无数个日日夜夜，而我始终无法走入其中。

"你怎么了，谢莎，你不舒服吗？"乐图忽地在我面前冒出来。他的眼睛充满海水，是蓝的。

"我冷……"其实我不冷，我只是莫名的害怕。

"可怜的人儿，别怕，有我和爱丽丝在。"他忽然抱住我，喃喃地对我说道，"谢莎，你是我的美人鱼。"

然后我们亲吻，相互褪去彼此的衣服。我们的第一次，就在那水中，在那蔚蓝的无尽的黑夜的大海中。我们的呻吟声，爱丽丝的欢叫声，大海的起落声，混杂在一起，然后消散在茫茫黑夜中。

风更大了。台风真的来了，来得如此迅猛。外面呜呜作响，乱作一团，有小物体被吹起打在窗户上的声音。这个夜晚如此骇人。

"我们明天还能去吗？"我抬起焦灼而失望的眼睛看着阿明。

"这当然去不了。真是见鬼！"阿明抱起双臂看着窗外，又皱起他的两道浓眉，似乎对这突然而至的台风感到不可思议，他转回我，"谢莎，你刚才很激动。你又哭了。这对你的身体很不好。我送你回去休息好吗？我们改日再讲。"

 海底的骨头

"不！"我激动地叫道，"你能听我把故事讲完吗？"

阿明抱住我的头，不住点头说道："好好好，你讲多久我都听。我只是担心你。"

夏天即将过完的时候，这个美丽的海洋馆遭受到了厄运。那是个台风将至的夏末的黄昏，当时天际出现绚丽的云彩，空中飞舞着成群的红蜻蜓。我又听到了乐图和馆长的争吵。员工们围堵在馆长的办公室外，满头灰发的馆长面对乐图的质问默不作声。原来海洋馆被台湾一个娱乐集团收购，现有馆场将被拆迁，让位给一个房地产项目。不仅如此，现有的员工将有一部分人面临调岗、失业。更可怕的是，馆里那些老弱病残的海兽将被处理掉，新的海洋馆将会引进更年轻更具观赏性和表演性的海兽。到了现在我们才知道，这个月不断有西装革履的人员造访，正是来洽谈收购的。

台风没有来，它掉转了路径，往越南方向刮去。可是海洋馆却刮起了台风。员工们联名抗议，罢工，却没有任何效果，一个星期后便收到了未来新东家的警告，不听话者立即解聘。很快，大家便服软了。后来大家又知道这里面有政府的旨意，便知再抗争也徒然。海洋馆很快便恢复了昔日的平静，照常开放演出。

一天晚上，乐图敲响了我的房门。他为了留住海洋馆日夜不停地奔走呼号，整个人瘦了一圈。我感到既心疼又心酸，便给了他许多的安慰。

"莎莎，你愿意帮助我吗？这个想法在我心里藏很久了。你认为我爱它们吗？不，我不够爱它们。我们对它们的爱都不纯洁。自从爱丽丝的妈妈在我怀里死去之后，我受到很大的震撼。这么多年来，我一直做错了。它们想要的只是回到海洋的怀抱，它们是属于大海的。人类不应该驯养它们，拿它们来表演，来赚钱，更不应该屠杀和食用它们。我们要为它们做点事情。这些年来我努力赚钱，不舍得花，成立海豚保护基金，正是为了保护它们。但是凭我一个人的力量是不够的，莎莎，你也要参加进来，你应该用你的影像告诉人们，不要来海洋馆看海豚表演，不要吃海豚肉，不要捕杀它们。这是我几次去日本的太地町偷偷拍来的录像，现在我把它交给你。希望你能放入你的纪录片中，某一天将它公布于众，让更多的人知道。"

我接受了乐图的建议，愿意为他、为海豚、为自己做点事情。我改变了纪录片的主题，得到了大部分队友的支持。为了争取反对的队友，我谎

烟花夜不见不散

称和台里打了招呼。而至于台里,我就打算先瞒着。但我知道这样做的风险,我随时都有丢饭碗的可能;但我还是决定拍下去。

一个月后,国庆节这天,为了庆祝新馆奠基,海洋馆进行了一次盛大的演出。来了很多观众,新东家的高层、政府官员、当地媒体也都来了。这是旧海洋馆的一次告别演出,也恐怕是乐图的最后一次演出。乐图作为海洋馆的首席表演师,他和海豚们的默契配合赢得了经久不息的掌声。在表演结束后,表演台的大屏幕放出了我制作的纪录片,片头是乐图在日本太地町偷拍的海豚被屠杀的镜头。观众一下子哗然。这时,乐图的声音在海洋馆响起:"海豚的微笑是人类对它最大的误解……"

然后,我和我的队友将录制好的DVD光盘发放给每一个观众。场内顿时乱了起来。这是我和乐图一早谋划好的。

阿明带我去潜水已经是第四天早上。台风过去后,雨还持续地下。直到这天天才放晴。我们和另外两名陪护人员一大早乘着游艇出发,来到阿明见到两具骨架的水域。台风似乎将整个世界冲洗了一番,阳光格外绚烂。举目四眺,皆是惊心的蓝色。天空万里无云,一片瓦蓝澄澈。海水波平如镜,不起一丝波澜。阳光毫无遮拦地倾泻下来,使蓝色更加目眩。

第一次潜水下去时,我们并没有看到什么骨架,一丁点儿骨头都没看到。我失望到极点,担心是不是海底的洋流将它们冲走了。

"不会不在了吧?"

"你别急,一定是我弄错地方了。我再仔细想想。"阿明也非常懊恼,他一脸歉意地安抚我的情绪。他知道我等了这么多天,不能再等。

阿明拿着各种仪器测了又测,然后把游艇往东南方向开进一百米。"应该就是这里了。这回不会错。我好像都闻到骨头的味道了。"阿明的幽默让我笑了起来。"莎莎,你终于笑了。好久没看到你笑。这次我先下去,等我的指令。"

阿明一个扑通跃进海里,很快他便消失了。三十分钟后,海底下传来阿明的消息,他让我下去。

陪护人员把全副武装的我放入海中,然后我便沿着缆索慢慢沉潜下去。越往下越漆黑,照明灯显得微乎其微。这是一个黑暗无边的世界。但很快我便听到了一种仿佛召唤的声音。

快接近海底时,我看到一块被灯光照亮的圆形水域。那是阿明开的强照明灯。阿明见到我后,用手指给我看。炫目的亮光让我一时什么也看不

海底的骨头

清,我慢慢地再放下缆索,终于在那片亮光之中白皙的沙床上,我见到了阿明向我们描述的两具骨架。两具骨架就那么安静地躺着,就躺在那里。

我的心一阵剧烈地颤抖。

是他们,真的就是他们。世间有什么重逢是以如此面目相对,让人欲哭无泪痛彻心扉的呢?

时光又把我推回到五年前的那个夜晚。

闹演结束后,当天下午我和乐图便收到了驱逐令。馆长对我们大发雷霆,并且事情很快传到了我的台里。晚上我便受到了停职察看的处分。这我们早就料想到了。即使这样做最终徒劳,海洋馆依然不能保留下来,老弱病残的海兽们也不能保下来,但我们还是迈出了第一步。晚上,乐图却显得心事重重,不苟言笑。半夜,乐图被噩梦惊醒,吓得满头大汗。我问他怎么了,他什么也没说。当我再次醒来时,发现身旁没了他的身影。我知道他去了哪里。

我只披了件很薄的单衣便出去找他,初秋的凉意直往我肌肤里钻。不知怎的,我忽然有种惶恐不安的感觉。

我在海洋馆的饲养池里找到了他。看到我出现,他招呼没打,只看了我一眼。他一声不响地将所有的闸门都打开,然后依次去拍醒沉睡的海兽们,把它们赶往闸门。

"你要干什么?"

在闸门边,我拉住他,大声地问他。

他抓住我的手,缓缓地说道:

"我要带它们走。它们不属于这里。"

"那……那你呢?"

"我要和它们在一起。"他眼睛木木地看着在他身旁游转的海豚。

我忽然醒过神来,剧烈地摇头:"不要……不要……你不要这样,不要这样,好不好?"我歇斯底里地叫嚷,泪水已爬满我的脸。他只看着我,握我的手正慢慢松开。

"那我怎么办?我怎么办?……我爱你,乐图。"我把脸埋在我们的双手之间,呜呜地痛哭。

"谢莎,对不起,请好好照顾自己。你永远是我的美人鱼。"他抽出他的手,然后抱住我的头,在我额上深深地印了一吻。

我知道我怎么挽留都没有用。我爬起来跪坐在池边上,看着他慢慢地

烟花夜不见不散

转过身去,看着爱丽丝,看着他身后的一群海豚们,携着水流钻出闸门,然后渐渐消失在深夜的茫茫大海。

我探下身子,将双手缓缓靠近乐图。我的泪不知什么时候悄无声息地爬了一脸。五年了,乐图,我依然认得你的容颜。

"谢莎,你要干什么?"我似乎能听到氧气罩里阿明惊慌的叫喊声。他奋力地拉住我,把我往上拖。就在之前,我悄悄摘掉了缆索,摘掉了氧气罩。

"乐图,把我也带走,好吗?"

丢失的北极熊

二十二岁那年,有那么一段时间,我怅然若失,并意识到怅然若失行将长期下去。

相同的那么一段时间,具体说来是一年时间,每每坐地铁,我总要盯着十六岁上下所有过往的少年看个不止。

务必说明,我不是同性恋者,不是什么星探球探,也不是调查研究"十六岁少年"的隐秘记者,更不是精神有障碍,"以窥看十六岁少年为癖好"的恋癖者。通通不是。撇开其他的不说,单就这一事件,如果你人生中有那么一段时间,每天盯着十六岁少年看个不止,无论怎么说,这都是一段奇妙无比的经历。

至于为什么我会盯着十六岁上下的少年看个不止,完完全全是由于一个女孩。

那时,我大学四年级,在市区一家女友的父亲介绍的五星级酒店实习。我每天乘坐地铁往返酒店学校之间,如果不出什么差错,一年后我将在这间酒店正式工作。势必每天仍坐着地铁往返两地,无休无止。

我在业务部当一个见习助理,做一些简单的跑跑腿的活儿,如接待旅游团、安排会议室等。

酒店的女孩很多,大都与我年龄相仿。她们的长相算得上漂亮,身材也苗条。她们在酒店进进出出,走来走去,没有哪个引起我的注意。况且我有一个交往五年的女友。

那天下班之后,我坐地铁回学校。我在车厢坐定不久,一个穿酒店制服的女孩从前面的车厢走来。这是最末的一节车厢,乘客很少。那些可怜的家伙永远只会往中间的车厢挤,总有一天非把中间车厢挤爆不可。因此我对在末节车厢出现的乘客怀有好感。我尽力往边挪了挪位置，腾出足够的空间给她。她心领神会在我旁边坐下。她穿我实习的酒店的制服，白色衬衫，红色齐膝裙。我想不起我是否见过她。可能见过，甚至打过招呼也未必，但酒店的员工进进出出频繁，双方对此都毫无印象。

其实我可以主动与她搭话，告诉她我在那间酒店实习，问她在哪个部门干活，一来二去也就熟悉起来。但我困得很，一句话也懒得说。不知什么原因，年龄越大越容易犯困。或者她可以主动与我搭话，但可能性不大，我习惯换下工作服回学校，她无论如何想不到坐在旁边的这个哈欠连天的家伙和她在同一间酒店工作。

地铁哐当哐当开动起来，本来可以发生一次愉快的谈话的场景没有发生。我很快转移了注意力，放到如何应付那个如催命判官一样催你交毕业论文的糟老头、晚上睡觉采取什么姿势睡而不会打呼噜之类的事。盯着黑洞洞的窗外看个不止，要迷迷糊糊打瞌睡。

她却四处张望，像扫描摄像头般对车厢内每一个人逐一看一次，好像在找人。也许她也困了，两分钟后，我从对面玻璃窗的映像中看到女孩仰靠在身后的玻璃窗上，闭合着眼睛迅速打起盹儿来。想不到她比我还困。我侧过头去看她，酒店工作的女孩的头发一律用网格发兜盘团在脑后。她也不例外，露出细长洁白的脖颈。车厢柔和的灯光在她的脸上投射出小巧的阴翳。鼻翼一张一弛地翕合，像是深沉入睡。女孩的确漂亮。我先前委实应该和她搭话。当然不是想打她的主意，而是可以进行一次愉快的谈话。这是很正常的事情，况且我仅有二十二岁，正是个结交不同女孩的年龄。坦白说，我和女友的交往不咸不淡，有时在一起常常无话可说，像倦怠期的夫妻，说不定哪天就会说拜拜。

现在看来与她搭话已不可能，她十成已睡着——头控制不住地往我身旁歪，几欲往我的肩膀倒。只要车的一个小小颤动，她势必倒在我的肩膀上。这种预想变为现实，在列车的一次停站又启动后，她的头悄然无声地落在我的肩膀上。她的头很轻，像一只猫儿蜷缩在肩膀上。我紧张得一动也不敢动，困意也全无。我思索着她将在哪里下车，她何时会醒过来。

在江南西站，乘客的一阵骚动将她惊醒。她迷糊着眼睛，看了看我，恍然发觉刚才一直靠在我的肩膀睡着，歉意地说道：

"真不好意思！"

我对她报以微笑，说没什么。

车启动后，她似乎发觉了有什么不妥，焦急地四处看看，然后问我这

丢失的北极熊

是什么站。

"江南西站。"

"啊！惨了！"她显得十分沮丧。

"是不是坐过站了？"

"嗯。"她点点头，随即若无其事地说，"我本来应该在西门口站下车，现在过了两个站。对了，你在哪里下车？"

"大学城北站。"

"远着呢！"她说话的语气像是此站在南半球的极端。

"没那么远吧。"我应道。

"你是学生？"

我点点头。"正读大学四年级。"

"怪不得稚气未脱。"她一副长者的口吻。

我倒没有不高兴，只是在素未谋面的陌生人面前以这种方式说话的女孩不多见。在我看来，她年龄与我相仿，兴许比我还小。

很快到了下一个站。我问她不下车返回去。

她摇摇头，说："想和你聊聊天。"她的表情好像很久没与人聊过天似的，"到你那个站再返回去也不迟。"

"不怕耽误时间，120分钟内不出去要补买一张票。"

"现在才用去20分钟。"她看看表，"四五个来回都足够。"

然后她手捂着嘴巴打一个哈欠。

"还困？要不在我肩头再睡一会儿。"我开玩笑地说道。

她摇摇头，露出带有困意的笑容："我也想呢！但不能得寸进尺。说说话也就不困了。"

我们一点一点聊起各自的情况。我告诉她上哪所大学，读什么专业，交往着一个处于冷淡期的女友。我也略略知道她的情况。她来自江南一带，父亲是一个港口装卸工，母亲经营一间长达十年的音像店，现在濒临倒闭。她上过一年大学，还是华中地区名声不小的大学，读美术绘画。刚上二年级时退学。原因她没有说。我猜测大概就是专业不喜欢，厌倦大学生活，提前自立门户之类的，这样的情况周遭皆是。但在我看来，她一样都不是。她不是这一类型的人。她还告诉我确切的年龄，比我大一天。准确说是十九个小时。她固执地要我叫她姐姐，这让我哭笑不得。

"明明只大十九个小时嘛。"我说。

"反正比你大。倘若这世界所有的事情都按出生先后次序进行，这十九个小时可是大有优势。"

末了，她问我要联系方式。我自然给了她，但我并不期望能与她有进一步的结识。我甚至没告诉她我正在她工作的酒店实习。还有一个月实习即将结束，说不定这一个月哪一天都不会在酒店碰见。我权当作一次短暂的邂逅。和陌生同龄人这样的搭话有很多，在地下铁，在电影院，在咖啡店，在台球城，我足足记满了一个便笺本，上面密密麻麻的姓名和电话，但一次没打出，也没人打进来，人和名字也对应不起来。也有那么一两个人打进来，全是女孩。用慵懒的语气，应当是刚刚睡醒，问你今天在干什么，然后喋喋不休地讲她自己，全是昨晚跟哪个男孩约会，今天早上突然来月经之类的，她们认为是屁大的事，但实际都是鸡毛蒜皮豆腐芝麻的事。问我有没有空出去顺便请她吃一顿，我说没空更没钱，然后她便像小猫般嘤嘤几声挂掉电话。或者一开口，还未报出姓名，便号啕大哭起来，没完没了，问她什么也不肯说，只是哭。我只得把电话筒悄悄放在一侧，也不好意思挂电话，然后继续看周星驰的《唐伯虎点秋香》。二十分钟后，听筒没哭声传出，估计是她停止了哭泣或者挂掉了电话，兴许她听到了我和周星驰的笑声。我才蹑手蹑脚把电话筒放好，生怕再次传出哭声。

到底没有一个深入交好，全都消失了般。

所以我对她也没抱多大希望。更重要的是二十岁那年，我觉得地球这个在宇宙中日复一日旋转了46亿年的岩体突然停止了转动。什么原因，不详。这本来与我无多大干系，就生活日常感知和唯心角度说，地球本来就是不动的。但二十岁那年我偏偏认为地球停止了转动，并固执地到处与人说。这一微不足道的宇宙小小事故牵扯到我。我个人身上的某种东西正在消失，或者说停止了转动。这股东西在我想象中是卫星气象云图中旋转凝聚的气云旋涡，但在地球停止转动的那一天跟着不旋转了不凝聚了，并逐渐消散。至于这股东西是什么，我回答不上来。这使我很苦恼。我想起一个作家说的话：

很多事情不要去想明白。

那就暂且这样糊涂度日吧；但由此我对很多东西失去了兴趣。

我们在大学城北站告别。告别时，她对我微微一笑，特有的酒店服务员式的微笑。末了，她不忘说一声："谢谢你的肩膀。"

我几乎忘了这个比我只大十九个小时的女孩。

两个星期后，我们在酒店一个小会议室碰见。我往会议室送一些会议文件，她端着茶具进来。她认出了我，惊喜地打招呼。我自然显得平静许多。我知道隐情，她不知道。她没问我明知道她穿着制服是在同一间酒店工作，为什么当时我不说。我估计她不会注意到这一点。她不是那种处处留心眼能把两件事的前因后果联系起来的女孩类型。就是说，在她眼里，是两个陌生的年轻男女在地铁聊起了天，原因是女孩借用男孩的肩膀打了会盹儿。两人虽都给对方留下联系电话，但可能出于同样的心态，两个星期谁也不打给谁电话，但某一天两人第二次碰见，竟还是在同一间酒店工作。女孩当然觉得这是个天大的缘分。

我们很快成为朋友，这是理所当然的事情。我还有两个星期实习才结束，两个星期内我和她在同一个地点工作，搭同一条地铁线回寓所。不成为朋友毫无理由。

两个星期过去，实习结束后，我回学校继续上我的课，她继续在酒店上她的班。我们仍保持着朋友的交往。我和我的女友几乎一个月都不见一次面。她在邻近一个城市上大学，其实不远，有直达的公交车；但我们不如以前那般如胶似漆了。她很少来看我，我懒得去找她。谁也不买谁的账。所以能有一个女孩三天两天出现在身边，和她一起去酒吧或喝咖啡再好不过。但一个如真理般的事实是，我不可能会爱上她，她也没理由爱上我。

我们大抵一个星期见两三次面。有时白天，有时晚上。吃喝玩费用大都她付。她说她有正式工作，而我还是个学生。还有一个理由是，我比她小十九个小时，姐姐理应照顾弟弟。因此我沾了晚出生十九个小时的光。

我们无所不谈，从个人私事到坊间传闻，从水煮鳜鱼到英国王妃，侃侃道来。讲的时候，一个人喋喋不休，另一个嗯呀作答。可能有时候对方并未听进去，但毫不介意，因为她和我一样寻求的是同样的心境，只需诉说和倾听，不需要理解和同情。

后来她告诉我她原有一个十分相爱的男友，由于她的缘故，男友同她分手。理由是她在干一件不可思议的事。连我也觉得不可思议。她一直在寻找丢失了十四年的弟弟。

事件的来龙去脉是这样。十四年前，她们一家人到广州旅游。那时广州的地铁刚建好。她们同许多人一样怀着新奇的心去乘坐地铁，不料人流太多，父母把两个孩子弄丢。紧张的姐姐带着弟弟焦急地在人流中四处寻找父母。结果久久未找到而越发惊恐的姐姐把弟弟给弄丢了。从此,弟弟走失,再无音讯。

"肯定是人贩子拐走了,这么漂亮惹人喜爱的孩子谁不喜欢。都怪我。"每次说这话时,她托着腮帮,眼里充满自责和内疚。

"也不能全怪你。你当时也还小嘛,又是女孩子,谁遇上这事不惊慌失措?况且是父母先弄丢你们的。"

"可我是姐姐,在父母弄丢我们的情况下,我更应该照顾好弟弟,死死地拽紧他。唉——终究是我的错。"

虽然父母没怎么责怪她,但她自责得很。一直以来她有一个念头:无论如何要把弟弟找着。在大学一年级那年开始付诸行动,于是她退了学,与男友分了手,全心全意找弟弟。她独自一人来到广州,在她弟弟走失的地铁沿线找了份酒店工作,期望在这里找到弟弟。能找到弟弟的最大可能是弟弟也在找他们。他们只需在这里会合。但男友分析说,不太可能,两岁多一点的孩子毫无记忆,哪会晓得自己被弄丢了。我实话实说,也这样认为。

"真的没希望了?"她要再次确定似的问道。

"也许还有机会,何不努力一下,奇迹在转角。"我不忍心再次打击她。

"如果真的没希望了,但愿他被一个有钱人买走。那家人对他很好,视为己出。在他们的照顾下,他健康茁壮成长。"

我感动得要落泪。

我决定帮助她寻找弟弟。

我们首先找了一家国内发行量最大的报社,登了寻人启事。内容如下:

十四年前,一个糊涂的姐姐在广州地铁陈家祠站丢失了弟弟。弟弟那年两岁,如今正年方十六。若有知情者,望与这个糊涂的姐姐联系。重酬。

若弟弟看到这则启示,请速与姐姐联系。

联系人×× 联系电话 134×××2856

我们又找当地的电视台和广播电台,还在互联网的各大贴吧贴寻人的帖子。我们几乎动用了所有的媒体手段,期望能在全国掀起"姐姐寻找十四年前丢失的弟弟"的寻人事件风暴。

一个星期后,毫无消息。

丢失的北极熊

一个月后，仍毫无消息。

……

一个星期后，电视台、广播电台停止播放。费用无法继续支付。

一个月后，报社撤销寻人启示。理由同上。

帖子没有被各大网站相继转载，回应的帖子越来越少。内容百分之九十为：几乎没有希望，两岁的孩子毫无记忆。而且人海茫茫。

我们期望的风暴没有席卷全国。

甚至有人回帖子说，纯属个人炒作，以博出名。

"这什么话嘛，活活要把人气死。我明明丢失了弟弟，他们一点不懂得丢失弟弟的苦楚。"她忿忿地说道。

"那帮家伙，他们没有丢失过弟弟。"

"他们丢失的只是钱包、手机、掌上电玩、手提电脑，或者从来就没丢失过东西。"

她问我有没有丢失过什么东西。

我细细想了一下，从童年、少年、青年一一搜索一遍，怎么也想不起丢失过什么东西，连一分钱硬币也没丢失过。

"我幸运得很，什么东西也没丢失过。"

"一样也没有？"

"真的一样没有。不骗你。"

说完后，有一股凉凉的气流袭过我的身体。我突然觉得没有丢失过东西很不大对劲。我预感将会作为一个异类被排斥在这个世界之外。

"也许有。现在我正怅然若失。"

"怅然若失？你一样东西都没丢失过，怎会怅然若失——嗯，一样东西没丢失过真好。"

"一点不好。"我立马反驳，"我没有丢失过东西啊！"

"你是说非要丢失点东西人生才痛快，心里才觉得爽？"

"也不是。"

"那是什么嘛？"

我们决定依靠自己的力量寻找。她说她感觉弟弟就在丢失的地铁站附近，他一定会在丢失的地方出现。

她依靠对弟弟的记忆以及一张十个月大时照的唯一一张相片，还有她父母的长相特征，她画了五张弟弟十四年后可能的长相。

烟花夜不见不散

"地地道道的相貌学专家。"我说道。

"十六岁的弟弟到底会长成什么样呢?你说哪张最可能?"

我拿着五张肖像画轮番看,告诉她我觉得哪一张都有可能。

她十足一个肖像画高手。我看过她画的大大小小上百幅人物肖像画,其中相当一部分是十六岁少年的画像。是她在找弟弟的过程中,对某些印象深刻的少年,观察了一两分钟后,依照记忆画下来的。

我问她学美术的缘故是不是为了日后能画出弟弟的肖像。她说这点占了很大的成分。"那为什么退学,何不读完四年再说?"

"想尽早找到他。如果七老八十重逢,姐姐到时又老又丑,我可不想他看到我那样。现在年轻相见正合适。例如我可以挣钱供他读书,帮他介绍女孩子,帮他解决青春的心事,看着他长大。哪有什么比这个年龄段更适合重逢呢。"

"像你这样放弃学业,放弃爱情,一心一意只为找到弟弟的姐姐真少见。"

"怎么样?是不是百分之百的好姐姐?我让你叫我姐姐你还不乐意。"她嘟着嘴说。

于是,我们每天在地铁站怀揣着这五张肖像画,对着十六岁的过往少年看个不止。

"盯着十六岁的少年看个不止还真是人生一大奇特经历。世界上恐怕只有我们两人。"我说。

"就是嘛!看着这一张张年轻稚气的脸,感觉非常愉快,从来没有心情不好的时候。倘若人生能天天看着十六岁少年的脸度日,人生也就没白活了。唉——"她猛地叹一口气,"可我们二十二了。二十二了呀,现在都想不起十六岁是怎么过的。我的生活好像一团糟。如果能回到十六岁,真希望有人天天盯着你的脸看。"

好了,寻找丢失十四年的弟弟的故事暂且告一段落。给你讲一下我在地铁通道口认识的第二个人,一个十九岁的青年男孩。本来他和她毫无关系,若不是我的缘故,两人可能老死不相往来,但由于我,他和她相识相连。我一直相信宇宙中有无穷无尽个这样的点。例如我就是使他们相识的这样一个点。这些点无形无踪,无处不在,在蟹状星云团中,在人马座黑洞中,在你牙齿龋洞中,在你细胞核糖体中。它们有着类似蝴蝶效应和多米诺骨牌的奇妙之处,使得你与他人相连相结,与宇宙相连相结。

　　当然你可能想，我也极希望是这样，男孩就是她一直苦苦寻找的弟弟。可男孩业已十九岁，弟弟今年十六岁。这不成问题，很可能他的养父母为了混淆某种事实，掩人耳目，隐瞒他的真实年龄，给他增加了三岁，这也未尝不可。但事实是，男孩的的确确十九岁，弟弟的的确确十六岁。男孩不是她的弟弟，她的弟弟也不是这个男孩。

　　青年所做的事是拯救北极熊。因为北极熊正在地球丢失。就是说，他在从事保护动物的活动。但完全是个人自愿的，他没加入哪个动物保护协会，纯粹是一个愤怒青年的呐喊。例如国外有很多这样的例子，几名妙龄女郎在街头裸体抗议人们屠杀海豹，几个帅小伙身上贴满标语抗议西班牙人斗牛。他采取的方式是在地铁通道口自弹自唱，前面放一个募款箱，一副流浪歌手的架势。身后挂满关于北极熊的资料与图片，说明北极熊正在地球上丢失的原因，一是二氧化碳排放增多，引起温室效应，导致北极圈冰层融化，北极熊逐渐失去栖息地，活动的范围日益锐减。二是偷猎者猎杀北极熊，获取它们身上的皮毛。还有介绍北极熊体重、身形、习性等等，俨然一个小型的北极熊展览馆。

　　他身上的一切也与北极熊有关。鸭舌帽、T恤、裤子、鞋袜通通印有北极熊logo，只差没把自己整形成北极熊的模样。

　　他是音乐学院学生，上大学半年后，毅然退学，与女朋友分手，只为一心一意拯救北极熊。就这一点说，他和她有惊人的相似之处。至于什么原因他开始保护北极熊，偏偏只对保护北极熊情有独钟，谁都无法知晓，好像他天生就该保护北极熊似的。他完全为拯救北极熊而存在。

　　他作的曲唱的歌也尽是北极熊。有一首歌是这样的：

　　　　　北极熊哟　你别害怕
　　　　　你就待在那里　哪儿都不要去
　　　　　我这就乘着小船　划破北冰洋的冰
　　　　　与你在一起
　　　　　你跟我唱歌　我伴你冬眠
　　　　　当我离开不在你身边的时候
　　　　　你要学会保护自己

身后一幅巨大的标语：

不足 20000 头！

我和他相识完全由于这首歌。当时我听得入了神，直到他收拾东西要回寓所为止。他办了退学手续后，在学校附近租了间公寓住。所以我们同路。我便帮他收拾东西，搭同一列地铁一起回大学城。

空闲的时候，其实大学的时间多得是，应当说无聊的时候，我帮他向过往的乘客派发印有拯救北极熊资料的传单。他的同学也常常过来帮忙。他们组成一支摇滚乐队，一个朋友敲爵士鼓，一个弹贝斯，他声嘶力竭地吼唱。这时的他就像一头激怒的反抗的北极熊。平日大多数时间只他一个人怀抱吉他低低吟唱，这时的他就像一头深情的受伤的北极熊。

我和他在一起的时候，他的话题大多是北极熊。北极熊何时发情，一年生多少胎，一胎生多少个，冬眠打多深的洞，一生换几次毛。他都一清二楚，并且娓娓道来，像讲童话故事一样引人入胜。我深受感染，几乎变成一只北极熊。穿印有北极熊头像的衬衫，上有关北极熊的网站，吃一种以北极熊冠名的小食品，和女友合租的公寓到处挂满北极熊的图片。

理所当然，就两人惊人的相似之处这一点，我会把寻找十四年前丢失弟弟的她和拯救即将在地球丢失的北极熊的他介绍在一起互相认识。

第一次见面的谈话无比愉快。我们在地铁一个小酒吧快活地交谈。她谈她的弟弟，他谈他的北极熊。话题一点没冲突，很好地融合在一起。似乎她的弟弟和北极熊在宇宙的某个场所被一个点相连相结。

"你的弟弟一定和你长得一样漂亮。"北极熊男孩说。

"那当然啰。十六岁，正在成长，已经帅得不得了，迷住好多女孩子。嘻嘻。"

"而且你们每天盯着十六岁的少年看真够不可思议的。"

……

"熊妈妈一般生双胞胎。刚生下的熊仔光秃秃的，两眼一抹黑，双耳听不见声音，体重仅有几白克重。未成年之前，熊仔和熊妈妈朝夕相处，形影不离。所以人们常常会看到熊仔跟着熊妈妈悠然地在冰层上行走。"

"哎，你说熊宝宝们为了争母亲的奶喝会打得不可开交，争不到的赌气扑通一声一头扎入冰冷的水中？"

"嗯,是这样。"

"一旦自食其力后,它们很少找同类做伴,整日风里来,雪里去,总是独来独往,漂泊不定,俨然一位孤独的流浪者。"

"它们能在浮冰上行走自如,而且还是游泳健将,一口气能游四五十公里?"

"的确如此。"

"太有趣了。"

生日那天,我和她放在一起过。她先于我吹灭蜡烛,唱生日颂歌。

她吹灭蜡烛后,笑嘻嘻地说:"十九个小时,还有十九个小时,就轮到你出生啰。"

"唔,二十三。哎哟!怎么就二十三岁了——"她的口吻像在推辞别人硬塞给她不喜欢吃的姜味饼干似的,"你多好,还是二十二岁。怎么听起来我比你大一岁了?嗳,二十二岁的小伙子,发表一下你的感言,现在最想做什么,二十二岁,趁着现在还是二十二岁哟。"

"哪有什么感言。也没什么想做的。"

"好好想一想嘛!快说!"她睁大眼睛看着我,催促道。

"蒙上被子好好睡一觉。"

"真没劲,难道你只会想到睡觉。"她眨巴着眼睛说。

"要是我还在二十二岁,我一定勇敢地在沙滩穿一次比基尼泳衣。"

"二十三岁也可以穿嘛,为什么非得二十二岁。"我说。

"心情不同啊,一切变了许多。"

"你可以讲一下二十三岁的感言。"北极熊男孩开口道。

"呃——"她手托腮帮,做思考状,"那我讲一讲二十三年前。假设时光回到二十三年前那天——当然那天是阳光出奇的灿烂。我已呱呱降生,而且哭得很凶。你还在妈妈肚子里。假设我们的妈妈在同一间医院分娩,还是隔壁床。也许真的有这种可能,之前两个妈妈还交流了许多从书上得来的育儿经验。就是说二十三年前我们可能就已经见了一面。你可能听到我的哭声,但什么都看不见,子宫内黑漆漆一片。你想着赶快出来,但不要焦急哦,还有十九个小时,耐心等待一下,我会告诉你我看到的一切。医院的墙壁很白,窗外的天空是蔚蓝色的,有没有云看不清,几个贼头贼脑的小东西在电线杆上唧唧喳喳地叫,假设那时还不知道它们叫小麻雀。护士阿姨很温柔,用绒绒的毛毯包裹我送到妈妈怀中。

"好了,"她戛然而止,好像突然掐断唱片机,"几个小时后,你迫不及待地出来。"

"真有意思!"我们两个稀里哗啦地鼓起掌来。

她看看表:"离你生日还有九个小时。"

接着我们聊起她的弟弟和他的北极熊。这成了我们说不完的话题,入了迷一般。简直成了球迷聚在一起必谈足球,女孩聚在一起必谈化妆品。

我大多在一旁倾听,插不上几句话。毕竟我没有丢失弟弟,也没有丢失北极熊。

"哎,你看起来好像不太高兴。"她注意到我。

"是呀,没有说多少句话。"北极熊男孩说道。

"我没有丢失过什么东西,什么也说不上嘛。没丢失过东西到底没趣。"

"这家伙又对他没丢失过东西闷闷不乐。"她对着北极熊男孩说,"他从来没丢失过东西,真是不可思议。现在看来挺叫人沮丧的。"

北极熊男孩不相信地又给我罗列一大堆一般人都会丢失的东西,特别是小孩子容易弄丢的东西。

"一样也没有。真够糟糕的。"他摇摇头,连他也觉得没有丢失过东西是件令人沮丧的事情。

"不过不要那么沮丧嘛,人生还长,慢慢等着,总会有一样东西丢失。"

然后我的生日到来。我们第二次唱生日颂歌,第二次吹灭蜡烛,第二次切生日蛋糕。

北极熊男孩再次为我们唱深情款款的北极熊歌。

歌毕,他从桌子底下拿出两个礼物送给我们,是两只憨态可掬的北极熊公仔。

他又拿出一只小一点的给她。

"这只送给尚未谋面的弟弟。"

"哇!这只更可爱。弟弟一定喜欢得不得了。"

我也正式踏入二十三岁的行列,且时间已过去二十分钟。

周末我回家,决心势必找出点丢失的东西来不可。我翻箱倒柜把房间里使用过的东西查找一遍,一一还在,一件也没丢失。

然后,我去问妈妈。问她我有没有丢失弟弟或妹妹。

"哪有什么弟弟妹妹,就你一个孩子。可不,你小时候那么调皮捣蛋,

 丢失的北极熊

真叫人头疼,要是再多一个孩子,我才不管你咧!"

我又问她我小时候有没有丢失过什么东西,例如去士多店买酱油丢了钱、弄丢玩具手枪变形金刚卡通贴画弹珠玻璃球之类的,或者还有其他东西,反正就是弄丢了的。

"没有啊。"她不假思索地回答,这让我感到失望,"你从没弄丢过什么东西,在这一点上你倒是个讨人喜欢的孩子。凡是给你的东西,你都抓得紧紧的,严严实实的,生怕人抢了似的。隔壁家的孩子那真叫人头疼,凡是到他手上的东西,有什么丢什么。总之在这一点上,你非常出色。但凡哪家孩子经常丢东西,他们父母就拿你说事,你简直成了他们的正面教材。"

"您再想一想,比方说更小的时候,两三岁,我毫无记忆,但您或许记得,只是由于时间太长,您一时半会想不起来。求求您了。"

"唔——"妈妈皱起眉头,"你这么一说,我倒想起来。大约三岁的时候,你在动物园弄丢了一只北极熊公仔,是你舅舅送的。你非常喜欢,爱不释手,抓在手里紧紧的,连我也碰不得。可是不知为什么你却弄丢了。我记得是在大象园丢失的。"

听到这儿,我心情豁然愉快,到底弄丢了一样东西。

我迫不及待地把这件事告诉他们。

"我们也替你高兴。以后你就不用在我们面前垂头丧气啰。"她说,"听你这么说,那只丢失的北极熊一定很漂亮,你还记得是什么样的吗?和他送给我们的一不一样?"

"都说当时我只有三岁,什么也不记得,我连丢失了它都不记得,哪能还记得它的模样。"

"是我恐怕也不记得。"北极熊男孩说。

"嗯——我妈妈隐约记得大约这么大个,"我用手比画,"好像坐着的姿势,全身白绒绒,仅有鼻头一点黑色,这当然啰,根本不用她说。"

"那你现在又有了一只北极熊,算是失而复得。"

"那可不一样,两只的款式做得肯定不相同,差了两个年代,不能算失而复得。"

我时常在想象原来那只北极熊会是什么模样。

第二天,我们继续在地铁盯着十六岁上下的过往少年看个不止,寻找她的弟弟。北极熊男孩仍在地铁通道口自弹自唱,为北极熊募捐更多的款。

烟花孩不见不散

我们坐足了 120 分钟地铁才出来，一共看了 187 个过往的少年。

出地铁后，我提议去动物园。

"无缘无故去动物园干什么呢？"

"我想去找一下那只丢失的北极熊公仔。"

"你是说二十年前丢失的那只北极熊公仔？你太异想天开了吧。二十年，你想想，假如地球上所有活的生物都不存在，没有谁动过它，它也早已被风化成灰了。"

"那当然是。我没说要找到它，只是到那儿看一看。在一个地方丢失了一样东西，那个地方对你来说就有了特殊的意义，总值得看一看，走一走。我要的只是一种精神补偿。"

她听完欣然应允。

到了动物园，我们径直来到象园。我们煞有介事地在象圈附近来回找了几圈，好像刚刚丢失北极熊公仔似的。

然后我们疲累地趴在围栏上纹丝不动，静静地看着大象。几头大象也纹丝不动，静静地看着我们，只是小尾巴以每分钟二十摆的频率来回扫动。好像它们注意到我们奇怪的行踪，仿佛我们图谋不轨伺机要破坏它们的房圈似的。

"当时就被某个小孩儿捡走了，要不就是被清洁工当垃圾扫走了，还有是大象饲养员发现捡走拿去哄自己的孩子。"她下巴耷拉在栏杆上，懒洋洋地说道。

我未作声，只是盯着大象看。我对这些大象没什么印象。我许久没来动物园了。

过了半晌，她又说道："还有可能是，大象捡走了。你说这么可爱的一个小玩意儿，谁不喜欢。大象也不例外。大象可精明得多，它悄悄地伸出长长的鼻子，迅速一卷，就卷进圈内，谁也没看到，谁也没料到。"

"你看，它们一定知道我们的来意，不怀好意地看着我们。"

"如果真如你所说，我一百个乐意是它们捡走了。"

定定地和大象对视了一个小时，我们离开动物园。

弟弟仍然下落不明。北极熊正日益从地球上丢失。

半年后，她突然杳无音讯。我打她手机，手机说拨打的客户已关机。又打她寓所的电话，由于未交费，早已切断。寓所关得严严实实，玻璃窗

丢失的北极熊

落满灰尘。过了几天再去，寓所已被两个十九岁上下的女孩租住着。酒店人事部也不知道她哪儿去了，递交请辞信后立马就走了人，还有一千二百元工资未领走。

她好像从地球上消失了一般。

又过了两三个月，有一天她突然给我发来一封邮件，上写：

我在另外一个城市，勿念。倘若有机会，再见。

简短得就像我最后一次见到她时，她突然剪得寸短的头发。

这时，我正在飞机场和北极熊男孩告别。他说要亲自到北极走一趟，亲眼看看可爱的北极熊。他募足了款，很可能在那儿建立一个北极熊保护基地。像珍·古道尔和猩猩同居一样，他将和北极熊生活在一起。

半年后，我大学毕业，果然稳稳当当地在实习的酒店工作，好像是某人安排的一场阴谋似的。果不出我所料独自一人每天坐着地铁往返于公寓酒店之间，无休无止。女友每隔一个月来看我，准时得就像她的月经。

隔几天去一次动物园。去了几次后，有一天妈妈拿着北极熊男孩送我的北极熊公仔问我哪里来的。我说我生日时一个朋友送的。她惊叹地说，这和你三岁丢失的那只一模一样，简直难以置信。这间玩具厂二十年了怎么还一直生产一模一样的北极熊公仔。这等于是，我唯一丢失的、能给我带来人生希冀和寄托的北极熊失而复得。我到底什么东西都没丢失。我连动物园也不用去了。

我坐在地铁车厢里，百无聊赖地听车轮哐当哐当滑过铁轨的声音。倘若这样无休无止下去，直到铁轨磨光的那一天，恐怕要很久。

应当需要五百年。

带我去东京

【1】

"请带我和阿灏去东京!"当苏智站在栏杆上大声喊出这句话的时候,一架波音767正像一只巨大的飞鸟,拖曳着刺耳的轰鸣声从我们的头顶上慢慢加速划过。

我赶紧去拉这个不要命的疯子的裤脚。苏智仍忘情地站在栏杆上,两手做奋臂状,头仰向天空,追踪正远去的飞机。大风吹起他的领带和白衬衣,那头挑染成黄色的头发像一面旗帜快要被吹起来。从这个角度看,苏智更像一个美少年了。

苏智不知是什么时候跳上栏杆的,简直疯了一样。当那架我们熟悉的飞机从机场那边缓缓爬升向我们迎面飞来的时候,我们正兴致勃勃地谈论今天领到的薪水。他显然兴奋过头了点,趁我不备就跳上了栏杆。虽说这楼只有五层,但仍着实吓了我一跳——我有轻度恐高症。

"阿灏,你也上来呀!"苏智不知好歹地要把我拉上去。我稍一用力,就把他拽了下来。

"阿灏,你那么惧高,以后怎么坐飞机?"苏智不忘奚落我。他一边说一边整理被风吹乱的头发和衬衣。

望着远去的飞机,我们才开始我们的午饭,一荤两素的外卖便当,每天几乎一模一样。现在距离下午开工时间只有三十分钟了。

我和苏智都是这家叫"风信子"旅行社的职员。公司不大,加上我和苏智大约六十人。这栋五层的小楼就是办公地点,一栋老房子。小楼所在的这片区域位于广州市郊，远离繁华的中心城区。新千年后，飞机场迁到这附近，随着城铁的延伸、地产开发的狂潮，这里也逐渐蓬勃起来，形成一个新兴商住区，俨然一个独立的小城。三年前应聘这家旅行社，就是因为我喜欢这里惬意的环境，没有市中心那种行人如织又面无表情的穿梭节奏。

"哎，组长，今儿晚上我们去看电影吧。"苏智皱着眉头把一块肥肉夹到我的盒饭中。

"没兴趣。估计今天收工后只能看午夜场了，明天早起还有好几个单子要做。"一想起这些天日日连轴转有干不完的活，我的耳朵就嗡嗡作响，"而且两个大男人看什么电影。"

"你可以叫上你的女朋友。"

"她最近忙着跑招聘会。"

"那我们去吃寿司吧，我好久没吃了。我请你。"

"喂！"我企图叫醒他，"你钱多手痒啊？好好存着，不是说好年底一起去东京吗？"我白他一眼。

"我说阿灏，没必要这样虐待自己，该花的还是要花。何况今天发工资，要张弛有度，别扫兴嘛。"

"好啦，下个月再说。上班时间到了。"我看看时间。

"切。"苏智嘟囔着不情愿地站起身。

苏智算是新人，公司在六月开辟了几条新的国际旅游专线，他大学的专业是小语种，可惜学校不够大牌，最后被我们公司录取了，由我带着熟悉业务。第一天上班，他就缠着我问，工作多久后可以跟团去东京。我不得不打击他浪漫的背包客之梦，告诉他我们的职位不是导游，是洽谈业务的专员。他脸上立即写满失望，但还是东京这东京那的问了好多。最后抑制不住兴奋地告诉我，他想去东京看望留学的女友。

"是吗？我妹妹也在东京念书。"我情不自禁流露出自豪，"我正攒钱准备等她毕业的时候去那儿参加她的毕业典礼。"

我们的关系一下子被拉近，这家伙开始还对我恭恭敬敬，灏哥灏哥地叫唤，相熟后，得知我还比他小几个月，便改口阿灏阿灏地叫了，还死皮赖脸地说我们臭味相投，是可以做兄弟的。后来，苏智就真的成为这个公司里和我关系最铁的同事。

在我的带动下，他这个花钱没计划的人也开始储蓄，因为他的女友夏蕊和我妹妹心怡一般大，都是明年夏天毕业。

【2】

九月的时候，广州的夏天远未结束。阳光那么充足，天空瓦蓝瓦蓝的，澄澈得没有一丝浮云。由于这里是郊区，机场又在附近，几乎没有高层建筑，视野非常开阔。绿色的植被像火烧般燃到天的尽头。

我和苏智倚在天台的栏杆上，盯着机场方向默不作声，有两三架飞机正在起落。中午时刻，是我俩最为享受的宁静时光。我们在这里吃盒饭，思念我们所想的人。其他同事也偶尔上来，但不多，他们在这个长满青苔和布满泥垢的地方待不久。

每天中午十二点二十五分，那架飞往东京的航班总会准确无误地从我们这栋小楼上空加速飞过，从未爽约。

"你一定比我更想去东京吧？"苏智揉揉眼睛，打一个哈欠问道。

"是啊，我已经三年多没见到我妹妹了。"

苏智若有所悟地点点头，他的耳钉闪耀着阳光："离开家乡的第一年她们说最难熬了。"

办公室每个格子间里的座机都铃声不断，午休结束，每个同事的头都被办公桌上满仓满谷的旅游杂志淹没。临近黄金周，全民的消费欲望都被勾起，出国游的热线几乎被打爆。"非常抱歉。"负责新西兰线路的女同事每接一个电话就要表示一次遗憾，她的指标提前完成了。"现在有钱人真多。"她打哈欠对我们做了一个对世界充满费解的手势。而窗边的几个男同事正嘻嘻哈哈地分享一则趣事，一位咨询的客人看完了暑期的美国动画大片后竟然询问有没有秘鲁的仙境瀑布线路。

因为比他们资深一些，我拥有一间小小的独立办公室，平时不用接单，也没有工作指标，却需要负责处理业务变更和顾客投诉等疑难问题。国际游线路增加后，我慢慢感到有些力不从心，对于讲标准英语的外籍游客我还能应付，那些带有本国浓重口音的英语或者同样母语不是英语的客人我就会被搞得筋疲力尽。也许是时候去充个电了。我想，那应该在我的东京之行后。

我有一本地图册，每一页上都是不同国家的景点分布，在公司开通的线路上，我们会打上红圈。新业务一旦拓展，我们都会有攻下一个阵地的兴奋。旅行者们就在我圈起的这些地点飞来飞去，巴黎、东京、悉尼、米

带我去东京

兰、香港、迪拜……刚开始这份工作时，我充满热情和兴奋，每圈起一个新地点，仿佛自己也将到那儿去。我羡慕这些旅行者，但不妒忌他们，因为我坚信自己终有一天也能飞往这些梦想之城。

透过玻璃门，可以看见苏智坐在我的不远处。他坐得笔挺笔挺，一副精力充沛、干劲十足的样子，俨然三年多前的我。虽然平日里与我勾肩搭背嘻嘻哈哈没正经，但一工作起来却十分投入和卖力。每次看向他的方向，都能赫赫注意到他右侧墙上的世界地图。地图上一条粗大的黑线把两个打着红圈的城市连接了起来：广州——东京。

我曾笑话他这是小孩子的表现，在我们这样的公司，这种举动简直是幼稚而不专业的，就像初恋的少男少女喜欢把对方的名字写在自己所有的物品上一样。但我没有批评的意思，地图上那两个红圈和一条黑线正是使他挺直腰板、精力充沛的原因。想到这儿，我揉揉太阳穴，也强迫自己打起精神。

周末，我回到市区。每个礼拜六晚上，我照例陪杨晞逛街吃饭。杨晞是我的女朋友，在中山大学读经济，今年大四，最近被找工作折磨得大悲大喜。

我们默默吃着盘子里的东西，没有太多话说。我是一个上班族，日日寄居在很小的圈子里；过去总是依靠杨晞来调动气氛，但最近她似乎只有一个话题。或许她也害怕消极的情绪会影响到我们难得的约会吧。我提出饭后去看场电影，周初我们刚发了工资。她不作考虑就回绝了，晚上还有很多大公司网申的表格要填，得早点回学校。末了，她抛出一句："你还是省点用吧，花在该花的地方。"这句话火药味十足，我知道她说的该花的地方指的是我妹妹心怡。仿佛忽降一阵阴霾横亘在我们之间。

我不应该总是回避半个月前的那次争吵，今天紧张的情绪完全是那天的延伸。我不记得是怎样开始的，又是因为什么而爆发的，或者，根本就没有来龙去脉。

"心怡，心怡，别张口闭口就是你妹妹。你心里有我吗？我没有奢求你每天都在我身边，陪我去上课自习，下雨的时候给我撑伞，身体不适的时候载我去教室，情人节圣诞节的时候捧着一束花在宿舍楼下等我。我也不奢求你的甜言蜜语。但是现在我快毕业了，要找工作，只希望你能陪我去挑一身合体的套装，能陪我去一次招聘会，为我拎高跟鞋，为我排队占位，站得脚疼的时候为我揉揉脚，我面试的时候在旁边给我温柔鼓励的目光。

我有错吗？这点要求过分吗？可你一次也没有。你总是没时间，工作工作。你心里都是你妹妹，你和她谈恋爱好了。"说着说着，她几乎是在采用控诉的语气呐喊。

那天我的情绪很差。公司的伊斯坦布尔线路预备开通，因为很多关键词的发音与标准英语不同，与土耳其方面的接洽搅得我一头雾水。心怡前夜又来电话说房东涨房租，她预备换个便宜的租屋，我正在牵记着一个女孩子身在异乡的人身安全。

杨晞狂轰滥炸的委屈我没有听仔细，只觉得找工作这件事折磨得她不轻，情绪失控我完全可以理解，自己能力微薄不能帮上一点半点我也不是没有自责。但当她把矛头指向心怡时，让我心头窝起一团火。她并没有点到即止，后面还絮絮叨叨说了一些，我拔出在裤兜里握紧了拳头的手，想了一想，落在餐桌上，震落一只玻璃杯子。

她怔了一怔，头也不回地走了。冷静下来扪心自问，她的指责统统都对，我是个自私的男朋友，也许我们的开始本身就是个错误。

认识杨晞是在三年前。那时，我正在中山大学附近的一家旅行社见习。杨晞刚升入大学，还是个自信满满的 freshman。她加入了学校的一个社团，报了一个寒假去少数民族地区做田野调查的项目，但学工部赞助的资金很有限，剩下的部分要社员自己筹措。她找上我工作的那家旅行社，负责接待她的正是我。

我给了她一个比较低廉的报价，并提醒她可以用长期合作和校内宣传作为跟我们社长谈判的筹码，于是他们的项目得以顺利落实。

新学期，他们的项目得到了学工部授予的优等，作为牵头的负责人，她也得到了奖励。她在校园餐厅请我吃饭。用餐快结束时她盯着我看半天，吞吞吐吐道："冒昧地问一句，你是那个没有来上学的顾闵灏吗？"

我当时被她这冷不防的提问惊住，沉默了半晌，笑着点点头。

虽然证实了自己的猜测，但她依然显得很惊讶："原来真的是你，拿到你名片的时候我就想问。可我怕得罪你，我的项目就要泡汤了。"

"你怎么知道我？"

"天啊，你和我是同班同学呢！"她仍张着大大的嘴巴，"你的入学成绩在我们班排第二，你知道吗？"

我笑着摇摇头。收到录取通知后，我就把它混在旧报纸里扔了，我不关心报到后自己会被分配在什么具体专业，说到班级和同学，那就更可笑了。第二名，根本是无稽之谈。

 带我去东京

"刚开学那会儿，大家都对你好奇不已。这么高的分数不来上学，还以为你是那种非清华北大不上的一根筋。有人猜测你大概是复读去了。公共课点名，你的名字老没人应到，谁都没见过你，但谁都知道你的名字。你的学号是0673048……"她说得忘形，好像这个近在咫尺的大学中真真正正存在过这样的传奇人物。

"昨天晚上，班主任让我整理全班同学的中学学籍档案，我还看到了你的档案呢。上面有你的报名照，我才确定我认识的这个你就是那个没有报到的顾闵灏。"

"嗯。"直觉告诉我，这是个单纯的女孩子，对人世的种种充满好奇和渴求。她必定会继续追问，不刨根问底决不罢休。

"那份档案上，家庭成员你只写了妹妹。这是为什么呢？"

"因为我的家庭成员只有妹妹。"面对她这样毫无恶意的人，我不想摆出回避的样子，那样只会削弱我作为一个男人的担当。

她的嘴巴张成"O"形，神色黯淡下来，大概以为触碰到了我的什么伤心事，而一脸抱歉。

"你最大的疑问，是我为什么没有来上学？"从我选择了这条路开始，就确定这是我的人生，也许我曾有过别的路可走，但那已经不在我的追忆之列。

"我妹妹小我三岁，从小聪慧过人，极有艺术天赋。我读高三时，她也读高三了，了不起吧。去年十月，我们学校艺术团在市里汇演，有位东京大学艺术系的教授受邀列席观看，觉得我妹妹的独唱很有感染力，就举荐她去东大深造。她的申请很快通过了，不过学费要自理，所以我就出来工作，把机会留给我们家更有希望的那一个了。"

"你的父母……"

"都去世了。母亲的印象我已经不深，是生妹妹时得了并发症过世的。父亲是援非工程师，在埃塞俄比亚的一个工程项目中发生了意外，去世得也很早。你知道援助第三世界国家都没什么钱，他的公司只能负责到我们十八岁成年，那时候的抚恤金很微薄，不够现在妹妹一个学期的生活费。"

"你妹妹难道同意你辍学供她读书？"

"她不知道我没报到。她也在那儿半工半读，但你知道一个女孩子在异国很艰难，尤其是日本这样的地方……"

"如果像你所说你妹妹这样优秀，完全可以读国内的名牌大学，你们不就双双是大学生了吗？可以今后靠自己的努力继续深造。"

我摇摇头："机会不会总是等着你。何况我足够自信选择不一样的路自己也能走好。她是个女孩，还那么小，她是我唯一的亲人，我不能让她受委屈。"

两个月后杨晞成为了我的女朋友。

"顾闵灏，你知道为什么我愿意跟你在一起吗？"她蹭着我的脖颈，"我第一次来找你帮忙，你就提到自己有个妹妹，所以帮助我的时候总是想到也会有好心人帮助她。后来每次见面，你都张口闭口妹妹。"她仰起头，深情地看着我，"直到后来你告诉我你的故事，我就在想，把亲人看得这么重要，为之做出巨大牺牲的人一定值得依靠。我也要做你的亲人。"

我觉得我是幸运的，能追到杨晞这样的女孩。她算不上美女，至少不是让人眼前一亮的那种。她的美是淡雅的，气质的，与世无争、暗自流芳的。她的举手投足，一笑一颦，都给你平静，给你从容，好像她就是一个归宿。日子一久，从哪个角度看她都是美的，你觉得她的五官、身体的每一个形状都是恰到好处，是不能圆一点扁一点、不能增一点减一点的。

只要有一点深入的交往，这样善良周到的女孩往往就会令人动心。其实杨晞的追求者不少，少男少女，在校园这样浪漫而与世隔绝的仙境，除了恋爱，还能干什么呢？我自认比她多了几个月的社会阅历，但并不表示我已经历练成一个不为所动的成熟人士。

在得知我境况的第二天，她向学校有关部门反映了我的情况，希望能帮助我减免学费，继续求学。但学校方面的回复是，既然我有钱送妹妹出国留学，就证明我并不贫困。其实我很理解这样的解释。杨晞几经奔走无果，还曾深深自责。我回请她吃饭的那天晚上，她终于气馁得伏在我肩膀上大哭。

"傻瓜，"从那时起，我就暗暗发誓，一定要追到她，用尽一切力量保护她，"你为什么不告诉我就去受这种累呢？学校松口了又能怎样？我的录取通知书也已经丢掉了呀！"

可是三年来，我并没有履行自己心中对她的承诺。也许是我低估了生存的艰难，也许是我幼稚地以为爱情只要存在于心，慢慢滋养也为时不晚，也许是我倔强地不肯承认一个社会青年日日身处狭小的工作圈无法理解未来世界里充满无限可能性的天之骄子的高傲的心。离妹妹毕业的日期越来越近，我与杨晞的距离却越来越远。吵架后，我冷静了两天。在电话里不停地给她道歉。她一如既往的通情达理，表现得云淡风轻，并没有继续指

 带我去东京

责和控诉，但却一直不肯出来与我见面。那种拒人千里的冰冷倔强让我害怕。这时我才意识到，女人的爱是既简单又复杂的，简单到只要天天能陪在她身边，复杂到不知哪一天就会不小心踩到她为你设置的雷区。

　　让我一直困惑的是，为什么妹妹、杨晞这两个我挚爱又挚爱我的女孩，相互之间总是充满敌意。她们大一那年的寒假，为了节省开支，我没有同意思乡心切的妹妹回国。除夕在杨晞人去楼空的寝室，我们一起和妹妹视频守岁。虽然在我的讲述中，她们已经对彼此很熟悉，但初次见面还是有些尴尬。妹妹和她礼节性地招呼以后，就跟我聊起小时候在奶奶家过年的往事，把杨晞撇在了一边。东京与这里时差一小时，妹妹下线后，我们的农历年还没有到来，我们继续看着春晚守岁。杨晞笑着对我说，你妹妹好像并不欢迎我加入你们，她一定认为我抢走了她的哥哥。在随后的电邮中，妹妹也表达了相似的意思，她觉得杨晞对我们这样的家庭有种居高临下的优越感。她们私下从来没有过交流，简单的节日短信问候也没有。在妹妹面前，只要我不提起杨晞，妹妹从来不问起她。同样，在杨晞面前，只要我不说起妹妹，她也不关心。她们就像两条平行线，在我身边各自延伸，或者说就像两座各自为政的独立王国。

　　我看向正在吃着色拉的杨晞，她神情淡然地将食物一点一点送入口中。她没有觉得这沉默的十分钟有丝毫尴尬，放在热恋的过去，这是不可想象的；她更不可能知道此时此刻往事如何在我脑海里翻江倒海。

　　我再次看向她时，突然发现杨晞身上正散发着一股女人日渐成熟的气息。我不知道这股气息是来自于她没有来得及换下的面试套装，还是发自她心灵深处的某种蜕变。我所能知道的是，这股气息使我感到陌生和迷惑，使我不自在，不喜欢。啊，我刚才不曾注意的还有她左侧椅子上放着的一个名牌手包。

　　"好漂亮的包，肯定为面试加分不少吧？"我极力用随意的口吻发问。

　　"哦。"她有点不自然地拿过放入怀中，"假的，地摊货。"

　　我的心上结过一层霜，公司的导游中有不少拜金女，每次海外血拼归来都会开一次真名牌和A货比较的扫盲宣讲会。杨晞从没有在我面前提过她对名牌的热衷，我有工作便利但没有财力请人代购这类奢侈品来取悦她。那些历历在目的过往告诉我，我们的感情不是依靠这些建立的。但我知道这个包绝不是假的，杨晞开始有了自己的秘密。

【3】

其实国庆黄金周过后，我们的业务依然繁忙。由于所有线路的报价几乎比节内跌去一半，那些有经验的资深旅行者累积了年假前来抄底。业务员个个忙得像停不下来的陀螺。"为什么有钱人有闲的人那么多？"还是那位女同事。

这天的午饭我和苏智都忙得只能在办公桌上解决，我们没能目送那班飞往东京的飞机，只在办公室里听见它裹挟的气浪的巨响。黄昏时，稍一得闲，苏智在QQ上振我，叫我上天台抽根烟透透气。我带上了刚刚收到的心怡的信。

"哇，你们怎么破天荒写起信来啦？"苏智比我还兴奋，在我身后张牙舞爪，我用力按住他的额头，把他按下去，"不是电邮联系的吗？顾心怡是不是快毕业了，不那么守财奴了？"

上个周末心怡和苏智的女友夏蕊相约一起去爬富士山了，信是心怡在富士山下发出的。我和苏智同事后，就把两人介绍认识了，好让她们同在异乡相互照应有个伴。

苏智这家伙这时已经死皮赖脸像小狗一样贴上来。因为没有什么私密的事，所以我看完就丢给他看。

"哈哈，她和夏蕊去爬富士山啦。真让人羡慕。"苏智就像一个少年在读着恋人的来信。为了省钱，夏蕊和他也以网上聊天为多，只在第一年寄了几次明信片，电话也舍不得打。

"还是写在纸上的信好啊，带着那边的气息和那个人的气息。"苏智把信封翻来倒去，"怎么没有相片呢？"

"后面都说了，还没有洗出来，下次再寄给我们。"

"哦，对呀。我没注意看这一句。"苏智摸着头发，憨憨地笑了。

下班后我在办公室处理一些手头未完成的工作，虽然已经离规定时间过了一个钟点，办公室还剩下几个年轻人加班加点。这时苏智鬼鬼祟祟地躲在通往洗手间的走廊召唤我。我以为他早走了。

"她还在吗？"苏智压低声音，夸张地做着嘴形和手势。

我转头向后看了看，确认安全，使劲摇摇头。

"那我先走啦，不等你了，明天见。"苏智做个鬼脸。

忙完工作，我也出了公司，却看见暮色中站在榕树下的小雨。她看到

带我去东京

我独自一人，脸上露出失望。看来，苏智这家伙为了保险起见一定是从后门溜走了。

小雨是半个月前新招进来的三个在校实习生之一。虽然才正式工作几个月，但领导看重苏智，把她分给了苏智带教。小雨是个很温和的女孩，性格非常好，留着短发，脸圆圆的，聆听指导时认真的样子显得特别可爱。而苏智是众所周知的工作狂，认真对认真，他们真是无敌搭档。慢慢大家发现这个实习生对带教老师特别殷勤，中午给苏智买盒饭，帮他倒开水，每天下班后等他一起离开。苏智也喜欢她，但只是朋友间的情谊。当被八卦的同事开起男女朋友的玩笑时，苏智忽然慌了手脚，不知如何应对了。

"顾老师，苏智没和你一起走吗？"

"他早走啦。我还以为他和你一起走了呢。"我一说完就责怪自己不厚道。

"他在躲避我。"小雨嘟起嘴沉思，委实是个可爱的姑娘，"听说他有一个女朋友在东京留学是吗？"

我点点头，和她步入暮色渐浓的林荫道。

"听他说，你们正在存钱去东京？"

"对。"

"什么时候出发？"

"早则今年冬天，晚则明年开春。"

"会去参加她的毕业典礼吧。"

"对。我妹妹也在东京，她们的毕业典礼在三月份，我们先提前过去玩一段时间。"

"好羡慕啊。那时樱花也开了吧。我也好想去东京。但现在还没正式工作，恐怕赶不及存钱跟你们一起了。"

"那你毕业后好好努力工作。"

"嗯。"小雨点点头，侧过脸，"我的毕业典礼在明年六月份，你们那时该回来了吧，你们会一起来参加我的毕业典礼吗？"

"只要不跟我女朋友毕业的那天撞车。"

杨晞的忙碌也在加倍，每每接到我的电话，她的语气都有点失望："我还以为是面试通知呢。"金融危机让这届毕业生有些慌不择路，如果我多愁善感一点应该发现，自己也差点是他们之中的一员。

这天却是杨晞主动联系了我。几经鏖战，她终于披荆斩棘被梦寐以求

烟花夜不见不散

的全球第一大日用快速消费品公司录取为管理培训生。她要请我吃饭庆祝。

于是,仓促间没有准备什么礼物,我就请她看电影。电影结束已经是午夜。沿着清冷的街道,她的兴奋劲儿并没有过去。一改往日讨论剧情的必要环节,她重复着吃饭时已经提过的外企见闻,把之前那些没有给她offer的公司的HR骂了个痛快。在阐述如何击败清华北大海归,如何与刁难的面试官斗智斗勇时,她再三提到了一个名字,似乎是这家外企一个年轻的部门主管,是她的中大校友,面试过程中帮了她很大的忙。

我由衷地为她高兴,但这些听来陌生的故事,实在引不起我的共鸣。分别在她宿舍楼外一个宁静的路口,我拥吻了她。"祝贺你!"那个小小计划终于在这个时候激起了我的信心,"让我为你的幸运锦上添花吧。"

"什么?"她有些意外。

"你那份去东京的钱我也存得差不多了,寒假你抓紧准备毕业论文,开春了我们一起去东京。很多事情上我帮不了你,但让我送你一个毕业旅行吧。"我甚至酝酿着另一番浪漫,在那个盛开樱花的国度向杨晞求婚。

杨晞淡淡一笑,双臂从我的脖子上放下来:"其实我去不去都无所谓。你看你,瘦成这样,工作那么拼命,却都是为了别人,一点都没为过自己。"

什么别人?我在心里抗议,你杨晞、妹妹心怡,就是我此刻生命的全部。"你不想去?"

"不是。"她摇摇头,"如果我不去,你就可以申请探亲而不是旅游,这样就能早些出发,延长待在东京的时间,和你妹妹待久一点,多玩一些地方,那不是你心心念念的地方吗?况且……我对东京不是十分感冒。"

她给出一个很优雅的笑容,然后踩着细高跟鞋往宿舍走去。我感到三年多来从未有过的空前的气馁。她仍称心怡为"你妹妹",她仍要将她的那条平行线继续延伸下去。看着她在黑夜中朦胧的背影,我预感自己正在失去她了。

【4】

十一月中旬的时候,广州刮了一场台风。因为暴雨的阻隔,公司宣布调休。刮风这天,苏智贪图公司网速快竟跑到公司玩网游。得知我正在公寓里玩,便把我叫了过去。而我正好有东西给他。

"都什么时候了,还有台风。广州以后只有夏天了。"中午,我们试图上天台看看，却被迫只能躲在楼梯间。

"气候反常。说不定哪天广州会下雪。"我幽幽地说。

"鬼天气！所有的航班都会取消吧。"苏智趴在窗台上，脸贴近窗玻璃。外面风雨大作，世界仿佛拉开一个巨大风箱，呜呜作响。

我把妹妹寄来的一部分相片给他，上面都有他女友夏蕊的身影。相片是昨晚收到的。

苏智乐颠颠地坐在台阶上一张一张地看，不时爆发出没心没肺的笑声。"哈哈，你看你妹妹。""哎呀，夏蕊的半边脸不见了！""啊哈，她们两个太放肆了。"

与照片寄来的还有妹妹的信。我没有敢拿出来给他看，我宁愿他永远不要看到。妹妹的信上说，因为房租上涨得厉害，夏蕊搬到一个专门针对留学生的群租屋去住，那里的房间几乎没有窗户。在一个气温突降的夜晚，夏蕊煤气中毒死了。她得知的时候，事情发生已有三四天，她不敢在网上的即时通话里告诉我，害怕影响我工作情绪，也怕我无法面对苏智。妹妹说，暂时不要告诉苏智吧，夏蕊的照片还刚洗出来留着显影水的味道呢。

事实是，面对嬉笑怒骂的苏智，我无法告诉他，东京不要去了，那是个烂地方，你的夏蕊已经不在那座城市了，她不在这个世界上了。我从没有像此刻一样渴望广州的台风刮到不要停，刮到每天的航班都取消。

日子如白驹过隙。以为这个几乎没有冬天的城市会把夏天继续下去，但它还是进行了季节的嬗变，飞速地跳离秋天，直接进入冬季。过了十二月，气温一夜之间下降，连天气预报都测不准天气和气候的变化。

去东京的日子越来越近。

这天下班后，外面已黑得伸手不见五指。办公室里只剩下我和苏智。小雨已经不在了，她的实习期前天结束。我拿着资料经过苏智身旁时，他伸手拉住我。

"夏蕊说，东京下雪了。"苏智一脸艳羡的表情。

"哦，下雪了？"我吓了一跳，以为遇见鬼。勉强挤出一个笑容，看见他电脑屏幕上一个MSN对话框正在闪烁着，是夏蕊的ID。

心怡，你要加油。我心里悄悄为妹妹打气。我看一眼苏智桌上的台历，离我们计划去东京的日期仅剩十五天了。

晚上十点多，我缩在冷飕飕的公寓正和妹妹谈论着东京的积雪时，突然接到苏智一个急切的电话。我到门口，他已经骑着摩托车在等我了，脸色阴沉严肃，二话不说，塞给我一顶安全帽。我还未弄清怎么回事，他拉我上摩托车就呼呼开走了。

十二月冷冷的风在我们耳边呼啸而过，伴随着马达的巨大轰鸣声摩托车在寂静的街道如子弹般穿过。我扶着苏智的肩膀，不安地想，莫非妹妹告诉他了？还是他自己察觉出来了？摩托车在一栋漂亮的公寓楼附近停下。

"顾闵灏，等一下你千万不要太冲动！"苏智焦虑地站在我面前，皱着两道浓眉。

我大惑不解，他却沉默不语。一小时光景，杨晞牵着一个男子的手一脸欢愉地从公寓楼走出来。十二月刀子般阴冷的空气一下子灌入我的肺，我几乎要窒息。我转身就走，要赶紧逃离，逃离这即将发生的狼狈不堪的照面。

苏智一路小跑追上我："你怎么走了啊？快过去当面说说清楚啊，他们就要离开了！"

"我们走吧。"我尽力控制着情绪。

"哎！顾闵灏！"苏智一副恨铁不成钢，"你怎么就这样让人欺负啊?!"

那我该怎么做？被劈腿本身就宣判我的失败，我不需要用暴力和质问使自己显得更可笑。

"唉，阿灏，我发现这件事已经有大半个月了。我本打算先瞒着过一段时间再告诉你。可是这几天我发现他们天天在这里出入。实在太气人了！"苏智握紧的拳头打向旁边的一棵树。

是啊，你为什么不瞒着，等我们三个人去完东京再说呢。我看向他，离开校园不久，他还是个意气用事的少年人。

没过几天，杨晞就向我摊牌了，是她主动找的我。我们很平和地坐下来谈，没有指责，没有争吵，她的神色告诉我，她甚至有些吃惊于我的坦然接受。那晚我和苏智看见的男子就是在面试时提携过她的学长。他们真心相爱，有共同的志趣和理想。提到他时，虽然杨晞极力想表现一种分手的沉痛，但我看见了她嘴角隐秘的微笑。这时我才发现，杨晞一下子长大了，正如这骤变的气候和天气，她再也不是四年前刚从中学升上来的稚气未脱、为了一些不切实际的事情也能执着奔波的女孩，不再是伏在我肩膀为奋斗无果而号呼哭泣的女孩。她变得有力量了，而我却停在原处显得单薄无力。

末了，我问她："为什么不等我们去过东京回来后你再说呢？我真的很

带我去东京

想和你去东京。"

她想想,有些不好意思却坚定地说:"我如果去东京旅行,更想和他做伴。"这是恋爱中的人难掩的骄傲吧。

离去东京的日子只剩下五天。飞往东京的波音767依然每天准时无误地从我和苏智的头顶上空飞过。广州的气温又大幅回暖,阳光像夏日般灼灼。这个城市真的快没有冬天了。所有的事情仿佛都在这天气的迅速嬗变中发生的。旧的还没过去,新的又来。

我以为和杨晞再也不会见面,却未料到仅仅过去四天,我们又坐到彼此面前。

杨晞头发蓬乱,人瘦了一圈,憔悴无助的样子比那天她向我提分手更让我觉得痛心。

"阿灏,我实在没有办法,否则不会来找你。"她双眼红肿,不知已经哭过几场。

杨晞的男友前天跳楼自杀,现在正躺在医院里生死未卜。这位学长是靠自己从农村奋斗出来的,工作数年,累积了一定资金和人脉,介绍杨晞进公司后,他就辞了职跳出来单干,把所有财产都拿出来孤注一掷,准备大干一场。谁知合伙人轻信一家融资公司的鼓动,偷偷买回一堆废纸以为是即将在纳斯达克上市的潜力原始股,血本无归。断了资金链条,他抵押给银行的房子车子、乡下的祖产全部被冻结。前天晚上,债主纠结了一些暴徒上门逼债,感觉走投无路的他霍然从家里的阳台跳下。

"阿灏,你知道,我不能在这个时候抛弃他。他现在连救命的钱都没有了。"

我几乎是没有犹豫地答应会尽我所能帮助她。因为我了解她,杨晞是个可以为爱奋不顾身的女子,她的爱从来是凛然而决绝的。正如三年前她可以凛然地爱上我。她爱上那个男子,我从来不认为对我是背叛,仅仅是不爱了,又爱了。

【5】

 这一天是个晴天,阳光如玻璃弹子球般在飞机场上静静跳跃。周围的蔓草像海浪般剧烈起伏。我隔着铁丝网,看着一架架飞机升起又落下。这段时间发生的事情太多了,我几乎要招架不住。好一个晴暖冬日,但愿后面的日子就这般静静流淌下去。

心怡，哥很抱歉，我无法去参加你的毕业典礼了。

苏智，你后天就要去东京了，你一定要坚强，一定不能哭。

"阿灏！"

苏智气喘吁吁地向我跑来。

"我就知道你一定会在这里。"他喘着气。

"后天你去东京吧，我不去了。"他将一张机票和银行卡塞进我手里。

"你怎么知道我不去东京？"

"杨晞都告诉我了。你真傻，我从来没见过你这么好的人。"

"那你为什么不去？"

他看我好久，突然背过脸去。"那座城市已经没有夏蕊的气息。"

我一愣，突然明白，但仍试探着问："你已经知道了？"

"对。"他用力推搡我一把，眼睛一下子红了，"你和心怡到现在还想瞒着我吗？你们两个真坏！"

我沉默半晌。"你什么时候知道的？"

"昨晚夏蕊的妈妈打电话来通知我下周参加她的落葬，她的骨灰已经运回，没有遗体告别了。"

我忽然觉得阳光刺眼。它把所有的真相捅破了。

"你还是去吧。毕竟那儿有夏蕊生活过的痕迹。"

"你还想让我伤心吗？我能挺到现在已经很不错了。心怡在那儿等着你呢，她一心盼望你去。你可以和妹妹在那边团聚了。而我和夏蕊会在这里团聚的。"

十二月二十七日，机场候机大厅，苏智来送我。候机大厅空阔敞亮，透进的日光闪亮灼眼。电子广播声重重叠叠如遥远海边此涨彼落的潮汐。

去东京的日子终究是来了。

"你看你，多像个小孩子，这么早就来候机了。以前还净笑话我是个小孩子。"苏智轻轻捅我的肩膀，浮出的笑容有如这透进的日光，"记得替我向心怡问好。你跟她说，她演技不错，居然聊天的时候能骗过我的火眼金睛。"苏智比我想象中的要坚强。可是我觉得那应该都是在我面前硬撑出来的。"还有你，总是为别人想那么多。你这次过去，应该告诉你妹妹你没去上大学的真相了吧。让我帮你瞒了那么久，害我也成了一个大骗子。"他又捅捅我的肩，"到了那边记得给我打电话。"

 带我去东京

"嗯。"我点点头，给了他一个熊抱，示意他不要送了，"快回去吧，十二点二十五分。别忘了。"

"你早点进去换个靠窗的座位吧，要记得往下面看哦。"他边说边打手势，"我在天台。十二点二十五分。"

看着苏智小跑步的背影，我的脑海里立即闪现一幅幅喧闹的画面：一架又一架波音767从我和苏智头顶上空不断飞过，明晃晃的，白色庞然大物，在晴天、雨天、阴天、大风天……一种叫作泪水的液体开始在我眼睛里酝酿翻涌。

可是苏智，对不起。心怡，对不起。我还是无法去东京。三年来，对杨晞的爱有很多亏欠，我只能倾自己所有对这份爱做迟到的交待。

十二月二十七日中午十二点二十五分，候机大厅的玻璃幕墙外，一架波音767缓缓地从跑道上滑行，瞬时腾空而起，越过这座城市冬日的晴空飞往东京。

我仿佛看见，苏智也正像此刻的我一样朝它挥手。再见了，东京。

她来听我的演唱会

> 她来听我的演唱会
> 在十七岁的初恋第一次约会
> 男孩为了她彻夜排队
> 半年的积蓄买了门票一对
> 我唱得她心醉　我唱得她心碎
>
> 她来听我的演唱会
> 在二十五岁恋爱是风光明媚
> 她不听电话夜夜听歌不睡
> 她记得月台汽笛声声在催
> 播我的歌陪着人们流泪
> 我唱得她心醉　我唱得她心碎
>
> ——张学友《她来听我的演唱会》

【1】

二十岁来临后，我突然变得极易脸红。特别是和女孩子说话，哪怕是熟悉的女孩子，说上一分钟，约莫二十句话，脸常常红起来。由于脸红，说话也因此常常语塞。整个人看起来害羞，局促不安，引人注目。

朋友们说这是缺少和女孩子交流的缘故。当然这是他们有失偏颇的见解，我却不这样认为。虽然没有彻头彻尾、百分之百地谈过一次恋爱，但身边的女性朋友并不少。泛泛之交难以计数，但深入交往、保持联系的尚有十几个。因此我不缺少与异性的交流。

至于为什么二十岁后变得极易脸红，这确实是令人费解的事情。作为当事人，我久久未能弄清它的来龙去脉。朋友们认为这是返璞归真的表现，人生唯有在十四五岁的时候，即少男少女时期，才会轻易脸红。他们有的认为是好事，有的认为是坏事。是好是坏，个中滋味唯有自知。

因此，二十岁刚过去几个月后，我便落得"他会脸红哟"的外号。"他会脸红哟"，这是女孩子说话惯有的黏滞拖沓的语气。

六月份，在朋友的介绍下，我接了一份电信公司的兼职工作，卖电话卡。一个月内，我卖掉了500张电话卡。500张，这是个令人惊讶的数字。连我也感到暗暗吃惊，甚至想来有点后怕。一个极易脸红的人在短短的时间内卖掉500张电话卡，无论怎样想来，都是一件神奇并值得长时间探究回味的事情。而现在想起来，仿佛那是一件几十年前的事，一个二十出头的青年，戴着帆布遮阳帽，穿着白色、印有电信公司标识的运动衫，斜肩挎包装满几百张电话卡，像苦行僧般，在各大高中院校、出租公寓、住宅小区挨家挨户地敲门，兜售。买卡的客户当中，绝大多数是女孩。或许是我的脸红吸引了她们，打动她们也未尝不可，她们极易交谈且满心欢喜。有几次，女孩开门后，我站立在门口半晌说不出一句话来，脸涨得通红。她们热情地将我请进屋内，对一个脸红语塞的推销员感到好奇。在她们一杯热咖啡或冰镇啤酒的招待下，我缓缓地说出我的来意。这时就会演变成漫无目的的交谈。她们看起来孤苦伶仃，独居，出门在外，有恋人或无恋人或分居两地。有一次，我和一个正在读大学三年级的女孩聊了一个上午。她语气散淡神情温煦地讲她的恋人以及一些无关紧要的生活琐事。我用心地倾听，在她停歇的间隙，适当地加一些话或简单评论。每逢此时，必定脸红。如此一来，谈话无比愉快。谈话结束后，她同我买了二十张电话卡。又有一次，一个缺小拇指的女孩对卖电话卡这件事深深着迷，她本来要去很远的城市探访一位朋友，行装、车票都准备好了，但就此取消出行，跟着我走街串巷、跑上跑下去卖电话卡。她像小鹿一样活蹦乱跳，喜不自禁。在她的帮助下，那天我卖出了80张电话卡。她唯一的报酬是我陪她看了一场午夜电影。

总之，极易脸红成为我二十岁这年的特殊事件。它使我在生活的某些方面，譬如就卖电话卡这件事，变得无往不利，一帆风顺。我也相信，它必然会成为一种温情的青春记忆。

兼职结束后，我得到2500元的报酬，其中300元是销售经理额外给的。他对我的销售业绩感到不可思议，当作奖励。

七月份来临的时候，学期一结束，我乘上旅游巴士，到省南端的一个海岛作一次短期的夏季旅行。我打算就十六岁至二十岁这四年写点什么，关于自己，关于生活。毕竟，脸红的岁月不知能维持多久，或许即刻消失，一去不复返，或者七老八十再度脸红也未必不可。

一个晴空万里、心情愉悦的清晨，我登上了旅游巴士。我把随身物品塞入旅行袋中，装了两套供换洗的衣物和一条泳裤，一双沙滩球鞋，一本三岛由纪夫的《潮骚》。登上巴士后，我坐在临窗的位置。起先看海岛的简介地图：面积一百平方公里，人口八万。一九八二年设镇。风光旖旎，以优质的沙滩而闻名，每年夏季吸引成千上万的游客前来。被称作东方夏威夷。然后目不转睛地看了好一阵高速公路的沿途景色。最后抽出书来看，直至在巴士的轻微颠簸中沉沉睡去。白日梦香甜美好，小说的情节延续并进入我的梦中，化成自身的东西：我将在海岛邂逅一个美丽的少女。

巴士进入海滨大桥时，乘客带有欢呼雀跃的交谈声将我吵醒。我仿佛做了一个长长的仲夏夜之梦。海滨大桥像一道笔直的光束，从大陆对岸射入海岛。先前苍茫的郊野树林倏地消失不见。蔚蓝开阔的海湾撞入视野。强烈的视觉冲击让人胆战心惊。蓝色，是这里唯一仅有的色彩。海水仿佛以大桥为中轴线，向两边无尽扩展延伸，与天相接。海的蓝和天的蓝浑然一体，海平线因此消失了。太阳正在西沉，照亮了西边的海水。明亮的海光有些晃眼，五彩缤纷。进入环岛公路，疏落高大的棕榈树林、椰林扑面而来。潮湿温热的海潮味隐约可闻。路过街市时，大排档开始躁动起来。由这杂沓的脚步声便可使人看到入夜之后，这些大排档由点连成线，由此及彼，通宵彻夜欢闹不止。

下车后，我在一处原法属殖民地村落住了下来。海岛曾经是法国殖民地。法国人傍依着当地的村落民居建了许多欧陆风情的房子。这样中西合璧的村落遍布整个海岛。有不少法国屋宅在解放后遭到破坏，但绝大多数完好无损地保存下来。这都是上个世纪的事了。

我落脚的这个村落临近海边，是一个来自当地的大学朋友介绍的。我在一所哥特式旅馆租了一间房间，租期为半个月。旅馆老板是个周到、热情有加的老头。旅馆不大，没请什么帮手，他一个人似乎能忙得过来。办了简单的入住手续后，老头喋喋不休地引领我穿过逼仄狭窄的木制楼梯，昏暗潮湿的走廊,来到我租下的房间。其实这一切不用他做。我猜大抵是他看我是个学生,极易脸红,稚气未脱,行李不多,孤身一人,很可能是和家里闹矛盾离家出走或者被恋人抛弃,便和我多说了几句。我嗯呀作答听他讲完。他走后,我喝了一罐冰镇青岛啤酒倒头便呼呼大睡过去。

【2】

第二日醒来是六点二十五分。几只海鸟凛冽清亮的叫声将我吵醒。初来乍到的新鲜感和陌生感使我无法继续入睡。我翻起身打开房间内的老式彩色电视机,遥控器按来按去只有两个频道,信号也不太好,声音、图像都不清晰。较之乏味冗长的肥皂剧,我挑了新闻频道来看。由于今天才刚刚开始,尚未有什么新闻可播,故在回放昨天的新闻,如道琼斯指数下降股市大跌,哪两个国家元首会晤举行双边洽谈,中东地区恐怖袭击死了多少人等等。

想起昨晚没洗澡就睡了,便作了简单的冲浴。之后站在雕花石柱栏杆露台观望,喝啤酒,将身上水渍吹干。从这里恰好可望见海水浴场,但仅仅是十米宽的视野,两侧都被这种法式楼房建筑遮挡了。

我在附近一间小餐馆吃了早餐后,折回旅馆时碰见老板。

我问他在哪里可以租到脚踏车。

"哎哎,"他摆摆手,"哪用去租,我有一辆借你。"

他很快从一间储物间推出一辆七成新落满灰尘的羊角把细轮山地跑车。

"怎么样?"他拍拍车的座鞍,有细小的灰尘弥散开,"好车呢。"

我很难想象他这般年纪会骑这种车。

"我女儿的。"他呵呵笑道。昨晚我好像在他的絮叨中听到他说有这么一个女儿。十六岁,在市区一所重点中学念高中。

"见你是读书人,才借给你。而且我们挺投缘,又谈得来。"投缘这尚未可说,谈得来,从昨晚至今,我似乎没和他说过多少句话。

"你是复旦大学的吧,我女儿也钟意那所大学,说不定,日后她就成为你的学妹。"

他给我取来工具箱。我给跑车上油,充气,擦灰尘,检查零件。他则接着他女儿的话题讲。无非是老人念叨子女的话。讲他女儿越大越不听话,成绩也不如以前好,很长时间不打一次电话回家。还说过几天就会回来,如果方便的话,让我给她辅导辅导功课,讲高考的事宜。

这时，一个男青年搂着一个女孩嘻嘻哈哈说笑着，噔噔地下楼梯。男青年身形高大结实，扎着马尾辫，一身牛仔打扮。

"田伯，你女儿什么时候回来呀？"青年逗笑着问他。

"快了，还有三四天吧。"

"老是听你说，我都等不及了。记得给我介绍啊。"青年不加修饰的爽朗笑声交织着从窗台泻入的清晨阳光，驱散了前厅略显潮湿的空气。

"一定，一定。"

"听说你女儿很漂亮，比她漂亮很多倍吧。"青年指着搂住的女孩说。

"哪里，哪里。一样漂亮。"

女孩停止笑声，脸沉下来，对男友的话显得有点不高兴。她拍打青年的胸脯，"讨厌！"

老伯和青年忍不住哈哈大笑起来。

年轻的情侣很快消失在门口。

"也是大学生，是什么艺术大学的。"老伯压低嗓音说，似乎担心青年未走远，"在这里住了两个多月了，可能是美术系的来这里写生。有时和几个老教授在一起。人很好，就是生活不够检点。整日搂着女孩进进出出，隔一段时间换一个女伴。这应该是第七个了，如果我没记错的话。"

检修好脚踏车后，我按原定的计划上路。老伯又给我介绍了几处地点，我一一记在笔记本中。

【3】

第三日醒来，已是日过中天了。午后的太阳光线带着静谧沉着的冷静从石块框边窗户射进来，打在床铺上，我裸露在外的左手臂被晒得发烫。

我昨夜很晚才返回旅馆，田伯早已睡下。夜晚他请一个年纪与他相仿的老头守夜。

昨天我去了不少地方，看了许多风景，现在挤得头脑涨涨的，反而什么都记不清了。

洗漱之后我坐在床沿照了照镜子，下巴爬满青青的如稻草茬般的胡楂。皮肤晒成深沉的古铜色，这是一个月以来跑来跑去卖电话卡，加之昨天暴晒的结果。这种肤色在未来半个月内还将深沉下去。我拿来剃刀刮掉胡须，却发现头发很长了，乱糟糟的，像海草般纠结缠绕，且没有一丝水分。昨天行车时，额前头发好几次垂下遮住眼睛。

我把目光看向露台外，海水浴场慵懒地像镜子一样反射着太阳光。我该找个地方理发了。

我下楼梯时，田伯正半弓着腰，手肘支在柜台上，孤独地抽手工卷制的香烟，气味十分馥郁芳香。

"哎哟，你睡醒了。又要出去吗?"他见到人时总是这般热情欢悦。他嗓音很大，精神矍铄。从哪一方面看来，他都是一个活力十足、生命旺盛的老头，并且将活上一百二十岁。

他身旁的一张高脚凳上立着一台德生牌数字调频收音机，正在收听中央戏曲频道。此刻正在播京剧《霸王别姬》。

我告诉他我想找间理发店理发。

"你算问对人了。我告诉你一个好去处。你沿着左侧这条街巷往前走，会看到一个小教堂。然后走教堂右侧的弄巷，顺着巷道右拐，再前行200米左右，就会看到理发店了。"

他像导路人一样说完，吸一口烟后又道：

"店主是个女的，三十岁上下，手艺非常好，人长得又漂亮。非常漂亮——"他特意重复了一次，"我敢说是全岛最漂亮的女人。"

我对他的话不置全信，或者说不以为意。我只不过找个地方理发罢了，我在某人身上希求二十分钟，她只需畅畅快快把我的头发理顺，收拾好，二十分钟后，我们又将天各一方。才不去管是男是女，漂亮还是不漂亮。况且他的话带有调侃意味。到了他这种年纪，谈论起女子，千篇一律都带有调侃性质。

我按田伯的指引很快找到那间理发店。只不过他说的教堂以后的路，他把细节省略掉了。教堂右拐前行200米，是一条非常窄的胡同，两面高耸潮湿的墙壁几乎要将人压得透不过气来。穿过胡同后却豁然开朗，其实一走进胡同后就能感觉到。几座府邸式的大宅楼并排而踞。这些府邸院前无一例外都有一张大得出奇的草坪。其实并未有那么大，只是在我目前所见岛上的房子看来，有一张颇具规模的草坪委实少见。草坪在东口收缩成一条尚宽敞的步行街。街两旁商店林立，游客却寥寥无几。

理发店的房子明显要比邻近几座尊贵优雅许多。象白色的切割石块墙壁，精雕细琢的威尼斯式窗户。整体看来却简约流畅。

我穿过草坪中央一条碎石小道，来到理发店前。店门口搭起一张红白相间的帆布遮阳棚。左右两株海棠树枝繁叶茂，几朵未凋谢的花仍开得十分灿烂。

我老远就看见她，田伯说的漂亮店主。田伯一点没说错，她的确漂亮。

她躺在一张麻藤椅上，戴着太阳镜。海棠树的阴影温柔地、不离分寸地将她围裹。她身穿织锦缎印花薄衫，藏蓝色齐膝紧身牛仔裤，一双松石蓝尖头高跟鞋。化浅淡的妆，在肌肤上若隐若现。头发用丝带简单束扎，蓬松，散落，像柔顺的海草盘附在藤椅上。双腿叠架在一起。她就以这种随意自然的姿势向来往的路人展示她的美。她应当从异域来，流落至此，或者是女王，或者是公主，又以这样的姿影，呈现于此。她的美雅即出于这种随意，这种偶然。她是和这里的环境浑然一体的，和这里的一丝不苟的草坪，和这栋典雅的房子，她作为其中的一部分，说作为一座雕像更为确切，很久很久就安置在这里了。

落地玻璃门打开着，有歌声随着穿堂风飘出，是张学友的《她来听我的演唱会》。音量很小，极力要和这午后安静的街道融为一体。

我渴望能见到她的眼睛。她的眼睛必定会将她的美雅修饰得无懈可击。但她兴许睡着了，像婴儿一样沉沉入睡在树荫的围裹之中。我站了许久，她都未有反应。

约过两分钟后，她到底察觉有人了。她机敏地立起身，作出歉意的微笑。

"理发吗？"

"是的。"我点点头。

她引领我进入店内。店内有七个理发位，却看不到一个员工。而且店堂过于大了，宽敞空旷，壁镜、座椅、沙发、茶几、置物台以及理发有关的器物都显得可怜兮兮地堆积在一起。给我的感觉这是一个艺术展览厅。

她让我在一张座椅上坐下，从邻近处抬来一台直立电扇。她一边调整电扇一边告诉我空调坏了好几天，一直等人来修，真是感到抱歉。

她为我围卜披巾后，终于摘下了她的太阳镜。她的眼睛是蓝色的，晶莹透亮，像海鸥的眼睛一样倒映着这里海水的颜色。眼睛深不可测，仿佛有隐匿的海草在生长。她的美令我惊讶。

她捋捋我的头发，用几分之一厘米的微笑问道：

"湿湿的，刚洗过吗？"

"刚洗了没多久，洗着洗着突然想到要理发了。"

"那我可省了一点工夫。"

她继续笑着，似乎对我这个理由感到很新奇："准备理什么发型？"

"剪短即可，没有其他要求。"

她若有所悟地点点头，双手扶着我的后脑勺对着镜子端详了一番，似乎要对之进行一次艺术大创作。

她拿起剪子窸窸窣窣地剪起来。

"这样饱满的头型怎样剪都好看。"她职业性地恭维一句。

"学生吗？"

"是的。"我告诉她暑期一到便即刻来了这个海岛旅游。

她又职业性地和我聊了几句，问我是哪所大学，什么地方的人，来这里几天了，对这里印象如何等等。告诉我店里请了六个员工，三男三女，和我年龄相仿。放了他们几天假，因为暑假一到，过不了多少天，就会有大批的游客，特别是青年学生涌上海岛，他们将忙活得没有多少时间休息。

之后，我们陷入沉默之中。

她纤细的手指，带着剪子灵活娴熟地在我的发丛中翻飞。剪子发出金属碰撞的声响。附近的指针唱片机低沉回转地放着张学友的歌，仍是那首《她来听我的演唱会》。

我从镜中看到她的形象。她身材修长纤瘦，亭亭玉立，像中国的水墨画勾勒在镜子上。那的的确确是一幅画了。她全身的衣服洗得很旧，旧得能闻到洗衣粉的味道，似乎这一身的衣物都不是她的，但又必定是她的。她流落至此，捡到这身衣物便如此随意穿上了。她身段匀称，皮肤细腻光泽，怎么看都不像三十岁的人，顶多二十五岁左右。但她优雅得体的举手投足，成熟妩媚的笑容，沉着冷静的眼神，无一不告诉周围的人，我已经三十岁了哟。并且对年龄的增长毫不在乎，反而满心欢喜。

我不知道为什么脸红了。我从镜子里清清楚楚地看到这一点。虽然我的皮肤晒成了古铜色且略带褐红，但丝毫没有掩饰脸红，甚至冲淡的迹象也没有。她好像也注意到我的脸红，很快地掠过一丝微笑，转瞬即逝。或者根本没有注意到。

五分钟后，她首先开口说话。

"你长得很像我以前的恋人。"

我未应声，礼貌性地笑笑。

这只不过是惯常的结识异性的伎俩。在未脸红，即二十岁之前，我不知对女孩子用了多少次。虽然不是每次都屡试不爽，有的女孩子甚至直白白地说，你是今晚第七个对我说这样的话的男孩了，但由此也结识了不少异性。

"真的很像，连坐着时沉默的姿态都很像。"

她再一次这样说时，我就发觉她没有必要使用这样的"伎俩"，她怎么看来都不是这样的人。她仿佛是在对自己说，对自己的灵魂说。而那五分钟的沉默，她一直在酝酿上述的内心独白。

也许我真的长得像她的恋人，或者仅是哪一方面，说话时喉结的震颤，沉思时眼睛看物的焦点，微笑时嘴角划出的弧度，兴许就是脸红这一点，勾起了她对恋人的怀念。

又是沉默。电扇嘶嘶转着送出清爽凉快的风。

她看来要将话题继续下去，但苦于不知要说什么。似乎这时她对恋人的追忆之情下了像潮水般涌上心头，她无法抵挡，一时不知所措。她的心在颤抖，在哽咽。

这时，一个三十多岁、高个子、皮肤晒得黝黑的男子在店外敲了几下玻璃门。他隔着玻璃门简单地说了一句话，从口型可看出，大抵是"我来了"之类。她点头微笑向他致意。男子扬扬手，并未进来，推着一台剪草机径直向草坪走去。

她看着他的背影，立即笑开了。

"他是我的朋友，来为我剪草坪的。刚毕业那年在工作中认识。认识之后才知道他和我同一所大学毕业，比我高两届。他心地善良，憨厚老实，是世上不可多得的好人。

"他几年前来岛上定居。在一间旅游公司工作。剪草坪是他的兼职，或者说是业余爱好。他为我剪草坪是免费的。同样，每个月我免费为他剪一次头发。每次我问他要剪什么发型，他总是说，像草坪那样齐整寸短。我总是忍不住笑起来，每剪一下便望一眼草坪。"

我也忍不住跟着她哈哈大笑起来。她笑时发出的声音是低音的，像海鸟傍晚时分寂寞低沉的鸣叫。

张学友的《她来听我的演唱会》仍在反复不止。

"不介意我一直放这首歌吧？"

我摇摇头："张学友的歌我也很喜欢。这首歌也好听。"

"这个老男人唱了快三十年了吧？"她自言自语似的说道。

头发这时剪完。她问我要不要刮一下胡须。

"也是刚刚刮好才过来。"

"哎哟！"她笑了，"你怎么把一切都准备好了？他们都是头发不洗，胡须蓄长了才过来。你却完全相反。遇上你这样的客人我们可省下不少工夫。"

"这次理发完全是心血来潮。"我重又解释道。

她领悟地点一下头:"冲洗一下头发吧。"

她拉我到一张洗发床上躺下,抹上玉兰油香洗发露,顿时香气四溢。

她纤细赢弱的手指在我头部肌肤上轻轻蠕动,像某些藻类植物的碰触,力度恰到好处。这样的触碰是要使人入睡的。我真的就沉沉睡了过去。

我醒来时,头脑还不是很清醒,感觉好像睡了很长很长的时间。她手指温柔的触感还深深刻在我的肌肤中。

我看不到她,但很快找到了她。她坐在一张高脚圆凳上,靠玻璃门的位置,大约四点钟的时光。失去锐气的阳光斜照进店堂。风有点大,遮阳窗帘布被风吹起,时起时伏。她处在半光半影中,仍是那副姿势,双腿叠架在一起。她看着窗外,抽着烟,左手臂横在小腹,右手支颐在其上,食指和中指夹着烟。她抽烟嘴特细的女人香烟,烟雾在光影交叠中缭绕上升。她就在烟雾缭绕中,半光半影中再一次展示她的美。她是寂寞的,无枝可倚,漂泊不定。她仿佛生来就如此,以这样的姿影坐在那里,很久很久了,并且行将一直这样下去,无休无止,没有过去,没有未来。你看不到她过去少女时期的羞涩惊惶,也看不到她将来年老时的色衰枯萎。你永远看不到。看着她,我心中一片潮湿,腾起几分缱绻的心绪和一缕怀旧的温馨。

我迷迷瞪瞪爬起来。她很快发现我,带着笑容走向我。

"你醒了?"

"真不好意思。"我摸摸头发,头发早已干了,"我睡了多长时间?"

"快两个小时。"

她在烟灰缸中拧熄烟后又说道:

"你还真快入睡。肯定累坏了吧。睡得沉沉的,像孩子一般,睡姿很是可爱。"

我的脸再一次红起来,带着睡醒后血管扩张导致的红,显得有点不知所措。她接着刚说完的话自然地笑起来。

"昨天骑着脚踏车跑了一整天,夜晚又没睡好,太困了。"我解释道。

"一个人跑?"

"是的,一个人。"

"看了不少地方吧?"

"附近这一带都看了。"

烟花夜不见不散

我看向玻璃窗外，剪草坪的男子已不在。草坪经过修剪后变得齐整，生机勃勃，露出青黄色的草根。草根的气味传入室内，变得十分芳香。

"我没妨碍你做生意吧？"

"哪有。整个下午就你一个顾客。"

这时电话铃响了起来。"你稍坐一会儿。"她跑过去接电话。从她与对方的谈话中，我大约听得出是空调维修服务站打来的，意思是还要过几天才能来修理。

"维修站打来的。"她放下电话后对我说，"还要过几天哪。"

"听得出来。"我说，"要不，让我试一下修修看。"

"你会修这个？"

"也许会。我大学就读这个相关的。"

"那可真麻烦你啦。"

"一点不麻烦。"

她领我到空调旁，又给我取来工具箱。这是一台立柜式空调，春兰牌。从铭牌上的生产日期来看，并未买多久。打开后壳盖后，里面布满灰尘，还有几只四处逃窜的小昆虫。我又让她取来空调的电路图纸，对着图纸逐一检查各器件。

她半倚在墙壁上静静地看，抽烟。她若无所顾地看，心有所想。她抽烟的样子显得孤苦伶仃，寂寞无助。她似乎不属于这个空间，你看到的她，只是她在这个空间的投影。她有时对我仓促一笑，笑容一闪马上就消失了。我发觉她看人时的眼睛是清澈明亮的。可以想象，她即使闭上眼睛后，眸子仍是清澈明亮无比的。

《她来听我的演唱会》仍在反复播唱。静，很静，仿佛全世界只有这首歌的声音。这时在我听来，仿佛一个受伤的男人在天际低低吟唱，歌声从云隙泻下，流淌入屋子中，再漫延开来。

空调很快修好，没有涉及复杂的技术问题。只是两根导线松脱，还有送风管的一个接口螺丝松动了。

接上电源后，空调重新呼呼运转起来。

"真行！"

她从冰箱取来两瓶冰冻啤酒，递给我一支。

"喝点啤酒，再坐一会儿怎样？"

我愉快地答应，接过啤酒，坐在离她不远的一张高脚凳上。她忽然谈到张学友这首正在播放的歌。

"我一个人的时候,就爱反复播这首歌,听个不止。当然,有客人的时候,我会随他们的喜好播不同的歌。"

"这首歌有特殊意义?"

"那是。"她连喝两口啤酒,并未对此深说下去。

"怎么,没有和女友一起来?"

"没……"我脸又红了,"还没有女友。"

"想不到——"她又说,"你这是第三次脸红了哟。"她揭穿了我,我显得无所遁逃。

"以前一直这样?"

"不是的。以前并不这样。二十岁来临之后。"

她轻轻地笑了起来。"会脸红是件好事。"她也没对此深究下去。

我说我的理发费用还没付。

"不用了,你帮我修空调,就此抵消了。"

"修空调只是举手之劳。又在你这里睡觉,又有啤酒招待,远远抵消不了。"

"你还挺认真的,就当和我交个朋友吧。"

直到店里来了第二个客人后,我才离去。在四个小时内,我喝了两罐她招待的啤酒,听了《她来听我的演唱会》这首歌三十遍。

【4】

第四天一大清早,我穿上泳裤独自一人在海边游来游去。

时间还早,来游泳的人并不多,目之所见的人屈指可数。一个中年救生员似睡非睡地倚在哨亭的阶梯上。两个老年拾荒者拉着长长的距离,像探测地雷似的慢吞吞地捡拾垃圾。不远处的杉树林,支着几张帐篷,两对年轻的情侣正在帐篷前说悄悄话。他们大抵在此过夜刚醒来。几个晨跑者喘着粗气从半湿的沙滩边跑过,留下一串串深深的脚印。

我游了几个来回,已经是精疲力竭。我很长时间没游泳了。大学的泳池总是人满为患,游不畅快,便懒得去。即使去,也是浸泡一个小时而已。

我套上游泳圈,任随着波浪漂来漂去。又看了一会儿岸上的景色,没有可观之处。老房子都隐匿在树林后面,只露出楼垛或尖顶。新建的别墅、旅馆和饭店沿着海岸像墓碑般整齐排开,造型千篇一律,像复制般毫无特色,实在索然无味。我望了一眼便闭上了眼睛,随着波涛轻拍在身,我脑海里浮现理发店女子的身影。她的美雅使我难以忘怀，那么的强烈，那么的眷恋。她仿佛是一个谜，而昨天下午仿佛是一个梦。我想不出还有什么理由或机会能再次见到她，心中怅怅然起来。

这时有人轻碰我的臂膀，我睁开眼，原来是与我同住一个旅馆的艺术青年。我们上下楼梯时打了几次照面，点头致意过，但未彼此说过话。

"游泳啊？"他刚从水里钻出来，正用手抹去脸上的水。

"是啊。"我点点头。

他很轻易地就浮在水面上，姿态优美，一定是个游泳高手。他腹部的肌肉在海水的起伏中仍清晰可见。

他简单地问了我从哪里来，准备在这里住多长时间后便与我告别，倏然像鱼儿般游去。开始我还能看见他的头部在海水中起伏，但很快消失不见。他今天也没带个什么女孩来一起游。在我看来，他是个不喜欢过多交谈，对周围的事物小心翼翼保持距离的人。

太阳升高，游客多起来的时候，我上岸返回旅馆。

走近旅馆时，看见理发店女子正和田伯在门口的梧桐树下谈话。我有点惊喜。

待我走近他们时，田伯叫住我，为我介绍她道：

"这是王小姐。就是昨日你理发那间店的老板。"

"你好，王小姐，很高兴再次见到你。"

"叫我初见吧。"

"初见？'人生若只如初见。'来自此诗？"

"确实是。你知道的东西不少嘛。"她笑着说。

"我叫周云。"

我转而向老伯说："我的头发就是她理的。"

"怪不得嘛！只有王小姐才有这样好的手艺。"

"哪里，哪里。"

她今天穿一袭浅白色的无袖旗袍，一双白色高跟鞋，显得风情迷人。她轻轻摇晃腰肢，说："昨天他帮我修好了空调。"

"修好了？"田伯问。

"当然修好了。还很快。"

"大学生就是大学生。不像我这辈的人读的书少，什么都不会。"

田伯粗着嗓门说。

他接着道："王小姐，真不好意思，要你亲自跑一趟。我那个女儿就是没心没肺,借你的唱片几个月了都不还,又不跟我说一声,否则我一定送到你那里去。你瞧我这女儿,被我惯坏了,总是不更事,没少叫人头疼。"

"没什么,没什么。小女生嘛,都是这样。突然想起听这几首歌,便过来拿了。她回来后,跟她说一声。我这里还有很多唱片,最近又买了一些,她想听随时过来拿。"

"王小姐不但人长得漂亮,心地也好。"他又转向我,"我女儿经常向她借唱片。"

我看到她手里拿着两张唱片,一张是王菲的,一张是爵士乐精选集。

这时,一对双胞胎模样的背包年轻人走进旅馆。

"你们年轻人慢慢聊,我去接待客人。"田伯随即迎上去。

"有没有空?"

"有。"

"怎么样,去喝杯咖啡吧?"她提议道。

"不用照看店铺?"

"我那六个员工昨晚回来了。有他们看着。"

"那求之不得。"

她领我穿过几条弄巷后,来到临海一座带有花园的古堡式房子。我们选了一处开着落地窗户能望见海的座位坐下。

"这原来是法国一个公爵的宅子,荒芜了几十年,最近几年才由一个意大利人租下经营起咖啡店。我们都叫它'圆顶咖啡馆',中庭有一个巨大的圆顶。"她一坐下来就向我介绍道。

我向中庭望去,由光线的暗差来看,真的应该有那么一个巨大的圆形拱顶。咖啡厅清一色的象牙白桌椅,琥珀色橡木地板。立柱和墙壁挂着复制的印象派大师的画作,如梵高的《向日葵》、《夜咖啡馆》,高更的《捧红果的少女》。

顾客挺多,有不少外国人。

他们窃窃私语似的交谈。花园的露天座也有不少顾客,他们在这里可以高声交谈,声音传入厅内,变得轻飘空渺。

服务生很快端来咖啡。

我问她喜欢听爵士乐。

"简直是爵士乐发烧友。但也不拒绝其他音乐。兴趣广泛。你呢,可喜欢爵士乐?"

"还谈不上发烧的程度,但曾经有一段时间中了魔似的暗无天日地听。就是高三那一年,临近高考前还听,前前后后被老师没收了二十张CD。"

"喜欢爵士乐的什么?"

"喜欢早期爵士乐的即兴表演,大抵和那段时期的压抑有关。"

"能听得出来这是谁的曲子吗?"她啜一口咖啡后指着厅内正在播放的一首爵士乐问道。

"应当是西海岸爵士乐代表人物布鲁贝克的作品。他的音乐有古典音乐风格,有清晰的透明感,听上去轻松愉快。"

"完全正确。看来不说是发烧友都不行了。"

我们默默地喝了一会儿咖啡。

"你穿旗袍很漂亮。"我随意说了一句。

她搅拌着咖啡笑了:"赞美女人可不会脸红哟。"

我注意到海水浴场的游客多了许多,阳光开始照进厅内。

"想听一下为什么我反复播放张学友的《她来听我的演唱会》?"她忽然说道,目光变得沉郁起来。

"如果你想说,我很愿意听。"

她喝一口咖啡,像做了长足的准备似的,幽幽地说起来。

"我二十岁的时候,正是你这个年龄,爱上了一个三十二岁的男人。他已经有一个结婚了五年的妻子。他们一直没有孩子,因为他并不爱她。他本来是一个飞行员,在部队开战斗机。那是他一生挚爱的事业。他从十七岁便开始了飞行生涯。他跟我说到飞行时,总爱用翱翔这两个字。可是二十五岁那年,他出了一次事故。他帮战友检修飞机时,一个小螺旋桨突然转动起来,他被绞短了一根手指。从此,他不得不离开飞行队,离开他心爱的飞机,永远和他的蓝天告别。对他来说,没有什么比不能在天空自由翱翔更痛苦的事了。部队本来为他安排了一份工作,但他选择了退役。他不愿面对飞机坪上那一架架曾经给他带来梦想的飞机。很长一段时间,他甚至不敢面对蓝天,面对任何飞机,一听到天上飞机飞过的轰鸣声,他都抱头痛哭。

"他二十七时,父母想他应当成家了。于是,父母为他安排了一个姑娘。他们在一间酒吧见面。他不是很喜欢那姑娘,但出于礼貌,他兴致勃勃地说了很多话,喝了很多酒。他送姑娘回家,走在马路上。突然一辆小汽车失去控制向他们冲来。他喝醉了,不知道躲闪。姑娘把他推开,自己却给小汽车撞断了左腿。他为了报恩,娶了那姑娘为妻;可是他并不爱她。

生活平平淡淡。即使后来姑娘的腿治好了,他仍和姑娘生活在一起。因为那时候他对一切灰心失望,无所求,生活,爱情,生命。

"后来,他遇到了我,在他三十二岁那年。他独自一人来这海岛旅游。就是在这一处海滩,凌晨一两点的时候,我们不期而遇。我们相遇不过才一个小时,他就伏在我的身上哭起来,像个被人遗弃的小男孩一样。那么悲戚,那么无助,那么旁若无人。他哭了两个小时,泪水浸湿了我衣服的一大片。我从未见过一个男人如此伤心、绝望地哭。"

她调整姿势,架起腿后又说道:

"天亮之后我们就相爱了。此后,在我那所大的令人害怕的白色宅子里,我们夜夜赤身裸体地抱在一起,在黑暗中摸索,在海水的潮涨潮落中沉沦。他有一头潮湿微卷的头发,一双黑夜依然蔚蓝明亮的眼睛。我总觉得,他是从海底深处走来,带着他的孤独,带着他的绝望。

"从此,我们在他父母、妻子和我的父母之间展开了艰难、旷日持久的战争,最终以他的妻子妥协退出告终。他妻子说,没有爱情的婚姻,犹如一座坟墓,青草仍在疯长,却日益荒芜。

"他妻子退出后,我们打算在年底结婚。九月,临近我生日的前几天,张学友来这个海岛开了一次演唱会。在青年宫附近的体育场。他的到来,这个海岛一下子变得热闹非凡。大街小巷贴满他的海报。你知道,那时正是四大天王当红的年代。人们彻夜排队买他的门票。我的男友提前了三天去买,独自一人排了一天一夜的队。当他像小孩子般淘气地把门票变出在我的眼前时,我惊喜得快要哭出来。演唱会的那天晚上,盛况空前,人头攒动。这是我第一次听演唱会,终于见到了少女时代梦绕的那个声音沧桑款款深情的男人。观众挤得满满的,全场是震耳欲聋的呼喊。我和男友在一处临时搭建的高台看。有几次我还骑在他肩膀上看。"

她端起搪瓷杯,双手摩挲着杯身,入神地看着已照到我们桌底下的阳光。

"那是我们最后一次在一起。后来……"

她双眸里升腾起隐忍的哀伤,极力在控制自己,让人听起来她是在讲一个与她无关的故事。可是她的眼睛出卖了她,她的心潮在剧烈澎湃,悲伤几乎就要溢出来泻在桌面上了。

"后来怎么了?"

"他死了,就在演唱会上。"她颤抖着喝了一口咖啡。似乎一个冻伤在雪地的人哆嗦着喝了一杯热开水。

"当时快散场了,张学友正在唱《她来听我的演唱会》。这是一首压轴歌曲。人们如潮水一般往前涌,场面变得混乱。我戴的耳饰,演唱会之前他送我的生日礼物,被碰掉了。耳饰掉在高台边缘夹板的缝隙中。他要去捡,我让他不要去。他坚持还是去捡了,那是他打工挣钱为我买的第一份贵重礼物。就在他拿起耳饰的那一刻,他被汹涌向前的人流碰倒了,撞断了简易的栏杆,掉下了十米高的看台。一部分坍塌的木板又砸在他身上。"

沉默良久,她才又开口道:

"你相不相信咒言?"

我没有说话,只是看着她。

"他生前有一次晚上做梦醒来,他说梦见重又驾起飞机,在一万米高空飞行。突然飞机出现一个大窟窿,他从一万米高空掉下来。他讲的时候无比开心,说以后能这样死去多好,像飞翔一样。我听着却十分害怕,为此久久感到害怕。结果,这个男人真的如他所说,以飞翔的姿态,从高空坠地而死。"

长时间的沉默,似乎有几万年之久。

"所以这十年来,我日日听这首歌不止。"

她一口气喝光杯中的咖啡,露出一丝浅淡释然的笑。

"我几乎没对其他人说起过这件事,特别是刚相识不久的人,直到遇上你。你长得与他太像了。不妨告诉你,在初次见到你的那一刻,我的心慌乱不止,一度把你当成是他。"

我脸红了,心慌意乱,对她的这番话不知所措。

"但请别误会。多么与他相似的人都代替不了他。他在我心中独一无二。今天我对你说的所有这些话,仅仅是倾诉,绝无非分之想。倾诉,仅仅是倾诉,你可明白?"

我点点头。

"到底是爱脸红的人。"她打趣我道,"怎么说来一个三十多岁的老女人和一个二十出头的小伙子都是不合乎法度的嘛。"

我笑了。

"自从他以后,我从来没有爱上过其他男人,今后也不会。在我二十四岁那年,迫于父母的压力,我嫁给了一个男人。这个男人没有什么不好,但我始终无法爱上他。每天夜晚和他抱在一起的时候,我总是喊着他的名字,想起他那头潮湿如海藻的头发,那双蔚蓝清澈的眼睛,并且常常痛哭流涕,彻夜不眠。我始终把丈夫看作是他。他虽然死了,却一直无法逃离我的生活，我的灵魂。我令后来的这个男人感到疲惫和害怕，他说他无论如何也争不赢一个死去的人。一年多后，我们便离婚了，即使我们有了一个女儿。"

"女儿?"我第一次听她说。

"她没和我一起住，一直由我婆婆带着。"

"在我的心里，他一直在我的身边。特别是放起那首歌的时候，我更能真切地感受到他的存在。在我看来，他好比是播放一首歌时，突然卡了一下磁带而已。他化成了那首歌。那首歌能延续他的存在。"

"我能明白。"

突然，剪草坪的男子出现在我们的面前。他穿一条短裤，一件沙滩衬衫，头戴一顶草帽。他的出现，一下子挡住了照过来的阳光。他看到我有一点点吃惊，显出好像在哪里见过我似的神情。

他说他一直在大厅拐角的另一处喝咖啡，但没有看到我们。现在出来了才见到我们。

她问他要不要坐下来一起再喝一杯。他摆摆手说不用了，还有事情。

"剪草坪?"我问他。

"噢，是的。"他笑了，露出整齐如贝壳般洁白的牙齿。他很快与我们告别。他看起来是个拘谨、腼腆的人。

"他呀，说话总是不到二十句。这么大的人，还像少男一样羞涩。我认识他差不多有十年了，每次和他在一起，喝咖啡也好，聊天也好，他总像初次见我似的，羞羞答答，话不多。他一直单身。恐怕看上某个女孩，也羞于去表白。"

她招来服务生又点了两杯咖啡。

"你不会也是这样的人吧?"

我尴尬地笑笑。

"说说看，真的还没有女孩?"

"没有。"

"不像你们这一代人嘛。你们这代人每人起码换过两三个恋人以上。换恋人是家常便饭的事。"

"那可不是我。我若爱上一个人，便会一如既往地爱下去。"

"这么说来，你有喜欢的女孩，只是羞于表白。"

"是这样的。而且脸红还与她有关系。"

"这我倒想听听，介不介意说一下?"

"去年，十九岁刚来后不久，我不可救药地爱上一个女孩。女孩的长相不是引人注目的那一类；但女孩却是贴合我意，使我为之倾心的类型。在此之前，我和所有活跃的大学生一样，出没各个酒吧、迪厅和娱乐场所，结识了不少女孩，但都是泛泛之交，有的也亲密地交往上一段时间，但不超过一个月，无非是牵牵手、搂抱一下而已。唯有她，使我以前所有的生活秩序、思维方式完全颠覆。我一直不敢向她表白我的心意，担心一出口就再也无法挽回。这种担心以前从未有过。我小心翼翼地和她交往，说话也是小心翼翼。小心翼翼地保持距离，生怕太靠近会斥走她，真是神经兮兮的。这恐怕是真正爱上一个人的表现。

"在我相识她两三个月后，她闪电般地和一个男孩相恋上了。这多少让我懊悔不已。她死心塌地地爱着那个男孩，下定相守一生一世的决心。可半年后，那个男孩背叛了她，爱上另一个女孩。不能说是背叛，是不爱了，爱上另一个更爱的人，这种事常常有，很平常。可她是个死心眼，脑子无法想明白。为什么突然说不爱就不爱了呢？

"那段时间，她天天以泪洗脸。一个月后，有一天夜晚，她撞见他和那个女孩在公寓楼下抱吻。她受不了这刺激，从四楼跳下来，就落在两人抱吻的那片草地。所幸的是，她没有死。她被救活，却始终昏迷不醒。她成了植物人。

"我天天去医院看望她。那个男孩也来看她，但只是歉意，说了很多道歉的话。来了几次后就再没见过他。每次看着她娇弱苍白的脸，我都想，为什么我一直不向她表白呢？最初认识的那会儿还罢，但男孩抛弃她后，我应当向她表明心迹。世界没有一成不变的爱情嘛。说不定她很快就爱上我。兴许就挽回了一场悲剧。为什么当时我不呢？在我二十岁生日的那天，那么巧，她也是那天生日。我站在她的病床前，鼓起勇气向她表白了，我不管她是否听得到，一切都不重要了。我喃喃地讲了半个小时，脸涨得通红，讲完了脸红还久久不肯褪去。后来我都不知道自己说了些什么。就是从这以后，我开始变得极易脸红。"

"真是奇怪啊！"她用羹匙舀起咖啡喝了一口，"你看到她有没有什么反应？"

"一点反应没有。"

"也许她听到了，心领神会。植物人不是完完全全没有意识，只是不能对外界做出反应。"

"十有八九一点没听到；但我表白了，这就足够了。"

"但愿奇迹能发生,她能苏醒过来。"

"但愿如此。"

"不能再错过哦。"

"一定。"

【5】

第六日,我见到田伯的女儿。

我在海堤兜了一圈风,骑着那辆羊角把跑车回来。到旅馆门口,看见一个穿校服的女孩隔着柜台正和田伯说话。

田伯坐在椅子上,一脸严肃,用数落的口吻和女孩说话,女孩半趴在柜台上,向后跷起一条腿,嘻嘻哈哈地回应他。时不时地捏一下他的鼻子。两袋行李放在柜台一角,还有一把吉他。看来刚刚到达不久。

田伯见到我,唤我道:"这是我女儿,刚从学校回来。"

他女儿站直身,好奇似的打量我一会儿,扑闪着长长的睫毛,笔直地伸出手来,说:

"你好,我叫田敏。"

我被这架势吓到。以前我结识女孩,还未有哪个女孩正儿八经地伸出手来跟我握。我脸又红了。

"你好,我叫周云。"我有点迟滞地握住她的手。她嘻嘻地看着我笑起来。

"叫周云哥哥。"田伯插话道。

"什么周云哥哥,他和我年龄差不多嘛。"她噘起嘴向田伯说。

"周云!呵呵。"她对我叫了一次。

"人家可是大学生,复旦大学的,就是你整日吵嚷着要上的大学。"

"真的吗?"她歪起头问我。

我点点头。

"哦?"她俏皮地笑道,"我还以为你只是个比我年龄还小的小男生呢?爸,刚才你看见了他刚见到我时,脸都红了吗?"

"哪有你这样说话的。"田伯责怪道。

我被她逗乐,忍不住笑起来。

"你就整日嘻嘻哈哈,疯得不成样子,也不知道用功读书,复旦大学哪有这么好进的。请教一下周云,让他给你指导指导。"

"那好，周云，我问你，大学里是不是可以随便缺课，是不是随心所欲谈恋爱，宿舍离食堂远不远，有没有超市，购物方不方便？"

"这是什么问题嘛。这孩子，没点正经。你怎么就不像你母亲呢？你母亲是出了名的淑女，温柔得体，你一成都没有。"

"淑女？"她做出鬼脸，"爸，我答应你，三十岁我一定成为名扬天下的淑女。"

"田伯，你女儿很俏皮。"

"俏皮？难道不漂亮？"她看着我问。

"漂亮，当然漂亮。"我急忙说道。

"这孩子，我真拿她没办法。"田伯对我摇摇头。

这时，艺术青年走进来。他依然搂着上次那个女子。

"田伯，你女儿啊？"他指着田敏问。

"对，我给你们介绍一下。"田伯从柜台里走出来，"我女儿田敏，他是艺术大学学生。"

"爸，你怎么净收留大学生哪？"

青年听了，开怀大笑，对田伯说："你女儿真有趣。而且，果真很漂亮。"

"你女朋友也很漂亮啊。"田敏马上说道。

女孩被说得开心笑起来："你好，田敏。"

"好了，我们先告辞，你们慢慢聊。"青年说。

青年和他的女友走后，田敏看见了门口的那辆脚踏车。她围绕车看了一圈后说道：

"这是我的车吧？"

"对，是你的车。"田伯回答道，"我借给周云了，他要到岛上四处看看。"

"谢谢你的车。"我傻傻地笑着说。

"你瞧你这么大的个子，一点儿不知道吝惜，把车轮压弯了，鞍座压扁了，车把也变形了。"

"你这丫头，净说些不着边际的话。"

我不知道要说些什么，神色显得有些困窘。

"好了，赔偿我损失吧。"她翘起淘气的下巴，向我伸出手来。

"你想怎么赔？"

"请我吃麦当劳然后再去看一场午夜电影。"她呵呵笑起来。

"别听她瞎闹哄。"田伯说。

田敏向他吐舌头:"我要洗个澡,先上去啰。"

她像小鹿般嘣嘣嘣一口气跑上楼梯,在楼梯转角折回停住,探出头喊道:

"脸红的男生我喜欢!"随后又一阵快活的嘣嘣嘣上楼梯的声音。

"这,这?"田伯神情尴尬地说,"她就这样,永远长不大。就这么一个女儿,被我宠坏了。你别介意。"

"哪会。我很想有个这样的妹妹。"

"妹妹?"田伯搓着手笑道,"你能这样想最好。"

第二天一大清早,大约六点钟,田敏就抱着几本教科书和习题册敲开我房间的门。她显得聒噪雀跃。

"有什么事吗?你怎么这么早就起床了?"

"周云同学,你没听老师说早睡早起吗?大学生都是这么懒的吗?"

"哪有。"

"我老爸昨晚叨唠了一个晚上,我都快烦死了。要我来请教你学习上的问题,还有大学考试的。哎呀,好像是他老人家要考大学似的。十足《大话西游》里的唐僧。"她嘟囔着说。说罢把那一摞教科书和习题册像扔垃圾似的丢到置物柜上。

"那好,你有什么不懂的现在尽管问吧。"

"我可没打算问你学习上的问题,现在都放假了,谁有那个心思。"

"那你来干什么?"

"聊天啊,很多事情可以干嘛。"她鬼灵精怪地在我床沿坐下。

"哎呀,聊天也没必要那么早啊,你让我再睡一会儿。"说罢,我躺下身去。

"懒虫!"

她站起来,哼着歌,在房间里四处转悠。

"七月十二日晴,我在理发店遇见一个美丽的女子,她……"她坐在书桌上,拿着我的日记本出声地念起来。

我一跃而起,紧张地对她说:"快把它还给我!"

她从写字桌上跳下来,闪到一边,把日记本捂在胸口,笑嘻嘻地说:"你的日记?呵呵,看上了哪个女孩子呀?"

"快把它还给我!"

"不还，嘻嘻……"她扬起日记本。

我上去要夺，她迅速避开，继续举起本子四处晃。"爱情日记，哈哈……"

我趁她不留神，飞快地冲上去。但她反应更快，我落了空，且不小心碰到了她的胸脯。我赶紧退回来，一阵火辣辣的脸红，我低声哀求道："你……你把它还给我吧。"

她对我这副羞窘情形更是得意扬扬："不给就是不给。哈哈……"

我抬起头，站直身，说："好，你不给，我要动真格了。"我吓唬她握紧拳头，要向她挥去。

"你来呀。"她不以为意，闹得更起劲，上下跳起来，蹦得橡木地板咚咚作响。

"得了，得了，你会吵醒其他人。"我作出手势让她别跳，"我的大小姐，只要你把日记本还给我，你有什么要求，我都答应你。"

"那还不够，你什么都得听我的。"她噘起嘴巴说道。

"也行。"

"那我们来拉小指钩。"她伸出手来。

我"扑哧"一声笑道："这都什么年龄了，还要这个。"

"你拉不拉？不拉，我把日记本从窗口扔下去啰。"她掀起窗帘布。

"得得得，我拉。"我递出小指钩去。

"一百年不许变。"她神气地笑了。

她站直身体，双手捧着日记本，还恭恭敬敬地哈腰交与我。

我立马把日记本锁进抽屉。

"瞧你紧张兮兮的，是哪个女孩儿？"

"不告诉你。"

"喂，你刚才答应我什么来着。"

"屈辱的要求拒不履行。"

"不说就罢，我才没兴趣知道。"

她拉我到床沿坐下："那好，我们来聊天。"

"这还差不多。你想聊什么？"

她上床在我身旁俯身躺下，"你喜不喜欢听音乐？"

"当然喜欢。"

"那你喜欢什么音乐，爵士乐？乡村音乐？摇滚乐？还是新时代音乐？"

"都喜欢。摇滚乐多一点。"

"那你说说你喜欢的欧美的一些乐队和歌手。"

"上个世纪六七十年代当然是披头士和滚石乐队。现在嘛,是 U2 和后街男孩。歌手喜欢恩雅、英格玛、克莱普顿、鲍勃迪伦、警察乐队的斯汀。"

"那中国的呢?"

"中国的原创歌手少得可怜。崔健还行。若论唱功,我喜欢王菲和张学友。"

"跟我差不多。"

她告诉我她在学校和三个同学组成了一支乐队,名字叫"海棠花"乐队。她是吉他手,也是主创作。现在她们四个是学校的风云人物,每次节目演出,她们必被邀请上台。每周礼拜六晚上去酒吧表演一次。

"有没有听过谁的演唱会?"

"没有听过。"

"一场都没有吗?"

"一场都没有。"

"遗憾哪。想不想听我们'海棠花'乐队的?"

"想。什么时候能听?"

"高考过后吧。我们准备在市政广场开一场露天的、免费的演唱会。到时你就是特邀嘉宾。"

田敏长得甜美可人,一张小巧的表情丰富的嘴,一双淘气的、水灵灵的大眼睛,谈起音乐来喋喋不休。直到中午来临,她才意犹未尽离去。

晚上我刚睡下不久,迷迷糊糊地就要睡过去,突然感觉到有物体哧溜钻进我的被窝。我猛地惊醒乍起,本能地掀开被单。

"嘻嘻,别怕,是我!"

我一看是田敏,吁地松一口气下来。由于惊吓未定,心还是频率不整地乱跳。

"你、你怎么进来的?"

她若无其事地躺在床上,举起一串钥匙,眨着那双鬼怪的眼睛,说:"我老爸的钥匙嘛!"

"你怎么三更半夜闯进别人的房间,还钻到床上来?"

"我睡不着。想起你,想让你和我做伴啰。"

"现在什么时候啦?"我看看闹钟,"快两点了。还聊什么天,都聊了一

烟花夜不见不散

个上午了。我困得要命。"

"我又没说要聊天。我过来睡而已。"

"过来睡?"

"对呀。反正这张床够大,我就睡这里,你睡旁边。"

"哎呀?!"我哭笑不得。

"你快躺下来呀。你不是说很困吗?"

"你、你赶快给我起来。哪有这种事,一男一女睡在同一张床上。男女授受不亲。"

"一男一女睡在同一张床上怎么啦?莫非你脑子使坏?"她嘿嘿笑着说。

"哪有?"我反而被她问得很难为情,"你今年才十六岁吧,你还未成年呢;而我是成年男子,这可是要犯法的。"

"你怕什么,是我要来的,又不是你强迫我。"

"得了,我不跟你饶口舌。你赶紧给我起来,回到你自己的房间睡吧。"

"我不回,今晚我铁定睡在这里。"

"那我去你房间。"

"你没钥匙,哈哈。"她随即把钥匙藏在腋下。

我走上前拉起她,她"啊"地叫出声来。

"嘘!嘘!别叫!"我赶紧放开她。

"你再拉我,我喊非礼啦。"她嘟起嘴说。

"得得得。"这时我发现刚才她进来时门都还没关好。我轻手轻脚把门关好,压低声音对她说:

"好吧,你喜欢在这里睡就在这里睡吧。"

"屈服了?"她得意地笑着说。

"不屈服哪行!"我又对她说,"你睡床,我睡地板。"

"为什么你不睡床?"

"这、这,你到底是女孩子。有你睡在身旁,我真不知道三更半夜睡得迷迷糊糊的会做出点什么事来。我正、正二十岁,血气方刚。你懂吗?"

"到底是你在使坏。"她嘻嘻笑着蹬起被子。

"懒得理你。"我的脸微微有点红。

我从床上拉过一张被单和一个枕头,铺在地板上倒头就睡。

她不作声也睡下。大约过了十五分钟,她的声音又响起来:

"周云,你睡着了没有?"

"快了。有什么事?"

"你能不能给我讲个童话故事呀?"
"哪有什么童话故事,现在脑子昏沉沉,一个想不起来。"
"那唱首歌吧。"
"不会……你安静点好不好……"

第二天七点四十五分我醒来时,她已不在床上,被单折得整整齐齐。

风掀起窗帘布,阳光照进房间。墙根处有那么一块巴掌大的阳光,战战栗栗的。它生存了很短的时间便消失了,又在另一处生长。我俯躺在地板上,百无聊赖地玩弄闹钟。

"周云,你醒了。"田敏推门进来,仍是昨日那般聒噪雀跃。她今天化了淡淡的妆,头发认真梳理,衣服穿得新潮。看样子要出门。

"你什么时候走了?"

"六点钟左右,你都把我吵死了。睡得像头猪,咕咕地打呼噜。"

"那还好,万一你父亲一大早去找你,你不在自己房间却在我这里,我都不知道怎么解释。"

"放心,我绝不使你为难。"

"我为你买了点早餐。"她走到写字桌前,把食物袋打开,是些西式糕点。

"都是我喜欢吃的。你必定也喜欢吃。"

"这是什么理论?"

"好了,今天我要去会几个朋友,没时间陪你啰。拜拜!"

随即传来她咚咚下楼梯,如钢琴键一个接一个渐次响起的声音。

吃过早餐后,我闲来无事,决定去理发店走走,顺便问初见借几张CD唱片。

路过一处草坪时,我碰见剪草坪的男子。他正站立着擦抹汗水歇息,老远看见我,涩生生地与我打招呼。我过去和他简单地寒暄了几句便告别了。

走近店门时,就听到里面轻渺的此起彼伏的笑声。我推门进去,里面一片热闹光景。

临近门口的一个化烟熏妆的女孩问道:"理发吗?"

"不是，我来找初见小姐。"

女孩对我说："她在那里面，你过去得了。"

我走进去，在一张长沙发上挨着几个顾客坐下来。初见没发现我，她正给一个顾客剪着发。

今天顾客很多，细数来有十多人，大多是年轻人。她请的六个男女员工都来了。他们和同伴之间、正在剪发的顾客之间开着年轻人常开的轻松玩笑。两三个中年顾客在沙发上等候着，他们翻看报纸，没有加入年轻人开的玩笑中来，仿佛要与世隔绝。店里正放着张学友的《结束不是我想要的结果》，但被年轻人的玩笑声压了下去。

响起田伯的声音时，我才知道初见正在给田伯理发。

"王小姐，你还这么年轻漂亮，怎么不找个人嫁了。要我帮你介绍介绍吗？"

"三十岁了哟，又是离婚有孩子的人，谁肯要呀！"

"要，要。排队还来不及呢。离婚没什么呀，当下的时代是稀松平常的事，你们年轻人动不动就离婚，像上饭馆吃饭似的。像你这个年龄结过婚又有孩子的男人不知还有多少。"

旁边一个戴耳环、头发染成黄色的男员工接过话开玩笑道："田伯，要不你娶了我们初见姐得了，你也是单身嘛。"

"承受不起，承受不起。"田伯急急摆手，"要是再年轻二十岁，我一定追你们的初见姐。"

几个年轻人听了起哄般笑起来。初见也呵呵笑起来。

这时她才从镜子中看到我。

"周云，你什么时候来了？"

"刚来了一会儿。"

"你怎么不出声，我都没看见你。"

"看你正忙的，又没什么要紧事，想借几张 CD 唱片而已。"

田伯也转过头来："是周云哪。来找王小姐吧。"他转而对初见说，"这孩子讨人喜欢。我女儿跟他特别投缘，一回来就缠着他，今天才脱了身。"

"哦，是吗？"初见笑道。

"他不是借唱片吗？你领他上去拿。我这头发也剪完了，就差洗个头，让小林给我洗得了。"

他又补充道："你们这些年轻人就爱听这些吵哄哄的音乐。"

"难道听你们那些咿咿呀呀的京剧，十分钟才唱完五个字的一句话。"

刚才那青年又打趣道，引来又一阵笑声。

初见领我上二楼。这一层楼安静得出奇，仿佛进入了另一个空间。

上完楼梯即进入略比理发厅窄小的红色会客厅。颜色深沉具有历史意味的榆木地板。天花板也是榆木且有繁复的雕花。一个巨大的法式乌木壁橱。点彩窗框。厅房连接门拱有多利安式柱子。这是最基本的装饰，好像人的骨骼。原来这里并不止这些，远比想象的富丽堂皇得多，但似乎随着岁月的流逝也一并流失了。现代的家具电器很少，都是大众常用的且十分陈旧。主人并不需要新潮和过多的现代商品。整个大厅显得古朴，简约，寂静。

她的唱片收藏量大得惊人，如书籍般堆满大半个壁橱，快成唱片收藏家了。各个年代、各个类型的唱片都有。密纹唱片也有。我只挑了我能够播放的CD唱片，普莱斯利的《伤心旅店》，鲍比·迪伦的《慢车开来》，张学友的《忘记你我做不到》。

"我们祖孙三代都是音乐爱好者。我祖父和父亲在他们年轻的时候都收集了不少唱片。这些早期的密纹唱片是我祖父收藏的，少数还能播放，听一张怎么样？"

"好的。"

她拿起一张唱片，轻轻放入一台老式唱机中，舒缓柔和的爵士乐曼妙而出。

"喝杯茶，坐一会儿吧。"

"再好不过。"

"这栋房子是你的？"我问。

"使你吃惊了吧。"她一边沏茶一边说道，"住这么大的房子还真使人害怕。我只要了一二两层，楼上两层都租给了别人。房子那一侧还有出口。"

她在我对面坐下。"这栋房子是我祖父留下的。他当时是国民党一名军官，负责海岛这一带的军事。房子原来是法国一个领事建的，刚建好没多久，我祖父来了，领事便把房子送给了他。我祖父有三个儿子和一个女儿，第三个儿子即是我父亲。我父亲是个叛逆、不循规蹈矩的人。解放战争后，国民党战败，祖父携男带女一家人逃去了台湾，唯有我父亲没走，死拉硬拽不肯走，一个人留了下来，后来还加入共产党。由于祖父是国民党军官，'文革'期间也遭了不少罪，但凭着他的机智、果断、隐忍总算挺过来。改革开放后，他做起了海外贸易生意。他总是这样一个出色的人，一切得心应手，没几年就发了家。这栋房子几经沉浮曲折，最后回到我们手中。但我父亲对这栋房子不屑一顾，始终没在这里住。

"我还有一个哥哥，年长我八岁。我和哥哥多少继承了我父亲叛逆、不循规蹈矩的血统。我哥哥有音乐天赋，本来打算在这方面大显身手，一展才华；可后来变得游手好闲，染上毒品。没几年，吸毒过度心梗死了。死在一处偏僻的海滩。死得够凄惨的，全身腐烂得不成样子才被人发现。我呢，二十岁之前规规矩矩，考上大学，顺顺利利毕业。可是却爱上一个有妻之夫，同样气得我父亲七窍生烟。那段时间，我父亲像只疯狗一样整日暴跳如雷，破口大骂。说他这辈子不知作了什么孽，没安生过。前几年我母亲死后，他却变得温恭起来。真是令人费解。自母亲死后，我就没见过他了，大抵他也不大愿意见到我，对我的事耿耿于怀。但他仍每个月给我寄生活费，一个月不落，分文不少。从这一点上说，他倒是一个称职的父亲。去年吧，我听一个舅舅说，他娶了一个年轻漂亮的女人，听说只比我大一两岁。生孩子没有倒不知。"

"你大学读什么专业？"

"平面和广告设计。由此接触了绘画和雕塑，毕业之后在公司做了几年小职员。和丈夫离异后，由于太想念死去的情人，所以在这里定居下来，开了间理发店。"

"情人？"

"没有和他结成婚嘛，确切来说是情人。这所房子有太多他的气息。"

她叠起修长的腿，端起茶杯又道：

"我学会理发完全是因为他。他当时希望我能为他理发，日日后后都为他理。他说他不喜欢那些理发店女孩们不够好看的手。于是我就学会了这门手艺。我前后一共为他理了七次头发，每次情形我都历历在目。

"理发也是一项艺术工作。我一直把它当作艺术创作来对待，和雕塑相近。除了按照客人的喜好之外，你还必须根据他的外型、气质、性格来剪出不同的发型。同一类发型在不同的人身上，就具有不同的生命和审美。头发应当作为一种有表情的器官，类似眼睛、嘴巴、脸，恰如其分地表露一个人的喜怒哀乐和感情。"

"听你一说，受益匪浅。"

她抿嘴一笑。

这时，音乐停止，一盘终了。

"我放张学友的歌怎样？"她问。

"你做主。"

她妩媚一笑,缓缓细步走过去换唱片。《她来听我的演唱会》立即再一次响起来。

"这十年当中,我听坏了一百盒磁带,八十张圆盘唱片,其中大部分录制的是这首歌。有的唱片一整盘都是这首歌,有的夹着其他的歌间断反复出现。"

说罢,她从壁橱最底层拎出两个棉布袋子,哗啦啦地响。我撩开袋口一看,黑压压一堆,还真有那么多。

"进我房间参观一下。"

我跟着她进了一间房间。

这间房间给我一种异样的感觉,有一股久远时代的气味,好像很久没人来过似的。引人注目的是一张很大的双人床,纯棉布白色床单。看起来绵软温柔,似乎一躺上去便会像陷入海水般沉落下去。

她点燃一支烟,怅怅地说:

"这是我们在一起时的房间。这里的陈设和十年前一模一样,任何一件物品都没更换过。只是经常打扫一下灰尘,隔一段时间洗一次被褥。"

"给你看一下他的相片。"

她拉开抽屉,抽出一本厚厚的相册递给我。我迟迟没打开,思忖着这个男人到底有何种魅力,在他死后以至十年后仍使这个女人疯狂地、热情不减地爱着他。

打开相册后,我吃了一惊,手不由自主地颤抖,呼吸也急促。这个男子长得与我非常相像!倘若站在一起,说是双胞胎也未尝不可。唯一不同的是他的眼睛是蓝色的,那是混合了天空和大海的颜色。而这是致命性的,正是这,紧紧攫取了这个女子的心。获得了这种形象的认知后,我能想见当初这个男子如何在这里出现,如何与初见相恋相爱、缠绵悱恻了。并且使我发生错觉,我仿佛是他了。这种错觉使我惶恐又惊喜,眼睛迷离起来。我觉得初见此刻正站在我的身边,与我贴得很近。我能感觉她呼出的热气正往我的耳朵吹来,绵软、无力、诱魅。空气中有一种物质破碎的声音,或者仅仅是我心脏紊乱跳动,想象力不正当膨胀而崩溃的声音。这种错觉是可怕的、危险的,结果不可预知,会像决堤般一发不可收拾的。

"你怎么啦?"她小声地问。

我心头一颤,清醒过来,好像发了一场梦魇。

"是很像。"我局促地笑着说。

"很像吧，我一直没骗你。乍看上去说是双胞胎也成。"她的臀部半坐在桌沿上，交叉着双腿。她任何一个姿势都那么随意优雅。

翻过相簿几页后，我看到一个六七岁女孩的照片。

"这是你小时候吗？"

"不，是我的女儿。虽然她是我同丈夫生的，但我总觉得她长得像他。兴许是我想得他太深的缘故，深深影响了她的孕育，以至于丈夫的基因不起作用。你相不相信有这回事？"

"有吧。不可否认的是她长得很像你，长大后势必和你一样漂亮。"

"嘴巴挺甜的。"她莞尔一笑。

为了避免长时间的驻留，错觉再度发生，我合上相册交还给她，找了个借口与她走出这个房间。在会客厅聊了一会儿后我便带着唱片离去了。

【7】

再次见到田敏是在晚上。当时楼上传来声响很大的重金属摇滚乐，细听是来自黑色安息日乐队。

田伯正对着楼上大声责骂。

"田敏，你给我放小声点。说了你多少次，就是不听话。也该收心了，还有一年就高考，整天搞什么乐队，你还要不要前途啊？你是不是想气死老爸？"

田伯见我进来，转而变为笑脸，说道："你帮我上去说说她。这孩子，我不知说多少遍了。每说一次则放小声一点，不过一分钟，声音又大起来。吵哄哄的。我倒也罢，吵到房客怎么办？"

"好的，田伯。我去试试。"

我敲开田敏房间的门。她见是我，显得十分欢喜。

"你去哪了，我都找不到你？"

艺术青年也在她的房间。他坐在墙根上，光脚，一条腿伸直，另一条腿曲起。他见我进来，"嗨"的一声打招呼，与此同时做出的笑一闪而过。

"开小声点吧，即使不考虑你父亲，也考虑一下这里住的旅客，不是每个人都喜欢听这吵闹的音乐。"

她听后幽幽地说："怎么一进来就教训人家。"随即又雀跃起来，"是不是我老爸叫你传圣旨？"

"不管是不是，开小声点。"

"好，我听你的。"她蹦跳着跑去调小音响的音量，然后拉我在墙根与她挨着坐下来，拿起一本流行音乐杂志要我同她一起看。

艺术青年低着头看一本汽车杂志，显得闷闷不乐，对我们视若无睹。

"他怎么啦？"我问田敏。

"别理他。他先前和女友吵了一架，心情正糟糕透顶，想哭都未定。"她嗡声嗡气地说。

青年听了，扑哧大笑："你别听她胡吹。小女孩不懂事。"

"喂，你本来就是嘛。你整整半个小时干坐着没说一句话。"

"再之前半个小时我不是和你聊了很多吗？你聊起来没完没了，哪有那么多口水消耗给你。"

看来田敏和青年又混熟了。

"周云，别理他，我们来看杂志吧。"

"你先看吧，我回房间洗个澡。下午去渔村转了一圈，一身汗臭味呢。"

"那好，我等一下再找你。"

回到房间后，我放上从初见那里借来的张学友的音乐。解口渴似的喝了几口啤酒。进入洗澡间，淋湿身体后，我脑海里不知怎的浮现初见那间奇异的房间，那张绵软的双人床，以及照片里她的情人。世间竟有这等奇事。我甚至又浮现初见美雅的姿影和妩媚的笑容。现在在我心里、脑里浮现的她都仅有二十岁。一个正在等待追求的窈窕女孩。

流量突然增大的喷洒水流使我一惊，我从幻想中醒来，长长吁了一口气。

我刚从洗澡间出来，田敏就进来了。

"你怎么连门不敲一下就进来？"我一边擦湿漉漉的头发一边说道。

"对不起喽。"她噘起无辜的嘴说道，"怎么又是这首歌。"唱片恰好放到《她来听我的演唱会》。

她关掉唱片机，说："今晚你有没有其他节目？"

我摇摇头，"没有。正打算好好睡一觉。"

"陪我去电影院看一场电影。"

"这么晚了，还看什么电影。"

"就是看午夜剧场嘛。"

"改天吧。"

"我现在就想去。喂，你答应我什么来着，还拉过小指钩呢。看电影这

烟花夜不见不散 80

不算屈辱的要求吧。"

"我考虑一下。"

"没得考虑。如果你不去，我天天晚上过来你这里睡。"

"得了，我去。"

我们担心田伯知道，蹑手蹑脚地从后门出去，我又小心翼翼地把脚踏车推出来。

来到电影院后，午夜场将放映《西西里的美丽传说》。我们发现这部电影两人都看过了。

"没关系啦。反正都来到这里，我们再看一遍嘛。"

我们买票进去。观众不是很多，大多是年轻情侣，看样子又都是游客居多。

影片放映后头十五分钟，她在我耳边喋喋不休说个不停，评论影片这影片那的；但很快倒在我的肩膀沉沉睡过去。直到电影院散场，观众几乎全部退去，我叫醒她，她才醒过来。

回来的路上，我故作生气地数落她。

"哪有你这样看电影的，死拉硬拽别人来看，自己倒好，呼呼大睡。"

"今天和朋友玩了一整天，一直没休息，所以就睡着了。下次一定不这样。"她低着声音嗡嗡地说。

"下次谁敢同你来。"

两天后，我去还唱片。

仍是上次那个化烟熏妆的女孩告诉我初见在楼上。

走进会客厅，看见初见和田敏正在聊天。我们三个都略为惊讶。田敏则十分吃惊。

"怎么，你们认识？"田敏首先问。

"哦，他来我这里理过发。就这样认识了。"初见解释道。

"还是初见姐理的。"我补充道。

"原来是这样。"

田敏像想起什么似的笑着说。说罢，她跳到初见身边，挽住她的手臂问我："周云，你觉得我们的初见姐怎么样？"

"什么怎么样？"

"漂亮、优雅、气质、温柔……"

"得了，得了，哪有这么多。"初见笑着打断她。

"怎么样吗?"田敏对我穷问不舍。

"就、就如你说的。"我有点难为情地回答。

"初见姐一直是我的偶像。以后我一定要成为初见姐一样的淑女,优雅,气质,温柔。"

"你就很好,漂亮活泼。学我可不好。不安分守己,总是讨人厌。"

"我们乐队的名字还是初见姐起的。"田敏又说。

"哦?"

"当时看到门前那两株海棠花树,就随意脱口而出,没想到她们采用了。真该静下心来好好想个名字。"

"这个名字就很好。"我和田敏几乎异口同声。

田敏跳到我身边,突然挽住我的手臂说:"初见姐,现在我正式向你宣布,周云为我现任的男朋友。"

"你说什么?"我十分愕然,一边挣脱她的手臂,一边红着脸说,"哪有这回事。别、别乱说。"

"那祝福你们。"初见笑着说。

"你别信她,她就爱开玩笑。"我重复一次。

"你们也蛮登对的嘛。"初见也开起我的玩笑来。

"初见姐也这样认为。初见姐的眼光准没错。"田敏更是得意万分。

"行了,行了……"我正要往下说,田敏又跳到初见身边,说:"初见姐,你觉得周云怎样?"

"不错。"

"是不是又高又帅?"

"那当然。"

她又嘻嘻接着说:"他很容易脸红呢。像个情窦初开的小男生。你看,他现在正脸红呢。"

她不说还好,她这样一说,我真的又脸红起来,像涨潮般迅速,而且不断漫延,连脖子都红起来了。连辩解"哪有"都显得徒劳无功,欲盖弥彰。我只好不作声了。

"我早知道。他在我面前脸红过几次啦。"

"初见姐,我听说爱脸红的男生细心,会照顾人,诚实善良,对爱情专一,不会偷腥,是这样吗?"

"当然。你要好好把握住他。难得一遇。"

"难得一遇?"

她们像两个闺中密友在说悄悄话似的，视我完全不存在。

"得了，得了，你们别再拿我开玩笑了。"我终于将这句话流畅地说出。

"我们不说了，再说下去，他的脸红几天恐怕都褪不下去。"初见帮腔道。

她们停止了玩笑，田敏则捂着嘴呵呵呵地笑个不停。

"我是来还唱片的。鲍比·迪伦的播放不了。唱片刮得很花。"我说明来意。

"那可真遗憾。我有很多唱片都是这样，被我翻来覆去地听，唱片刮花得不成样子，好像从石头墙壁上擦过似的。"

她接过唱片，打开壁橱的门。"只好另选一张。"

我问田敏来干什么。

"借唱片。我和队友打算这几天练习一下，创作一首歌，所以问初见姐借些前人的唱片参考借鉴。"

"你急着要走吧？"初见问田敏。

"对，约好六点。"

"我先帮你取出来。"初见拿着一张写有唱片名的纸，按着上面所写把唱片一张一张找出来。

"你会不会都借光？"我向田敏打趣道。

"那很难说。"田敏向我做鬼脸。

十分钟后，唱片一一找出，共二十四张。初见用袋子包装好交给田敏。

"谢谢你，初见姐。"她转而对我们说，"我赶时间先走了，你们慢慢聊。"

走到楼梯口，她回过头，眨着眼睛向我摆手："回头见，周云，嘻嘻。"

田敏走后，我改借了一张恩雅的唱片。

"到沙滩走走，可好？"她提议道。

我点头表示同意。

她换上沙滩布鞋，拎上一台磁带录音机。

"每次去沙滩散步，我习惯拎上录音机一边听音乐一边行走。"出门口时她解释道。

此时正是下午六点钟的时光，她带我去一处人迹稀少的海滩。而海水浴场此刻正热闹非凡。

这一处海滩的沙子细腻、干净、洁白得出奇。海水是浅蓝、蓝、深蓝，逐次渐深。身后的热带丛林像蔓草般疯似的生长。大抵是人迹罕至的缘故。

她按下录音机键钮，音乐随即传出，是沙滩男孩乐队。正播放单曲《Surfer girl》。

"正合此情此景。"我笑说。

她嫣然一笑，继续往前走。

沙子余温未退，暖烘烘的。脚就这样毫不设防地沉陷下去。温热就将足弓包围，并随着沙粒细碎的分解，变成颗粒的形状，似乎要渗入肌肤中。

我们默默地走。她走在我前面，步子很快，似乎要赶往某个地方。我一脚深一脚浅地走，几乎沉溺在沙滩的温热之中。

"你最关心什么？"她突然回过头问。

"关心什么？"我追上去，"关心明天是否能睡到自然醒。我没多少热情关心政治和和平。"

"听起来像个隐者。"

"你呢？"

"我是理发的，当然关心各种发油的价格啰。"

"和沙滩男孩的口气如出一辙。你知道他们最关心什么吗？"

"这我不知道。"

"他们最关心的问题是当地药房里防晒油的销售量。"

"还真是如出一辙。"

这时，我们遇见一对西方情侣。他们和初见相识。

"Hello!"

"Hello!"

"So nice to see you here."高大的男子向初见说。

"Me too."

"Your boyfriend?"男子指着我问，并向我点头致意。

"Oh, no. My new friend. We look like lovers?"初见说。

"Very much."男子露出迷人的笑容。

"I hope so."初见开玩笑说。

和外国情侣告别后，初见告诉我他们是法国人，长期在这里居住。已经认识很久了，男子常到店里理发。

"外国男人总是爽朗幽默。"

我们并肩走了一段距离，最后在一处平缓的半湿的沙地站住。

她把录音机放在沙面上，用两手的食指和大拇指围拢成一个圈，圈住正西沉的太阳。我不由得跟着她做起来。

"他在的时候，常常教我这样做。只要把手做出各种各样的几何形状，便可把世间的万物都围在手中，太阳也好，大海也好，高楼也好，甚至人的心。"

她注目地看着落日。落日很大很圆，旁边没有一丝火烧云。

"他对落日有一种悲观的绝望，很多个黄昏我们站在这里看着落日，他伏在我肩头伤心地哭。可是他却对落日有疯狂、执着、沉溺的热爱。他认为旭日是浮躁的、狂妄的，落日是真诚的、凄美的。他还在开飞机的时候，他最喜欢的是在黄昏时分，逆着海平面向落日俯冲过去。太阳是那么大，那么红，光线是那么的柔和。飞机越来越近，落日越来越大。落日似乎要将飞机、整个世界吞噬。世间万物都在那里湮灭重生，世界重新井然有序，各种事物完美无缺，世界寂静无声。

"他说我想念他的时候，就看着落日，想象他从天际、海平面、红色的落日为背景，开着飞机，获得新生，俯冲而来。"

我看见她哭了。哭得是那么隐蔽，眼眶都没红，两滴眼泪突兀地掉下来，落入沙地中，倏地就消失了。即使在脸颊上拖下泪痕，温热的海风很快也就将之吹干了。整个过程是那么自然，那么顺畅，那么不经意。恐怕连她自己都未察觉。

我们站得很近。她摇摇欲坠，几乎要倒在我怀中。我的手拿起，放下，拿起，放下，几乎也要抱住她。我、她这时都产生了错觉。只要空气的微微震颤，我和她，如落日和海平线的交融，势必融合在一起。

但什么都没发生。一艘轰隆轰隆匆匆驶过、发出巨大的马达声的渔船摧毁了这种一触即发的错觉。

音乐声仍悦耳动听。海浪仍一浪接一浪，涛声清晰无比。

她朝我粲然一笑："我们走吧。"

走着走着，她把布鞋脱下来拎在手里，说里面渗入了沙子，硌得难受。

"我听说你过几天就要走了，是吗？"

"是的。"

她再没作声，继续往前走，什么都不问。具体哪天走不问，何时会再来不问，客套的挽留之词也不说。她这时的表现使我感到不安和害怕。

"我帮你拎录音机吧。"我说。

她摇摇头把鞋递给我："介意帮我拎鞋吗？"

我摇摇头，接过她的鞋。

我们又默默地走。拎着她的鞋,仿佛拎着她的身体,很轻,很柔。我想一定是这样的。她细长光洁的腿在沙地中行走,犹如沙洲中疾奔的长脚水鸟,如此灵活、优美。

我能想见,假如时间永不枯竭,大海永不干涸,她的青春永不老去,她势必会日复一日、年复一年拎着录音机在海滩行走不止。

不知走了多久,我们走到海崖底。靛蓝色的透明的空气在眼前悠悠荡荡升了起来,天空消逝了最后一丝光亮,所有的一切融入了暮色中。歌曲也唱完。

她回头朝我再次粲然一笑:"我们回去吧。"

【8】

两天后的晚上,旅馆里发生了一件不愉快的事情。艺术青年的房间里传来他和女友激烈的争吵。女友的尖叫、号哭、摔东西的声音时起时伏。

最后女友红肿着眼睛,头发凌乱地摔门出来,发疯似的下楼梯。

艺术青年随即追出来,他跑到楼梯中间,女友已看不见了,他怒气冲冲地吼道:"走啊,走啊,分手是什么大不了的事,用得着这样疯。以后别让我看见你。"

他右手捂着左手臂,左手臂上有几道鲜红的血口子,应当是被女友用刀划破的。

"真是个疯婆子!"他用力地啐了一口。

田伯朝他问道:"要不要去诊所包扎一下?"

"不用了。没什么事。"

"年轻人何必那么冲动,有话好好说嘛。"

"行了,田伯,我们年轻人的事您就不要管了。"

青年回了房间后,田伯悄声对在场的我说:"又一个女友告吹了。一定是他另结新欢了。这小子,对女孩手到擒来,很快就会带下一个回来。这样的争吵我见了几次了。不过没想到这次这个女孩性格那么烈。"

田伯摇摇头:"真不知你们年轻人是怎么想的。"

入夜之后,我刚躺下不久,田敏又鬼鬼祟祟地溜入我的房间。

她掀开我的被子,拉我起身。

"你又要干什么?"

"陪我到海滩走走。"

"这么晚了，明天去吧。"

"我就想现在去。求求你。"

"你怎么像个夜猫子，晚上那么多精力啊？"

"他们的争吵多少弄得我心情不好。"

"那可与你无关呀。"

"我一听到别人的吵架声心情就会不好，不管是不是与我有关。"

"去嘛！周云，看你的样子又不困。求求你啦。我一定不会像上次看电影那样令你失望。去啦。"

她拼命摇晃我的手臂，嗲声嗲气地哀求。

"好吧，去吧。我怕了你。"

今晚天气很好，来到海滩时，觉得心旷神怡，精神倍爽。月亮已升到中天，在晴朗的夜空中轮廓清晰无比，环形山也比往日清晰。月光从高空飞流而下，化作透明的瀑布，沉潜于夜与海之间。白色的沙滩反射着月光，像一席柔软的床单。海浪沐浴着月光温柔地冲刷着沙滩。海风中仿佛有深海植物的气味。有零星的人影。有的在树林中燃起篝火，有的打着灯照沙蚕。

"夜色很美，是吗？"田敏兴奋地说。她像放归的小鹿一样跳跃着纤长的腿，围绕着我在沙地上来回转个不停。

她欢闹了一阵后安静下来与我并肩行走。我闻到她头发浓郁的洗发露香味和少女散发的青春气息。

"周云，你有没有喜欢的女孩儿？"她嘻嘻笑着问。

"没有。怎么问起这个来？"

"你现在是不是喜欢初见姐？"她用试探的口气问。

这个突兀的问题使我猝不及防，它触及我一直讳莫如深的隐蔽禁地。她话一出，这块禁地彻底暴露了，暴露在我面前，暴露在海滩上，也必将暴露在世人之中。这个十六岁的少女轻易地看穿了我的心事。

我惊慌失措地疾步向前走去，走出五米远后我若有所想慢下步子来。

"你的日记，'理发店遇见的美丽女子'是初见姐吧？"她在身后紧追不舍。

我站住，镇静下来，在这空寂辽阔的巨大海空之间屏息敛气，过了很长时间，我才说道：

"对,就是初见。在最初见到她的那一段时间,她让我怦然心动,坐立不安。特别是我看了她情人的照片后,我产生了错觉。我仿佛是他,他仿佛是我。甚至、甚至对她有渴求,有邪念。"

"有渴求有邪念这是正常的。她本来就是一个绝世美人,男人见了都会动心。即使连我父亲也不例外。在我母亲死了之后,这几年我父亲一直是孤家寡人,由于他深爱着我母亲,一直未娶,但他对初见姐也产生了渴求和邪念。我有几次深夜进他的房间,听到他在梦中念出初见姐的名字。但这仅仅是一种美丽纯真的幻想或者叫精神恋爱,对吗?每个人的人生都会如此。"

"我一直对此感到害怕。而且她爱得他如此之深,世上恐怕没有谁能在心里代替他的位置。当我意识到这一点后,所有的念头打消了。"

"明白就好。"

我们继续向前走去,海面黑黝黝一片,月光并不能将之照亮。海像一块海绵,把月光都吸收了。这时海天交接处有灯火的亮光,像毛虫一样缓慢蠕行。是渔船还是邮轮看不清。不一会儿,灯火就像风中的蜡烛,闪忽不定,不到几秒钟便消失了。

"你曾经爱过一个女孩是吗?"田敏又问。

我未作声。

"你变得轻易脸红与她有关。初见姐把你和她的一切都同我讲了。"她笑了,"嘻嘻,周云,想不到你是这么可爱纯情的人。"

我看了她一眼继续前行。

她一边踢起沙子一边说:"从人道上说,我希望那女孩能醒过来;但实际情况是那女孩十有八九醒不过来。即使醒过来,她也不一定会爱你。所以你的等待十有八九是一场空。初见姐你已打消念头,那女孩遥遥无期,所以你考虑考虑我吧。"

什么考虑考虑我。我还未反应过来把话问出口,她就踮起脚尖飞快地在我脸颊上亲了一口,磕磕巴巴地说:

"周云,我、我喜欢你!"

随即就跑开了。

我第一次看见她如此羞涩的样态,尽管这个过程突然、迅速、短暂,我仍感觉到她欢蹦乱跳的心,她的认真和诚挚。

我手按在她亲吻的地方站了好一会儿才重又迈开步子。一分钟后,她跑回来,气喘吁吁地立在我的面前,笑嘻嘻地问:

"怎么样，周云？"

"什么怎么样？"

"你对我的感觉。你喜不喜欢我吗？我是真的喜欢你。"

我没有回答她，扑哧一声笑着说：

"哪有你这样明目张胆表白的，我们认识不过十天。你说出口的时候，脸也不会红一下。"

"我的脸当然红了。刚才我跑开，就是因为脸红啊。"她喘一口气又道，"你到底怎么样吗？"

"行了，你才十六岁，还未成年。等你成年后再说。"

我大步向前迈去。

"你是说要等到十八岁以后？"她追上我，"那你现在可以说一说你的想法嘛。"

"对未成年人有什么好说的。"我打趣她道，"发育都还没发育好。"

"谁说的。"她跳在我面前把我挡住，用力地挺起胸脯，"我可以、可以让你迅速地摸一下，要非常迅速。"

"那我真的来了呀。"

她"嗯"了一声，闭起眼睛，脸涨得通红。

我扑哧一笑，推开她："得了，跟你开个玩笑，你倒越来越来劲了。"

"真的要等到十八岁以后？"

"嗯，十八岁以后。没得商量。"

"不就是领一张卡片吗？何必那么认真死板？"

"这张卡片非常重要。"

"还有两年哪！"她伸出手指，"也好，两年就两年。潮水一涨一落就过去了。"

我们在一处洁净的沙地上坐下来，稍作休息，捡起周围的贝壳向海里扔去。

"你表达感情那么明目张胆，也不会曲折委婉一下。"

"曲折委婉？你是说喜欢一个人应当将感情埋藏在心底，不显山不露水，经过一番长时间的揣测试探后才说出口。或者干脆不说，烂在心里，直到失去后才后悔莫及。要是两人都喜欢对方，都抱这样的心态，谁都不敢说出口，岂不是要抱憾终身。爱一个人就要大胆直白地对他说，即使失败也总比遗憾好。你不就是这样错过一个女孩子吗？全怪你当时羞于说出口。

"你知道为什么我爸年龄这么大了,还有我这么小的一个女儿吗?就由于当初他不敢向我母亲表白。我爸我妈年轻时彼此深深喜欢对方,但就是哪一个都不说,好像斗气似的,一直在等对方。等啊等,等了几年,到底谁都不说,结果误会产生,双方都认为对方不喜欢自己,是自己自作多情了。由于工作原因,两人分离开,加上社会动荡,联系方式也失去了,两人没再见面。但两人都深爱对方,坚定不移抱着终身不娶不嫁的决心。这样,一直到我爸四十岁,我妈三十八了,两人才偶然重新遇上,这时顾不了那么多了,互诉衷肠,才发现是一个巨大的误会。因此两人风风火火结合。第三年生下我。这时我爸四十二,我妈四十了。两人本来还打算生第二个孩子,但不行了,不知哪一方失去了生育能力,可能双方都失去了。在我十岁那年,母亲就走了。两人在一起生活前前后后才十几年,甚至连对方的身体还未摸清就又永远分开了。你说,能不遗憾吗?

"我让我爸再娶一个,这样我不在他身边的时候,他就不会寂寞孤单了;但他死活不肯。到底是真心真意、矢志不渝地爱着我妈。

"所以,我吸取他们的教训。我真心实意喜欢你,当然跟你说喽,藏在心里多难受。"

一阵长时间的沉默。

"好了,走了。"她笑嘻嘻首先开口,拍去手上的沙子,站起来。

"本来想同你一起看一场演唱会,可不成了。"

"演唱会?谁的演唱会?"

"张学友的。海报都贴出几天了。说是十年后的回归。而那天晚上,恰好有一间酒吧请我们乐队演出,一切都商量好了,不能单方退出。所以张学友的演唱会看不成了。本来想邀请你去看我们的演出,但我想等到十八岁时,让你看一场盛大的成熟的演出。因为现在我们的乐队还在初级阶段,不够成熟。所以你也要等两年。两年后一定要来看我的演唱会。"

"一定。"

"你过几天就要走了是吗?什么时候会再来?"

"不清楚。但肯定会再来。"

"这两年内你要控制好自己不要爱上其他女孩。如果有女孩爱上你,你就明白无误告诉她,已经有人预订了。可不可以做到?"

"尽量。"

"不能尽量,一定要做到。"

"好，一定。"
"可不可以牵我的手？"
"不可以。"
"未满十八岁？"
"知道就好。"
……

【9】

第二天，我果然在一条弄巷口看到张学友开演唱会的海报。演唱会的名字叫《好久不见》。而且不远处设有一个售票点。我毫不迟疑地排了一个上午的队买了两张门票。

看演唱会的那天晚上，初见穿了一袭白色雪纺连衣裙，细编带高跟凉鞋，头发也用白色丝带扎起。一身盛装打扮，光彩照人。

舞台巨大无比，流光溢彩，华丽奢侈。全场灯火璀璨，歌迷疯狂呐喊，荧光棒挥舞不停。这个四十多岁的男人仍魅力不减当年，他沧桑伤感的歌声征服了许许多多的人。以前的，现在的。

张学友一出现，我们很快淹没在震耳欲聋的呼喊声的洪流中。初见的脸在荧光灯光辉映中显得红扑扑，像情窦初开的少女。她几次兴奋而紧张地抓住了我的衣襟。

我买的那两张门票还在我的裤袋中。我们入场的门票是剪草坪的男子为我们买的。

昨天深夜，他来旅馆找到我，递给我两张演唱会门票。那是他前天夜晚排了一个晚上的队买到的。

"为什么你不邀请她和你一起来听演唱会？"
"我不成，只有你最合适和她去看。"
"你爱她是吗？你一直在等她？"
"是的。我爱她。我暗恋了她十几年，也等了十几年。"
"为什么你不和她说？"
"如果知道说了有用，我早就说了，何苦等了十几年。"
"为什么你不试试？"
他没回答，说："现在她又遇见了你。我见到你时十分吃惊，你长得跟她的初恋情人实在太像了。她一定跟你讲了这件事吧。"

我点点头。

"现在，只有你能给她重新带来幸福。"

"就因为我长得像她死去的情人？"

"不仅如此，我看得出来，初见很喜欢你。在她心里，也许那个他重新出现了。"

"如果是这样，她爱的仍是他，而不是我。"

"也许开始她带着他的影子来爱你，但时日一久，她爱的就是现在的你了。"

"如果说我们根本不可能呢，你会怎么做？"

"你不喜欢初见吗？由于年龄差距，她有了孩子？"

"年龄差距、有孩子不是问题，问题是要两个人真心实意地爱对方。"

"无论怎么说，唯有你最合适。"

"即使我和初见在一起，也仅仅是一场错觉。某一天意识到这是错觉，梦也就醒了。一切都会回到最初。"

"即使是错觉，明天晚上给她一次好吗？十年，这是一次难得的演唱会。也不知道它什么时候会再回来。初见一定非常期盼这场演唱会。这里有她丢失的爱情。你就当送给她的礼物，就当帮帮我，为她延续十年前断的那场幸福，即使这是短暂的、虚幻的，是错觉。"

"好，我答应你。我后天也就要离开了，我离开后，你接下来会怎么做？"

"我明天就离开这里了。我打算去青藏高原作一次长途旅行。火车票我早已买好了。"

"难道你不去试一试？"

他摇摇头："也许会，也许永远不会。有些东西是注定的，你可明白。"

"在演唱会即将结束之前，要送出最后一首歌《她来听我的演唱会》。"

张学友的声音在高音喇叭中响起，全场变得鸦雀无声。

"在演唱会开始之前，工作人员交给我一封一位歌迷写给我的信。他在信中写了一个故事，一对恋人感人的爱情故事。十年前，这对年轻的情侣在这里听了我一场演唱会。十年后，那个男子不在了，唯有那个女子此刻独自一人在听我的演唱会。今晚这首歌我将献给她一个人，那位美丽的女子。"

顿时，全场掌声雷动。

　　她来听我的演唱会
　　在十七岁的初恋第一次约会
　　男孩为了她彻夜排队
　　半年的积蓄买了门票一对
　　我唱得她心醉　我唱得她心碎
　　……

我看见初见背过身去，泪流满面。

我拉过她，紧紧抱住她，亲吻她。

她抱紧我，眼泪仍涔涔流下，身体剧烈颤抖不已。

歌曲结束，演唱会散场。汹涌的人流开始在两旁缓缓流动，像两股巨大的洋流。我们旁若无人，紧紧抱吻。过了许久，我放开她。

"我没有别的意思。"我坦然地看着初见的眼睛。

"我明白。"她破涕为笑，"这辈子我真的不会爱上第二个男人了。谢谢你。"

恋恋之岛

【1】

天突然下雨了。

夏暖把刚买的《南方日报》举在头顶，非常狼狈地向教学楼跑去。

当夏暖站到游廊突出的檐台时，雨下得更大了。报刊亭到游廊的距离仅仅只有三十米远，而在这短瞬之间，雨却如夏季暴雨般迅猛，能让人想见，应当是所有的云雨同时掉下来。

阿武的那把红伞还举在手里。伞是给夏暖的；但她来不及接他的伞就跑掉了。夏暖和阿武同时抬头看了看天空，然后相视一笑。

阿武是个有柔软笑容的男子。一年四季穿宽松的运动衣。夏暖经常在这里买报刊，他很快就认得夏暖了。他记得很多熟悉顾客买的报刊。所以每次夏暖来，他都能准确把报刊拿出。阿武热衷摄影，在无人光顾的时候，他就对着来往的行人、天空、树木拍摄，甚至垃圾箱也能入他的镜头。顾客一来，他就会停下来，露出温暖的笑容。

阿武是艺术学院的毕业生。至于他为什么在这里卖报刊，什么时候开始卖，要卖到什么时候，这夏暖就不知了。阿武有个很相爱的妻子小惠。眼睛大大的，肤色瓷白，嘴巴像樱桃一样小巧。夏暖一直怀疑她是从某幅画中走出来的。阿武很细心地照顾她，像呵护孩子一样。小惠的左腿是瘸的。

阿武和小惠的年龄只比夏暖大三岁，可是前年九月份他们就成婚了。

新生报到那天，夏暖怀里抱着新生注册资料，看着陌生的校园和校道上熙攘的人群一时手足无措。当时她站在阿武的报刊亭旁边，身后有一排隆重盛开着花朵的美丽异木棉。阳光很灿烂，照在那些新奇兴奋、不知疲倦的新生和家长的脸上。阿武从窗口探出头来，问，是新生吧。夏暖点点头。然后他伸手递给她一把糖果。五颜六色的糖果，通通印着"喜"字。我请你吃喜糖。他的声音再次响起来。夏暖觉得很突兀，看着他。

"呵呵，前天我刚结婚。"他一脸羞涩，神情间流露着甜蜜幸福，眼睛里落满阳光。

"恭喜啊。"

于是，夏暖在阿武一声"我刚结婚"和喜糖中开始了大学生活。

夏暖来自北方的一个城市，青岛。她很早对广州大学城心驰神往。她的一个表姐在那里读过书，在那里收获了一份爱情。高三的时候，她搬出学校公寓和表姐住在一起。有段时间，表姐夫出差。晚上她总是钻进表姐的被窝，听她讲大学的故事。正值冬天，百叶窗外飘着絮絮的雪花，整个房间寂静无比。表姐的圆脸透着幼儿园老师讲故事的氛围。她讲的时候很投入，声音轻轻的缓缓的。她把那些细碎的事放大了几十倍讲出来。她没有添枝加叶，只是讲得很温情，充满童话故事的韵味。表姐说大学城其实是一个岛，叫谷围岛。她更愿意用谷围岛称呼它。岛上有十所大学，环岛而建。岛上都是高大的建筑，成片的草地和树林，随处可见的恋人……随处可见的恋人？夏暖的想象力总是恣意膨胀，心会飞到这个叫谷围的小岛。

夏暖来大学城已经两年多了。前年来校的情景依然历历在目。在青岛火车站，父母来送她，还有好朋友江小豆。那天夏暖盛装打扮，仿佛一个远行的公主。脱下穿了整整三年的校服，像战争结束后疲惫的将军脱下厚重的戎装一样轻松。白色的衬衣已经洗得很旧，几近灰白色了。衣服纤维经过长达三年的揉搓，已经疲惫不堪，散发着奇特的味道。今天夏暖终于和它彻底诀别了。昨晚小豆在帮忙收拾行装的时候，突然说起曾经的一个约定，在高考结束后将校服一把火烧了。夏暖风风火火地拿来爸爸的打火机，可是当她拎起校服时，却看到校服散发着旧日时光的气息。她想起那粒象牙白色的纽扣是自己一针一线缝上去的，领子附近那一小摊墨迹是从川不小心弄的。她能想起很多很多，突然就舍不得了。其实高中结束才不过三个月时间，却恍若一个世纪那么久远了。她觉得应当保留高中的一切物品，去纪念那一段匆忙而苦涩的时光。

夏暖露出一个若有若无的微笑，然后折叠起校服。小豆便笑开了，夏暖，你就是这样一个人，当初提议的是你，现在反悔的也是你。

小豆昨晚灿烂如夏花的笑容，隔着模糊的玻璃窗依然能清晰浮现。可是此刻，站在妈妈旁边的小豆却没有微笑，她脸色凝重，一定很舍不得自己。夏暖想到这儿，眼泪不争气地落下来。夏暖很小很小的时候就认识小豆了。她记不清是几岁开始认识的，反正小豆是除了爸妈的面孔外就一直出现的第三张面孔。那是一张熟悉得不能再熟悉的脸，上面暗疮、青春痘的生灭变化夏暖都了如指掌。以至于很多时候，夏暖有一种错觉，自己的脸就是那样一张的脸。夏暖的父母和小豆的父母在同一个机关上班，住同一处院落。两个人一起长大，幼儿园，小学，初中，高中。唯独大学，两人没能在一块。小豆去了本城的青岛大学。因此两个人也没能一起远行。在收到录取通知书的时候，夏暖除了欣喜之外，就一直不断诅咒这场高考，是它将两个如姐妹般相亲相爱的好朋友给阻隔了。

夏暖今天的这一身打扮是在小豆的意见下才最终确定的。烫了一头如海藻般卷曲的头发，穿一件刺绣的浅蓝色罩衫，一条齐膝的百褶裙，浅口凉鞋。

夏暖这时才注意到爸妈一直站得很直，眼睛一刻没离开她。本来爸爸要请假送她南下的，但她坚持一人前往。原因是暑假的时候和小豆看了岩井俊二执导的《四月物语》。愉野卯月独自一个人远行上大学，自己也能。她和小豆翻来覆去将那部片子看了两个晚上。片中任何场景她都能清晰想起。所以她现在祈祷青岛能突然下一场纷纷扬扬的大雪，那么一切就会很贴合。

火车不知什么缘故迟发了十分钟。三个人依然一动不动站着，没有离去的意思。夏暖突然有跑下车去和爸妈小豆一一再次拥抱的冲动。叫从川的男孩依然没出现。她知道从川喜欢她。但她没有勇气接受他。她对他有说不清的感情。夏暖只能期待大学后事情会有所变化。但她希望他能来送送她。夏暖想起电影和小说里的情节，也许他来了，正躲在某个角落不肯露面。于是夏暖的目光开始到处探寻，廊柱，玻璃门，报刊亭。始终没有。真是倔强呢。如果自己亲自告诉他而不是通过小豆告诉他，也许他就会来了。夏暖想。

嗳！她看到小豆挥舞着手跳起来，隐约能听到三个人一起对自己说，好好照顾自己啊。夏暖这时才回过神来，发现火车鸣响了汽笛，已经缓缓开动了。

【2】

夏暖现在闭起眼睛来,耳畔仍能响起车轮与铁轨激烈摩擦碰撞的声音,脑海里仍能浮现出亲爱的爸妈、小豆,以及那座城市熟悉的景物如何在自己的视野里一点一点消失。那是自己第一次出远门,离开一座城市到另一座城市,2000公里的距离。夏暖的数学概念很差,她想象不出2000公里究竟有多远,大抵觉得像地球到火星那样遥远的距离。

雨终于停了。夏暖想,南方的天气真是奇怪,都十一月份了,还下如此大的雨。以至于去年冬天有一回与小豆通电话,小豆听着从话筒里传来的哗啦啦水声,问道,夏暖你在洗澡吗?夏暖想到《重庆森林》里俏皮的王菲在电话里,拧开洗澡间的喷洒欺骗她父亲突然下雨而无法外出的情景,不禁哑然一笑。

"学姐,你知道礼堂怎么走吗?"面前忽然站立着一个穿得很卡通的女孩,颈上挂着五光十色长长的项链。短裙,黑色长袜。

夏暖结结巴巴地说:"你沿着这条路走,到一个十字路口,转入逸仙路,不对,好像是紫荆路。呃,好像只要往前直走,穿过一片竹林,往右还是左?……"夏暖一时很语塞,她觉得很惭愧,来这里两年了,仍不能准确说出每条校道、每栋建筑的名字和方位。

"我带你去吧。我正好要去附近的图书馆。"

小学妹立即挽起她的手臂,唧唧喳喳说开了。女生总是能很快很亲密地走在一起。小学妹说个不停,问她是哪里人,读什么专业,有什么好的社团可介绍。夏暖一一回答,很感兴趣地问她怎么看出来她是学姐。因为从九月份开学以来,已经有很多新生叫她学姐来问路了。她觉得很不习惯,好像老了很多似的。也很感慨,大学的时光就这样过了一半。

"像啊。"

"怎么像?"

"像就是像啊。"

"哪里像?"

"哪里都像。"

夏暖不再做声了,对小学妹这种哲学式的回答,再问上一年恐怕也得不出个所以然来。

小学妹抱怨说校园太大了,她经常找不到课室,跑错地方。夏暖便想

 恋恋之岛

起大学第一堂课的尴尬。

那天早上她和室友都起得很早,为的是第一堂课不迟到。但一时未进入大学生活状态,夏暖拖拖拉拉的,很迟才赶到教学区。她拿着注册时学生会发的简易地图,问了几个学长,慌慌张张转了两三圈才找到上课的那栋教学楼。

夏暖刚上到二楼,上课铃就打响了。真是该死!夏暖嘟囔了一句。418!418!夏暖念着,以奔跑的速度向走廊尽头的教室跑去。

透过门上方透明的玻璃格窗,夏暖看到学生们都在上课了。她大力呼吸了一口气,惶惶然推开门进去,还未看到教授本人,就对着讲台点头弯腰道歉。

"对不起。对不起。我迟到了。"

"你叫什么名字?"一个年老沧浊的男性声音。

"夏暖。"

"夏暖?夏暖……"夏暖抬起头,看见鬓染微霜的教授托着老花眼镜在花名册上找名字,"夏暖?……好像没这个名字啊……"

"您再找找?"

接着夏暖看见黑板上写着奇怪的数学符号和画着莫名其妙的图案。再看向座位,坐着清一色的男生,齐刷刷抬着头看她,用打量动物园里刚引进来的动物般怪异的眼神看着她。夏暖的脸立即发烫起来。

"夏暖。"教授唤了一声她。

她一惊,怀里抱着的一本教科书掉落在地上。

夏暖正要弯腰拾起,老教授已站到她面前。

"中国古代文学史。"老教授一边捡起一边念了出来,然后清朗地笑道,"小同学,你走错教室了。"

走错教室?夏暖错愕地竖起耳朵。

"你是大一新生吧?"

"是的。"

"哪个系的?"

"中文系的。"

"我没记错的话应当是在对面的文学楼上课。这栋是理学楼。我们上的是材料化学。"

"每年开学都有你这样的新生跑错教室。"教授补充一句。这时全班的男生哄然一声爆笑了。

"哦！对不起！对不起。"夏暖连忙拿过教授手中的课本，几乎是夺过来，头也不回地冲出教室。

夏暖想到这里，嘴角浮现一丝隐淡的笑容。她看着小学妹仍以好奇的眼光打量着校园里的一切，心生羡慕之情。也许过一段日子后她就会只顾昂头走路了。

夏暖看着小学妹穿着的单薄的衣服。那些弹性的棉质衣服紧紧裹着她的小手小脚。夏暖想起昨晚和小豆视频聊天，看到小豆裹着厚厚的冬衣，像一只过于肥胖的北极熊。小豆说青岛已经很冷了。小豆一边打字一边不停地往手上哈气。夏暖告诉她广州只有15℃，女孩子仍穿单薄的衣服，秀出她们姣好的身材。然后夏暖站起身来在摄像头面前转了一圈，我平时就是穿这样的衣服。小豆惊愕地张大嘴巴，粉红的脸蛋忍不住要让人捏一把。小豆是个善解人意、可爱的女孩。脖子很细，头有点大，剪着整齐的短发，乌黑细密，像极了樱桃小丸子。每每想到和小豆相隔千里之外，夏暖心里一阵一阵地难过。

夏暖和小学妹在礼堂广场分别。然后她穿过一片凤凰木树林，绕很远的路来到图书馆。不知道什么时候开始，夏暖喜欢绕远路，穿过一片树林或草地去大学里的任何一栋建筑楼。

枯黄色的、细翎状的树叶簌簌落下；但树依然长得很茂盛。飘逸的树枝和羽状复叶覆盖了树林上方的天空。偶尔有一片浅蓝色的天空露出来，可以看见只有在谷围岛才有的洁净的云。

礼拜六的图书馆会少掉大半的人，给夏暖的感觉是这突然少掉的人都去参加了某个疯狂的派对。夏暖很轻易地找了个临窗的位置坐下。平时这些位置都被早来的人占领。

夏暖在I栏文学类找了几本特旧的书。封面是手绘的图画，色彩暗淡，有颜料剥落的痕迹。书脊和页边毛糙不堪。有几本一翻开扉页还是毛主席的语录。夏暖翻到书后的借书卡。

"林建国　1972年3月14日借　4月2日还。"

"苏红娟　1973年12月7日借　1974年1月22日还　逾期15天。"

这个年代的借书卡都密密麻麻地写满名字和借还日期。夏暖想起前几天电影爱好者协会放过的一部电影《情书》。藤井树无休无止地借那些少人问津的书，不厌其烦地在借书卡上写上"藤井树"的名字。夏暖想，这些借书卡会不会经常出现一个名字呢。如果有的话，也许隐藏着一段不为人所知的爱恋。

夏暖饶有兴趣地翻找了很多书，令她失望的是，没有发现一个经常出现的名字。到了现在的书，借书卡变成了自填的还期表，又有了电脑记录，还期表都无人填写了。夏暖看着空白的还期表，很想写点东西上去。她首先想到小豆。

"江小豆 2007年12月7日借 应于2月7日还。"

夏暖连续在十几本书上写上江小豆的名字。日期有1976年的、1997年的、2024年的、3048年的。小豆是个不会老去的女孩。夏暖傻笑着想。

一阵很大的风从落地百叶窗吹进来，天蓝色、绵软的窗帘布被风掀起，如汹涌的海浪般扑向夏暖，覆盖了她的脸。

夏暖有点生气地扯下贴在脸上的窗帘布，然后一束充沛的阳光倾泻在她身上。这是一束新生的阳光，带着战栗的姿态和雨后的清新，被它照亮的物体都闪着熠熠的荧光。夏暖忽然就原谅了窗帘布的鲁莽。风依然不断灌进来，帘布的扣环被拖动着，"哗啦啦"地响，像夜晚扬起的风铃。

夏暖觉得这声音很熟悉，她轻轻闭起眼睛倾听。这声音开始是细微孱弱的，最后变成一列隆隆的火车在脑中穿行。记忆慢慢变化为清晰的影像。这是从川给过她的声音。高中时期从川坐在夏暖的后面。在夏暖的印象中，从川安静独立，很少笑，也很少说话。整日埋头"沙沙"地算题。和女生说话脸上有羞涩的表情。说话用的词语很少，常常让人捉摸不透。笑容夏暖见过几次，转瞬即逝，有特别的弧线。看人时的眼睛乌黑漆亮。他是高三转学来的。那天被班主任领进来，站在从门口斜照进来的阳光中。背着一个出奇大的藏青色帆布书包。裤子很多口袋，打满补丁。白色T恤印着切·格瓦拉戴五星贝雷帽的头像。头发很长，盖住了眼睛，在阳光下闪着金色的光泽。风尘仆仆，好像从远方赶来。作了简短的介绍后，班主任问他想坐在哪里。他看都没怎么看便指了指临窗的位置。从此，从川坐在了夏暖的身后。

第二天，从川换上了青岛一中白衬衣黑裤子的校服，头发理成寸短，简直判若两人。从川的极度安静让夏暖她们在开始的那一个月很八卦地议论他是不是遭受了家庭变故、亲人死亡等等。后来渐渐得知，双亲都健在，家庭很和睦，父亲是青岛大学的一名教授，母亲是一所高中的教师。

从川的成绩出人意料的好，尤其是数学。由于数学，他的总成绩常常排在夏暖前面。而数学偏偏是夏暖最弱的一科。

在最初的两个月，夏暖和从川几乎没说过话。从川看起来好像整天都在算题，桌面上经常出现成沓的白色纸张和各种型号的铅笔。真是数学狂人，莫非想拿数学单科状元不可。夏暖常常嫉妒地想。因为他的到来让她感到不少压力，数学更让她相形见绌。

男孩和女孩的交流始于十一月初阳光明媚的一天。中午一场小雪过后太阳出来。夏暖去拉合窗帘布。不知什么原因，整张窗帘布哗啦啦掉了下来。阳光横冲直撞进来，教室变得明晃晃，很是刺眼。当时就把夏暖吓坏了。有几块墙泥掉落在书桌上，滑竿脱离墙壁在空中悠悠颤动。夏暖心想一定是因为这是老教学楼，年久失修的缘故。谁知后面传来突兀的一句，"没见过这么手力大的女孩子。"夏暖知道是从川说的，当时教室里就只有他们两个人。夏暖想反驳，忽然觉得这句话经由他说出很好笑，便不愿说了。夏暖看着瘫软在地板上的帘布，爬上桌子，想试着把窗帘布挂上去，但沉重得很，刚举到头顶就没力了。"别弄了，无济于事，多此一举。""那、那我该怎么向同学老师交代呀？"夏暖懊丧又气恼。"就说是我扯坏的。"于是下午上课，全班同学都知道是从川扯坏了窗帘布。第二天中午，夏暖看到从川和班上几个男生拿着铁锤当当在墙上敲打着。窗帘布重新挂了上去。待几个男生离去后，夏暖才对从川说，昨天真是谢谢你呀。这时夏暖第一次看到了从川的笑容。羞涩的，淡淡的。

夏暖记得那个中午一直有风吹进来，帘布像麦浪般起伏。新换的扣环哗啦啦作响。四周出奇地安静。那时身后还有沙沙书写，笔尖摩擦纸面的声音。

坐了很长时间，夏暖忽然想同他说说话，便转过身来。却看到他惊慌失措地把一沓白纸胡乱塞进抽屉。夏暖心想自己太唐突了，抱歉地笑了笑便转回身。

又恢复了出奇地安静。过了很长时间，夏暖的肩膀被动了动。

你的数学好像不是很好。其实、其实你可以问我的。

哦。

夏暖对这突如其来的关怀有点受宠若惊，只干巴巴地挤出一个"哦"字。

夏暖想起那时以后从川给她解释数学题，她被从川简短的比题目本身还要抽象的话语逗笑了。从川是个不善于表达的人，恐怕是她见过的最蹩脚的"老师"。他一看到夏暖毫无反应，就变得十分着急，不停地挠头，眼睛眨啊眨，越急就越解释不好，最后变得像在讲哲学。

夏暖忍不住"扑哧"一声笑出来，然后在还期表上，逆着阳光，写下从川的名字：

"从川　2005年11月7日借　12月5日还。"

夏暖照例写了很多从川的名字。然后看杜拉斯的《广岛之恋》。是小豆推荐的。这几天晚上都在网上交流心得。看了半个小时后，夏暖顿觉困倦，轻轻地趴在桌面上，用手臂枕住脸。

新生见面会。

这天早上，夏暖扎起头发，穿了一件白色的缝有大颗木制纽扣的女式衬衫，一条黑色鱼尾裙，CONVERSE白色帆布鞋。休闲而又不太随便，妈妈说大学可不能失礼于人。

夏暖到教室时，同学几乎来齐了。令她惊讶的是，中文班男生还居多。几分钟后，一个戴黑色宽边眼镜的男生开口说：

"好了，大家静一静。被通知的人都到齐了吧。今天只是个非正式的见面会，大家随意轻松一点。我们班一共35个同学，还有10个没到校。由于接下来有不少的任务，所以就把到校的同学召集起来先开个非正式的见面会。大家互相认识一下，共同完成一些任务。

"我先来吧。我叫李朝玉，来自江苏芜湖市。我爱好打篮球，想组织一支我班的篮球队。有相同爱好的同学我们会后商议一下。"

"下一个？"

左右两边相互看了看。

"就从右边开始吧。"

"唔，我叫麦琪。"是一个腼腆的女孩，扎着两条麻花辫，"来自浙江杭州市。"

"麦琪？欧·亨利的《麦琪的礼物》。"一个男生打断她。

"对。正是那个麦琪。听妈妈说，我爸爸在给我起名字时，当时正在看这本小说。"

大家忍不住笑了起来。

"我叫季澄。来自云南丽江，是傣族人。"

"哟，是少数民族的。"

"我是黎曼。是广州本地人。"是夏暖的室友，她朝夏暖招招手。"大家想去广州哪个地方玩都可以来问我。我还可以教大家说粤语。"

"你哋好啊。好高兴大家可以系埋一齐。（你们好啊。很高兴大家可以在一起。）"她随即说了一句。

烟花夜不见不散　　　　102

"我来自山东烟台。姓林,叫清树。"

"我叫季墨。与季澄同学同姓。听起来像'寂寞',但我不是个爱寂寞的女孩。"

……

很快轮到夏暖。

"我叫夏暖。夏天的夏,温暖的暖。我来自山东青岛。"

"青岛,那同我是半个老乡喽。"叫林清树的男孩插话道。

"嗯。"

"青岛的女孩子是不是都很会喝啤酒?"一个男生问她。

"啊?"

"青岛啤酒?"

"不是的。例如我就不会喝啤酒。"

"哦。"

"青岛?呃,那部电影《恋之风景》是在青岛拍的吧?"一个女生又问。

"嗯。"

"好温馨的一部电影。"

"青岛真是漂亮啊!"

大家七嘴八舌起来。

"电影里拍到的地方你都去过吗?"

"大部分去过。"夏暖一一回答他们。

"登瀛梨雪是真的有吗?"

"有的。我亲自去看过。"

"像电影一样?"

"电影里要漂亮一点。"

"真有福气啊,什么时候去看一下。夏暖,你可要当导游咯。"

"一定,一定。"

夏暖想不到他们对青岛这么感兴趣。

提到电影《恋之风景》,夏暖想到了从川。高三的圣诞平安夜,全班一大帮同学聚在一起,用教室的多媒体设备播放《恋之风景》。夏暖记得那天晚上从川很专注地看,头仰成四十五度角,眼睛眨都不眨一下,像孩童听童话故事那样入迷。夏暖还记得那天晚上电影放到一半时校园上空升腾起绚烂的烟火,大家蜂拥到走廊去观看。她和从川被挤在一起。从川碰落了她一个发夹。从川捡起发夹还给她时,她看到从川清澈的眼睛里倒影着即

 恋恋之岛

将消逝的烟火。

第二天早上,夏暖的桌面上莫名其妙地放着一束梨花。梨花上沾染着未融化的雪,花茎流淌着绿色的汁液。班上的女生聚拢过来,羡慕不已,纷纷议论肯定是班上某个男生昨晚看了《恋之风景》后想到摘的。"也许还是特地跑去登瀛摘的。""真难为他,跑这么远。"然后一个女生悄悄告诉夏暖。今天她来得很早,她看到从川急匆匆跑上教室,又急匆匆出来。当他在教室门口撞见她时,脸上满是惊愕的表情。

真的是他送的吗?夏暖把湿漉漉的花束移至面前,轻轻地埋下脸去,柔软的淡淡的花香立即钻进鼻子。他送花给我是何意啊?难道他……夏暖不敢往下面想了,心扑通扑通突然跳得很厉害。她忽然想起最近这段时间,从川看她的眼神很奇怪。直接,灼灼逼人。每当与他目光对视,她总是毫无缘由地躲闪不及。清淡的梨花香阵阵入鼻,身边聚集的几个女生仍在猜测神秘的男主人公。夏暖的心头漾过一阵莫名其妙的喜悦。

"我愿变成童话里,你爱的那个天使,张开翅膀守护你……"

夏暖从梦中惊醒,猛地乍起。她慌乱抓起手机,按灭铃声。四处看了看,还好,空荡荡的只有她一个人。

夏暖看手机屏幕,是小焕打来的。她回拨过去。

"夏暖吗?"

"是的。嘘!我在图书馆呢。"

"哦。明天十点钟我来载你。千万别忘了。"

"好的。"

夏暖和小焕约好明天去中心湖钓鱼放风筝。结束电话后,夏暖心想小焕真是个长不大的男孩。他总是把每次约定看得很隆重,经常提醒,像倒数新年一样盛满欢喜。

夏暖看一下时间,已是午后两点了。空荡荡的图书馆宛如一个巨大的空寂房间。窗帘布飞扬得更高,像招展的旗帜,似乎"嗖"的一声就会飞离。阳光照在夏暖的身上。夏暖这时才觉得肌肤微微有些灼热。而自己竟在阳光中睡了将近一个小时。

奇怪啊,为什么这段时间睡觉经常梦见从川呢?为什么现在会非常想见到他、惦记着他呢?这个傻小子,你是真的喜欢我吗?如果是,大学都过去两年了,为什么你一点动静都没有呢?

夏暖伸伸懒腰,看了一眼窗外通体透明的空气。

烟花夜不见不散

【3】

　　谷围岛十一月份的阳光很温煦。夏暖淹没在如波浪起伏的蒿草中。一袭墨黛色的绸质长裙，柔软光滑的裙布宛如一摊深色的水般流淌在草地上。她继续看杜拉斯的《广岛之恋》。

　　……
　　我遇见你。
　　我记得你。
　　这座城市天生就适合恋爱。
　　……
　　很久以来，一直这样。
　　我料到你总有一天会突然出现在我面前。
　　我平静地、极其不耐烦地等待着你。
　　……
　　看到这里夏暖合上书，取出日记本，想写点什么。

十一月十九日，天气晴，大风，有阳光……

　　她抬头望向湖面，茂盛的芦苇在风中摇晃。一条笔直的柏油公路划破野草地。公路那边成熟的水稻被风吹得匍匐下去，偶尔飘来一阵稻香。她不知道什么时候喜欢上了南方这种大风的天气。风温煦而干燥，把阳光吹得斑驳，凌乱不堪，再像淘气的孩子把它们抛洒得到处都是。

　　湖的东岸有十几座农家院落。古旧的老房子，青砖黛瓦。村口有一座庙宇，供奉的是天后娘娘。每到初一十五那里便烟雾缭绕。一个腿脚不灵便的老人每天薄暮时分到庙里添加香油。夏暖每次经过这座庙，总是看到青油灯火光灼灼，从未熄灭过。她有时会参上一炷香，虔诚地许个愿。夏暖想自己真是个多宗教者。因为青岛的家后面有座天主教堂，高中以前会经常到那里参加礼拜，那时是划着十字许愿。印象最深的是晚钟敲响时，栖息在教堂屋顶的一群鸽子被惊散，腾空四起。

　　"快来呀，夏暖。"
　　小焕终于把风筝放起。
　　夏暖朝他挥挥手，笑了。她看着小焕穿着白色衬衣在柏油公路上奔跑的身影，又想起了从川。有时她恍恍觉得小焕就是从川。

小焕其实是她的学弟，低她一届。来自重庆，皮肤如重庆女孩子一样白。一张孩子气的脸，笑起来的时候有两个可以淹没人的酒窝。

夏暖一直坚持让他叫自己学姐，可小焕死活不肯。他说，夏暖，你只比我大一个月零九天而已。

可是，他对夏暖的室友们却"学姐学姐"叫得亲热恭敬。小焕是个讨女孩喜欢的男生。他会耐心地倾听女生的心事，会记得她们每个人的生日。他说，女孩都是折断翅膀流落人间的天使。这让夏暖的室友们很是感动，并一同感激夏暖带来了这么个"好弟弟"。因为小焕每次上夏暖的宿舍，总带来能吃上几天的零食。隔一段时间请她们去必胜客或上岛。替她们打饭，陪她们购物时拎东西。夏暖常想，毕业之后，她们必定会被小焕培养成四头懒惰而肥胖的猪。

黎曼常常开小焕的玩笑。

黎曼说，小焕，又来找夏暖呀？

小焕说，我也是来找你们的呀。

黎曼说，小焕，你是不是爱上了我们的夏暖？

小焕说，我也爱你们啊。尤其是黎曼姐。

黎曼说，哎哟哟。受宠若惊。

夏暖听着这些无顾无忌的玩笑在一旁咯咯地笑。

有一次四个女孩去购衣物，她们照例把小焕带上。夏暖每每想起总忍不住笑出声来。当时四姐妹手挽手并排走，小焕提着物品亦步亦趋地跟在后面。经过一间内衣专卖店，鬼马的黎曼使一个眼神，四个女孩心领神会迅速走入内衣店，煞有介事地挑选起来。小焕傻了，呆立在门口，不知所措。估计一半是被这琳琅满目、姹紫嫣红的各式内衣震撼住了。"进来啊，小焕，给点意见我们。"黎曼笑着对小焕说。小焕立即脸红起来，撒腿跑开，像敏捷的动物撞见猎人般逃匿。四个女孩捂着肚子笑成一团。

黎曼开小焕玩笑的后果是小焕缠着她要她教粤语。夏暖也跟着学。她觉得粤语很好听，从小听 BEYOND、张学友、王菲的歌长大。尽管她一首也没听懂，听起来就像听"外语"歌曲。

"你去边度？（你去哪里？）"

"你食咗饭没？（你吃饭了吗？）"

"'我喜欢你'怎么说？"

"我钟意你。"

"'我爱你'呢?"

"我爱你。"

……

大二上学期,在黎曼的鼓动下,夏暖去参加校舞蹈队的选拔。黎曼一直说夏暖委屈了自己的好身材和好相貌。

"你呀,长得这么漂亮,却等着从川那个傻瓜,真是浪费了。你看那个温雪,一大帮男生围着转。她对他们颐指气使,多拉风。"

我漂亮吗?夏暖常常问自己。因为从小到大,妈妈不断对她说,夏暖,都怪妈妈没把你生得漂亮,但你不要自卑啊,要不断提高自己的学识,内在美才是真正的美。于是夏暖一直觉得自己是个丑女孩,拼命拼命地读书。可是自从初三以后,放学路上开始有男孩对她吹口哨,有男生给她递纸条,有不相识的男生莫名其妙地叫她的名字。这似乎和妈妈说的不对。她把这些告诉妈妈。妈妈笑了,仍是说,是你的才艺和内在美吸引了他们,夏暖哪美。渐渐地,夏暖明白了妈妈的苦心,也懂得怎么处理这些事情。大学了,她会很有礼貌地回复男孩写给她的情书,婉转地拒绝他们的邀请。

选拔结束后夏暖很晚才离开。她百无聊赖地在演艺大楼行走,行至三楼时,她听到走廊尽头传出的钢琴声。是克莱德曼的《献给爱丽丝》。这首钢琴曲她太熟悉了,从川曾经为她弹奏过,每当听到这首曲子,内心都会温柔得疼痛。

她驻足在门口倾听,脸贴近漆木门。酒红色的漆木门散发出幽幽木香。她推推门,试图推开门,看看弹奏钢琴之人。门紧锁着。更可气的是,窗户也紧闭着,海蓝色的窗帘布拉合得严严实实。真是神秘啊。

她只好贴近漆木门继续倾听。钢琴声宛若长了翅膀似的,从门缝飞出来,把她的记忆带回到高三毕业晚会的那个晚上。

高考结束后,学校在操场举行了一场盛大的文艺汇演。那天晚上大家穿着整齐的校服。这是他们最后一次穿校服了。大家都穿得一丝不苟。夏暖坐在前排位置,身后的女生唧唧喳喳说个不停。夏暖心情却有点沉郁,毕竟毕业令人伤感,一段青春就这样逝去了。她像过电影似的回忆高三这一年发生的事,不知怎的,想到了那束登瀛梨花,想到了从川。好像今晚一直没看到他。她急急回头寻觅从川的身影。

"夏暖,夏暖,你找谁啊?"江小豆问道。

"啊,没……没找谁。"夏暖支支吾吾,迅速回过身。

"是不是从川?"小豆凑近她的耳朵,嗤嗤笑道。

"哪有……"

"你夏暖还骗得了我吗?"

"接下来的这个节目是来自高三(1)班从川的钢琴独奏《献给爱丽丝》……"主持人在台上忽然宣布道。

夏暖和班上的同学们躁动起来。"从川会弹钢琴啊?""真没想到。""不简单哪。"

之前夏暖和几个女生讨论班上准备了什么节目,很多人面面相觑都说不知道。

"这首钢琴曲我要献给一个女孩。"从川在舞台中央面带羞涩地说。

班上立即喧闹开。这个女孩是谁啊?有的说,是夏暖吧。但很快他们否定了,应当是隔壁班的安然。有人说安然爱上从川已经很久了,高考一结束她给从川写了几页的情书。前几天有人看见他们手牵着手在海滨栈桥漫步。安然,夏暖很早就知道了,初中两人同一所学校。但夏暖并未和她相识,只是听到大家谈论她,多才多艺,自负倔强,宛如一只天鹅仰着高贵的头走路。曾经轰动一时的是她为一个抛弃她的男孩割腕自杀。

夏暖向邻班看过去,看到了安然。这个女孩以优雅的姿势坐着,涂了水蓝色带有荧光的眼影,口红也涂了。她是唯一没有穿校服的女生。她穿着最时尚的衣装,打扮得如此精致,如一个待嫁的美人。她看从川的眼神里充满爱意,有一种不容侵犯的幸福。

那个女孩一定是她了。我只是一只丑小鸭啊!从川怎么会记得我,他一定很快就把我忘了吧。夏暖不免失落起来。可是为什么我想得到从川的关注呢?难道我……

镁光灯下的从川是如此俊美。他穿着白色晚礼服,像一个成熟男人与天真男孩的结合体。他的头发长得很长了,浓密乌黑,垂逸下来遮挡住他线条分明优美的侧脸。灯光把他清瘦的身材拉得很长。

"请允许我再为那个女孩献上一首《秋日私语》。"从川再次说道。这次声音洪亮而自信。

全场爆发热烈的掌声。男生吹起口哨。这时,许多人不约而同把目光集中到了安然身上。安然坐直身迎接大家的目光,像极了一只振翅欲飞的天鹅。

很快全场的人安静下来,他们被从川娴熟的钢琴技艺所吸引,中了魔似的鸦雀无声。夏暖责怪自己一直很粗心,竟然没想到从川那如柳枝般瘦长、骨节微微突起的双手也是会弹钢琴的。

夏暖用心地听,演奏结束了都浑然不知。从川在雷鸣般的掌声中很绅士地向观众致意。有一个陌生的女孩上台献了一串缤纷的气球。然后是安然,她捧着一束娇艳欲滴的红玫瑰,十一朵,踩着优雅的步子上去。她把花献给从川,并给了他一个拥抱。两个人在镁光灯下如此引人注目。台下不知哪个男生高声喊了一句"亲吻她"。可是夏暖看到从川满脸的尴尬。他只对安然说了声谢谢。然后开始讲话,讲毕业感言。夏暖注意到安然有点失望地走下台去。

从川足足讲了五分钟,这令班上的同学很惊讶,这个平日沉默少语的男孩此刻如此感情充沛。

接下来的一幕让夏暖以及所有的人都大吃一惊,对夏暖来说是刻骨铭心了。从川捧着那束玫瑰花和气球从舞台上下来,向观众中走去。大家本以为他是回献给安然的,可是他越过安然径直向夏暖走去。

"送给你。"

夏暖不知所措,好半天没反应过来。还是江小豆在一旁推搡她站起来。

"我说的那个女孩就是你。"从川再向她面前挪了挪玫瑰花和气球。

"这?!……"夏暖不知如何回应,只听到耳边有起伏不断的喝彩声和口哨声。她向邻班看了一眼,看到安然站立了起来,脸涨鼓鼓地看着他们。一身的衣服也膨胀了起来,像一只被招惹了、羽毛勃发的兽鸟。

从川看着夏暖,等待她的接纳。夏暖迟迟没有动静,她觉得这太突然了,心里乱糟糟的。

"快接呀!"周围的人纷纷喊道。直至江小豆拉扯了她几下,她才缓缓伸出手。就在她的手碰触到玫瑰花和气球的一瞬间,夏暖看到安然捂着脸,像遗失了水晶鞋的公主一样落荒而逃。

"对不起,我不能要。"

夏暖的手松开了。她觉得玫瑰突然冒出许多尖尖的刺来,气球的线突然消失不见,她感到被刺得很疼,什么也抓不住。红玫瑰掉在了地上,缤纷的气球飘升到空中。

"你赶快去追她呀!"夏暖此刻显得异常清醒。

从川捡起摔落的玫瑰,眼里充满失望和无奈。他看了一眼夏暖,极不情愿地向安然奔跑的方向跑去。再后来的事夏暖就不记得了,只记得捡起的玫瑰花沾满了泥尘。气球被拍打,从一边传递到另一边。场面很混乱。

 恋恋之岛

"嘎——吱——"漆木门突然拉开,一直半弓着身倾听的夏暖毫无防备地向前打了个趔趄,还好及时站住才没摔倒。一个面容清秀的男生站在门后,无动于衷似的看着她。

"没什么事吧?"男生问。

"哦……没事。呵呵……"夏暖迅速扫视了一眼琴房,里面就他一个人。弹钢琴的想必就是他。

"你刚才一直在外面听?"男生这时倒语气友好地问。

"是的,你弹得太好了,所以……没打扰你吧?"

"你想听,那进来听好了。"男生又热情地把她让进室内。

这间琴房大得出奇,镶木地板,有一面是方格子玻璃墙。日光充沛得照亮了整间琴房。婆娑高大的香樟树几乎占据了半面玻璃墙。看上去,墙是一半透明一半绿色。夏暖觉得很像电影《玻璃之城》吴彦祖和张燊悦谈话的那个琴房。于是问了一句,看过张婉婷的《玻璃之城》吗?问完才后悔,多么莫名其妙的问题啊。

男生愕然地看着她,未回答,在琴椅上坐下来。

"我叫乔真焕,是音乐系大一学生,你可以叫我小焕。"

一阵风忽然大起来,吹得漫画册的纸张哗啦啦作响。是江小豆寄来的。在来这里之前和小焕刚从邮局领回来。台湾漫画家朱德庸的作品《绝对小孩》。夏暖很喜欢封面上的那句话"献给不想长大的孩子和想成为孩子的大人"。这段时间,江小豆的 QQ 名改成了"宝儿",头像换成了很卡通很小孩的形象,原来正是漫画册中满脑子稀奇古怪念头的宝儿。江小豆还真像呢。夏暖在日记本上写道:

感谢小豆给我寄来这么好看有趣的漫画。我一定把它放在枕边。

昨天晚上妈妈发短信说,青岛昨夜下雪了。青岛这个冬季的第一场雪。妈妈终于会发短信了。这个暑假,在我的软磨硬泡之下,妈妈终于肯学,也很快学会了。而现在老妈迷恋上了这种交流方式。现在每次都是发短信了,有时还缠着我聊很多,乐此不疲。呵呵。

真没想到表姐已经做母亲了。寒假回去一定好好捏一捏她的孩子,一定要弄哭为止。我小时候老是被她欺负,经常捏我的脸捏到我哭,这回有机会报仇了。

小豆说从川更加专心致志画画了。他的头发在夏天的时候理短了。比以前更加沉默寡言。不知道是不是像高三一样。不知道为什么我失去了和他联系的勇气了……

夏暖现在只通过小豆知道从川的消息。从川也在青岛大学。小豆说，他结交很少的朋友，一个人落寞地在校园行走。他和安然不咸不淡地相处了一年多，大二下学期安然离开他去了苏格兰，很快在那边结交了一个外国男友。

夏暖不是没联系过他。每次和他聊短信或 QQ，他都没说多少的话，总是一些散乱的只言片语。

小豆说，夏暖，是你三番两次拒绝了他。他知道爱你无望了，肯定不愿和你多说话，和你接触越多就越伤心，你懂吗？笨蛋。

看来小豆说得对，自己是真的让他对自己死了心。毕业晚会过后几天，从川给她寄去了一本画册。里面画的全是她。其实从川画她的画她早就看到了。她一直对从川整日沙沙地书写个不停感到奇怪，特别是他见到她时很慌张地把东西塞进抽屉里。后来有一回，夏暖记得是三月份一天的中午，从川趴在桌面上睡着了。风很大，他抽屉里一张张白花花的纸被风吹出来。夏暖拾起几张，是素描画，画的是一个女孩的背影，扎着两条麻花辫，粉红色发夹，正是当时自己的发式。夏暖将它们一一拾起，再悄悄地放回他的抽屉。那时夏暖什么也不敢多想，只是心扑通乱跳。再次看到这些画时，夏暖就全部明白了从川的心意。可是夏暖从未喜欢过哪个男孩。以前也未被哪个男孩子喜欢。生活一直平平静静，现在突然闯进来一个男孩，真不知如何是好。而且妈妈说，谈恋爱可以迟几年，大学仍是读书的好时期。所以夏暖没有往这方面想过。她想起那天晚上安然落荒而逃的身影，是如此脆弱飘忽。于是她毫不犹豫把画册退给了从川，并在信中写道"你应该和安然在一起"。

可是入学半年多以后，夏暖就开始想念起从川来。想念那束登瀛梨花，想念那些素描画，想念毕业晚会上那场意外的惊喜以及摔落的玫瑰花。想念从川在课间无缘无故拍一下她的肩膀，说"嗨，夏暖"，却没有什么话讲。想念他惊慌失措把画藏起来的样子。

而且他常常入我的梦中，每次我都不愿醒来。醒来之后，我的心都怦怦地如小鹿撞，脸也红红的，好久才能平静下来。现在越来越想打听他的消息，知道他的近况。小豆说，我是爱上了他。噢，是吗？这就是爱吗？……

夏暖现在每次向江小豆打听从川的近况，总免不了被小豆一顿臭骂。小豆说，夏暖，你知不知道你很讨厌，你现在也喜欢他了，安然也不在了，为什么你就不能对他说。死要面子。夏暖以黎曼的话反驳。黎曼说，如果他真心喜欢你，他一定会坚持不懈，哪有被拒绝了一两次就放弃了的。女孩千万别倒追男孩，那样他是不会珍惜的。然后黎曼列举一大堆活生生的事例，某某和某某，某某和某某。总之，非等他第三次开口，就是不能你先开口。夏暖对此深信不疑，因为这是她第一次去爱，她不允许出任何一点差错。并且一再告诫小豆，不许把自己的心意告诉他，我是在考验他呢。江小豆说，得得得，我真服了你，夏暖。

"给，夏暖。"

小焕牵着风筝在夏暖的身边坐下来。

夏暖合上日记本，用手拽了拽风筝的线。蝴蝶形风筝，两张特大的翅膀，带有长长的飘逸的尾巴，五彩的花纹。

"又在写日记吗？"

"嗯。"夏暖对他笑了笑。

"你要吗？"

"不了。"夏暖松开风筝的线，"等钓鱼时再叫我。"

"那好，你……"小焕还想说什么，但没有说出口。他有点失望地走开。他牵着风筝的线走到附近一棵落尽了叶子的小树，然后把线绑在上面。他望了一眼风筝，又看到夏暖埋着头写了。在他眼中，夏暖是个寂寞的女孩，爱看电影，爱看小说。有点倔强。沉溺在自己的世界里。说不多的话，挂着柔柔的笑容。在等待一份爱情。可是他一直弄不清她和那个叫从川的男孩之间发生了什么事。他从来没见过他出现。他还是被她当作弟弟，以长辈的语气对他说话，有时会像对待弟弟一样捏一下他的脸。可他不想这样。

"那我去准备钓鱼竿。"小焕朝她喊道。

"好的。"夏暖抬头对小焕嫣然一笑，当作回应。她继续写道：

小焕，不知不觉我们就长大了。你依然是一年前的小焕，爱笑，两个很引人注目的酒窝，爱喝康师傅冰红茶，不喜欢喝可乐。看到黎曼便说蹩脚的粤语。弹钢琴时表情很严肃。你带我参加很多的舞会，去很多的地方，介绍很多朋友让我认识。你说，大学四年不能全部光用来读书学习啊。你想方设法让我的生活过得多姿多彩。我深刻记得在我生病心情最沮丧的那天晚上,你不知从哪里弄来礼堂的钥匙,给我放《假如爱有天意》。你说你有一个同学是电影协会的会长。我记得那天晚上整个礼堂空荡荡,我们坐在中央,看只有两个观众看的电影。我多么希望身边的你是从川。可你是我的好学弟。我多么想有你这么一个弟弟啊……

"夏暖,快来呀,有鱼儿上钩啦!"小焕在湖边兴奋地朝夏暖挥手。

"噢,是吗?"夏暖急急扔下日记本,匆匆跑过去。

"鱼呢?"

"还在钩上。"小焕指着水面。

夏暖果然看到钓竿颤悠悠地剧烈抖动。

"等你拉起来呢……想不到这次这么快,刚投下线去,不到一分钟就有鱼上钩了。"小焕像个孩子一样欢喜。

夏暖握住钓竿,用力一扯。一条手掌大的鲫鱼哗啦啦带着水从湖面跃出来,晶莹的水珠闪烁着阳光往下掉。

夏暖往里一收,不料力度太大,鲫鱼打着挺儿撞在了她的脸上。

"啊呀!"夏暖扔下钓竿,用双手捂住眼睛。

"没事吧?"惊慌的小焕冲了过来。

"有水溅到脸上,进了眼睛。"

"别动,我帮你看看。"小焕抽出手巾纸,慢慢放下夏暖的手。他轻轻地擦去她脸上的水,抽了一口气,心里庆幸,还好鱼鳍没有伤到她的脸,否则,这么漂亮的脸伤了多让人心疼。

夏暖紧闭着眼睛,微扬起头,像一个孩子一样需要得到照顾。小焕出神地想着,心忽然悸动了一下,脸无法自拔地发红发烫。他的手慢下来,比以前擦拭他心爱的玩具还要小心翼翼。

"可以了吗?"夏暖问道。

许久没有回答,然后夏暖感觉有两片冰凉的唇碰触到了自己的脸蛋。很轻,很快,夹带着紧张和害怕的一个吻。

夏暖吃了一惊,张开眼,看到小焕涨红着脸看着她。夏暖慌了神,但很快镇定下来。

"小焕很爱姐姐呀!"

"不是的,夏暖,我一直喜……"

"我知道。"夏暖打断他,"我能感觉得到。可我一直当你是弟弟。我们

恋恋之岛

根本不合适。我爱着从川。这你是知道的。我的倔强你也是知道的。"

"是真的有这么一个人吗？为什么我从来没见过他呢？就算有，为什么你们没在一起呢？你在等他吗？你别这么傻了，他爱的不是你。也许他有其他女孩了。"

"小焕，你不知道实情。"

"是因为我年龄比你小吗？"

"小焕，我是真的爱他。只是我们之间有误会。我们一直在一起。"

夏暖从脖子中拉出项链。她打开心形坠子，里面是一张男孩的肖像。是从川。这是夏暖从毕业相册上剪下来镶到里面的。这个秘密至今无人知道。

"请你祝福我们好吗？小焕，你是我的好弟弟，你一定能找到合适你的女孩。我会为你祝福的。"

许久的沉默。最后小焕抱歉似的笑了。

【4】

十二月份的时候，王教授的女儿出嫁了。他的女儿正是夏暖他们现在的班主任。王教授年初刚退休，女儿下半年就来接了他的班。以前王教授任课的时候经常提起他的女儿，说他女儿如何听话，聪明漂亮。"明年她就会来教你们。"这学期，夏暖他们果然见到了王教授的女儿。发觉她不但人漂亮，而且像姐姐一样可亲可爱。

新娘出嫁的这天，夏暖她们被邀请。

"别看我爸爸对你们这么好，对我是又凶又不讲道理。本来我不想读研究生，可他逼着我读，害我差点嫁不出去。"新娘也不断提起她爸爸。

一屋子女孩在房间咯咯地笑了。

"夏暖、黎曼……你们都有男友了吗？没有的话抓紧时间。你们可别读研究生啊。别听我爸爸瞎吹。"

女孩们又笑了。

"漂亮吗？"新娘用手按按高高隆起的发髻。

"漂亮！"女孩们几乎异口同声。

"像公主！""全世界最漂亮的新娘！"女孩们七嘴八舌说开。

窗外，这时迎亲的小轿车来了。新娘在众人的祝福声中小心翼翼地提着白色的婚纱，在母亲打着红色的伞的遮挡下缓缓走下楼。夏暖站在女孩子们中间，看着这温馨的场面，眼眶竟有点湿润。凤凰木的叶子纷纷落下。很多的学生站在校道两旁观看，他们举起手机，争拍下盛装打扮的美丽新娘。

夏暖在礼堂聆听了这场婚礼。阿武也来了，作为一名摄影师。休息的时候和夏暖坐在礼堂的观礼椅上。

王教授教过我。我曾经是他的学生。王教授今天笑得最开心。

不知道他教你们时会不会也经常提起他的女儿。

王教授德高望重，今年终于如愿退休了。女儿也出嫁了。你知道吗，他私下跟我们聊天，还真担心女儿嫁不出去呢。

我和小惠的婚礼是他主持的。

……

从川病了。

在王教授女儿婚礼的第三天，夏暖从小豆那里得知了这一消息。

江小豆说，从川那天在湖边作画，忽然一阵大风吹来，把他的画吹进了湖水中。他顾不得寒冷，跳入冰冷的湖中去捡他的画。画被吹得七零八散，他游了很久才把画一张张捡起来。他累得精疲力竭，四肢被冻伤，差点游不上岸，还是其他人拉他上来的。之后他就大病了一场，高烧不退。夏暖，你知道吗，他画的全是你。

夏暖听说后，哭了，很伤心地哭了，第一次为一个男孩哭了。翌日一大清早，她跑去药房买了许多药然后去邮局寄给他。又去了一趟天后宫庙。她跪在天后娘娘面前，说了许多话，求了一支签。她还是第一次这样笃信一个神祇。

下午，夏暖收到了一件加快邮裹。是江小豆寄来的。里面是一幅幅被水浸湿后皱巴巴的素描画。每一幅画的左下角都有从川的签名。

夏暖坐在图书馆广场的长木椅上，一张一张翻看着。她来回摩挲每幅画上铅笔的画痕，暗黄的水迹，再一次泪眼婆娑。

"从川，你真傻。你真的好傻啊！"

翻到最后一张，竟然是一张洁净平整崭新的水彩画，画的是谷围岛，岛中央，一个男孩和女孩额头相抵。

"夏暖，江小豆经常告诉我，夏暖一直对她说谷围岛是心脏的形状。我不信，后来看了地图，又亲自去了一趟，谷围岛果然是心脏的形状。你一

 恋恋之岛

定没想到我去了大学城吧。我是去年去的，悄悄地独自一个人。我找了很久，等了很久才看到你。看见你和一个男孩走在一起。我是多么的绝望。很快我就离开了。可是我在青岛这边仍是无法不想念你。没想到，前天小豆告诉我，夏暖那傻瓜也爱着你。我不相信，我不相信啊……"

夏暖想起那天在王教授女儿的婚礼上阿武对她讲的故事：

……看着这场婚礼，便想到我和小惠的婚礼。在交换戒指时，我和小惠都热泪盈眶。

小惠的脚以前是不瘸的。这全怪我啊。我和小惠很早就互相喜欢对方，可是这之间发生了误会。我们都很倔强。当时我不知道小惠也是喜欢我的。在有一次我听说小惠和一个男孩相爱了，正准备一起远行。我喝了许多许多的酒，烂醉如泥，从楼梯上滚下来，摔得很严重，送进了医院。小惠知道后马上赶来看我。那是大冬天的深夜，她只顾跑啊跑，盲目地跑，结果在马路中央被小车撞到了。她的脚就是这样瘸的。我的糊涂差点就痛失了她……

夏暖急急忙忙把画装进包裹放入书包中，一路奔跑去东湖边一株百年的凤凰木。据说那是一株很灵的许愿树。许的愿，说的诺言，都会兑现。

夏暖掏出手机，深深地呼吸了一口气，她按了一个熟悉的号码。

手机嘟嘟响了许久，信号仿佛在地球绕了几圈。对夏暖来说是一个世纪那么长。

"是、是……夏暖吗？……"

一个熟悉的声音，喑哑孱弱，却激动万分。对他，对她，都恍如隔世。

"是我，从川……"女孩沉吟片刻，鼓足了勇气，"从川，我爱你！"

女孩心蹦乱跳，未等那边回答，就按掉了手机。女孩把手机捂在胸口，大口大口地呼吸着空气。很快，女孩的手机铃声响起来：

"我愿变成童话里你爱的那个天使，张开双手变成翅膀守护你。你要相信，相信我们会像童话故事里，幸福和快乐是结局……"

女孩迟迟没有接听，任它响着。手机在女孩手中震动，她仿佛感受到了男孩千里之外的心跳。女孩背靠在凤凰木宽阔的树干上，仰起头。

凤凰木叶被风吹落下来，落进女孩的眼里。一片两片很多片，触引了泪水，模糊了视线，直至什么也看不见。

烟花夜不见不散

路　口

　　薇音在街心公园的栏杆前已经站了很久。透过枯黄的叶子和褐色的枝丫，能看见新城区中轴线上一幢高耸入云的大厦。天空阴霾，漂浮着灰暗的雨云。即使在晴天，这个城市的天空亦是雾气不散。大厦的深蓝色玻璃外墙泛着清冷的光，在城市的任一处地点，这幢大厦泛出的光总是咄咄入目。

　　薇音盯着三十二层至三十五层之间看了许久，直到眼睛发疼。半个小时之前，她正从那里下来，乘坐观景电梯，眺望这片街区。她努力想看到这个街心公园，却怎么也看不到。公园被林立的高楼大厦所淹没，正如自己常常走在这个城市繁华的街道，瞬间就被汹涌的人流淹没。想到这儿，她嘴角抽出一丝嘲讽似的微笑。她继续盯着看，往下看，看到第二十四层时，她打了个寒战，心里涌过一阵莫名的恐惧。

　　下雨了。雨下得很小很缓慢，一滴一滴地降落。秋天早已降临，空气透着凉。她闭目感受稀落的雨点落在肌肤上的触感。先是灼热，继而是冰凉。

　　"为什么不打伞？"

　　一个男性声音在背后响起，带着微微的喘息。薇音抬头，是那把她亲自选购的方格图案双人伞。是林伟东。很多时候，薇音都在想，也许自己需要的就是这样一把伞，在天已落雨或阳光猛烈时候，有个男人及时为她撑起。她多么希望这个男人能永远守候在她身边，可是这个男人还未出现，林伟东也不是。

　　"对不起，让你久等了。刚才路上有点塞车。"林伟东向她解释。这个四十五岁的中年男人，声音充满温情。一辆银白色保时捷小汽车安静地停泊在公园林荫道上。他本来只需十分钟的时间便可以从那幢大厦开到这里，可是他必须绕远路。按他做了二十年的那样，先把车往家的方向开，行出一定的距离后，在一个交通路口神不知鬼不觉折回来，然后开到这个街心公园。公园里有一个年轻的女子在等他。女子二十二岁。因为他害怕，他在担心。他担心同事会看到。他知道这种事情总是传得最快，像病毒一样，飞快地复制，迅疾地扩散，最终能置人于死地。

他轻轻地带着不易察觉的战栗，把手搭放在薇音瘦削的肩膀上，薇音的肩膀倏地退缩了一下，非常迅速地，但他还是感受到了。

"你是冷吗？"

"不，我不冷。"她抱着双臂，语气十分凛冽。

"你是怪我来晚了吗？"林伟东温和地猜测。

她转过脸看他，笑了："伟东，我怎么会怪你。我早已经习惯了。"

是啊。她怎么会怪我，晚来一个小时半个小时是常有的事。林伟东心里想。

"伟东，就在你前几天出差的时候，有一个年轻女孩从我们那栋写字楼跳下来，不知你知道没有？"

"是吗？我还没有听到谁说。"

大概人们早已忘记那个女孩了。这种轻生的事情时不时就会在城市的某个地方上演，人们早已司空见惯。就像速成的港产片一样，情节相似，结局雷同。薇音在心里冷笑。

"从二十四层跳下来。"她语气平淡地描述，"当时我站在大厦广场的白玉兰树下。广场上围聚着很多看热闹的人。女孩跳下来的时候穿着白色衣裙，头发披散，没有穿鞋。那个女孩在窗台犹豫了五分钟就纵身一跃。下坠的过程中，衣裙被大风向上吹起，看起来像一朵巨大盛开的花。那个过程很快，人人都来不及眨眼。然后地面发出一声巨响。"薇音略一停顿，"那女孩的身体像肉饼一样粘贴在地上。鲜血像河流般四处流散开。女孩当场死亡。"

"她为什么自杀？"林伟东好奇地问。

"你应当见过这个女孩。她是二十四层贸易公司董事长的女秘书。"

听到这儿，他的嘴角无端地抽搐两下，便不再问了。

"听说她怀了他的孩子。董事长的妻子找上门来……"

"别说了，这种事没什么好听的。"林伟东打断她。

薇音看着他，脸上含着笑，说，"你害怕什么？"

林伟东躲闪她的视线,叹气一声,没有答腔。

雨越下越大,他靠近她,尽量把伞往她身上移。他看着薇音清瘦单薄的背脊,心中掠过一阵疼痛的怜爱。

两人默默地观望一会儿雨景。林伟东首先开口,薇音,我们该走了。

他们从栏杆下来,走向小汽车。他为她拎包,开门,关门,一切做得细微体贴。上车后,她看到他的背部、肩部和头发沾满雨水,自然而然地抽出纸巾为他擦拭,像照顾恋人那样充满爱意。

引擎启动后,并没有像往日那样,两个人相互问道,"接下来去哪里"、"往下怎么走",有时候会面面相觑上几分钟。林伟东就开着车绕着公园绕上一圈又一圈。这次,他们有十分明确的目的,去医院。

过了一个交通路口后,小汽车调转了方向。

"不是去医院吗?瑞东医院好像不是走这条路。"薇音问他。

"我们得去另一个区的医院。瑞东医院的妇科医生有我以前的同学。"

她在心里嗤笑道,永远是谨慎小心的林伟东。做事情永远是周密,害怕出错。她这时会看不起他,觉得他是个有色心而没色胆的男人。像那幢写字楼的多少个老总,哪个不是堂而皇之地拉着情人的手进进出出。而她和林伟东是隐秘得不能再隐秘的地下情人。这个世界恐怕还未有第三人知晓。每次两人约会,薇音总是先走出公司,然后搭乘计程车到街心公园等他。林伟东总是半个小时或一个小时后才到。爽约也是常有的事。那一定是他的妻子突然来公司找他。

但她知道,他是有苦衷。他的苦衷造就了他的胆怯,胆怯使得他非常可爱。她后来真心爱上他,正是由于他的胆怯,他的可爱。倘若他亦像那些老总般堂而皇之,恐怕会在她心里大打折扣。

她看着他的侧脸。这是一个英俊的中年男人。虽然皮肤有些松弛,身形亦微微发福,但仍不掩年轻时生就的容颜。头发浓密,眼睛炯炯有神,嘴唇和下巴的线条毫不松懈,完美得无懈可击。脸上透着商界人士的冷静和漠然。不抽烟,喝酒有节制,身上散发的是淡淡的古龙水香味。她很享受和他在小汽车中相处的时刻,狭小的车厢里荡漾着的都是他的气味。

她会想起她十七岁时爱上的那个男孩。同样英俊,眼神像一块天蓝色丝绒般温和。这是一段苦恋,最后是无果而终。她有时恍然觉得林伟东就是那个男孩,是他的延伸。那个男孩在迅疾之间成长为四十五岁。

林伟东旋开CD播放机电源,收听古典音乐。放的是肖邦钢琴曲。肖邦是他最推崇的音乐家。这个叱咤商海男人的品味有些与众不同,喜欢古

 路口

典,不听爵士,不听戏曲,爱看话剧和听音乐会,不爱看电影。随着时间的推进,他身上的这些生活秉性和细节越来越攫住了她的心。并和她少女时期幻想的形象愈来愈契合,风度翩翩,温文儒雅,体贴入微。每次她注视他的眼睛,都会怦然心动。那像少男在青春萌动时才有的清澈纯净的眼神,常常使她心醉。薇音时常痛苦地想,为什么他不是那些大腹便便、中年谢顶、粗俗不堪的商人。也许这仅仅是一场简单的交易,像这个城市每天发生的千千万万个交易一样,各取所需,一拍即散。

她脑中不自觉地浮现大前日跳楼女子的场景。那天下班后她去二十四层找一个朋友,目睹了激烈争吵的一幕。那个老总的妻子将女子拖出大堂,在众目睽睽之下,用力掴几巴掌,然后不断打骂,拳脚相加,口中振振有词,"贱女人"、"狐狸精"、"不得好死"。女子的头发被拉扯,衣服被抓破。女子既不还口,也不还手,眼神凛冽,态度始终决绝,不肯认错,亦不向旁人求救。只是偶尔眼神怨怼地看向站在一旁的老总。那个相貌普通的中年男人先是观望了一会儿,然后才劝阻,脸上没有任何表情起伏。薇音觉得他是多么伪善和薄情。在某一刻,她的头剧烈而钝重地摇晃几下。那个被抓扯的女子顷刻间变成了她,她的肌肤开始隐隐作痛,许多对嘲讽的目光逼视着她。自己会有这么一天吗?她不忍再看,匆匆离开。电梯闭门时,她才听到那个倔强的女子绝望地嘶喊了一句:"伟,我有了你的孩子。"走出大厦后,薇音没有立即离开,她恍惚觉得总有什么事情会发生。她在广场停留了一会儿,五分钟后就看到了女子下坠的一幕。

这些天,那个女子下坠的一幕像电影短片般反复在她脑中闪现。此刻,她心中涌出一股莫名的悲伤,吸一口气闭上眼睛,想起前天夜晚在林伟东为她租的那间公寓,两人做完爱后,她伏在林伟东的胸脯,几经犹豫后对他缓缓说,伟东,我怀了你的孩子。

在黑暗中,她看不见他的表情,只记得他的胸口激烈起伏。他沉默了很久没有说话,约过了一两分钟才开口。

多久了?

两个月了。

他打颤着立起身。为什么现在才说?

我、我有点犹豫。

他重叹一声扶住她的双肩,声音略显激昂地,你犹豫什么。这对我们都是不利的。一旦败露,我们都会失去一切。你懂吗?赶快打掉。语气坚决,毫无回旋余地。

烟花夜不见不散　　　　120

林伟东亦不过是同样薄情的男人罢了。想到这儿，她"啪"的一声将按钮摁掉，肖邦的音乐戛然而止。

　　"你怎么了？"林伟东柔和地问。

　　"有点困。"薇音幽幽地说，歪起身子，头靠在车窗上。雨似乎越下越大，一阵紧似一阵，击落在车顶上，充满焦灼的声响。

　　林伟东看看她，嘴唇翕动几下，有什么欲言又止。他将一只手温柔地搭落在她的手背上。薇音飞快地抽离开。

　　林伟东轻叹一声，过了半响，他小心翼翼地开口，声音微微打颤。

　　"你、你会像那个女子一样吗？"

　　薇音一时没缓过神，迟钝了五秒。她冷笑一声立直身子。

　　"不会。我不会那么傻。你知道我项薇音是聪明女子。"

　　林伟东听她这样语气平静漠然，脸上涌现复杂的表情，不知应当是高兴还是失望。

　　车厢内呈现黑夜般死寂的沉静。潮湿的雨味钻入车厢，肆无忌惮地飘荡起来。

　　薇音当然不会那么傻，都走到这一步了，她不想功亏一篑。打掉孩子后，她就能拿到林伟东给她的一笔钱，学费生活费都有了着落，没有顾虑地飞往美国哈佛，完成她大学深造的梦想。拿到哈佛商科文凭后，就能顺利地踏入公司高层管理，得到丰盛的物质生活。她要扬眉吐气，出人头地。

　　她卑微的出身，可怜的大专文凭一直让她苦苦地在城市边缘挣扎。她想起早年租住的那间棚户式的公寓，十五平方米，环境恶劣，一到大雨天就漏雨。时刻提心吊胆，担心下雨，担心老鼠，担心窃贼。每天捏着鼻子走过那条坑洼狭窄的巷道。巷道有一条臭水沟，散发恶劣的奇臭，经常出现死老鼠死鸡等动物尸体。然后乘坐充斥异味、拥挤不堪的公交车，颠簸近一个半小时去一间小公司上班。没日没夜地加班，睡眠不足。工资不能按时支付，有一顿没一顿，营养不良。经常受上司骚扰。

　　到了节假日，她仍在这个城市四处奔跑找工作。抱着大小简历，在街口徘徊，不知接下去怎么走。她记起前年盛夏一日，烈日当空，路面升腾热浪。她的一只高跟鞋鞋跟断裂。她提着鞋子走在炽热的路面，许久都没能找到一间鞋店。走到一个交通路口，脚实在无法忍受，她在阶沿石上坐下，再留意此刻脸上早已被汗水冲毁的劣质妆粉，她忍不住掩面大声哭泣。

　　我不要这一切。我已经受够。薇音想，也许自己早可以不用经历这一

路口

切。她觉得自己已经"走错"了两次路。第一次是十七岁爱上的男孩。那个男孩是富家子弟。本来以为全心全意付出便可获取真爱,亦可被男孩家人接受,但到头来,仍是被无情抛弃。男孩按照家人意志很快同一个富家之女成婚。那次她爱得很深,亦伤得很深。苦涩恋情使她分了心,因为如此,她在高考中失利,与名牌大学失之交臂,只考上一所三流的大专院校。

还有一次,去年年初,她有一次可以堕落的机会,一个大款提出包养她做情人。她断然拒绝,对大款嗤之以鼻。她告诉自己要做光明磊落的女子。她相信,凭借努力和热情一定能够出人头地。结果是,身边那些接受馈赠的女子迅速飞黄腾达,而苦苦坚持的我仍是原来的项薇音。两三年的职场生涯,她已经看清这喧嚣物质社会的蝇营狗苟。她内心明晓,要生存必须付出代价。对一个没有背景、没有高学历的女子更要如此。

车子在某个路口急转弯,薇音的身子在惯性之下向外侧倾斜。她不由得想起西北一个小城镇自己清贫的家,以及苦难的母亲。那个年仅四十三岁却看起来像六十岁的妇人。她亦为自己的年轻莽撞付出了代价。母亲是北京人,家境不坏,容貌漂亮,本来可以嫁给当地门当户对人家。可她偏偏爱上失败的父亲,下嫁到普通的小城镇。从薇音开始记事起,父亲是这样一个人:酗酒、赌博、找妓女,无端发脾气。她和母亲的生活从来没有好好安宁过。在薇音十五岁那年,父亲因为贩毒银铛入狱,不久在狱中病死。母女两人都认为得到了解脱。从此母女相依为命,母亲没有再嫁。但家中无男人,家境始终清贫。父亲在薇音脑中的影像已模糊,但母亲这两年却唠唠叨叨时常念起。她在心中怒骂母亲是不争气的女人,同时又极为可怜她。她暗暗对母亲发誓,你嫁给一个不成功的男人,但你会有一个成功的女儿。

现在,林伟东正提供给她一条通往成功的路。她告诫自己只需沿着这条路直走下去,不能再心有旁骛,无论中途有多少个岔路口,都要一往直前。已经错了两回,一次走错,一次走失。这次一定要抓住,不是每个女子都有这样的机会。

车子突然在高架桥一个岔路口处慢下来,林伟东仿佛自言自语似的问道:"接下去怎么走?"

薇音好笑说:"你是司机,我是乘客,我如何知道。"

林伟东摇落车窗,一阵清冷的空气灌进来,驱散了车厢内的闷气。雨小了许多,稀落无声的。林伟东探出头,向车后看一个路牌。

"这间医院你没有去过吗?"

"很久以前去过。但道路有些改变,又大雨迷茫的,我看不清一些路牌。我怀疑我走错路了。"他皱起眉头,看看她,一脸孩子般无辜的表情。她会心地笑了。这正是林伟东的可爱之处。

"那这一条路开往哪里?"

"开往外滩码头。"

她沉吟片刻,说道:"我想去码头坐渡轮,看看外滩。"

"为什么想去那里?"

"别问为什么,只是想去。能不能答应我?"她用乞求的语气。

他很快应允。只要是他力所能及的,对于她提出的请求,他都百般顺从。有时他觉得她像女儿多过像情人。任性,有年轻女孩的贪耍和小脾性。

林伟东重新挂挡,车子开起来,很快沿着高速路疾驰。他轻轻拍几下薇音的大腿,用调皮的口吻问:"小音,心情好点了吗?我可否听肖邦的音乐?"

她嗤一声嗔一眼他:"想听就听。"

肖邦的钢琴乐重又在狭小的车厢内响起。这时薇音才注意到刚才被她按掉的曲子是肖邦著名的《雨滴》前奏曲。因着这个男人,自己也懂得了不少古典音乐,很多曲子都能分辨得清呢。薇音这样想着,心情忽地舒畅起来。

"糟糕!"林伟东忽然叫道。车子开出二十分钟后,突然熄火停下。林伟东几次大踩油门仍没能把车子启动起来。

"怕是坏了。"他无奈地耸耸肩。

"怎么办?"

"只有下车了。我给交通局打电话叫拖车,然后我们拦计程车前往。"语气镇定,临危不乱。

雨也不知道是什么时候停了。两人走下车来。薇音大口地呼吸新鲜空气。接近市区的高速路,车水马龙,一片喧嚣。

他们很快截得一部计程车。在渡人轮船,薇音走近甲板栏杆,观望黄浦江沿岸。江面开阔,两岸高楼耸立,密密森森。唯有在黄浦江,她才觉得能享受到一点自由的空间和畅快的呼吸。而一侧眼,她又看到那幢有深蓝色玻璃外墙的大厦。大厦的高层笼罩着一层浓厚的气雾,但其散发的清冷的光仍是咄咄入目。在这里,她没能看到三十二层至三十五层,亦没能看到第二十四层。

林伟东从身后抱住她。她的身体打起颤来。对她来说，这是个不小的惊喜。
　　"怎么，你不害怕被人看到？"
　　"薇音，现在让我勇敢一次。"他的下巴抵住她的头顶。她觉得从那里传来一股奇特的重量。

　　这个男人一直是胆怯的。
　　一年前，薇音只是他公司一个部门的小小文秘。她仅见过他两三次面。可是后来，她却经常在一间廉价的酒吧看到他。当时她在那间酒吧做兼职。她完全没有想到像他这样有身份有地位的人会来这种廉价的酒吧。
　　她注意了他很久。他每个星期来一两次，总是独自一人前来。大体坐在固定的位置，在吧台叫一两杯不怎么昂贵的酒。一个人自斟自饮，偶尔接听电话，极少与周围的人做过多的交谈。坐半个小时便走，从来不喝醉。她看得出来，他是个受伤的人。冷峻坚忍的外表和笔挺的西装革履下包裹着一颗踽踽独行的心。他的伤口、他的无助在这间空气污浊、光线昏暗的酒吧暴露无遗。
　　薇音在某一天晚上走向他，向他推荐自己。她告诉他，她是他公司一个部门的小小文秘。
　　他很有礼貌地回应，说，你好，有什么事我可以帮助你。
　　她直白地对他说，或许你需要一个年轻的女子。
　　他笑了，对这个大胆漂亮的女员工感到好奇。他说，你怎么知道我需要一个女子。
　　她更加直白地说，我们可以做一场交易。我需要钱和得到晋升。你需要抚慰和温暖。
　　他哈哈大笑，笑后用略带嘲讽的语气问，你拿什么同我交换。
　　她亦笑了。说，你应当知道。我用我的青春。
　　他用醉意醺然的眼睛看了眼前这个女子许久。她有张敏锐而明亮的脸。最终他推开她，一声不吭离开。
　　第二天清晨上班，她在公司的电梯拦住他，只对他说了一句话，今天晚上我会在那间酒吧等你。
　　那天晚上，他来了。不出她所料。她登上他银白色的小汽车。在高级宾馆房间，他却胆怯了，坐在床边，许久没有碰她，只是看着，胆小害怕的。她看到了这个男人的另一面。她主动脱去衣物开启他。两人抱在一起

烟花夜不见不散

后,他一次次地要她,无休无止,几近贪婪。她在怀疑,这个男人已经多久没有做爱了。

清晨四点,曦光初露。他再一次要她。做完后,他竟哭泣起来,像一个孩子,伏在她的胸脯哭泣。

他告诉她,他有个粗陋的妻子。两人并不相爱。他的妻子薇音见过,公司有什么重要发布会时,她都出席。司空见惯的阔太太,一身的珠光宝气。两人走在一起貌合神离。

他说,两人很少做爱,也没有言语的交流。他平日埋头工作,妻子所做的就是邀请一群阔太太到家里没日没夜地搓麻将,谈论多少克拉的钻戒,巴黎最新的时装展。她并不依赖我,因为她有个强大的父亲。

这薇音也是知道。这间企业真正的掌权人是林伟东的岳父,而不是林伟东。全公司的人都知道。

他说,我只是他的打工仔。公司任何大小决策我都必须请示他。这二十年来,我为公司呕心沥血,但他仍不放心把公司交给我,他对我有戒心,因为我是外姓人,因为他有一个儿子。好在他儿子是个二世祖,不争气,我才有机会坐到这个位置。我一直如履薄冰,战战兢兢。

林伟东的谨慎小心,薇音日后算是见识了。在公司或公众场合,他从不与她交谈一语,连眼神的交流都杜绝。这一年来,薇音的晋升是缓慢的,几乎是按部就班,按她的工作成绩和贡献多少。只是她的才能不会再被忽视或受到打压。

林伟东为她租了一套公寓,每个星期来两次。每次他脱去她的衣物,手总是打颤的。他时刻在担心受怕。有时薇音甚至搞不清他究竟在害怕什么。他仿佛天生就在担心受怕。

正是他的胆怯使薇音日渐对他动心动容。而薇音在他心目中不是贪慕虚荣的女子,她有追求,有抱负,可以不惜为此撞得头破血流。社会对她不公,她是个弱小女子。社会太残酷,堂堂一个七尺男儿尚且困难,何况一个柔弱女子。她没有更多的途径,除此她别无选择。薇音的独立亦使他动心动容。

江风寒冷,两人返回座舱,找位置坐下。林伟东仍搂抱她。她的头枕在他温暖的胸膛,心想,他今天是怎么了。是对我有愧疚,还是对我有爱。林伟东说过爱我吗?有,她记得他说过。

有一次在公寓,他对她说,等你到美国后,我们不要再联系了。我怕

路口

我会爱上你。你还年轻，人又漂亮，应当找个好青年嫁了。我老了，一日比一日老，开始生白发，皮肤长斑点。有时候，我觉得自己就像一个六十岁的老人。即使我日后得到这个企业，我仍是个老头子。

很多时候，他到她公寓来，只是谈这些，坐一会儿就走，他不贪恋床事。他更多地把她当作朋友，向她倾吐心事。

对面座位，一个年轻少妇，撩起衣服给婴孩喂奶。母性坦坦荡荡，毫不羞掩。婴孩的手和脚偶尔轻轻晃动。薇音看着这粉雕玉琢、仿佛透明的生命体，心中忽地一阵剧烈震颤。在她的身体内，正有这样一个小小生命。可是几个小时后，它将在这个世界消失。

这是她第二次怀孕。第一次是同那个男孩。前几日去医院检查，医生告诉她，你的子宫有隐患，若再次堕胎，日后恐怕有生育困难。薇音没有把这件事告诉他。她不想以此来为难他。更重要的是，即使他知道，他会对自己做出人生的承诺吗？会因她放弃一切吗？她不知道，亦不想知道。男人寡情薄义，林伟东到头来不过如此。既然说好是一场交易，何不做得漂亮彻底。况且现在医学发达，有什么不能解决。

她痛苦地闭上眼睛，不再去看。心中再一次对自己说，接着走下去。

两人上岸后，看时间不早了，便乘坐地铁前往。在地铁车厢，林伟东再一次把薇音搂在怀中。刚才在渡轮，薇音看婴孩吃奶的神情以及她在自己怀中的小小战栗，他不是没有感觉到。他何尝不想薇音为他诞下一名婴孩。他也想有自己的孩子。他一直没有告诉薇音，他现在的儿子恐怕不是他亲生。在他迎娶妻子之前，妻子正和一个男人纠缠不清。等生下现在的儿子后，妻子却不能生育了。他娶她，这也不过是一场交易罢了。他出身贫寒，是岳父给了他这一切。他清楚地知道，岳父能给他这一切，也能收回这一切。现在岳父年事渐高，这一年来身体欠佳，已逐渐将权力转交给他。所以，这期间不能出任何差错。他见过太多一夜之间身败名裂的例子，也知道纸始终包不住火。两个星期后，薇音就要飞往哈佛，他要彻底地将这一切结束。更重要的是，他爱上薇音后，便觉得自己配不上她。薇音应当有正常的婚姻。

下了地铁，拐过一条街道，在一个十字交通路口斑马线区，他们停下来。医院在前方，已经能看见了。红灯开始闪烁的时候，薇音望着高空中那个大大的红十字，突然觉得双腿灌满奇异的重量。

绿灯亮起，她站立着不动。

"怎么了？"林伟东问。

烟花夜不见不散

她没有回答，用力地吸气呼气。过路的行人像热带鱼般从他们身旁来回穿梭。

一个父亲肩膀扛着婴孩，和林伟东擦肩经过。经过的时候，婴孩舞动的小手碰了一下林伟东的头。婴孩脸向后，冲林伟东灿烂一笑，咯咯一声，声音清澈脆亮。笑容如天使。

薇音这时起步向前迈去。

"等一下！"

林伟东突然抓住她的手臂，非常用力，手指深深陷入她的肌肤。她看到他迷离起眼睛，也许是雨后初霁的阳光刺疼了他的眼睛。

一对情侣模样的年轻人从他们身后走来，在他们面前站住。女的问男："喂喂，接下去怎么走？许愿池到底在哪里呀？"

男的拿着一张地图，手指来回比画："嗯，好像是走这条路。唔，又好像是走这一条啊。"

他们通通都站立不动，看着奔腾的车辆川流不息，等待下一次绿灯的亮起。

十七岁那年，寂静的海

【1】

我已经老了。

五十年后，我回到这里，站在海边，再一次静静地注视湛江湾。湿热的海风微微吹拂。海水几乎没有起伏。它纹丝不动的禀性使它凝成了一面蓝色的镜子。我一生见过许多海，但从未见过如此寂静的海。

我从海水倒影中看到了我模糊、碎裂的容颜。这是个备受时间摧残的男人容颜。头发已经全白了。幸好没有谢顶，依然浓密如初。绵软无力地垂耷着，恢复了婴孩时期的质地。还有他的眼睛、耳朵、鼻子、额头、下巴，这一个个曾经湿润光泽的器官都枯萎了，像一株经历了它的生长周期的植物般无可避免地迅速地枯萎了。皮肤四分五裂，支离破碎。整个脸的轮廓还在，但实质性的东西都已经毁去。

我终于忍不住俯身掩面哭泣了。我的心，以及灵魂在这一瞬间一并苍老了。

身后不断有单车丁零零骑过的声音。有的飞快，有的缓慢。还有孩子们天真烂漫的说笑声。他们放学了，穿着白色衬衣，一闪而过。清脆的声音，青涩的背影，渐行渐近，又渐行渐远。

老伯，您没事吧。一个女孩看到了我的哭泣。她把车停下来，双手抓着车把。车子倾斜在她的腰际。白色衬衣上别着一枚校章。这是个漂亮的女孩。江南女子桃花般的容颜，一双眼睛清澈明亮。看人从容镇定，毫不躲闪。

谢谢。我没事。她的出现让我恍若一惊。

哦。女孩鼓起腮，略略点头，莞尔一笑。如果您有需要，我可以载您。

宋惠美，走咯。两个单车骑得飞快的男生，呼哧哧地从我们身旁闪过。

等一下！女孩朝他们挥手。两个男生在不远处停下来，回过头注视着我们。

如果没有需要，那我走了。再见。

女孩把单车往前一推，轻巧地跨上车，很快和两个男生汇聚在一起。这是青春时的友谊，路上偶然撞见，彼此等待，然后结伴而行。他们远去时回头朝我望了望，最后消失不见。

我再一次悲泣起来。

该对你们说什么好呢？那些呼呼而过的十五六岁的少男少女，在仲夏八月的这样一个黄昏，一个发如霜雪的花甲老人独自站立在海边幽幽哭泣。

该对你们说什么好呢？十七岁那年，我和一个女孩在这里告别。她和你们一样，有青春茂盛的容颜。

【2】

春日灿烂的一天。那年我才十四岁。

淡薄洁净的阳光毫无遮拦地从玻璃窗洒进教室。周一，班会课即将开始。全班学生都已归位，轻微的喧闹起伏不止。

班主任比平时晚来了十五分钟，带进来一个陌生的女孩。

女孩站在讲台跟前，脸上略有惶恐和局促的表情。她很快镇定下来，睁着一双明亮的眼睛，从容地迎接同学们那一大片一大片如潮水漫过来的好奇和惊讶的目光，毫不躲闪。而之前那截然相反的表情似乎根本没有发生。大家对这个初来乍到的女生感到惊讶。他们之前没有听到任何消息。对一个转学学生来说，这显得有点晚了。这已是第三周了。确切地说，她是个仓促的插班生。

老师让她做自我介绍。

她不动声色地扫视了教室一周，很久没有出声。她有点出人意料地走到黑板前，拿起半截白色粉笔，扬起手臂，来回选择。最后在右下角一笔一画地写上自己的名字：俞纪美。字体纤细稚拙，并不工整。字写得很大，像疯长的藤蔓般令人诧然。

她回到原来站立的位置，依旧不动声色地伫立着，注视着。

他安静地坐在教室最后一排靠窗的位置。他在算一本厚厚的习题集，本来对这一切漠不关心；但这一场过于沉寂的插班生欢迎会使他收起了漠视的态度。他抬起头，看向女孩。

她站在从门口透进来的光束中。纤瘦，留着一头碎碎的短发。一件白色短衫松松垮垮地套在瘦小的身体上。光脚穿一双略大的平底绑带帆布鞋。一身衣物洗得很白，泛着淡淡的暗黄。这让她看起来是个落拓、不修边幅的少女。

唯一引人注目的是那一双眼睛。清澈，湛蓝。湛蓝是主要的，那是湛江海湾的颜色。同学们一致认为年级的漂亮女生婉君就有这样一双眼睛。他是见过的。这是他认为最漂亮的眼睛，拥有海的颜色和深邃。纪美远没有婉君漂亮，却同样有了一双漂亮的眼睛。这是他始料不及的。

蓝澄海。老师叫唤他的名字。

他霍地站起来。

她就坐你旁边吧。你有什么意见吗？

他顿感惊愕，猛抬头间忽然撞见女孩投射向他的视线。他来不及思虑什么，点点头，表示同意。

你过去吧。老师对她说。

她轻轻地"哦"一声，略显拘谨地走至他面前。他对眼前的她茫然不知所措。两个陌生的少年怯生生地相互看着。

十四的他已是英俊的少年。个子蹿得很快，身形清瘦颀长。浓眉之下一双眼睛异常明亮，散发迷人气质。学业优秀，品行端正，深得同学们尊重。在同龄人中已是出类拔萃的少年。一直得到同级女生的追慕。只是少言寡语，谨慎生涩的笑容透着漠然，仿佛一道防护墙高高筑起。一个孤僻的少年，有时让人望而却步。

他和她成为了同桌。

那时我的孤僻现在想起来连我自己也感到害怕。孤僻对我来说是旷日持久的结果。八岁那年，我父亲去世了。这事件对母亲对我都是一场绵绵久远的精神苦役。

父亲死去后一段时期，我和母亲日日眺望大海。无声地，一言不发，溢满悲伤。三个月后的一天早晨,母亲忽然把父亲所有的遗物收拾得一干二净。她把它们通通装进一个漆红色的大木箱中。

还去海边吗?

不去了。以后我们都不要去了。

为什么?

澄海,记住,父亲已经走了,永远不会再回来。以后我们就是孤儿寡母了。从今天起,我们要坚强生活。

她想忘记父亲,但她所做的一切是自欺欺人。因为她太爱父亲了。她许久没有从悲痛中走出来。她始终认为这是一场不必要的灾难,父亲的死不值得,一直愤愤不平,可怕的是,她把她丧夫的不幸重加于我。她没有想到,她的儿子,一个年龄尚幼的少年,正罹受丧父之痛;但这远远比不上她的丧夫之痛。她的悲痛胜过一切悲痛。她以此来要求她年少的儿子。她不断地、长年絮絮叨叨地这样对我说:你不同于其他孩子,你的人生是残缺的,由不得放纵和掉以轻心。你要努力用功,出人头地,才能对得去死去的父亲。你知道吗,你今天的表现很糟糕,你父亲在天之灵若看到,他该有多么伤心。你应该这样,不应该那样。

我对母亲所说的一切言听计从,甚至有一种莫名其妙的愧疚与不安。母亲这种爱情的悲戚力量是如此强大。母亲从未在我面前落过泪,相反,它以坚忍、抗争的姿态出现。母亲此后未再嫁,比以前更加勤俭和辛劳,拒绝别人的同情和帮助。她要我清楚她为我所做的牺牲和付出,要我与她携手共进。

而我在不知不觉中渐渐被圈囿在一个狭小的天地间顾影自怜。那片天地谁也不曾看见。

【4】

黄昏的时候,他和她常常待在一起。

蓝澄海。

她一直呼唤他的全名。

有什么事?

下午放学后陪我去附近的寺庙逛逛,行不行?

你自己一个人去吧。我没空。

她对这样的回答习以为常,但并未因此妥协。她看得出来他内心其实不拒绝,他的回答不是他真实的想法。这个沉默寡言的少年一直在苦苦营造着自己的城墙,以此来保持同外界的距离。他被某种巨大的力量控制着,他活在阴影中。

放学后,她亦不离去。她把所有的课本装入书包,桌面收拾得干干净净。她不是热爱学习的学生,下午放学后的时刻对她来说仿佛解放一般。

学生陆续离去,教室渐渐显得空荡。沉着的少年仍在埋头苦算,不知疲倦。他对坐在身旁一言不发、迟迟不肯离去的她无动于衷。他想,她只不过与那些追慕他的众多女生无异。一段时日之后,她就会心灰意冷,快快离去。他的冷静与漠然足以击垮所有人的耐心。

她从不去打扰他。她似乎天生就懂得与这样孤僻的人抗衡。她从书包里掏出漫画书来看,一本接一本。她看得很快,一本书哗啦啦就被翻完,不时发出咯咯的清脆笑声。

他这时会侧过头去看她。这个女孩笑得如此开心,没心没肺。她从不为自己的学习担心。他未见过她在课后时间翻阅课本,演算习题。有的只是封面色彩斑斓的漫画书。她对生活竟可以这样坦然从容,无忧无虑。

有时她无声地跑到外面,大汗淋漓地进来,带回一些植物或昆虫。没有哪个少女会像她那样对奇形怪状的昆虫毫无畏惧。螳螂、天牛、甲壳虫、橡皮虫,带的最多的是蝴蝶。她把蝴蝶装进一个透明清澈的玻璃樽中。

蝴蝶在狭小局促的空间里扑腾翅膀。她从来不伤害它们,很快就会放它们走。玻璃樽摆在桌子中央。她趴在桌子上,静静地观赏它们。

透明的玻璃倒映着她湛蓝清澈的眼睛。只有这个时候,她是安静的。他认为安静应当是一个女孩的本质。只有安静的女孩才能使人动心动容,例如婉君。每次他经过她的教室,总是看到她安静地坐在那里,一袭白色衣裙,如一丛冷静优雅开放的水仙花,带有自恋的气息。

他从纪美的眼神与专注中看到她对蝴蝶有一股狂热的挚爱。

有一次,他看到她把两条丑陋的毛毛虫和一只五彩斑斓的蝴蝶同放在玻璃樽里。两条缓慢蠕动的毛毛虫令人生厌。激烈扑腾翅膀的蝴蝶似乎是在躲避。

他觉得她不可理喻和毫无爱心。她在糟蹋美。他忍不住对她说:

你怎么把这么漂亮的蝴蝶和它们放在一起?

有何不妥?

它们多丑陋!他看到女孩回答得很轻松,声音略显激亢。

女孩咯咯地笑起来。她把玻璃樽拿起,移近他的面前。他立即被吓退,

烟花夜不见不散

向后缩。

女孩的笑声更显清脆。你还不知道，蝴蝶就是它们变出来的呀！

他不相信，怀疑地看着她。

她略一沉吟，窸窸窣窣从书包里掏出一本画册。是一本蝴蝶的画册，厚重的铜版纸，中英文注解。他惊异于她樱红色的书包，像魔术盒一般，总能不断地掏出许许多多的东西。

她翻到某一页，指给他看。你看，你看，这是蝴蝶产的卵，然后是幼虫，成虫，茧。

他听她细致地讲解，明白蝴蝶真的是由毛毛虫化茧而成的。女孩看着吃惊的他，把玻璃樽翻倒，用手捂住半个瓶口，轻轻抖动瓶身。两条毛毛虫落入她的掌心中。

你看。女孩睁着明亮的眼睛，说，要不要触摸一下。

他摆摆手，连连缩退。他始终对小动物小昆虫心有畏惧。这是长期不接触它们的结果。十岁那年，他在路上捡到一只受伤的绿头鹦鹉。他把它带回家，包扎伤口，细心照料。之后他把鹦鹉带在身边，并且带到学校。与鹦鹉朝夕相处，分散了他许多的精力，功课因此有所耽误。这事不久被母亲发现。母亲十分生气，说他这是玩物丧志，责令他立即把鹦鹉放飞。

那晚是雨夜。南方的八月，暴雨如注。他把鹦鹉藏在怀中，苦苦哀求母亲。母亲始终声色俱厉，面露怒色，不容分辩。她冷静地提起他死去的父亲。澄海，你不能玩物丧志。

他拗不过理性而强势的母亲，渐渐失去防备。母亲毫不费力地从他怀中夺过鹦鹉，拿到窗户旁放飞。鹦鹉不肯走，扑打着翅膀飞回房间。

母亲毫不心软，拿起扫帚驱赶。鹦鹉四处逃窜，发出哀鸣。他再次哀求母亲，哭着哀求。母亲更是生气，对鹦鹉穷追不舍。鹦鹉终于被赶出。她随即关闭窗户，以防再次飞入。

鹦鹉仍不肯离去，扑腾着翅膀撞击窗户。他要去开窗户，母亲拦住他，澄海，听妈妈的话。直至听不到声音，估计是飞走了，母亲才离开房间，并且告诫他说，澄海，我这是为你好。以后不许养这些乱七八糟的小东西玩。班主任告诉我你功课落了不少，明天开始你得重新用功。我一直是那么信任你。

少年伤心了整整一个晚上。第二天早上，他在院子里发现了死去的鹦鹉。尸体躺在窗台的下方。羽毛凌乱，头部血肉模糊，湿漉漉地蜷缩成一团。

少年心平气和地把鹦鹉埋葬在围墙边的白玉兰树下。内心已不再激烈起伏。他已懂得母亲的不幸与艰辛。年轻丧夫的母亲已不是早年温柔幻想的娇弱女子。她几乎在一夜之间就转变了角色,使自己成为既是母亲又是父亲的双重身份。她的苛刻严厉合情合理,令人同情。她已把所有人生的希望都寄托在儿子身上。他是家中唯一的男儿,即使不愿,也只能义无反顾。

从此,他已懂得自知自觉地隐藏内心年少的天真、好奇与贪婪。他一次次地拒绝邻居玩伴的外出与邀请,也不接受他们的馈赠。海里捉来的海星与游鱼,林中捕来的鸣蝉与蝴蝶,以及小人纸牌与玻璃弹子球。

他与一切可引起"玩物丧志"的人和事物都保持疏远。

来,碰碰它。这没有什么可怕的。纪美咯咯笑道。她把掌心更靠近他的面前。她从未见过一个男孩会对小小昆虫感到害怕。

蓝澄海,它们可是美丽的蝴蝶哟。她抬起明亮湛蓝的眼睛看着他,鼓励他。

两条小小的毛毛虫在少女掌心中来回爬动。他怯怯地伸出手指,犹豫了好一会儿,终于碰触了。柔软的,冰凉的,潮湿的。

少年抬眼看着她,呵呵地笑了。这是他们第一次亲近的相处。

【5】

很快,他和她成为了好朋友。

出类拔萃的他并不是风光无限,他的内心有一块阴暗潮湿的天地。他们没有看见,也毫不知晓。他们简单地认为,他的孤僻是能力与外表都优越的人应有的孤僻,也是来自单亲家庭、年幼丧父的不幸。

他们羡慕他,同情他。他们对他是一种复杂的情感,因此不愿过多接近他。男同学聚会活动、课后玩耍几乎不会叫上他。而他也不擅长和爱好任何一项体育运动。追慕他的女生只是出于情窦初开的天性,并未看到他内心隐藏的忧伤。因此未能得到他的应允。而母亲的严厉,使他始终对女生有警惕之心,未敢亲近。

他一直孤独惆怅地成长。

她是个"劣迹斑斑"的学生,作业拖交,无故迟到,违反纪律,上课看漫画书,理科成绩一塌糊涂。她不会取悦师长或同学,以博得赞赏和喜爱。她无遮无拦地生活，她身上的每个器官都是独立的，犹如活灵活现的动物般存活于世。同学们都不喜欢这个言行古怪、独立特行、来自乡下的女孩，日渐疏远她。她在班中亦没有朋友。

而他却看到她的随性，独立，桀骜不驯，这正是他渴望的。他觉得这些性格于她有一种迷人、神秘的气质。这种气质使他对她的警惕之心轰然瓦解。他不拒绝她的亲近。

他看她带来的漫画书，各种动物的精美画册。他偶尔会陪她去各处游玩。体育课，他不再落寞地在一旁看着同学玩耍。他跟随她去学校的后山树林中捕捉各种昆虫和蝴蝶。

学校图书馆一直少人问津。他们上到三层。那里有一间阅览室，收藏着各种流派绘画大师的画册。他们卸下书包，爬到高大宽敞的窗台，直着脚坐在上面。共同翻阅蒙克的画册。画册的人物都有大而深的眼睛，惊恐的神情。他们都喜欢这个忧郁阴鸷的欧洲画家。窗台对着茂密的树林和明媚的阳光，空气中泛滥着植物浓郁的气息。有斑斑绰绰的阴影投射下来，落在破损的画册上。

樱花和玉兰亦是繁盛。放学时分，穿着清一色白色衬衣的学生成群地在树下穿过。骑车的学生摇响车铃，奋力地在其中突围。

放学后不立马回家，在教室完成当天作业仍是他的习惯。待他出来时，校园已是暮色弥漫。她推着单车在樱花树下等他。坐在座鞍上，摇响车铃或倒踩链条。细碎的粉白的花瓣被风扬起，絮絮落下。

他们时常经过海堤，绕远路回家。一条长长的海堤。海堤与公路交接处有一段斜度很大的坡。有时其中一个人的车坏了，他便载她。她背靠他的背倒坐在单车的尾架上，仍兴奋得不能自抑地翻阅母亲从海外寄来的画册。

下坡啦。他适时地提醒她。

她立即爬起来站立在尾架上，双手扶住他的肩膀。到下坡时，双手放开向空中伸展。顺势而下的车牵动猛烈的风，女孩手中的画册纸张吹得哗啦啦作响。

有时，他在海堤中段刹车停下，把车留在堤上，去眺望大海，这个习惯并未因载着纪美而改变。两个少年各自提着鞋，光脚站在沙滩边。

她告诉他自从来到这里以后，她才开始与大海朝夕相处。

纪美，我爸爸在世的时候告诉过我，湛江湾是世界上最湛蓝的海湾。他长年在世界各地跑，见过许多的海湾，只有湛江湾才这样湛蓝宁静。

她看到他浓眉下一双眼睛充满阴影。这阴影投落在海水上，恍若一圈圈的水纹无尽地扩散开去。

长久的沉默之后，他侧过头对她粲然一笑。纪美，你有一双如湛江湾一样漂亮的眼睛。我第一次看到你的眼睛，便想到海洋。除了你之外，就只有婉君才有。

她知道叫婉君的女孩。她是本年级以及高年级众多男生追慕的对象。

纪美，我给你讲一个美人鱼的故事。

【6】

他们是彼此唯一的朋友，这种关系是隐秘的，不被他人所知，亦不和他人分享。在教室或公众场合从不做过多的接触和交流。两个人看起来都是沉默寡言的学生。他仍一言不发地看书，演算习题。她一如既往地趴在课桌上看画册或漫画书。彼此看起来毫无干系。

他依然对母亲顺从，不敢有丝毫违逆。

他的母亲到底撞见了他们。

一次他们在海边戏水玩耍。两人的身子都弄湿。他见时间很早，破例带她回家弄干衣服。这是他第一次带女生回家。往日他们总是在围墙下告别。

不料母亲提早回家。他对母亲的突然出现大惊失色。

但母亲终究是素有教养的女子，并不当场责问。她不失友好地对她说，欢迎到我们家来。

他因此稍稍放下心来。他对母亲如实禀报。

她是我的同桌。这学期插班进来的。她对这里不熟悉，所以我带她游玩。我们刚从海边回来。妈妈，她的家境和我们相似。

母亲不多说什么，拿了个遗落的账簿离开。临走时吩咐他如常等她回来吃饭。

母亲走后，她对他说，你妈妈不是我想象的那样。

你并不了解。他语气有点惶惶地说。他递给她吹风机，让她吹干衣服。

她边吹边看他的房子。这是这一带常见的民居格式。一层的平房，红砖墙，方砖地板，带有阁楼和房廊。面积宽阔的院子，东南角有水井。朴素而雅静。

吹干后你就走吧，我妈妈一个小时后将下班回来。你不能在这里逗留过久的时间。少年心中仍有畏惧。他对她说。

她点点头，立即心有领悟。

晚饭过后，他在房间收听英文广播。母亲推门进来。他知道母亲所为何事。立即关掉收音机，恭敬地等她发话。母亲从来不在饭桌上教育子女，这是她识体克制的一面。

那个女孩表现如何？

她刚转来没多久，虽是同桌，但我和她相识不是很深。

你说她和我们家境相似，是哪一方面相似。

她也是单亲家庭。她从未见过她爸爸。而妈妈长年在国外奔跑。

母亲忽然明白，原来是同病相怜之人，所以自然而然走得亲近。儿子不是刻意去亲近某个女孩。但态度仍是十分警觉。

为什么你们都是湿湿的。

我们路过海边，一时兴起，互相溅水玩耍了。

我告诉你多少次了，无论如何，你都不能下海戏水，游泳更是不行。千万不能再让妈妈伤心。放学后没事就立即回家，路上别贪玩。还有，现在是读书时期，不可过多地与女生交往。不管她的家境如何都需谨慎。今天那个女孩你始终要与她保持距离。

澄海，你不能让妈妈失望啊！

一天晚上，她突然出现在他的窗户前，微微喘着气，脸色潮红。身上带着白玉兰花的淡淡清香，白色衣裙沾有青苔刮擦的痕迹。

他非常惊讶。你是怎么进来的。

从围墙爬进来。她坏坏一笑。让我进来吧。

未等他应允，她就像敏捷的猫一样，噔地从窗台蹦入房间。

他看到围墙下，白玉兰树在弥漫的夜色中盛开着大朵白色的花。围墙外一盏照明灯泡散发着幽暗的光线。

那天晚上，她磨磨蹭蹭不肯离开，他便留她过夜。两个少年在房间内絮絮私语。后来她在他床上睡着。她侧躺着，卷曲着身子。沉落在枕头中，酣然入睡。短碎的头发乱乱地披散开。细长的睫毛暴露在外，像寂寞的贝壳一样垂合着。

他不知道她是什么时候睡着的，最后一个小时，他坐在书桌前背向她讲话。她沉默了一会儿，就再了无声息了。他悄悄在她身边躺下，和衣而睡。他看着她纤瘦的背脊，不知道自己为何会对她如此亲近和友好，并且违逆母亲。这始终无法解释。

此后,她经常留在他的房间过夜。有时她很晚来。他眼困了,早早躺下,便把窗户打开着。两小无猜的少年,彼此需要倾诉和倾听。

有时候,他们讲起各自的家人和童年。

她说她来自江南的一个小镇。小镇彻日喧嚣,有密布的河道。一条肮脏的运河从小镇边缘穿过。她住在乡下外婆家。

我从来没见过我的父亲,也不知道他是谁。我和母亲一直疏远。一两年才见一次面。我的外婆不太喜欢我,因为母亲的缘故。她这个大女儿令她头疼。我母亲从十七岁开始离家生活,长年漂泊在外。她长相漂亮,头脑聪慧,心傲胆大。流离的生活并不贫困潦倒。她一直得到许多男子的相助眷顾。名声却不太好。

外婆的小女儿便是我现在寄住的小姨。小姨与母亲截然相反,乖巧听话,安分守己。外婆就生了两个女儿,没有子嗣,因此一直受到婆家和宗族的歧视。但小姨说,外公自始至终爱护她。大约是小姨十岁的时候,外公去世,外婆就备受冷落。又有一个名声败坏、离经叛道的女儿和带着一个血缘不明、淘气顽皮的外孙女。外婆一直含辛茹苦、郁郁寡欢地生活着。

你母亲现在经常来看你吗?

不会。她现在在新加坡,又结交了一个新的男友。她恐怕不会记得她仍有一个女儿。

你呢?你似乎很怕你母亲。

对。她从小对我严厉管教。她深爱着我父亲。她对父亲的死一直无法释怀。我八岁那年,父亲出海跑船。返航途中,在泰国停靠时,他救了一个跳海女子。那个女子早年被骗至泰国,后沦落为风尘女子,并染上毒瘾。她当时爱上一个男人,她把全身心托付于他,愿为他脱胎换骨,重新做人。不料男人是个骗子,背弃她而去。父亲得知她是这里人,见她可怜,便好心做到底,送她回来。谁知进入湛江湾后,可能女子想到即将见到家里人,自觉得羞愧难当,无地自容,在一个黄昏跳了海。又是我父亲最先发现,跳下去救她。可是,那女子获救了,这次我父亲却没有上来。

我父亲救人的事迹被登报,被当地政府褒扬;但我母亲不以为然。她只知道她永远失去了爱人,她的丈夫死了,做了傻事。那个女子永远无法被原谅,是她害死了丈夫。既然寻死,不求安生,何必三番两次拖累人,最终害死人。母亲将她定义为"坏女人"。坏女人只会害死人。

她至今不肯见那女子一面,接受她的歉意。对政府奖励的体恤金她也分文不取。任何东西都无法弥补她心中的痛。

此后我们母子相依为命。她是一名银行职员,又有一笔父亲生前留下的存款,我们的生活不成问题。但父亲的死使她把所有的爱和希望寄托在我身上,有时让我透不过气来。母亲告诫我和女生往来要心存警惕。因此我一向不敢与女生亲近。那些追慕我的女生我一概拒绝,漠然相待。按母亲的定义,她们恐怕都是"坏女孩"。

按我的表现,我肯定是个坏女孩了,你为什么独和我往来?

不知道。我一直想不清这个问题。而且,纪美,你不是坏女孩。

【7】

天空微微发蓝的时候,她在他身边醒来。她窸窸窣窣穿上白帆布鞋,推开窗户,站在倾泻进来的晨光中略略梳理短碎的头发。

他睡眼惺忪,头脑却很清醒。他不动声色地看着她。这个十四岁半的少女,笑起来的时候,仿佛是海浪扩散。

她从不对他道别。她动作轻熟地跳过窗台,向围墙走去。有时他担心她,霍地翻身起床站在窗边看着她。

窗台总是留下纹路清晰的鞋印。蔷薇花热烈地开放,一层又一层,相互交叠覆盖。两株白玉兰树枝繁叶茂,旁枝四逸,缀满大朵纯白清香的花。

他看到她敏捷地踩着树丫攀爬而上。树木因此摇动,有花朵轻轻坠落。她在墙头坐着喘息片刻,拉下枝头的花朵嗅闻。有时摘下,放入衬衣口袋中。

墙的对侧放着她的单车,她踩车而下,然后,围墙外响起丁零零的声音。他想象得到,她故意拨动车铃,像晨风一样欢快离去。抬头一看,满天仍是寂静星光。

一次,大雨滂沱。她来找他,依然翻墙而入。看到她全身淋湿出现在自己面前,他十分惊愕。她嘻嘻笑着,用手抹去脸上的水。浓密的头发蓄满雨水,不断地往下滴落。她怀里抱着往日那个玻璃樽。玻璃樽里装着五六只蝴蝶,可能一路受惊,蝴蝶惶恐似的扑腾着翅膀。偌小的空间,翅膀相互碰撞。

他递给她一条白毛巾。她问他有没有干净的衣服。

他说有,从衣柜里取出那套供换洗的白衬衣。

她接过衣物，没有叫他避退，而是兀自转过身去，脱下湿的衬衣，并不忌讳。

　　他看到她的胸衣，洁白色，白玉兰一样的纯白，如闪电般逼迫他的眼睛。这是他第一次看到女生的胸衣，不禁面红耳赤，内心震荡。他突然意识到，这个少女正在发育，清瘦的体形已经显露茂盛生长的迹象。她的身体正像花朵一样渐渐绽放。

　　她嘻嘻笑着转过身，只说衣服有点大，并未发现他的窘态。她的头发仍在滴水。

　　他再次递给她毛巾，说，把头发擦干，否则会感冒。

　　两个少年抱膝坐在地板上，看着窗外哗哗的雨。漆黑的夜空，不时有洁白的闪电闪现，刺破天空。继而雷声隆隆。白玉兰花香混合在水汽中飘逸进来，空气中有潮湿的芳香。

　　她拧开玻璃樽盖，让蝴蝶飞出来。色彩斑斓的蝴蝶立即在房间里盘旋，追逐。

　　为什么现在就放了它们。

　　阴雨天适合它们交配产卵。雨停后，它们就会找到合适的地方。

　　她说，我亲自养过蝴蝶，熟悉蝴蝶的生活习性。可来到这里以后就没有地方供我饲养了。小姨不会像外婆一样迁就我。

　　她说，这里见不到一座山，在我们那里，有许多低矮的山。外婆是赤脚医生，我经常跟她上山采摘药草。山上有各种各样的植物。春天和夏天，山花烂漫，杜鹃、樱花、桃花、兰花，竞相开放，引来蝴蝶无数，满山飞舞。夏天下河游泳，捉鱼。我会爬树。你看，这些就是被树枝刮擦的伤疤。

　　她撩起手臂小腿给他看。

　　他看着那些大多已经颜色暗淡的伤疤，不由得自神伤起来。对比之下，自己三点一线的成长竟是这样暗淡失色，寡然无味。

【8】

　　不久，母亲便发现我和纪美来往亲近。她在我的书包里发现了一本漫画书，并且不动声色地走访了班主任。她从班主任那里得知，纪美劣迹斑斑，令人头疼。我的漫画书肯定是从她那里来的。还有一次课堂上我的课桌底下无端飞出几只蝴蝶，引起课堂骚乱，肯定也是纪美所为。

　　班主任与母亲同出一气。她们推理相近，结论相同。纪美是一切事件的始作俑者，而我是无辜的受害者。我被她毒害。按她们的逻辑，一个一贯表现出色的优等生是无论如何做不出这般惊世骇俗的行为。她们用了惊世骇俗这一词，这些行为方式于我，已是惊世骇俗了。

澄海，她无心向学，品行不端，只会拖累人。这你心里是清楚的，为何还要和她走得如此亲近。

澄海，你让我感到失望。

那时我已经十五岁了。母亲仍体罚我，打我的手心。除了皮肉之痛，我不像以前那样感到羞愧和不安了。后来，我才悟到，我对母亲一直怀有隐隐的叛逆之心。

第二天，纪美就被调离了座位。

庆幸的是，母亲并未发现纪美经常留在我的房间过夜。

而这个夏天一结束，纪美离开了这里，去了新加坡。

再见到纪美时，我已经上高二了。像母亲期待的那样，我以无比优异的成绩考上了本地最好的高中。她离开后，我足足失落了半年时间。而我几乎以为纪美不会再回来。

纪美回来后不久，很快与一个叫璟的男孩相爱了。她的苦难亦悄悄开始了。而我的懦弱和自私，最终导致了她的毁灭。

那年，我们十七岁。

【9】

分别后的第一次见面是在他学校的咖啡馆。明亮的落地玻璃窗，透进淡淡的细碎阳光。百年校园的老槐散发刺鼻的芳香。

当他出现在她的面前时，她心中被撞击。寡言的少年已成长，眼前的他英气逼人。体形魁梧，脸部轮廓层次分明。一切都在意料之中。只是眼神依然惆怅茫然。

他对她的成长更是惊讶万分。昔日的落拓女孩已出落得亭亭玉立。雌性荷尔蒙的运作，使这种变化在短瞬之间惊天动地。五官渐显清秀精致，举止也优雅得体。一头细碎的短发蓄成了长发。眼睛更加清澈，仿佛随时有湛蓝海水溢出。雨夜穿洁白胸衣在他眼前如闪电般闪现的女孩如今像是花朵般全然开放了。

这一年多，你去了哪里。

先是去了新加坡，三个月后又随母亲去了英国。

为什么回来。

母亲的男友抛弃了她，又对我图谋不轨。我们在那里孤援无助不得已只能回来。但上个星期，母亲又返回了新加坡。听说找到了工作。她的生存能力非常强大。

你有什么打算。

继续读书。在我们原来中学的高中部就读。母亲已替我办妥了手续，下个星期我开始上学。

可惜我们不能在一起。

你与我不同。你要考名牌大学，前途无可限量。对了，忘记恭喜你，祝贺你考上这所重点高中。这是我送你的小小礼物。电影《蝴蝶》中的"伊莎贝拉"蝴蝶标本，是经过法国时买的。

谢谢。

他周六日回家。她回来后，他去原来的中学找她。她仍在原来的樱花树下等他。一袭白色衣裙，站在单车后面，肩上落满粉白的花瓣。不像以前那样坐在座鞍上倒踩着链条。但看到他出现，仍摇响车铃。

途中，他们仍去眺望大海。她注意到他眺望海时仍是那般专注，眼睛始终有阴影覆盖。他的个子已比她高出一头，下巴显现青色胡楂。

她问起初中的许多人。婉君呢。她现在在哪里。她是你们所有男生的梦中情人。你当时喜欢着她。

她离开了这里，现在杳无音讯。我同她没有什么交情，只是打了几次照面。听说她父母离异，跟着母亲去了北方的城市。她只是我青春期一个苍白而华丽的幻想，那么的不切实际。

已是暮色时分。海天交界处，呈现淡淡晚霞。有仓皇的海鸟掠水而过。

她去拜访了一次他的母亲。母亲对她的成长变化也着实惊讶，客套地问了她这两年的情况。但仍对她没有好感。她自知无趣，也就避免和他同时在他母亲面前出现。

但逢他周六日在家，晚上，她仍翻墙而入，在他房间过夜。依旧是两小无猜，背对而睡。

一天晚上，她带来了一个叫璟的男孩。

璟出现在他面前时，带着涩生生的表情。璟皮肤白皙，身体单薄。温和笑容中透着几分脆弱。

她说璟是同班同学，现在是她的恋人。男孩璟羞涩一笑，表示承认。

璟脸上持久地显露紧张的神情，压低嗓音说话，似乎已经谙熟这里的隐情和规则。他的手臂有几道刮伤的口子，渗着鲜红的血。白色衬衣被划破，应当是第一次爬墙入室，动作拙劣，但兴奋之情仍难以自禁。

他和璟很快熟悉，并留他过夜。三个十七岁的少年挤在双人木床上，絮絮地细声聊天。璟话不多。同样是沉默寡言、惆怅成长的少年。

她和璟的恋爱很快被璟的母亲得知。所有中学时期恋爱都是违法的，都是禁忌的。这是普天下家长的共识。她和璟的交往受到璟母亲的百般阻挠。

那次周六下午他去找他们，看到他们被璟母亲拦截在校道口。璟无助地站在母亲身后，一脸孤苦无告。璟母亲对她大声批评。她毫不妥协，据理力争。她说，我们相恋又没做错什么。璟母亲勃然大怒，你一身坏心眼，还说没做错什么。自从他和你往来后，变得无心向学，时常夜不归宿，泡吧喝酒。她说，我从来没有教唆他跟我做这些。这些他以前就做了，只是你不知道而已。伯母，我们年轻人需要自由地成长。

璟母亲给她留下恶狠狠的警告，然后气冲冲地拉着璟离去。

为什么你不对他的母亲妥协一下？他说。

澄海，我从来不知道什么叫妥协。如果生活事事妥协，我们将失去自我。人活着有什么意思？

璟怨恨他父亲，也不喜欢他母亲，生活得很不开心。他的父母早已分居。他父亲是成功商人，在外面组成了另外的家庭。但他母亲对他父亲心存幻想，一直不肯离婚。这一直闹得两个家庭鸡犬不宁。已死的爱情何必苦苦坚持，真是愚蠢而固执的女人。

璟母亲对他严厉苛刻，望子成龙心切，在这一点上，他母亲和你母亲相似。

他不再言语。

一个异常炎热的夏夜，她侧身躺在他的身旁，璟没有来。璟已经一个月没有来了。电扇隆隆地运转，发出嘈杂的声响。他久久不能入睡。月光如水般流泻在床上，她的白裙泛着柔和的光泽。长长的发辫拖延到枕头上，散发着旺盛青草般的芳香。

他看着这个背脊纤瘦的女孩。她的胆大妄为、我行我素让他突然觉得自己的生命是一次苍白的旅程。他一直被驱赶着,被引领着,惶惶惑惑不知意欲何为。他仿佛坐在一列急速行驶、密闭的火车上,竟看不到沿途的风景,也不知道停靠的目的站。

他心中一片失落。

他脑中忽然浮现璟。在曙光微露时分和纪美一起翻墙离开的男孩。骑在墙头上的时候,脸上有无比兴奋的神情。璟和他一样,是懦弱的,不自由的。璟仿佛就是一个他镜子中的影像,他从他身上看到自己所有的懦弱和羞耻。

澄海,能不能陪我到外面走走。她突然翻起身来。

现在?

对,就是现在。我一直睡不着。天气很热。

他默声应允,翻身起床。翻过围墙,他无声地跟随着她前行,没有问她要到哪里去。他早已习惯跟随,被引领。他只是忐忑不安,会不会母亲醒来,发现他不在。后果将不堪设想。

她带领他进入一片密林。密林中,夜仿佛到了尽头,月亮也消失了,到处是一片清澈和黑暗。他感到害怕,虽然一直在这里成长,却从未在夜晚出行。他谛听这可怕的寂静,脸上不时撞上飞蛾夜虫。她大步前行,毫无畏惧,白布裙仿佛密林中跳动的精灵。

终于听到海潮的声音。月亮重又出现。他们来到一座伸入海中的栈桥。大海寂静无比,仿佛沉睡。空气中有海底植物潮湿腐败的气息。海水柔弱地冲刷沙滩,化为一片白色的流苏便退去了。

璟下个月就要离开这里了。他母亲已替他办好转学手续,去另外一个城市。她口气怅怅地说。

因为你?

那还用说。

既然这样,你何不先放一放。过一两年再说。或许高考过后。

不,那与高考无关。他母亲自始至终不喜欢我。即使高考结束,我们仍然无法在一起。

你怎么想?

我和璟打算出逃。

为什么作如此冲动莽撞的打算?

我们只是相爱,别无他求。澄海,你还未真心爱上一个人。我从小就缺少爱。我对爱有过度的渴求和贪婪。我这十七年的生命中一直缺少另一个男人的关怀和见证。我一直渴望得到双亲的爱,有父亲母亲陪伴在身边。而到现在我连父亲是谁都还不知道。知道吗,以前我对母亲是怨恨的,外婆去世后,我才勉强接受了她。而她仍没尽到一个做母亲的责任。有时我甚至希望她能像你母亲一样对我严厉苛刻,只要她始终在我身边。

以前我不懂得去爱别人和接受别人的爱。自从遇上你之后,我感受到了朋友私密无间的爱。遇上璟之后,我感受到了恋人之间甜蜜幸福的爱。我只是在找寻爱,去弥补以前缺失的爱。我并不想惹恼任何人,给周围的人带来不快。我只是在小心翼翼地守护这些来之不易的爱。我多么害怕它们的失去。

澄海,你对未来有什么想法?

他努力笑了笑。就是明年的高考就够我想的,还能有什么其他的想法。

澄海,你只是为你母亲而活,你在成全、同情你母亲的苦难,却从来没想过自己。你不敢追求喜欢的女孩,不敢索取喜欢的东西,不敢按自己的方式生活,一直被束缚。你是失败的。

他站立起来,不愿再听。

她不再说话。沉默片刻,她走向海面,利索地褪去衬衣和裙子。白色胸衣再一次如闪电般逼迫他的眼睛。他已是第二次看见,但内心仍觉震荡。此时的她已接近一个成年女性。

她扑通一声跃入海中。他听见浪花发出像水晶般裂碎的声音。

你也下来吧。她浮出水面,朝他喊道。

他摇摇头。他仍记得母亲的告诫,不得下海游泳。始终心有畏惧。

纪美!纪美!他喊了两声,看见她像一条鱼儿潜入水中,倏忽不见,便不再叫了。他双眉紧锁,沉默地眺望大海。失落感再度袭上心头。

二十分钟后,纪美上来。她站在他面前,从容地擦去身上的水。

她身上的水不断地往下淌。脚下很快形成一小摊水。长长的发辫饱吸水分,乌黑亮泽,像花朵一样膨胀着。眼睛被海水浸润过,越发湛蓝清澈了。月光下的她,全身晶莹透亮。他忽然想起父亲说的美人鱼。

【11】

又一个周六下午,他去找她。仍没有看到她,璟也没有看到。他坐在以前纪美等他的樱花树下,看着黄昏时分寂寥的校园,不知怎的兀自伤起神来。他看到时光的影子从他眼前飞逝而过。

惆怅间,他听到坐在旁边看报两个学生的窃窃私语。她们在谈论着璟和纪美。他问她们借来报纸,不禁震惊。报纸登载了这样一则新闻:

两个十七岁的高中生发生了早恋。男生母亲百般阻挠。这对学生几次离家出逃都被男生母亲发现,未能成功。在一次男生和母亲的争执中,男生举起水果刀刺向母亲。母亲被送进医院抢救。男生感到愧疚万分,在当天夜晚跳海自杀。母亲经抢救已脱离生命危险。男生的尸体已于第二天傍晚找到。女生被带回警署接受调查。

他飞奔回家中,打点了一下,准备去警署看望纪美。出到门口,撞见母亲。

要去哪里?

我要去见见纪美。她出事了。

你给我回来。不许去。母亲从手提包里掏出一份报纸,摔在茶几上。是不是这个事情?我早就说过,她不是个好女孩。到底害了人,而且害人不浅。

母亲振振有词,证明她准确的判断力和可靠的预言性。

纪美是无辜的。她也是受害者。

母亲严厉地打断他。你怎么替她说话了。明明是她害人,你倒觉得她是无辜的。莫非你们还一直有往来?

妈妈,我?

我不管你们是否有往来,但从现在开始,你必须和她划清界线。我决不允许她再靠近你。你忘记你父亲了吗?我也决不允许这样的事情再次在儿子身上发生。你可明白我的意思。

妈妈!

好了。你就听妈妈的话待在家里,哪里都不许去。

他妥协了。他始终抵挡不过强势的母亲。他缺乏勇气。他是懦弱的。

他见到纪美是在一个星期之后了。

那是秋末的一个夜晚,天空下着淅淅沥沥的冷雨。他把窗户打开,久久地凝望幽暗的围墙。他眼前不断浮现三个少年攀爬围墙的情景。那时夏天还未过去,白玉兰花、蔷薇花开得如火如荼。他记得有一天早上,天未亮,三个人坐在墙头上愉快地谈以后的生活。他记得璟说想跑船,像他父亲那样,与海洋为伴,兴许某天能看到美人鱼。璟说话时有一种孩童般的天真，眼睛里落满星光。而现在这个男孩却在世上消失了。不知他是否看到了美人鱼。

而纪美，这一个星期他都在担心她。他始终联系不上她；但他知道纪美一定会来找他。

她果然来了，不出他所料。她瑟缩地站在他面前，全身湿透。面容苍白憔悴，眼睛黯淡无光。她像落魄的游魂一样无助。他看着她，不知要说什么。

澄海，我口渴。能不能给我一杯水。她主动开口。

他轻手轻脚走进厨房，给她打来一杯水。她一动不动地站立着，接过水咕咚咕咚一饮而尽。

还要吗？

够了。其实我不渴。

她在墙角缓缓坐下来，像一头受伤的动物般蜷缩起身子。

他紧挨着她坐下来，仍是以前那样亲密无间。你现在还好吧。我一直无法联系到你。

公安局很快就放了我；但我被学校开除了。这两天我一直在街上游荡。

你打算怎么办？

我一时没有主意。只是想离开这里。小姨一家对我有微词。我可能会去找母亲，或者回江南小镇外婆留下的祖屋。

有什么我可以帮助你的。

暂时没有。她迟疑片刻，说，明天可不可以陪我去看看璟的母亲。

都这样了，你还要去。你不怕她。

没什么好怕的。她苦笑了一下，脸色变得煞白，突然倒了下去，她的身子剧烈颤抖起来。

怎么了，纪美？一摸，全身都是烫的，像火一样灼烧。

你发烧了，我带你去看医生。

我没事，睡一觉就好。不要惊动了你母亲。她说话的语气已是气若游丝。

他扶起她，本想叫醒母亲。转念一想，作罢。他断然背起她，向屋外跑去，冲入雨中。

坚持住，纪美。他在雨中一边奔跑一边呼喊。她身上的热量透过黏湿的衬衣传递到他身上，仍是炙热无比。他感觉她的身子非常柔弱，几乎是不带重量。

奔跑中,她的发辫散开来,在迎头撞击起来的空气中四处飘散。打在他的脸上,令他神伤。他感觉她的头发像稻草般枯萎了。

当日下午,他陪着高烧刚退的她来到璟母亲所在的医院。

站在病房门口,他突然拉住刚要推门进去的她。

真的要进去?

嗯。她非常坚决。他已从玻璃窗中看到璟的母亲。大病虽初愈,却仍是个痛失儿子的母亲。面色枯黄憔悴,呆滞的目光中透着一股愤怨之气。他无法想象她看到纪美会有怎样的反应。

他轻轻松开她的手,让她进去。随即,他转过身去。很快他听到愤怒的骂声,继而是哭喊声。还有物体相互碰撞、摔落在地的响声。他转回身,看到璟的母亲揶了她一个响亮的巴掌。而她只是站着不动,一言不发。璟的母亲拉扯她的头发,按倒在地,欲施加拳脚。他忍无可忍,撞门而入,横在她和璟母亲之间,把她挡在身后。璟的母亲发疯般叫嚷起来。

够了,她也没想到会是这样的结果。他抓住璟母亲的手。

医生护士闻讯赶来,把他们推出病房外。他看到她的嘴角流着鲜血。

走出医院,她对他说,你回去吧。我想一个人静静。

【12】

时隔两个月后,她出现在他的房间。那是他们最后一次相处了。

她的气色好了许多,面颊仍略显清瘦。她换下学生时代的装束,但仍是一身白色衣裙。

也许是即将成年了,还有两个月,他们都十八岁了。他看到她的眼睛显露成年女子的哀怨之色。

这两个月你去哪了?我以为你离开了。我还怪你怎么不告知一声便离开,消息也没有。

我一直在这里,在小姨家。只是足不出户,也不见任何人。

事情都过去了,你以后要开心生活。

嗯。她低垂下头。澄海,这次我来找你,是和你来道别。母亲已通知我去她那里。明天我就离开。

那明天我去送你。

她开始沉默不语,长久地凝视他。

你怎么这样看着我？

这一别，不知道什么时候才能又见面。她对他说，能不能给我再讲一次美人鱼的故事。

他沉吟片刻，背过她，缓缓讲道。

这是我父亲告诉我的。人们总以为美人鱼是童话中的故事，是不存在的。只因为他们从未见过她。美人鱼生活在深海中，不会轻易现身。只有想见她的人足够真诚，目的足够单纯，对她的爱足够纯洁，她才会见他，把他带到深海之处。那里一片黑暗，没有天空的颜色，也没有海的颜色。在那里，你是自由的。

他这样絮絮讲着，转过身去看她。他看到她那过于湛蓝清澈的眼睛仿佛被水浸润，几乎像是落泪。

她确实落泪了。

你怎么了？他伸出手要扶住她的肩膀。

她后退两步，缓缓褪去衣裙，赤身裸体站在他面前。她的发辫垂落在胸前。她喃喃地说，澄海，看到美人鱼了吗？

他第一次看见女孩的裸体，内心剧烈震荡，眼前顿感眩晕。她左肩锁骨下纹刻了一条美人鱼。蓝色，雪白肌肤上，美人鱼扭曲着尾巴，散发着诡异的光泽。

疼吗？他伸出抖动的手去碰触它。

不疼。

澄海，我很难过，不知道该怎么办。她泪水涟涟，混合着冬日的悲伤和海的阴郁。

他抱住她，像一个男人该做的那样。她是一条受伤的美人鱼，从出生那天起便开始遍体鳞伤。

在这样一个隆冬时节，两具年少滚烫的身体抱在一起。

清晨五点钟，她在他胸膛醒来。她抱膝蜷缩起身子。

澄海，我还要告诉你一件事。我怀孕了。是璟的。已经两个多月了。

他十分惊诧，惶惶地起身。

你打算怎么办？

昨晚我想了一夜，我决定打掉它。我不想孩子一出生就没有爸爸，像我那样。

你是对的。我支持你这么做。

澄海，可能我以前太任性了。我想重新生活，找一个愿意照顾我的人。

你说，我会找得到吗？她凝视他的眼睛，带着一丝隐隐的希求。

他忽然感到一股莫名的不安，躲闪开去，含含糊糊地说，会的。

澄海，你能不能陪我去市区的医院。

我？

不愿意？

不是。今天是元宵节，有庙会和游神。我已答应母亲陪她参加这些祭祀活动。每年我们都去的。她今年准备为我祈福，我六月份就要高考了。我非去不可。对不起，这次我帮不上你。

她笑了。没什么，又不是大不了的事情。我自己一个人去就行了。

晨曦微露的时候，他送她去码头。他们沿着长长的海堤行走，像他们以前那样。两人都缄默不语。他紧跟在她身后。不知为什么，他忽然觉得海堤变得很长很长，漫无尽头。而初中时期，他载着她经过是多么轻快。

他们来到平日站立的沙滩边，仍像以前那样伫立，眺望大海。海风吹来，灌满她的白裙。冬日的湛江湾一如往常，湛蓝宁静，寂寂无语。

要不看完庙会再走？

她摇摇头。沉默半晌问道。

你说真的有美人鱼吗？

有的。

她回过头粲然一笑。好了，你回去吧。你已经送了我这么远。去到那边，我会给你来信的。

澄海，谢谢你。

正月十五日，元宵节，当地举行了一年一度隆重的庙会，人们从四面八方赶来。祭祀活动喧嚣地持续了一整天。游神从初八那天晚上开始，到十五结束。今晚是最后一晚，名为送神。

他和母亲跟随在长长的送神队伍中。队伍正经过海堤。他同母亲跑了一整天，早已经是疲惫不堪。他不喜欢这种过于喧闹的集会；但每年都被母亲叫来，仿佛是一种习惯。

队伍忽然停了下来。队伍前面的人不断往沙滩边跑去。有人大声喊报警和叫救护车。他和母亲不知发生了什么事，只好跟着过去。回来的人告诉他们，是一个年轻女孩溺水死了。

而这里正是今天早上他和纪美道别的地方。他感到了某种不妙，心中一阵惊恐涌起。他加快步子，来到人堆边，听到了人们的描述。白衬衣白裙，光脚穿布鞋。一个轻便旅行袋，一顶女式编织帽。十七八岁。自杀。

他推开人群，奋力往里面挤。刚能看到尸体，他就认出了是纪美。他脑袋仿佛被重锤撞击，失去知觉，全身倦怠无力。他疼痛地闭上眼睛，喃喃地对紧跟其后的母亲说，是纪美。

他要往里面走去，母亲死死抱住他，用力往外面拽。你要干什么？不关你的事。听妈妈的话。

他已经无力挣扎。他是怯懦的，天生怯懦。他流下泪来。在这样的时刻，他只懂得哭泣，像软弱的孩童所能做的那样只是哭泣。

他被母亲强行拉出。越来越多的人围拢起来。

【13】

这么多年过去了，我仍记得她的笑容。

纪美死去的第二天早上，我独自一人来到海边，就站在这个位置。跟我现在一样，眺望，哭泣。海水寂静无言。我在沙滩上捡到一个美人鱼玩具。是我送给纪美的，在我们最后说再见的时候。就是她接过美人鱼时，留给我一个难忘的笑容。清澈的，明亮的，湛蓝的，恍若淡淡的远景。

美人鱼玩具仍在我手中，此刻就在我手上。我从海水的倒影中，重又看见一个备受岁月摧残的老人枯萎、碎裂的容颜。

一种倦怠无力感忽然席卷全身。光线暗了下来，声音也消失。我看见湛蓝的海水漫过来，轻轻地将我覆盖。

他的眼泪，他的悲戚，他的怯懦，他的苍老容颜都行将消失。

我们的青春是怎样流逝的

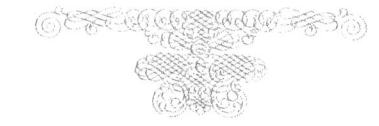

仅以此文献给许许多多个青春流逝的日子

公元 2004 年 3 月 18 日,课堂上我一直走神。我望着依的背影发呆了许久,以至于臭屁文把耳机塞入我的耳朵时,我吓了一跳。

我手慌脚乱地掩上日记本,用力推开臭屁文好奇探过来的头。我有写日记的习惯,今天的日记写的全是关于依。

这两天上课我一直心神不定,依的背影每在我面前晃动一下,我的心就跟着狂跳不止。而之前课间,聒噪的我和臭屁文还在走廊外大声地讨论下午放学后是去麦当劳还是去溜冰场。

我最近才喜欢上依,尽管我们同班已有半年时间了。开学时调座位她坐到了我前面,不知道这算不算由于地缘近而引起的日久生情。

这个时候,我正读高二。一段感情不明不白、学习不紧不张的时光。我在所谓的省级重点中学又重点班,读物理。平日里,我们听到班主任说的最多的一句话是:"读物理的都是精英,你们要努力成为这所学校的传奇呀。"

传奇呀传奇,我们却把属于精英的生活过得优哉游哉。

我至今未想明白分科时我为什么会选择理科,对于我这样一个写文章比解题快、记单词比记公式牢的人,好像是同桌臭屁文的软磨硬泡兼威胁利诱。当然父母的苦口婆心、自己的心血来潮意志不坚定不无干系,反正现在想来有点不明不白。

说起臭屁文,我怀疑我俩是不是如来佛祖青油灯中拧在一起的两股灯芯。高中三年一直同班同桌,更不可思议的是还一直同宿舍同床位,我上铺他下铺。即使经历分科分班这样的"大动荡",我们依然形影不离。

那时,我们整天穿着白衬衫黑裤子校服在校园里没心没肺地穿行。一穿便是三年。刚考进来时,我们对校服引以为傲,出了校园它便成为一种身份的象征。时日一久,我们对校服产生了厌恶。理由很简单,谁不想在这个年龄随心所欲地打扮自己,谁不喜欢色彩鲜艳、展示个性的服饰啊?

厌恶归厌恶,校服还得天天穿。只是女生不嫌天气热在里面穿上自己喜欢的衣服再外套校服。男生则不修边幅,扣子不扣齐,领带不打,脚下是各式各样的鞋,阿迪达斯、耐克、李宁。一件事几乎每个人都做过的是用来拭眼镜、抹脸擦手。

我对校服的最深的记忆是四五月雨季来临后每个人身上衣服不得干时散发的霉味。我们仅有两套校服换洗,住宿生又没有烘干机,所以一到下雨天,特别是雨季,衣服就不得干。

可是依的校服总是穿得整整齐齐,衣服好像每两天熨烫一次,身上总散发着一股淡淡的清香。这些像一个美好的梦境般留在我的印象中。

我班仅有八个女生。当其他男生在谈论文科班女生众多、漂亮女生看不过来时,我总是毫不忌讳、不失时机地说:我班的依也长得漂亮嘛,人又文静。我向毛主席保证,我说这话时,仅是从客观的欣赏角度,至于我喜欢上她以及所谓的情人眼里出西施那是后来的事了。

高二的功课我是应付自如。总体上讲我的成绩算是优秀的一列,但不是前茅的。成绩总在班里十名左右徘徊。我废寝忘食,不眠不休想进入前五名,但没一次成功。如此折腾几次后,我也就心安理得告诉自己,不是那块料。况且我还有其他才能。文章写得好,作文常被老师当作范文评讲,征文比赛屡屡获奖,小报小刊常有拙作。参加英文演讲比赛,也能捧回个三等奖。和臭屁文出每一期的黑板报,策划每一次班里的文艺演出。一句话,风光无限。

我和臭屁文在一起做得最多的一件事是听音乐。那时 MP3 还很贵,MP4 只是听说。我们用的是随身听索尼牌 CD 机。机子是臭屁文的,现在在我这里,毕业后他送给我作留念。唱机放在抽屉中间,两根耳机线鬼鬼祟祟伸出来,曲曲折折蜿蜒过白衬衫,到达我们的耳朵。一人听一边,音效不太好,但不影响我们听歌的热情。上课和自习课我们都在听音乐,地地道道的音乐发烧友,但一次没被老师抓到过。我们的掩护做得天衣无缝,不知不觉中磨炼出千里之外辨老师足音的本领。我们买的CD加起来厚厚几沓，塞满了抽屉。他喜欢买朴树、崔健、周杰伦的CD。我则喜欢买甲壳虫乐队、后街男孩、艾薇儿的CD。但我们一致喜欢甲壳虫的《Norweight wood》和朴树的《且听风吟》。

离学校不远的公园前街有一间老旧落魄的电影院，每隔一周的周三晚上就放一些旧电影，如《卖花姑娘》、《青春之歌》、《马路天使》、《卡萨布兰卡》，一个晚上放两部，门票便宜得很，五元一张。至于为什么一到周三晚上才放，是我和臭屁文永远无法弄清的事情。我们偶尔到那里去，碰到感兴趣的电影便买票进去看。当其他同学沉迷在迷幻绚烂的网络游戏中时，我们非常不合潮流地沉浸在光和影的变幻中。放这些影片时，观众寥寥无几。偌大的电影院只看见一排排空荡荡的座椅。我们每隔二十分钟便换一次座位，感受从不同角度观看的乐趣。现在想来，有点放肆了。还有一个问题，为什么经营者会不考虑经济效益，坚持不懈放这些老旧的影片，恐怕这也是我们永远无法弄清的事情。但我们非常感谢他们为我们提供了《阿甘正传》和《阳光灿烂的日子》这样的好片。

依就是在这个学期调座位坐到了我前面，之前我所有关于她的印象仅仅是几次擦肩而过她留在空气中淡淡清香，以及漂亮的面孔。基于我学习还好，有一点才气，人虽然聒噪但不失幽默。我现在只能想出这些原因。她渐渐和我熟络起来，每天向我请教学习上的难题。我惊异这个文静得几近少言寡语的女孩对学习如此认真细心，且怀有远大理想。我们也谈得来，自然而然常常待在一起。不可避免，曾经那些我毫不忌讳赞赏她的话和善意的流言开始四处飘散。在他们眼里，爱情就是这么一回事。班上的同学抓住一切机会起哄。这时，她只是淡淡地、若无其事地一笑了之，而我由最初以玩笑回击到心跳加速加脸红耳赤。这时开始，每每提及她的名字，我心里总要触电般恍惚一下。在她面前，我开始变得有点不自然起来。我极力去否定我喜欢上她的事实。她不会也喜欢我吧？但怎么可能？我不高又不帅，扎在人堆里是找不着的家伙。喜欢她的感情变成卑微的心。

在我的记忆中，这段日子风清云淡。但一到晚上，我常常会沉落在深深的思考和反思中。后悔自己白天的张扬与聒噪。我总是在想，为什么我不是前五名呢？班主任说过，如果进入班里前五名，并能保持到高考结束，则百分之百进中山大学了。呵呵，中山大学。我人生中听说的第一所大学就是中山大学。那是老妈在我幼时入学的第一天早上说的"好好学习啊，将来考上中山大学"。那时还不知道大学为何物，但这个名字从此根深蒂固在我脑中。所以班里前五名对我是个极大的诱惑。如果我是班里前五名，等于我提前拿到中山大学的通行证，意味着我可以理直气壮告诉老妈，让她放上一百个心，而不是我告诉她我文章上报刊时她习以为常不以为然的表情。这个愿望像有些人"为什么我不是百万富翁"一样急切而无奈。后来我想到，即使我一两次进入前五名也不行呀，班主任说还要保持，还要高考不出意外……哎呀呀，我的天！

"你是真的喜欢她吗？"

五月坐在冷气开得十足的麦当劳二层餐厅里，臭屁文不失时机地问。我支支吾吾不回答，侧过头看明亮高大的落地玻璃窗外夏季燥热的空气在微微颤动着。他看着我怪异地笑，一边叭叭啃薯条。

"那你呢，你对婷的感情怎样？"我问他。他漫不经心地说："不是你认为的那回事。"

婷是高一时我们的同班同学，是一个说话柔声细语、举止优雅的女孩。她喜欢臭屁文的事有一段时间成为班上的流言。以我看来，她喜欢臭屁文的事不假。两次臭屁文的生日她送了很大的礼物，圣诞节、春节她不忘寄一张卡片。我就几次看见她和一个女伴挽着手优雅得走过我班的教室。那种探询心上人的目光我是感同身受。而臭屁文似乎是个对恋爱不感冒、不懂爱情的家伙，他坚持认为她只是一个不可多得的朋友，至多是一个知己而已，是我们太八卦了。

"说说看，老友一场，我来参谋参谋。"臭屁文锲而不舍，一副狗仔队的神情。

"怎么说呢？……我确实喜欢她。但不清楚她对我的感情。我对自己很没信心。而且就快高三，高考也不远了，你知道我的理想。一旦向她表白，不管她是同意还是拒绝都是我不愿意看到的。拒绝的话，恐怕以后以朋友相处会很尴尬。同意的话，我怕会把握不住感情和理想的界线。未来有太多变数，一切一切我都无法准确预知和把握。实在矛盾得很……或许我们还不懂得爱情。"

麦当劳餐厅正对着一条宽敞笔直的步行街。我们总能看见穿白衬衣黑色百褶裙的同校女生成群结队地购物，买衣服。她们无遮无拦的、尖厉的笑声总能分离于混杂不清的喧闹声清晰地穿入我们的耳膜。让那天我们关于爱情的一次小小的谈话，以及那天的天气都无比深刻地留在我脑中。

高二即将结束的那段日子，班上仍无休无止的流言使我感到有点恼火。有一次，他们又趁机起哄，我不知说了一句什么话回击。我当时是口不对心地说出，也没考虑后果。她大抵是认真听了。也不知道是不是这个原因，从那以后，她和我少了往来。不久，她同班上另一个男孩走得很近。而且，他和她住得很近。她可以每天坐他的顺风车回家，而不用父母来接她。我对此表现得满不在乎。因为我一直在极力掩饰我的感情。这下好了，流言少了，我在她面前也不用心怦怦直跳，交往起来大方些。况且两三个月后就要高三了。臭屁文看着我满不在乎的样子，几次对我说："你怎么一点不着急？就要被人抢走啦。"对臭屁文有点神经质的关心，我耸肩一笑。我想，如果我们有缘分的话，大学再开始吧。

2004年暑假的画面在我记忆中有些凌乱。天气热得厉害，整日都是晃眼的阳光，月亮和金星总是相伴出现在天空，亚洲杯中国输给了日本，雅典奥运会精彩纷呈，从家来学校的公交车改变了路线，我不得不先乘75路车，再乘87路车，然后再乘17路，我约了一次依，她推辞没有来，补课很早开始，林俊杰在校园高音喇叭里唱道："别等到一千年以后，世界早已忘了我……"

高三比我们想象得还要快来到，大家都有点措手不及。开学第一次摸底考试，我考得糟糕透顶。我想是这场暧昧不清的感情多少影响了我，使我分了心。我下定决心与之诀别。唯一的做法是尽量少和她接触，才能减少想着她的痛苦。我的确做到了。为了接近心目中的中山大学，我倍加努力学习。隐藏起所有的聒噪与锋芒，停下一切听歌看电影的活动，对周围一切漠不关心。投入的程度现在想起来都觉得可怕。于是我的成绩渐渐有了进步。从我对周围事物的冷漠中，她大概也读懂了我的意思，几乎不再来找我问问题。随着时间推移，我和她变得越来越陌生。见面的时候，大家仅是简单甚至有点冷淡的招呼，甚至连话也不说了。很多次，我想问她复习得怎样了，但每次话到口中又咽了下去，我已没有那份心思。远远看着她，才发现自己一点也不了解她。

高三的一切都在改变。暗恋着臭屁文的婷仿佛消失了。我没能再在黄昏五六点钟的时光，看着一个情窦初开的女孩，怀着对爱情怎样的希冀留恋着走过那条长长的昏暗的走廊。

晚自习，所有的同学埋着头，齐刷刷地低成四十五度角。凝重的空气笼罩在上头，似乎其他的一切都不存在。班主任在走廊外巡视刻意放轻的脚步声仍清晰入耳。处在如此静寂的氛围中，一切声音丝丝入耳。教室黑板上方那只大大的挂钟总是有意无意地使我分神。困倦时趴在桌面上闭合眼睛，耳朵里全是挂钟嘀嗒嘀嗒的声音，像经过无数个扩音器无数倍放大似的，往耳朵横冲直撞。我第一次如此哀伤地注意到时间是如此飞快地流逝，注意到高二风清云淡的日子已如烟，注意到未来似乎就在眼前却又遥不可及。

课间的时候，大家仍如以前那样谈天说地，却各怀各的心事。天气好的下午，我和臭屁文站在天台向远处眺望。视野很开阔，天蓝得令人窒息。臭屁文总是说："高考后最想做的是站在这里，把唱片机的音量开到最大，一口气灌下一瓶550毫升的冰冻可乐。"……"几个月后我们就要毕业了，也该长大了吧。"这个永远单纯乐观的男孩眺望远方时的眼神总是清澈透明。是呀，我们都年满十八岁，开始过另一种生活，你说的话开始有人认真听，你的意见开始有人尊重，难道这是我们仅仅能想到的和期望的？为什么我眺望远方时总感到有点慌张？风扬起我们白色的衬衣，两个男孩沉默无语。我一直觉得这是一幅伤感的青春记忆的画面。曾经看过一部电影《关于莉莉周的一切》，和淹没在麦田里那个穿白衬衣用CD唱机听莉莉周的歌的少年多么契合。

有一段时期，成绩时起时伏，我感到疲惫不堪，大量地写一些清冷散淡的文字，即使语文模拟考试、作文训练也不例外。那些文字让我感到舒畅放松，忘却眺望远方时的慌张。语文老师为此常把我叫去训话。她知道我在看《萌芽》杂志，把写的这些文章通通往那里投稿。"我很欣赏你的文笔；但你要参加高考，你写的文章是给阅卷老师看的，不是给我看的。要时刻记着自己的理想。再忍受几个月好吗？"她的话温柔却不失威严，含着让你乖乖妥协和服从的巨大力量。

是的，为什么不忍受一下呢？时间不是很快流逝的吗？一切不是会好起来的吗？

2004年圣诞节，高中最后一个圣诞节。一个没有焰火的冷清的夜晚。我很不争气地想到依。我想为她祝福，愿她考上心目中的大学。平安夜那晚，我走进书店买了一本几米的画册《我只能送你一张小小的卡片》和一张圣诞卡。

对着礼物我忐忑不安了很久，最后决定不当面送给她。晚自习结束后，同学们相互祝福道别。迫于高考的压力，大家都没有为此准备什么欢度活动。我等到教学楼熄灯，同学们全走光后，才从座位站起来走到她的座位。教室黑漆漆只我一个人，我手脚竟有点慌乱地把礼物塞进她的抽屉。然后便飞快地跑出教室，用头也不回的速度。我是个非常害怕黑暗的人，天生对黑暗有恐惧。我现在能想象出那个夜晚一个男孩怎样穿过黑暗的走廊嘭嘭地逃离教室的情形。和婷优雅地走过走廊其实如出一辙。卡片上什么都没写。我估计她能猜到是我送的，但我就是不愿明确告诉她。始终卑微而又倔强的心。

2005年6月，高考如期而至。紧接着毕业典礼。高考没有想象中的恐怖，毕业典礼也没让人觉得像是生离死别。这个暑假对我来说是痛苦而漫长。我没能考上中山大学。从某种意义上说，我落榜了。

九月，大学开学。经过一番挣扎和思量后，我还是提着行囊来到这个离家乡仅有一百五十公里的城市上大学，尽管这所大学与我的理想相去甚远并一时让我无法接受。我就读的大学在广州大学城内，和中大仅有一步之遥。每每经过中大的校门，我都会驻足观望并暗自笑起来。我用了十二年的时间，付出了许多许多的努力，终究没能往前多走一步。那个曾经潜伏在我生命中十二个春秋的愿望如此脆弱，脆弱得不堪一击。不久我还是心平气和地从失望中走出来。因为当时我没下"非中大不上"的决心。而且十八岁了，应该对自己考出的成绩负责。我也不肯定第二次机会就一定能实现理想。

我高中的同学大多考上大学城的十所大学，所以当时毕业时没有生离死别的感觉是因为我们早就料到会经常见面。

但是臭屁文和依分别去了另外两个城市。这让我有了想念的理由。一个人不是真正的孤单，连想念的人都没有才是真正的孤单。

臭屁文上大学时买了MP3。他抱怨这么小一个东西怎么贵得离谱。他在电话里说他现在每天都听音乐。听的依然是高中时期挚爱的曲子，只是非常想念和我一起各用一只耳机听歌的日子。他问我假如我们再同班同桌同床三年，会不会断臂呢？我笑笑说，不会吧，我们都是无比热爱女人的人。

大学生活过得波澜不惊，没有想象中的好，也没有令人觉得糟糕透顶。上大学的新鲜仅仅在我体内维持了一个月。一个月后便消失了。白天按部就班地去上课，昏昏欲睡地听那些枯燥无味的数理公式，晚上则精神抖擞地看书写作。无休无止地听歌，翻来覆去看同一部电影。隔三差五地逃课。我试过潜入美术学院，整个上午站在窗外看绘画系的学生作画。也曾溜进星海音乐学院，坐在走廊外一处隐蔽的角落听一个始终见其背影的女生弹钢琴。我好像没有太多的事情可做，整日无所事事地在大学城内游荡。我也没有结交什么朋友，多数时间独来独往。最后得出一个结论：大学无趣得很。

　　大学里我尝试了很多对我来说是新鲜的东西，如天昏地暗地玩网络游戏、酗酒、蹦迪厅。持续了两个月后，每到晚上入睡前内心惶恐无比。我反省自己的所作所为，发觉骨子里始终是个乖巧听话的孩子。几天后，我彻底与这种生活诀别。

　　我依然保持着高中的习惯，背着大大的双肩书包在校园里穿行。时常躺在草地上无聊地长时间地凝视天空，那些散发着旧日时光的空气粒子就会一下子全冒出来在头顶上空飞舞。这个时候我总是想起依和臭屁文。

　　依让我内心微微觉得酸楚。我始终无法忘记依，不时打听她的消息。自高考结束后，我们一次都没联系过。大家的执拗要强可能就连友谊也要消失殆尽。我不奢望她对我有同样的感情，哪怕只是永远的朋友也好。我想起《小王子》那个善良单纯的孩子，执着地守候他挚爱的玫瑰花。

　　臭屁文远在千里之外，和我隔着万水千山。这份友谊的经营渐渐变得力不从心起来。一场高考就把三年的亲密友谊阻隔了。有人说距离不是问题，可现实中又有谁能够真正跨越距离的阻隔呢？小学初中我也有如臭屁文一样的好朋友，可现在路上遇见半天才能想起对方来。

　　大多数时间，我心里有排遣不去的落寞和孤独。梭罗说，人在过着静静的绝望的生活。为什么随着年龄增长，就越贴近这种状态呢？

　　2006年6月1日，作为团委一名干事我负责接待了五六十个刚参加完省少代会来我校参观的十一二岁的小学生。他们唧唧喳喳说个不停，无比快活。对大学里所有的事物都感到新鲜好奇。看着他们，我仿佛看到过去某些遥远的失落的时光。一个活泼好动的小男孩一路上问个不停。他问我：

"大哥哥，你们大学生活是怎么过的呀？"我一时怔住，看着我们投射在路面上一高一矮的身影，不知如何回答他。

怎么过的？我也不知道呀，不知不觉就过了。我都没留意。好像一个星期只有礼拜一和礼拜六。早上睁眼醒来是礼拜六，晚上闭上眼睛又是礼拜一。看着日历上那30个数字似乎要很久才轮完，可一眨眼又是另一页的30个数字了。当你留心时间而不是生活，你会在意生活是怎样过去的吗？

8月，依的生日。我想我应当主动一点，做出让步，而且这个时候约她出来也不会显得唐突。我为此精心准备了很久，包括那天怎样约她出来，送什么礼物，穿什么样的衣服，并听从一个朋友的劝告，爱要大胆明白地说出来，不要让它一直暧昧不清，更不要留下遗憾。因此我决定把所有的心事全告诉她。她很愉快地应约。见面那天，她絮絮叨叨讲个不止，似乎以前一切什么都没发生过。或许对她来说，真的什么都没发生过，一直以来是我一厢情愿罢了。我反复斟酌了几天，在心里忐忑不安很久的话最终没说出来。几欲脱口而出遇见她天真无邪的眼睛时，突然丧失了所有的勇气和所有的憧憬。还是等待下去吧。等待下去没什么不好，起码不会有太悲或太喜的结果。也许漫长的等待过后终是一场徒劳，但又有什么关系呢？一个过程往往比一个结果更让人刻骨铭心啊！

后来，时光如白驹过隙。前面的时光不断被后面的时光一层层覆盖，溃烂在记忆里，无声无息。

再后来，2007年5月，我躲在图书馆写这篇文章。我努力使自己的头脑变得清醒，使那些细节保持它的真相，还原它的真实，而不成为感情的渲染。再过三个月，我将年满二十岁。我的十九岁将一去不复返，十八岁早已一去不复返。这种感觉就像坐在疾驰的火车里，看着窗外转瞬即逝的风景，却无能为力。

前几天，在电脑屏幕前和臭屁文聊天。屏幕上的字一行一行飞快地出现又飞快地消失。他说他现在在北京很累，每天有很多琐碎的事，忙得焦头烂额。高中还好一点，目标唯一明确，其他的什么都不用想。现在除了上课，还有四六级、计算机等级、社团、学生会……他在屏幕上打出一个表示困倦的QQ表情：从来以为生活可以慢慢吞吞，风景可以好好欣赏，当留心时间蹒跚过皮肤，却觉得微微有些刺痛，为什么我们总在痛苦地要

烟花夜不见不散

摆脱现在却又在某个将来无比痛苦地怀念现在呢?我笑着说,怎么听来像一句绕口令啊,其实你不必把自己搞得那么累。

我打算在他生日时送他一本《小王子》,希望他能单纯一点,快乐一点。永远不要忘了穿着白衬衫,戴着索尼耳机听音量开到最大的音乐。

可是我又何尝单纯了一点,快乐了一点呢?

往前一段时间,我听说依有男朋友了。我没有很惊讶,也没有很伤心。比当初我被告知落榜没有考上中大还要平静得多。然后我发觉自己任何时候任何情况都是个宠辱不惊的人。有这样的心情,说明我未彻头彻尾地爱上她。我回想假如那次见面向她表白,结果会怎样?我想大抵是一场更加苍凉的幻灭。

我又听说那个一直用电动车载依回家的男孩后来也爱上她,上大学后不久曾向她表白过。

我还听说,暗恋着臭屁文的婷在大学里也有了男朋友。臭屁文有一次和我通电话时聊起:"怎么样,如果她当初喜欢我,早就和我说了吧?"说,怎么说呢?你不知道,有些事,有些感情,永远无法说出口。

所谓青春里的爱情也就是如此吧。或许等到我们真正懂得爱情的那天,我们才知道曾经怎样的痛过,曾经怎样的刻骨铭心。

好吧,我的青春真够一塌糊涂,没有考上理想的大学,也没有得到喜欢的人。可是一次次地失望,内心却一次次地变得坚忍。因为没人会在意你过去的那些幼稚与慌张,你的孤独与惆怅。没人会责备你的年幼与无知,你的不羁与张狂。时光怎样荏苒,总有它的理由。青春的繁华或荒芜,仅仅是一个转口,只是我们倾注得太多,才成为一次伤感的回眸。当那些成长的疼痛与哀伤都化成记忆时,我们有什么理由不原谅自己,有什么理由对那些过往耿耿于怀呢?

前几天,我无意中身临了一场毕业焰火晚会。璀璨的烟花恣意绽放,哗的一声散落于夜空,像梦幻般斑斓,顷刻消逝,又不断绽放。我感到惊喜,甚至有点小孩子的欢呼雀跃。耳边男男女女的欢呼声和烟花炸响的声音此起彼伏,对我来说,仿佛已在千山万水之外,一切都不重要了。

当时年少轻衫薄

头发蓬松　表情斑斓

我们的青春是怎样流逝的

总是坐在河边　喜欢眺望
那时阳光凌乱　雨天无常
……
一次次的回眸　一次次的张望
说不清　道不明
笑容落寂　伤痕明亮
……
而我们都已渐次成长
不再独上高楼
不再为赋新词强说愁
不再为年龄激长而慌张

只是某天白发苍苍　步履蹒跚
仍忍不住回想
那些美好的时光
那些甜蜜的过往
心便开始大片大片塌方
……

在青春流逝的日子，在这样一个夜晚，我和我大学的同学翘首目不转睛看着头顶上空绽放的烟花，心里默想着下一场焰火的盛大来临，并祝我们青春快乐。

烟花夜不见不散

【1】

"安老师,你为什么总是画烟花呢?"

安乔羽略一停住手中的画笔,嘴角做出回应似的微笑。继而,画纸上又响起沙沙的声响。

"老师画的烟花美丽极了,总是大朵大朵地绽放。每次看到安老师画的烟花,我仿佛都能感觉头顶上空有烟花绽放,耳边尽是轰隆隆的声响……"

乔羽不发一言,只是浅浅地微笑着,听他的学生小薰讲话。小薰神情活跃地继续道:

"……安老师,我猜想,烟花对您很重要吧。这里面一定有个什么故事……"

乔羽的心咯噔一下,脸上的笑容很快消失,手中的画笔也停住,眼睛变得木然,失去了焦点。小薰看到乔羽老师的这一表情变化,知道自己话多了,咂咂嘴,重新提起画笔至画布前。

乔羽愣了有那么七八秒钟,然后看向小薰。小薰正在创作一系列以"雨"为主题的油画。小薰是今年的毕业生,这是她的毕业作品。今年是乔羽当大学老师的第三个年头了。小薰是乔羽的得意门生,是他最喜爱的学生。画面中细细蒙蒙的雨,乔羽感觉像得了小薰的灵气,仿佛活了一般纷纷扬扬在身边飘荡起来。雨中一个男孩清瘦俊朗的轮廓随着小薰画笔的移动,越来越清晰地浮现。乔羽知道,画中男孩的原型是小薰的男友。将生活的感悟融入作品,这是搞艺术创作的人的天性。

暮色渐渐降临，落日的余晖斜斜地照进画室。栀子花开得愈来愈浓烈了，清幽的芳香一阵阵飘入画室。窗外忽然响过一群学生纷杂的喧哗声。

"好像是某个毕业班刚刚开完会。也许是在商讨毕业旅游吧。哎呀，还有一个多月就要离开这里了。"小薰感慨道，"没想到四年这么快就过去了。大学入学时我提着旅行箱在校园找不到路的情形还历历在目。"

"是啊，不知不觉老师我已经毕业三年了。小薰以后会记得老师吧？"

"记得，当然记得。我毕业后就不会再遇上什么老师了，而安老师以后还要遇到好多学生。老师要记得我才好。"

乔羽笑了。乔羽刚当老师的那会，以为每年都会送走毕业生所以应该是没有什么感触的，但真正要送走时，心里总是舍不得。

"安老师，难道大学的恋爱都没有长久的吗？一毕业就要分手？"

"为什么这样说？"

"我只是有些感慨。"

"你和男友分手了？"

"我们最近闹矛盾了，为的是工作去向的事。他决意要到北京发展，而我想留在这里。我们都是本地人，留在这里工作是最好的了。他想我跟他一起走，但我不太愿意去。因为我是独生女，想留在这里陪伴爸妈。我们为此争执好几天了，谁也说服不了谁。我一气急就说不如分手算了，为的是使他留下来。大学时我们已经不是同一所学校，在一起的时间本来就很少。如果他去了北京，我留在这里，分隔两地后，那更是聚少离多。我们的爱情就没有保障了。不少恋人就是因为距离而分手的。"

"如果你们是真心相爱，距离有什么关系呢？"

"嗯嗯，我也这样认为。哎，我真不应该耍性子，伤了他的心。他这几天都没理过我。"

"这说明他在乎你。他正在气头上，过一阵子等他气消了，跟他道个歉。以后不要随便说分手这样的话。烟花节那天晚上请他来吧。"

"会的。这可是向他和好的好机会。"小薰笑了。

"安老师，那天晚上你一定要来啊。"

"来，当然来。每一年我都会来。"

两人说的"烟花节"是Z大特有的节日。每年六月第二个星期的周五，白天的毕业典礼后，晚上就会举行烟花燃放活动。毕业生带着准备好的烟花，和同窗好友，和父母，或和恋人，在校园的各个角落燃放共同庆祝大学毕业。这天晚上，整个Z大的上空都会被烟花照亮。这一盛大的烟花节，不仅吸引了本校的低年级学生,还吸引了附近高校的毕业生。虽然绚烂和喧嚣之后便是湮灭和平静,盛大的欢聚之后是一场更盛大的别离,但Z大的每个毕业生都是无比期待的。烟花节已经成为Z大学生共同的青春记忆。

"我和美如有约定,烟花节这天晚上不见不散。"乔羽接着说道。

美如?小薰略略知道安老师说的美如是谁。她听别人说过,美如是安老师大学时期的恋人,在两人毕业那年死了。但安老师说什么"不见不散"呢?小薰心想,一定是太想念死去的恋人了,安老师真够情深的,现在依然单身是因为心里还有恋人的缘故吧。

"嗯,对了,安老师……"小薰突然想起什么,拎起手提包,"这是周菁老师买给你的。这是衬衫。她说你的衬衫沾了很多油彩,也穿得很旧了,该换一件新的。还有这个枕头,她说你中午趴在桌子上休息的时候,有这个垫着会舒服一点。她上午本来是要亲自给你的,但找不到你,下午和晚上她都有事,在路上刚好遇见我便托我带来了。"

"噢,谢谢。她真有心了。"乔羽接过礼物。

"周老师多关心安老师啊。周老师不仅细心体贴,人又长得漂亮。"小薰咯咯打趣道。小薰通过乔羽认识了周菁老师,和周菁老师成为朋友后,知道周菁老师对安老师的感情就有意无意地撮合两人。

"安老师应该懂周老师的心意吧?"小薰试探性地问。

"哦……我懂。我当然懂。"乔羽拘谨地笑笑,"周老师是个好女孩。她不应该再把时间浪费在我身上。我不能再耽误她了。我要找个机会和她说清楚。"忽地,他的语气变得严肃起来。

"啊,你的意思?难道你对周老师一点感觉都没有吗?"

"是因为我还爱着美如。除了她,我再也无法爱上第二个女人。"

"她不是三年前死了吗?……"

"不,她还会回来。我和她约好了,每年烟花节的这天晚上,我们不见不散。"

"她会回来?烟花节不见不散?"小薰听他再次这样说,被彻底弄蒙了。

"她今年一定会来。今年不来,明年一定会来……"

"什么'今年不来,明年一定会来'?……"小薰更是丈二和尚摸不着头了,安老师这是怎么啦,"安老师,你没什么事吧?"

乔羽看向自己画的烟花沉默良久。

"我给你讲一件事,如果你肯相信,那么你便相信爱情会有永恒。"

小薰静静地看着乔羽。

 烟花夜不见不散

"那一年,神话仿佛降临在我的面前。我不知道这是不是烟花那边的幻觉,但我和美如的的确确在一起。

"她和烟花一起来,和烟花一起走。"

【2】

时间回到两年前的一个夜晚。这对乔羽、对所有相信乔羽讲的这个故事的人来说,都是一个神奇的夜晚。

那时正值五月中旬,南国城市的雨季刚刚结束。夏天来了。空气是透明的,阳光也是透明的。校园的栀子花正开得如火如荼。

这是个宁静的夜晚。一轮皎洁的弯月高悬空中。幽蓝的湖水静静地反射着月光。湖南岸的杉树林有悠扬的小提琴声传出。这是音乐系的学生在练琴。夏虫的低鸣声细细碎碎。栀子花醉人的香气和着薄雾般的月光悠悠荡荡地四处弥漫。这一切使这个夜晚如梦幻般祥和宁静。

乔羽独自一人在湖边写生。每当感到孤寂的时候他便去湖边写生。时间过了十点。湖边散步的人渐渐少了起来。当美如的形象在画布上显现出来时,乔羽站起来伸了伸懒腰,闭目吸气,呼吸着那醉人的栀子花香,细细听起小提琴——琴声不知什么时候变得哀伤幽怨了。乔羽认得那曲调,是古典名曲《神秘花园》。乔羽听着那琴声,不觉心中悱恻,然后很多往事都涌上他的心头。

"工作有着落了吗?"

"有了。答辩完后,下个月就开始实习。"

"毕业照拍了吗?"

"还没呢。"

"哎,今年烟花节的日期已经定出来了。"

"是吗?什么时候?"

"六月十八号。"

……

行人桥上,几个毕业生正愉快地交谈着。她们的声音缥缈地传到乔羽耳中。

"六月十八号,烟花节……"

"美如,你还记得我们的约定吗?烟花夜,不见不散。"

尽管美如死去已将近一年了,乔羽的思念是有增无减。而随着烟花节的临近，乔羽心中有一种忐忑不安、复杂、期待的情绪。

"想不到你走了快一年了。"乔羽更没想到，一年后他成了Z大学的一名美术教师。每天过着平静而有规律的生活。这与他大学期间的理想简直是南辕北辙。美如死后不久，他将花了三年心血、即将运营成功的公司转让给了别人，心平气和地当起了教师。就是说，那个时候的忙碌、激情、疯狂、野心随着美如的死去亦一同消逝了。这似乎看起来是因恋人的死去而自暴自弃，但确切地说，乔羽是从恋人的死去中突然领悟到了某种弥足珍贵的东西。这种大彻大悟恍如当头一棒，将他震醒。

"美如，如果你还在，我一定好好陪你，好好偿还你。"

乔羽轻轻地摩挲着画布。

嘭！嘭！嘭！

湖边突然绽放起烟花。虽然仅仅持续了十来秒钟，但明亮的烟花让乔羽觉得甚是惊喜。他像学生时代那样吹起一记响亮的口哨。

每年在烟花节来临之前，总有一些毕业生迫不及待地提前燃放烟花。当然也可能是为恋人过生日，遇到什么值得庆贺的事。每逢情人节、中秋节、圣诞节，都有学生燃放烟花。生日、节日或喜庆之事燃放烟花已成了Z大学生的一种习惯。

乔羽的思绪回到了一年前，那个天空被烟花照亮的夜晚。

"八点之前一定赶回来。"

"明天早上处理不行吗？"

暮色降临的时候，校园开始喧闹起来。毕业生都在为这个盛大的烟花节之夜忙碌着。美如穿上晚礼服，已经打扮得漂漂亮亮，准备和心爱的人一起度过这个盛大的节日。烟花已经买好了，整整一个纸箱，是白天和乔羽一起挑选的。正当两人准备下去时。乔羽接到紧急电话，是有关成立公司的，投资方突然出现了变卦。

"今晚不处理不行，否则一切都会付之东流。我向你保证，我尽快赶回来。"乔羽扶着美如的肩膀说。

美如知道这是乔羽三年来的心血，他为此付出了许多，没日没夜地奔跑、拉投资。她已经习惯乔羽的突袭电话，过生日看电影，乔羽都试过半途离去。

"但要注意身体，你的心脏不好，医生说你不能再这样劳累了。"

乔羽已说不清，那晚是什么样的力量，使他这个患有轻弱心脏衰竭的人奔跑了四公里。乔羽顺利地处理完事情后，在回来的路上，兴奋地给美如打了个电话。不料二十分钟后，却接到周菁打来的电话：美如拿着一箱烟花过马路时，被一辆疾驰而来的汽车撞倒，情况十分危急。乔羽听到这个消息恍如被重锤一击。屋漏偏逢连夜雨，这时又接到合伙人的电话，公司又出了新的状况。更揪心的是在赶去医院的路上发生大堵车。乔羽顾不得那么多了，什么心脏衰竭，什么公司，他这时已开始懵懵懂懂领悟到什么是最重要的了。他奔入茫茫的夜色中。

……

"烟花……已经结束了……是吗？"半夜时分，美如突然醒来。她躺在病床上气若游丝地问道。她全身被厚厚的纱布围裹着。

"嗯，嗯……"乔羽看了看窗外，紧紧地握着美如的手，连连点头。他看着美如身上裹着的厚厚的纱布和心电仪上显示的微弱电波，泪水早已爬满他的双颊。

"真遗憾啊……我和你错过了……"美如艰难地把头侧向窗边。

这时已经是凌晨四点，医院在Z大的隔壁。通过窗户，正好可以望见烟花绽放的夜空。但此时的夜空恢复了往日的宁静。

"对不起，对不起……今晚我真不应该出去，更不应该打那个电话给你。如果我一直在你身边，就不会发生这样的事。"

"不关你的事啊……听你要回来，我想拿烟花早点下去等你……是我不好，过马路时跑得太快了……也许这是天意……我只是遗憾……不能和你一起放烟花。"

"你想看烟花？"

"……非常想……想和你一起看烟花……可现在看不成了……"

"那箱烟花还在，周菁当时一起拿过来了，就在这里，你等等，我马上去放。"

嘭！

随着一声巨响，一朵朵烟花"嗖嗖嗖"地蹿上夜空，打破了午夜时分的宁静。这个夜晚重新活跃起来了。

"祝贺……安乔羽先生……大学毕业……"乔羽回到病房，美如艰难地做出笑容，对他说道。

"祝贺夏美如小姐大学毕业！"

乔羽抵着美如的额头苦笑着。

烟花不断地升腾而起，两人静静地看着。美如脸上始终浮着笑容；但美丽的烟花和美如的笑容给不了乔羽一点的宽慰。他心里充满无尽的悔恨和悲伤。这时美如忽然说道:"我估计……我要不行了。如果……我走了,请你别难过……一个人好好活下去。"

"别这样说,你要挺住。千万别丢下我一个人。"乔羽强忍着泪水摇着头。

"……人就像这烟花……总有消逝的时候……我只不过早了点消逝罢了。"美如非常吃力地伸出小拇指:

"我们……来做……一个约定……"

"什么约定?"

"每年烟花节夜晚……不见不散……烟花燃起的时候……我回来见你。"

"烟花节?……不见不散?"

乔羽看到,美如的眸子里正映着窗外绚丽的烟花。

"烟花夜,不见不散!"

"烟花夜,不见不散!"

乔羽重又看向窗外,当最后一朵烟花消逝于夜空时,那映在美如清澈眸子里的烟花也一并消逝了。

"烟花夜不见不散……"乔羽看着画布上甜甜笑着的美如喃喃自语道。

嘭!嘭!嘭!

又一阵烟花响起。看着绚丽多彩的烟花,乔羽某种情绪被激发,他跑到烟花店,买了几支圆筒花炮放起来。又一方小小的夜空,顿时变得明亮而喧闹了。

"红、橙、黄、绿、青、蓝、紫,这是美如最喜欢的七彩烟花。"

"1、2、3、4……17、18、19……"

"20,21。真快呀,一下子就放完了。烟花总是这样短暂。"乔羽久久凝视夜空,感叹道,"美如真像这烟花,一下子就在我生命中消逝了。难道美丽的事物都不长久?"

乔羽走上前,准备拾起燃尽的花筒。就在这时,一个异常明亮的球状光点从中间一个花筒"嗖"地蹿出来,曳着火光,微微摇摆着,慢悠悠地升上夜空。

升到最高时,哗啦一声炸响,绽放出一朵硕大、明亮无比的烟花。是一朵融合了七种色彩的烟花。天空、湖水都被映亮了。

乔羽惊讶极了。"不是只有二十一响的吗?"

烟花夜不见不散

持续的时间也比任何一朵要长,但最终仍是消逝了。乔羽觉得异常失落,仿佛又失去了什么东西。

"是……是……安乔羽吗?"

身后这时传来轻柔温婉、略带羞怯的叫唤声。那声音熟悉极了,是乔羽夜夜梦寐的声音。

乔羽缓缓转过头。

【3】

"她……真的……真的……回来了?"小薰张大惊讶的嘴巴。

"真的,真的,回来了。"乔羽一字一顿地强调。

"……"

"你相信吗?"

"……"小薰一时无言。

"这听起来太荒唐了,是吗?但世界有什么不能发生的呢?人可以起死回生,可以返老还童,可以突然消失不见,为什么不能按约定回来呢?我给周菁老师讲这件事,她始终不相信。她说这是我的幻觉,还建议我去看医生。但我确定那不是我的幻觉,她真的回来了。"

"她真的回来了,完好无损的?"

"对。完好无损的,穿着一身漂亮的白色连衣裙,一双芭蕾舞式平跟鞋。她会跳舞的,学的是舞蹈专业。她连身上的气味都没有改变。"

"就这样,我和美如再一次恋爱了。"

也许这个夜晚真的发生了一件神奇的事。也许这个世界真的有童话神话。也许这个世界还有很多我们永远也无法知晓的秘密。

"真的、真的……是你?!"

"真的是我。不信,你摸摸看。"

乔羽缓缓举起手,颤抖着依次抚摸她的脸、她的眼睛、她的头发。

"烟花夜不见不散。"

"对,烟花夜不见不散。"

这个日夜思慕死去的恋人并相信她会"回来"的男子终于等来了这一时刻。乔羽怀着不可言喻、奇妙无比的心情把她带回家。

"欢迎回来。"

"这里还是和以前一样，没有什么变化呀！"美如边说边环视两人大学二年级时租来的公寓。沙发、茶几、书架一件都没有换，全部都在原来的位置。嵌有两人亲密合照的相框、她做的插花、两人在学校制陶室一起制作的瓷壶，通通都在。连日历都没换，仍停留在去年 6 月这一页。16 数字画了一个圆圈，写着"毕业·烟花"。甚至，她那天换下的舞鞋仍在原来的位置。仿佛时光不曾过了一年，也未改变什么。

"为了等你回来，我一切都没有动过。并且，每天都仔细打扫。"

"你那么相信这个约定？"

"是的，我相信。无时无刻不在相信着。"

"你这一年过得如何？你的身体还好吗？"

"嗯，好多了。公司我已经不做了。你的离去使我明白什么才是我想要的生活。我以前亏欠你太多太多。大学几年，我都在忙着自己的事情，没陪你看完过一场电影，逛过一次像样的街，度过一次完整的节日。还让你整天为我的身体担心。你为了支持我，留在了这座城市，放弃进入国家舞蹈队。那场毕业烟火，我以为要永远失去你。但总算你又出现在我面前。"

这对久别再聚的恋人，仿佛失散多年重逢，不，是跨越了生和死的界限再聚。他们彻夜倾谈，一直说到东方天空发白。两人有太多太多的话要说，即使千百亿个夜晚也不够。

乔羽给美如讲这一年来发生的事。讲他教书期间的趣事，讲他遇到的各种各样的学生。甚至这一年来他心情的起伏变化，看过的书、电影，听过的音乐，以及那些重大的天气都一一讲来，几乎是事无巨细。

接下来的一两天，安乔羽制订了详细的计划。哪一天看电影，哪一天去逛街购物，哪一天出游，哪一天去饭店吃饭，哪一天待在家，都一一安排好。对出游，他在地图上画满了密密麻麻的行车路线，并且时刻关心天气，就连时间都精确到分秒。在他过往的二十四年岁月中，想必包括将来，肯定不会做出如此详尽周密的计划。他推掉了朋友的所有聚会，推掉了学生的所有来访。他把尽可能多的时间都用来陪伴美如。他上课充满了激情，走路如生风，讲话充满高亢的语调。他重新焕发了一个人，连他周围的空气都充满了生气。他的学生、同事都发现了他这一变化，都对他说：

"你恋爱了？"

"是的。我恋爱了。"

他骄傲地说，犹如当年他和美如初相恋时骄傲地回答别人的神情。

而夏美如，这个"神奇"回来的女子，亦以同样的努力和心思去陪伴乔羽。她在最短的时间内学会了做菜、织毛衣。在乔羽上班的时间,她打扫房子、洗衣做饭、熨烫乔羽的衬衣。有时去乔羽上课的教室,坐在最后一排微笑着听。

六月初的一天是乔羽的生日,两人为此计划了一番。乔羽特意请了一天的假,和美如一起做蛋糕,准备晚餐。而下午三点,乔羽接到学生打来的电话说一个学生突然病倒了。

"这可怎么办?如何向美如开口?"放下电话后,乔羽想起以前的事,有点难为情地看着美如。美如已从乔羽接电话的谈话中知道了是什么事,用应允和鼓励的目光看着他。

"你稍等,我很快回来。"

"嗯,我等你。"

病倒的是个女学生,急性阑尾炎发作,疼得在床上直打滚。同寝室的几个女生胆小都被吓坏了。乔羽赶到医院,帮女学生办理了入院手续,直到女学生亲属来了才离开。

当乔羽推开家门时,时间已将近八点了。屋里没有开灯,餐桌燃着两支大大的蜡烛。乔羽进来时屋内没有动静。待走进客厅,才发现美如在沙发上睡着了。

"一定是太累了。"他看看桌面上的蛋糕以及各种菜肴,"我总是不能好好地陪她。"他自责道。

室内光线昏暗,一轮月亮正升起。靛蓝的透明的暮色悠悠荡荡飘入室内。乔羽忽然发现熟睡的美如美极了,一袭白色无袖夏裙,洁白光滑的四肢裸露在外。右手打曲,头枕在上面。身体没有躺直,有些弯曲侧转,呼吸清晰而又绵长。她在熟睡,看样子是身体的一切都进入了睡眠,仿佛在雪夜的月光森林中睡着一般。

"这么美,我以前都没有好好留意过。"

乔羽迅速拿来画笔画纸,沙沙地画起来。头发、脖颈、乳房、躯干……这些曲线在乔羽看来,充满不可思议的美。

"应该有一天她会'走'的。到底她是和我们不一样的……"这么久以来,他第一次闪现这样的念头。这时他看向沙发时,发现美如"不见"了,像幻影般消失了。

嘭!嘭!嘭!

校园方向的夜空忽然升腾起烟花。乔羽一惊,画笔掉落在地。美如也在这个时候醒来。

"啊,是烟花呀?……乔羽,你回来了。"美如揉揉眼睛翻起身,"真对不起,我竟然睡着了。你怎么不叫醒我,一定让你久等了吧?"

"说对不起的应当是我。你看,我回来晚了……"

"别这么说。"美如打断他,"你是在尽一个老师的职责。我为你感到骄傲。那个学生没什么事吧?"

"没什么大碍。她的父母已经在她身边了。"

"那就好。你画的是我吗?"美如看到了乔羽手中的画。

"当然是你。"

"画得可真美。"

"人长得美才能画得美呀。"乔羽打趣道。

"我们赶紧吃晚餐吧。尝尝我今天的手艺。"

两人吹灭生日蜡烛,吃过烛光晚餐后,按照计划,接下来是美如教乔羽跳华尔兹。但刚用完餐,两人在客厅一边听着古典钢琴乐一边翻看大学毕业纪念册和留言簿。

"乔羽那时穿着白衬衫,打着领带,多帅啊!"

"你也一样啊。"

"人人恐怕都精心打扮了一番吧。大学毕业典礼,也是人生中仅有一次的。好多女生特意烫了头发,化了妆。每个人都约了亲朋好友过来捧场。"

"总觉得穿学士服、戴学士帽看起来傻里傻气的。"

"是吗?呵呵……"美如拿过相片,"学院大合照,这是令我最难忘的场面。你是第一个献花的人,我记得那是十一朵玫瑰花。当时在场的所有人都起哄欢呼。你当时好像有点不知所措呢。肯定是发慌了吧?"

"是啊。"乔羽笑着说,"那么多人呼叫着。我确实是有点发慌,一下子都找不到你。"

美如回忆起当时的场面,又感觉几百双眼睛齐刷刷地看向了自己,脸不自觉地红了。虽然说后来不少的男生都向自己的女友献了花,但乔羽是第一个,那造成的轰动场面是后来不能比的。

"看着留言,多让人亲切。仿佛每个人就在我面前。他们现在在哪里?在干什么工作?"

"家明在银行上班。修伟在地铁公司。小胖去了电视台。"

"电视台。小胖是如愿以偿了,这是他的梦想。"

"文仔呢?"

"文仔换了两三份工作。总是个不安分的人。听说最近和薇薇开起了花店。阿托前阵子一直在旅行,最近去做了海员。"

"海员?那不是天天与大海为伴?"

"对,找了份这么好的差事。"

"宝儿呢?"

"在日本留学。在早稻田大学读文学硕士。"

"她学习总是这样用功。"

"啊,对了,子谦和美嘉已经结婚了。"

"什么时候?"

"两个月前。而且美嘉最近怀孕了。"

"真是幸福的一对啊!"美如翻到一页认真读起来,"看了这个叫伊雪女孩给你的留言,这是她向你表白吧,很感动啊。她暗恋了你六年,现在终于有勇气表白了。不管你是否喜欢人家,都应该记住这个人。能被人喜欢是一件幸福的事。"

"你也有啊。我数了一下,有三个男孩子向你表白了爱慕之意呢。你说的对,能被人喜欢确实是一件幸福的事。"

"恐怕这个时期,很多人都向自己暗恋的人表白心意了吧。毕竟就要分别了。即使不被对方接受,也不要留下遗憾。"

"周菁……"美如翻过一页,"周菁和你高中就是同学了。她也是喜欢你的,你应该知道吧?"

"周菁?"乔羽哈哈笑起来,"你说周菁?我一直把她当作妹妹的;她也是把我当成哥哥的。"

美如摇摇头:"女孩子的心事你不会懂。同是女孩子,我能感觉她对你的心意。"

"你忘了?她可是有喜欢的人,是隔壁班一个家里经营电影院的男生。这个傻丫头,因为人家家里是开电影院的就喜欢上人家。"

"那是她骗你的。周菁是个好女孩。如果我不在了,你可以……"

"别!"乔羽连忙打住她,"我今生今世只爱你一个人。"

美如会心一笑,放下相册,将音乐调到华尔兹舞曲。

"来,我们来跳华尔兹吧。"

两人搭起舞架,乔羽随着美如的口令移动脚步。乔羽在以前跟美如学过,但那时的乔羽没有用心思去学,也不太在乎这种浪漫之事。他认为两个人若真心相爱,是不必靠小浪漫小惊喜去维持的。那时的他无端地迷信一种说法：物质的强大和丰盛，才能去保护所爱的人。

这次，乔羽非常用心地学，加上以前的一点基础，很快，他便能和美如随着舞曲划出优美的舞步了。

"生日快乐！"美如像变戏法似的给乔羽围上一条围巾，"这是我这几天织的，作为生日礼物。"

"好漂亮，明天开始我天天围上。"

"傻瓜，现在是夏天。冬天的时候再天天围上。"

"嗯！谢谢！"

这时，舞曲放到 The Brothers Four 的《Try to remember》。这首舞曲节奏缓慢，充满怀旧、伤感、追忆的气息。

两人被这种气息感染，舞步渐渐放缓，变成踌躇步，只是轻轻移动步子。两人沉默不语，若有所思，仿佛在追忆大学时代的所有往事。

嘭！嘭！嘭！

窗外又升腾起烟花。

"烟花节快临近了吧……"

"是啊，毕业时节又来临了。那时你约定是烟花节。没想到你提前'出现'了。"

"一定是你想念我想念得太厉害，使我提前出现了。"

"记得我们第一次是怎样见面的吗？"

"就在大学一年级圣诞节新生舞会上。你走过来邀请我跳舞。你以为我不会，一开口就说：'很容易的，把你的左手搭在我的肩上，右手放在我的手心。'其实你一点不会。"

两人回忆起那天晚上的情形，不禁哈哈大笑起来。

美如清楚地记得，那时的他还是个腼腆害羞的男生。而自己仍是个见到陌生男孩便会脸红的女生。这些青葱羞涩的时光都一去不复返了。

舞会结束后，他带她去放烟花。那时她很胆小，不敢拿着烟花，还捂着耳朵。是他握着她的手，把她拥在怀里。当第一朵烟花从她拿着的烟花筒里放出去的时候，她看着那朵明亮的、蓝色的、稍纵即逝的烟花，她觉得她就像那朵烟花，被他释放到空中。这仿佛是一种宿命。之后，她在无数个梦里都梦见烟花。而后来许多的故事似乎都发生在烟花之夜，第一次他给她庆祝生日，第一次牵手接吻，第一次肌肤之亲，他都带她放烟花，温和地握着她的手，帮她捂着耳朵，紧紧地拥她在怀中。

但这时，美如看着窗外那些烟花，却不再感到欢愉和甜蜜，反而厌恶

起来:

"总是这样稍纵即逝的呀……"

乔羽仍沉浸在"失而复得"的巨大欢喜之中,他按他制订的计划去和美如做每一件事,并在每一件事中加入他以前不以为然的小浪漫和小惊喜。他费尽脑汁回忆大学恋爱时两人去过的每一个地方,喝过奶茶的饮品店,避过雨的车站,看过电影的电影院,接过吻的街口。他和她时常装扮成学生,重新穿起印有流行图案的T恤、带有皱褶的牛仔裤、绑鞋带的帆布鞋,出入学校的各种场所,礼堂、音乐厅、图书馆、自习室,甚至带上书和笔记去听课,听讲座。兴致勃勃地参加各种活动,舞会、球赛、派对。雨天在湖边打着伞漫步,晴天爬上宿舍天台看日出。

周围的人们也许能看得见他身旁的这个女子,也许看不见。看得见的人们都不会认识这个女子。那些认识这个女子的——他和她的同学、朋友,通通不在这里,毕业之后,他们奔赴全国各地,开始了新的人生旅程。按照他们从小接受的科学知识和唯物主义哲学,想象力日益枯竭、被各种世俗事物填满的脑袋,他们根本想不出会有这么荒唐的事。可以这样说,他们早已忘记了她和他:一个即将毕业却不幸遇上车祸死去的女孩,一个雄心勃勃要成立公司却在女友死后改当老师的男孩。更确切地说,他们早已忘记了大学时代的生活,忘记自己参加过的舞会,自己曾经爱过的人,忘记那些令人心旌摇荡的每个日日夜夜。当然更不可能记得他和她。

这是阳光灿烂的一天。南国明亮而富有生命力的阳光像玻璃弹子球一样充盈着校园的每一个角落。乔羽带着美如偷偷潜入学校附近的教堂。像当年他们玩过的游戏一样,在圣母玛利亚画像面前,乔羽向美如求婚,模仿婚礼上的誓词:

"乔羽,你愿意娶美如为妻吗?无论她是贫穷还是富贵,疾病还是健康,或任何其他理由,在你的有生之年,你是否都爱她,尊重她,照顾她,珍惜她,对她矢志不渝……"

从教堂出来返回学校的途中,太阳大了起来,两人在湖边广场的长椅上休憩。乔羽到饮品店买了两杯大杯的冰镇奶茶。他们像调皮的中学生大口大口吮吸着冰凉爽口的汁液,迷离着眼睛,打量着这充满夏天味道的校园。

这几天Z大校园开始喧闹起来。四处可见穿学士服拍毕业照的毕业生。

毕业生邀请来的亲朋好友，他们的到来使得平静的校园显得热闹非凡。而那些在毕业生公寓楼下进进出出、打包行旅的托运公司的员工，却使这热闹的氛围中透出离别的气息。

与此同时，毕业生也正为即将到来的烟花节忙碌着。湖边广场中央正在搭建舞台。校园四处贴满招募表演和节目预告的海报。周边商铺对烟花大量进货，打出优惠广告。

"烟花节确定是后天晚上举行吧。"美如自言自语似的说道。

乔羽点点头，他正出神地听着广场上拍毕业照的毕业生传来的时断时续、轻快的说笑声，想起刚才和美如在路上，遇见一伙毕业生要照大合影被当成路人甲请去帮忙拍照，后来却被一个上过他的课的学生认出，被拉住与每个人照相的情形。

"刚才那伙学生真热情哪。"

"当老师的感觉好吧。"

"嗯。看到自己教过的学生即将毕业了，有种说不出的喜悦。以前从没想过教书育人会让人如此快乐。你看，他们更高兴，要毕业了呀，即将开始人生新一段的旅程。"

"嗯……但有的人会暗自伤感吧，特别是到了真正分别的那天。从此就要和恋人、朋友、师长分开了。恋人之间会更加伤感，可能就要分隔两地了。还有许多恋人在这个时候选择分手。毕业那天我们一起失恋，听过这句话吧。那时我们毕业时身边就有好几对分手的。老班和他的外校女友，大头和虫虫、小桂子和小娜姐，其实……其实我们就是一对啊……"

美如的语气显得伤感。

"但我们是不同的，他们是因为'不爱'而分开。而我们是相爱的。你看，现在我们不是在一起了嘛。生和死都不能把我们分开。"

美如站起来，缓缓转过身去："乔羽，记得我们的约定吗？我们约好是每年的烟花节不见不散。我应该是在那天晚上来见你的，也是在那天晚上走的。现在我是提前出现了。但，那天晚上我还是要走的。"

乔羽立即起身走到美如面前。

"能不走的吗？"

美如摇摇头。

"要怎样才能留下来？"

"我不知道。我也不想走，想留下来陪你；但自然万物的存在及运转总有它的规律。我们必须遵循规律。"

"我明白,不就是等一年。每年的烟花节我们便又能相见了。"

"但,乔羽,也可能是仅此一次。"

"仅此一次?为什么?"

"这不是我能决定的。我能出现在你面前,我们能够完成这样一个约定。这是一个奇迹,是上天给予我们的恩赐。"美如缓缓拉起乔羽的手,"你准备好了吗?即使我们以后永远要分开,但如你所说,我们不是因为'不爱'而分开;而是时时刻刻在爱着。分开只会使我们更加相爱。如此一来,就再没有什么值得悲伤和遗憾了。很感谢这四个星期你为我做的每一件事。我仿佛又恋爱了一次。更感激的是,今生能与乔羽你相遇,相恋,相爱。"

【4】

"那……后来呢?……"小薰迫不及待地追问。她被这个故事感动,已经不可避免地融入其中,脸上尽是感伤的神情。

而这时,夜幕不知什么时候已经降临了。

嘭!嘭!嘭!

与往年一样,有人提前放起了烟花。小薰有些惊惶地望向窗外,看着零零星星、哗然炸响的烟花,为美如的命运揪心起来。

"后来?……"

乔羽的思绪回到那晚烟花璀璨的情景。

这天晚上,整个Z大都沉浸在巨大的喧嚣和欢庆中。校道插满彩旗和气球,广场的舞台灯光灿烂。毕业生盛装出席,倾巢而出。还有低年级学生和慕名而来的外校学生,人们纷纷向湖边走去。西侧的湖岸已围起铁栅,保安十米一岗,维持秩序。而湖的东面,一支支烟花朝向夜空整装待发。这是十五分钟左右的烟花表演,作为烟花节的开幕礼,是Z大校方送给所有毕业生的礼物。

临近燃放时分,湖边大道已是人头攒动,几道行人桥已被挤得水泄不通。

乔羽和美如都穿起毕业生才穿的晚礼服,走在毕业生中,竟有不少人向他们送去祝福。两人在杂沓的人流中突围,向最好的烟花观测点走去。

"能挤得进去吗?"

美如看着黑压压的人群说道。

"牵紧我的手,我带你进去。"

乔羽握紧美如的手。他下定决心,今晚要给美如一场最美的烟花。但人还是太多了,进到中间便再也动弹不得了。

"不进去也可以,烟花不是在空中绽放的吗……"

嘭!

"看!烟花!"

人群中不知谁叫嚷起来。

一朵硕大的烟花在以夜为背景中盛大绽放。哗啦一声,像水晶般散裂。

嘭!嘭!嘭!

烟花接二连三地在空中炸裂,分散,湮灭。夏日的夜空被映照得光灿夺目。湖水亦被映照得五光十彩。这异彩纷呈的场面激起观众一阵阵海浪般的欢呼声。

之后,烟花在夜空中不断绽放。毕业生自由燃放环节将烟花节推向了高潮。烟花的火光和爆裂声此起彼伏,烟雾像空气一样在人群中间流动。

"到了午夜时分,人们渐渐散去。我和美如迟迟没有离去,在等待着那个时刻的到来。我们谁也不知那个时刻会在什么时候到来,但我们无比心平气和地等待着,没有为此而焦躁不安。"

"凌晨一点三十五分,我们燃放了最后一支烟花。"

……

"好美!"

美如依偎在乔羽怀里,她的右手抓着一支烟花,而她的手则被乔羽抓着。烟花点燃后,乔羽习惯性地帮美如捂耳朵。一切像他们初次见面放烟花一样。每当一朵烟花在夜空中炸响,像水印般消逝于夜空时,美如都发起一阵小小的战栗。

乔羽以为她害怕,更用力地拥紧她,捂住她的耳朵。而美如想告诉他,其实她已经不害怕烟花的爆炸声了,那是幸福的战栗啊!

渐渐地,美如变得越来越轻盈,身体越来越透明。在她即将消失的那一刻,乔羽贴近她耳边,喃喃地说道:

"这次我和你做一个约定。每年的烟花夜,我们不见不散!"

……

"就是这样,她在我怀中消失了,就像烟花一样。"

"在你怀中消失了?就像烟花一样?"

小薰在感到震惊的同时,也感到唏嘘。

"她和烟花一起来,又和烟花一起走。"乔羽平和地说。

小薰这时看向乔羽的画,觉得画面上的不再是烟花了,而是一张女孩青春明媚的脸。她接着看向窗外,想看到真实的烟花,而刚才那一小阵子烟花早已过去了。

【5】

一个星期后,Z大一年一度的烟花节如期举行。这天晚上照样是火树银花,流光溢彩。安乔羽应他学生的邀请参加了晚上的一些节目。

进入午夜后,当那些喧嚣的节目一个个退去,人群也散去,他拿着烟花一个人来到湖边,站在两年前美如在他怀里消失的地方。

小薰、小薰的男友,还有周菁,远远地站在他的身后。小薰紧张地抓着男友的手。她自始至终都相信这个故事,她知道那不是他的幻觉。她把这个故事讲给她的男友听。整个夜晚,她和男友都在为安老师祈祷。

"去年没有来,今年会来吗?"

而周菁,这个默默爱着安乔羽,满怀希望等待了三年的女子,终于越来越相信这个故事。而今晚是她最后一个能在安乔羽身边一起看烟花的夜晚了。因为她做了一个决定,烟花节结束后她就离开,重新开始自己的生活。她知道,这段感情该"毕业"了。她更知道,有一种约定她永远无法改变。

嘭!

一朵烟花像流星般在夜空划出一条优美的曲线,哗的一声炸响,绽放。

但还是很快消逝了。这是今夜最后一朵烟花。

偷　窥

大学培养的是彻头彻尾的空虚和无聊。

大学过去二分之一的时候，我得出这样的结论。我对着湖面吼出这句话的时候，我正吸完第九支烟。第九支烟烟头被我的手指轻轻一弹，像流星般划出完美的抛物曲线落入湖水中。"嗞"的一声冒出几缕烟，便像吸足水的浮尸般随着涟漪飘荡不定。所以水面上七零八乱地漂着九条浮尸。我当然知道这是不环保不道德的行为，但这湖方圆十公里混蛋得就是没有一个垃圾箱。

最主要的是我觉得吸完烟后这样扔烟头很潇洒，很有痞子气。例如董布就是这样做的。当然他弹射烟头的出手速度，空中划出的曲线，落地的掷地有声是我所不能及的。他就像一头训练有素的德国牧羊犬，动作娴熟，浑然天成，完美无缺；而且带有卓然超群的霸气。这是上上等的痞子气，是修炼成仙成圣的痞子气。

我可以举出两个例子让你不得不佩服他。例如，在经过教室走廊的垃圾箱时，他可以准确无误地将烟头射入垃圾箱中。眼睛不用看，手不用伸，很自然地走过去。似乎那些垃圾箱就是为他设置的，但凡他在哪里丢烟头，那些垃圾箱就乖乖地迅速地出现在烟头落下的地方。年轻懦弱的辅导员找他谈话时，他的烟照吸不误。他右手的食指和中指轻松地夹着烟，左手插在裤袋中。他一米八的身材显得身材瘦小的辅导员甚是可怜，好像巨人与矮人的对话。辅导员每说完一句，他就喷喷地吸一口然后吐出。那烟雾首先由上往下劈头盖脸地从辅导员的脸下来，随即又升腾而起。就是说，可怜的辅导员要经受两次烟雾的缭绕，搞得他咳个不停。辅导员无法忍受问他可不可以将烟熄灭。他当然应允，无名指用力一弹，亮红的烟头应声落地，像拧熄他的电动车般轻而易举。待老师训话完毕，转身走后，他耸耸肩，响亮地吹一个口哨，薄薄的嘴唇挑出不屑一顾的笑。然后把手里四分之一长的烟准确无误地弹射入五米开外的垃圾箱。这时，在我看来，仿佛他身上有无数个烟头在四处飞溅，那些烟头又仿佛闪亮的火花四处飞溅。他十足韩剧里的淘气王子。

当然不是人人都能达到董布那般的极致，因为这需要七分天赋，三分练就。好像这世界所有的事物都会两极分化一样，有的处于这一极，有的处于那一极。吸烟也如此。与我同宿舍的周虚就处于另一极。人如其名，他长得病恹恹、一副有气无力的样子。其实他长得挺漂亮，一头潮湿乌黑的头发，一个悬直笔挺的鼻子。但我无法忍受的是他每隔一会儿抽一下鼻子，好像总有无穷无尽的鼻涕流出。其实根本没有，我就从来没见过他流过一次鼻涕，甚至感冒风寒也没有鼻涕流。这可怜兮兮的家伙有时让我非常讨厌。他抽烟时鬼鬼祟祟，一点都不潇洒，好像有一支缉烟特警队在监视着他似的。他对抽烟有严格的规定，一天抽几支，什么时候抽，在哪里抽。例如他从不在公共场所抽，不在年纪长的人面前抽。我觉得这像《第二十三条军规》一样愚蠢至极。他的烟头从不乱扔，确认拧熄后，规规矩矩地放入垃圾箱中。在这一点上，我比他潇洒，比他有痞子气。

上面我说得过多了，但不吐不为快。大学就是这样一个混蛋的时期。你可以什么都不做，但千万别缄口不说话。

我实话告诉你，上大学以前我是十足的乖孩子，烟酒不沾，学习认真刻苦，要不也就不会挤上这所所谓的名牌大学来。问题是，环境造人，大学就是制造人的空虚和无聊。课索然无味，读的专业不知道将来能干些什么，老师个个自以为很有造诣地吐沫横飞，两百号人像沙丁鱼似的闹哄哄地挤在一起。四年后，这些毫无特色的沙丁鱼再流向社会各个角落。与其在课堂上听得昏昏欲睡，还不如到处闲逛。我就是在这个时期养成闲逛的习惯。我被大学城的风景深深吸引，纵使我在大学城游历了一遍又一遍，但从来不感到厌倦，总能从中看出点美来。就这一点来说，我是个热爱生活的人，并且善于捕捉美。

大部分时间我都用来闲逛，这仿佛成了我大学人生中的一个标志。我坚信它以后能成为我引以为傲的东西，并且能对我的后代娓娓道来。正如阿甘的"跑"一样，成为他个人独特的印记。所以，在晴空万里的某个下午，当你在大学城看到一个穿白衬衣黑裤子、阿迪达斯鞋、戴鸭舌帽的男性青年，那很可能就是我。但你若想找到我，那是挺难的一件事。我像野猫一样四处出没，从不会在一个地方固定闲逛。

夏末的一个傍晚，天空呈现一片淡淡的火烧云。草地的形状和房屋在夕晖下投射的阴影已清楚地勾勒出秋天的来临。一些飞鸟在六七点钟时光的天空振翅而过。看了一个下午的电影，又和几个素未谋面的网友瞎聊了一通。突然感到疲惫不堪和如潮水般袭来的空虚。我关闭电脑，抓起一包双喜烟，准备到某处闲逛。走到楼梯口时，却不知要到哪里去。我在脑里一一搜索最近没去的地方，中心湖、博物馆、购物广场……踌躇间，七楼楼梯间那一片柔和得几近像水的灯光将我吸引。我决定到楼上看看。这是一片旧公寓区，灰色的石米墙，狭窄的楼梯，潮湿的空气。我住五楼，六七楼一直空着没人住。在这栋楼住了两年多，我居然还未一次到过上面的楼层。

我顺着楼梯往上走，过了七层后，看到一道无门铁栅。楼梯间一片狼藉，丢弃的烟头，污秽的卫生纸团，一张油腻的 2004 年 12 月 27 日报纸，几瓶东倒西歪沾满泥尘的啤酒瓶。通往天台的出口被一道厚重深沉的铁门镇住。它是如此的密不透风，以至给人错觉，外面应是一个迥然不同的世界，有别样的一片风光。而且它被一把巨大的铁锁锁着，更是加深我无边无尽天马行空般的畅想。

我有点垂头丧气地坐在中间阶梯上，点燃一支烟，喷喷地抽起来。我无聊地顺脚推掉脚跟前的一个啤酒瓶。啤酒瓶咣当咣当滚过阶梯，叭的一声摔个烂碎。然后我看到一张发黄的折叠起来的信纸。我好奇地翻开来看，上写：

×思羽（姓氏模糊不清）
……你为什么不喜欢我呢？我苦苦追求你这么多年……
……圣诞节那个夜晚，在购物广场看到你和××（名字没写出，大概不愿写）深情地拥抱在一起，你知道我有多难过……
……（中间一段没有）
……还是罢了……

这肯定是哪个失意的家伙留下的，看现场留下的物品便知。我想起那张油腻报纸的日期。两年前的十二月二十七日，应当是晚上，这个阴暗潮湿的地方曾有一个失恋青年自斟自饮，顾影自怜。

呸！我吐掉吸尽的烟蒂，把信纸揉成一团，狠狠地向前砸去。可怜可笑的家伙！我心里暗暗骂道。

骂完后我觉得浑身不自在，仿佛那信就是我写的，那个可怜可笑的家伙就是我。

因为几年前我有过类似的经历。那是我高中时期喜欢的一个女孩。我写了封情书向她倾吐我的心迹。不料她回信说，4开大的一张信纸仅有一句话，你不够帅！这句话当时就深深刺伤了我的眼睛。至今仍使我的心隐隐作痛。这句话使我感到莫大的耻辱，无奢于清末时期中国人被称为东亚病夫。如今东亚病夫已雪清，"你不够帅"却永远无法雪清，即使能，也是猴年马月的事了。

我发誓我日后见到她，一定要把她按在墙上强吻她。我就是要痞子一点，要流氓一点。王朔说，我是痞子我怕谁。这话正中我下怀，聊以慰藉。

董布就是又痞又帅的人，我不够帅，但可以痞一点。这年头女孩子就喜欢痞子，你越是痞，她们越像蜜蜂一样嗡嗡地围着你转。董布就很好地证明了这一点。我校一个多才多艺的校花级女孩就是被董布的痞子气征服。因为围在她身边转的更帅气的男孩不计其数。当然董布征服过很多女孩，其中有两个是我看上的，但都被他捷足先登。这让我很来气。我至今一个恋人没有，现在连看上的也没有。

我点燃第二支烟，闷闷地四处张望。回头看到那扇厚重的铁门时我更加来气。这时我却看到一点惊喜，一条锈迹斑斑的钥匙横在门槛上。许多人也许就是一眼扫过，决不会将它和那把巨大得有点滑稽的锁联系起来，或者有也赖得去理会。我说过我一直很无聊，时间无处打发，所以我不会吝啬我的时间，去捡起那把钥匙，将它插入锁孔中，用力地一拧。

啪，锁干净利落地打开。我好像被拯救了般。我记得电视画面上遇难的矿工被营救上来，见到地面上的光时也是这种心情。我弄不明白为何我会有这种心情。

夏末清新凉爽的风扑面而来，一下子驱散了楼梯间阴晦湿重的空气。

我首先看到南面那些低矮愚蠢的教学楼，仿佛通通被我踩在脚下。东面隔江的几根大烟囱突突地冒着浓烟。据说大学城岛上长年雾气不散与它有关。

近在眼前的是一个巨大的水泥筑成的蓄水池，横在地面上的水管呜呜地发出沉闷的声响。

诚然，这里的风景没什么看头；但被凉爽的晚风吹着，我还是感到一点兴奋。

北面的公寓楼倒值得一说，它是女生宿舍楼。离我这栋宿舍很近，约莫三十米远。女生寝室的窗帘长年累月拉合着，门也关得严严实实。这三十米远的距离和女生有点过度的掩蔽给男生无穷的想象空间。我知道每天晚上有无数个男生躺在床上想着对面的宿舍楼意淫。例如周虚就常常在我们临睡前挑起这样的话题。他是个想象力极其丰富的家伙，在这一点上，我觉得他十足的痞。

中间的空地种着三棵树。一棵凤凰树，两棵香樟树。我眼前的这棵婆娑的凤凰树据说已有一百年树龄，高大繁茂的树冠恣情地扩展，几乎与宿舍齐高。一到夏天便开满一树星星点点红色的花。

我站在原地转动着身体，四处眺望，想找出点什么景致来。

若不是那只鸣叫着突然振翅腾空而起的飞鸟，我绝不会往那个方向望去。透过一处稀疏的树冠，我看到一幅令我心跳加速、脸红耳赤的画面。

这情景有点像电影《阳光灿烂的日子》，马小军在米兰的房间拿着望远镜四处转动时，看到墙壁上挂着的一幅米兰穿泳衣的照相。

没错。我看到一个女孩，远比电影震撼多得多。女孩正在洗澡间淋浴！

我看到是她的背面。她的长发绾结成团盘在脑后。她手举着喷洒器，仰起头，水顺滑地从她纤瘦的背脊流泻而下。背脊骨微微凸起。

很快她便转过身体来，她小巧挺拔的乳房在我眼前暴露无遗。这让我全身血液沸腾，心跳加速到顶点，呼吸变得不畅。

我还是感到羞耻和罪恶，害怕也有，怕她能看到我。我很快藏到水塔的一根立柱后面。背紧紧地贴着温热的墙壁，大口大口地喘气。但鬼使神差地探出头看了三次，两次看到她的背面，一次看到她的正面。

我大致看清了她的脸蛋，是个美人儿。我的视力极好，这又是我引以为傲之处。若不是体重偏轻，很可能早被航空学校招去。我确认她不可能看到我。因为天色已黑下来，而她的洗澡间却是亮着灯光。

第四次去看时，已经觅不到她的影踪，洗澡间一片漆黑。

我使自己平静下来，坐在一截废弃的水泥墩上，点燃第三支烟，喷喷地吞吐烟雾，整理头绪。

我在思索刚才的一幕是怎么回事？为什么会在我的视野里出现？我得弄清它的来龙去脉。这个问题比较棘手，不啻于去解一道高次微分方程题。

吸尽第三支烟的时候，一幅清晰的、合理的画面在我脑里浮现。

偷窥

首先是洗澡间的窗玻璃，它分成上下两格，上格玻璃不知什么原因缺失。估计就是击碎或坏掉。对女生来说，这很应该重新安装一块玻璃上去。但问题就在于这棵枝繁叶茂的凤凰树。在任何人看来，这棵凤凰树就是天然的窗帘。

从这间宿舍所处的位置看，十分安全，位于最顶层和最偏角。即使没有这棵树，同楼层宿舍的男生也看不到洗澡间内的情景。

仅仅站在我这个位置，也只有这个位置，才能看的到。楼层高了一层，可以俯视，且恰好这一处枝叶稀疏，由此构成一条畅通无阻的完美的俯视线。

就是说，那幅画面日后可能还会出现，我还会第二次、第三次、第四次……看到。

我发现了一个天大的秘密！

晚上，我彻夜失眠。那幅画面在我脑里不断浮现。那是一幅真实的、活生生的场景，不同于曾经看过的毛片中那些下流肮脏使人腻烦的镜头。它在我内心深处造成前所未有的心灵震撼和冲击。从未想过，女性的身体的美会以这样一种形式在我面前呈现。距离使它变得圣洁、温馨和神秘。可惜我不是一名画家。它是我在大学城，抑或说二十年过往的岁月中看到的最美的一片风景。

它在我脑里久久萦绕不去。

我被这片风景深深吸引。第二天黄昏，我不自觉地再次来到天台。我倚在墙上不断地吸烟，等待那片风景的出现。可是心里却充满矛盾。罪恶和渴望在我心里不断斗缠争执。我极希望它只是昨天的一次偶然事件，或者是一个幻觉，突然出现，很快消失。而且我担心我的生活会因此改变。

这时我却莫名其妙地想起董布又痞又帅的情形。他亲过多少女孩子的嘴，搂过多少女孩子的身体。我竟一次没有。混蛋得连手也没正儿八经地牵过。所以我看看女孩子的裸体算得了什么。对董布来说，简直是小菜一碟，不值一提。在这一方面来说，董布不能不说是我很好的一个导师，在某些时候，他总能像一个电力充沛的激发器，能挑动我的勇气和冲动。这类似启辉器在黑暗的时刻把日光灯激亮。所以道不道德，合不合礼法，这不是一个痞子应该考虑的问题。

快七点的时候，那片风景如我预想的一样再次在我的视野里出现。这次我镇静许多,不像昨晚那样不知所措,躲躲闪闪。这才是一个痞子的表现。作为真正痞子的其中一个最大原则是,永远不能在女孩面前畏首畏尾和掉价。

  要命的是,第三天早上在食堂,我和她近距离打了个照面。昨天开始我就一直心绪不宁。打早餐的时候端着盘子迎面就和一个女生撞上。我吃惊得——或许惶恐多一点,眼珠子就要瞪出来掉在餐盘上。竟是她!我慌乱地赶紧把头低下去,生怕她从我毫无遮拦的眼珠里看到我不可告人的秘密。

  我没事。她十分轻松地说。声音柔和甜美,嘴角轻轻上扬。我什么也没说,像一根石柱杵在原地不动。随后她带着一丝笑声离去。我目送她远去的背影。她穿一双叩击地板笃笃作响的公主鞋,身上一条浅蓝色的流苏裙,微卷的浅棕色长发。我发现她穿着衣服的样子比裸体时要好看很多,更加迷人。

  直至她的背影在我的视野消失后,我暗暗骂起自己来。刚才我表现得没有一丝一毫的痞子气,简直像蔫了的常青藤蔓。我想我应该这样。嘴角掠过轻浮的微笑,头扬起,眼睛尽量向上看,用轻松调侃的语气,最好像《樱桃小丸子》里的花轮,说"嗨,宝贝,没事吧"。未等她开口,便直盯着她的眼睛看,直到盯到她躲闪不及,落荒而逃。然后再对着她的背影哼哼笑两声,当然不要笑得太大声。如果是董布,他势必会这么做。那混蛋小子我非常了解他。

  课堂上的时候,我一直在思考这样的一个问题。是不是世间的事情都有这般巧合,为什么我会撞上她呢?是不是说明了一种缘分?这么近距离地接触到她,使我有一种温暖模糊的印象,或许我们见过面,甚至擦肩而过未定。只是那时她未能在我脑海里留下深刻的印象。因为她不是使人眼前一亮呼吸不能自抑的极致女孩。她的美丽是与世无争,隐匿在人群中,如栀子花般默默地散发着她的幽香。而一旦你闻到这种幽香,就会不自觉地深陷其中,不能自拔。对痞子来说,这种女孩是危险的,十成会被她驯服,生活被弄得一团糟。

  那个坐在最后一排、穿白色衣服的同学来回答一下这个问题。四十岁上下、打扮时髦的哲学老师把全班所有的目光都导向了我。

  叫你呢。坐在我旁边的周虚拉拉我的衣角,小声地提醒道。

我浑浑噩噩站起来，一脸茫然地看着肥胖的哲学老师。她那张圆脸的妆化得特别好笑，总让我想起日本艺妓的脸妆。

我半响没有出声，掉过头看窗外稍稍有些泛滥的阳光。

发什么呆？你们就是这样来读大学的吗？……很快她便进入她夹带有哲学语句的说教。一个老师骂人都带有她的专业语句，真不能不让人佩服。

周虚把书本打开，指给我能回答问题的那段文字。我不理睬他。他另一个讨人嫌的特点是热心过度。

你怎么不出声？怎么老是发呆不听课？她对我的无礼感到恼怒。

不知道为什么，我一听你的课总想睡觉。我用调侃的语气回答了她。全班哈哈大笑起来。

周虚仿佛是他闯了弥天大祸似的，缩成一团，紧张地不断抽鼻子。与我同排坐在角落的董布则向我竖起大拇指。未到三十分钟，我就看见他很痞子很霸道地亲了五六次陪他来上课的校花女孩的嘴。

哲学老师没有气急败坏地数落，相反她幽了我一默。她说，不是睡觉吧，肯定胡思乱想地在想哪个女孩子，一看就知道你是单身汉。全班更是哄堂大笑。

倒是我气急败坏地一屁股坐下来。随即她转过身去写板书。这时她全身的肥肉就跟着她写字的速度和力度作频率不同振幅不同的抖动。她特别爱穿紧身衣服，不知是故意为之还是想穿紧身衣服来减肥。给人感觉就是一头五花大绑的猪，身上的肉沟壑交纵。这倒人胃口的身躯立马使我想起那个女孩美丽的裸体。那片风景总使我如被春风吹拂，起码觉得大学生活不会空虚和无聊到令人绝望。

一连几天，每当黄昏时分，我都像野猫子一样蹿上天台。而她也总在七点左右的时光准时出现。没有一次令人失望。她仿佛是一个善良的女神，悄然不觉中用她美丽青春的身体慰藉着一个孤寂男孩空虚的心。

我不知道她的名字，但我看到她使用的沐浴露瓶子外观与我用的很相似，樱雪牌。所以我暂且叫她樱雪。况且这个名字正符合她。我也大致弄清她宿舍的情况。与她同住的还有三个女孩，一个长相普通，一看就是沉默寡言类型的。一个胖胖的，看上去性格十分开朗。还有一个比她身材高挑许多，打扮时尚精致，算得上漂亮的女孩。

自从拥有这个天大的秘密之后，我便经常在天台流连忘返。白天上课听得昏昏欲睡的时候，我会从课室逃出来，独自一人在天台徘徊。一支接

烟花夜不见不散　　　　188

一支地吸烟，一罐接一罐地喝啤酒，并且时常望向那扇破损的玻璃窗。纵使我知道白天那幅画面不可能会出现；但我仍感到无比的愉悦和满足。

半个月后，我不可避免地想到那个词——偷窥。这个词一次又一次敲击我的神经和心灵。夜晚，白天，无时无刻。并使我一度想到那个更可怕的词——偷窥癖。这个词使我身心备受折磨。我几乎怀疑自己是不是得了偷窥癖。

后来我查了一些这方面的书籍和资料，并且和一个交好的朋友——心理医生，很隐晦地谈了这个问题，确认自己没有偷窥癖。

两个理由很有说服力地说明这一点。一、我是偶然间撞上的，不是有意识有目的去寻找女性身体窥视。二、前前后后我只看樱雪一人的身体，与她同住那三个女孩的身体我一次都没看。即使那个身材高挑撩人心弦的女孩洗澡时，我也是避之不及，瞟也不瞟一眼。就是说，我仅是个痞子，且是一个负责任、做事有原则的痞子。

按照那个心理医生朋友的分析，其实我是爱上了她。我不否认这一点。如果我追到她，她成为我的女朋友，甚至不远的将来成为我的妻子，那么就和偷窥一点扯不上关系，充其量来说，我不过是提前看到了她的裸体而已。说不定到新婚的那天晚上，我告诉她这件事，她故作生气地拍打我的胸脯，娇嗔地责骂道"你这个坏蛋"。现在唯一考虑的是如何把她追到。想到这儿，我如释重负，心情豁然明朗。

从此我由每天在天台流连，变成每天尾随她去上课、吃饭、自习。且窥视她洗澡的次数减少为一周一次，而且成为一个不可更改的规定，只能少，不能多。这听起来似乎和《第二十三军规》一样可笑，但我说过我是一个负责任、有原则的痞子。

可是我一直没有很好的机会结识她。虽然有点痞，但不够帅。高中那个女孩的话至今仍在打击我的自信心。但我仍坚持着不露声色地寻求和制造机会。

上课的时候，我只跟随她到教室门口，便跑去上我的课。我是不敢进去坐着一起听的。若进去听课，必定会暴露行踪，甚至意图。

只有晚自习，我才与她同坐在一个课室，一直陪她到她自习结束。当然，我会拿几本书做做样子，毕竟不能两手空空，坐在那里盯着她一直看。而且也不能几个小时分秒不缺地盯着她看不止，到底会眼涩脖子酸。于是也就看起书来。以前我是从来不看书不自习的。周虚注意到我这一反常行为，经常抽着他的鼻子说，母猪上树啦。

一个月后，我多多少少知道了一些她的生活习惯。她最喜欢穿浅蓝色和卡其色且带有碎花的纺纱裙。喜欢吃鸡肉和西洋菜，不吃韭菜和竹笋。一个星期去超市购一次物。骑一辆捷安特牌脚踏车。很少发短信和打电话，估计尚未有男朋友。每天在课室自习是在看考研雅思的书。

她学习的时候非常专注。腰挺得直直的，几乎纹丝不动。我看着她窄瘦的双肩和单薄的腰肢，感到微微的心疼。她这么努力学习到底是为了什么呢？这恐怕是我这些痞子永远无法弄清的事情。她思考问题的时候，最爱鼓起粉红的腮帮和嘟起小巧的嘴巴。要么背靠在椅子上仰起头，一个劲地翻眼睛。困倦时，她会用MP4听一会儿音乐，双手托着脸颊，闭合着眼睛，微扬起头，细长光洁的双腿叠架在一起，用鞋尖轻轻叩击地面。这个时候，她最美丽动人。每当此时，我会做一些不正当的臆想，如拥抱着她亲吻她的小嘴。或者想起她沐浴时的裸体，觉得与雷诺阿的油画名作《金发浴女》极其相似。

我终于在两个月后结识了她。

那天晚上不知道怎么搞的，偌大的一个自习室空空荡荡的只有我们两个人。好像所有的男女倾巢而出都去参加某个狂热的舞会派对了似的。这让坐在离她位置不远的我感到窃喜，这是个千载难逢的结识她的机会。我在琢磨着各种各样与她结识的对白与场景。比如说，"我的笔没水了，可以借你的笔用一下吗？""你是在准备考研吗？我也有这种打算呢。"这些太幼稚又没格调，一听就知道是在搭讪女孩的套话。还有"嗨，宝贝，我们认识一下吧"，这些太痞子气且随便，非把她吓跑不可。

半个小时过去，我迟迟没想出来，又担心她会因为课室空荡荡的而突然走掉。我越想心越急，越心急越想不出来，越想不出来越……

啪，课室突然黑下来。她惊讶地"啊"了一声。不单是这个课室黑下来，而是整栋教学楼都黑了下来。肯定是我的婆婆妈妈激怒了电神。

我摸摸索索掏出打火机，又在书包里胡乱摸了一把，摸出四五支生日蜡烛。我才想起前几天参加朋友的生日晚会，因为看到造型可爱、雕刻有流氓兔卡通形象的蜡烛，便顺手牵羊拿了几支。流氓兔是痞子的象征，我们痞子一直奉它为精神偶像，当然不能放过任何与流氓兔有关的东西。

我点燃蜡烛，课室一下子亮堂起来，我很自然地举着蜡烛走到她身边。摇曳的烛光照亮了她的脸庞。她对我报以感激的微笑。

我以为她会收拾课本走人，没想到她对我说：

能不能坐下来？

我激动得简直想要围绕课室小跑几圈。

非常乐意。我在桌面上滴几滴烛泪，把蜡烛竖起来。

你怎么会有蜡烛呢？她好奇地问。

我告诉她是在朋友的生日晚会上拿的。

嗯，是流氓兔呢。我非常喜欢流氓兔。看来她不排斥痞子。

我总觉得以前好像在哪里见过你。她说。

是吗？我也有这种印象呢。

哎哟，你怎么拿了这么多？她看到我手里的另外几支。

朋友买多了，不拿白不拿。

把你的东西拿过来吧。她扑闪着长长的睫毛说。她的意思是准备和我一起秉烛夜谈。

你经常来这里自习吗？你在学什么呀？

英语四级。我考了两三回都没有通过。我尴尬地笑笑。

一看你就知道你是不爱学习的男生。她说的倒直接，毫不拐弯抹角。

她告诉我她的名字。

林晨雪。

还好没让我失望，和樱雪的韵味意境相差不远。

樱雪。

我莫名其妙地说出了这个名词。

樱雪？什么樱雪——

因为我看到你在用——

嗯？她疑惑地看着我。

哦，我是说我在使用樱雪牌沐浴露。我感觉樱雪这个名字跟你的气质和内涵很贴近。

哦？是吗？她咯咯地笑了。我也是在使用这种牌子的沐浴露呢。

看来我的视力好得无话可说。

你喜欢这样叫就这样叫好啰。她嘴角荡出愉快的笑容。

接下来，我们对烛畅谈。我们聊得十分投机，天南海北地聊了近两个小时。直到最后一根蜡烛点完，我们才离开课室走下楼去。走到教学楼入口处，看到宣传栏贴着一张通知：

本教学楼今晚将进行电网检修，八点半开始拉闸断电。

呵呵。她扑哧笑道，看来我们两个都是糊涂虫，睁眼瞎。

在公寓游廊告别时，她说，今晚很开心，谢谢你。你人挺好的，明天见吧。

晚上，我第二次彻夜失眠；并且做了一个决定，不再偷窥她洗澡。

从此我和樱雪开始了朋友的交往。

一段日子过后，我才知道她的家境十分优越，父亲在本市经营着五家连锁超市。她如此努力学习是在准备出国留学的考试。

不能与她见面的时候，我就在天台流连。密切注视着她的一举一动，一颦一笑。有时候她会对着镜子挤她脸上那几颗若隐若现的小痘痘。这时的她最可爱。每隔三四天，她会端来脸盆放满水浇洗她的长发。阳光灿烂的天气里，她会抖动她那张印有大幅流氓兔图像的被单晾晒。这时我会把自己想象成那只巨大的流氓兔。

我这种偷窥也不是一无是处。

这几天以来，我经常看见一个学生模样的青年在宿舍楼下徘徊，行踪鬼鬼祟祟。两个早上都听到有人说某人的单车昨晚被偷了。而这天晚上，我又一次看到那青年。这次他出现在女生宿舍楼下。观察了二十分钟周围的情况后，他把魔爪伸向了一辆我看着非常熟悉的单车，樱雪的车。

好小子！你运气不好碰见了我！我赶紧用手机给保安处打了个电话。

不到三十秒钟，几个保安就出现了。他们把青年捉住后，很快惊动了周围的一些学生。

保安和学生将青年团团围住。保安在审讯青年的同时，其中一些曾经被偷过单车的学生使劲对着青年又踢又骂。

很快，樱雪闻讯赶来。而且我还看到董布。他嘴里叼着烟，推开一拨围观的人群，十分有气势地在青年背后一站，吐掉口中的烟，抡起他的右脚对准青年的屁股狠力就是一踢。我想青年对这一脚肯定是永生难忘。

我领略过董布的脚力。我和他认识就起源于一次在一起踢了一场球。他是校足球队一员，被称为校队里的贝克汉姆。他的右脚力大无比。那次我飞身去挡他射出的一记远球，结果脚打滑没挡好，球重重撞在肚子上。我躺在地上呻吟了竟半个小时。幸好是长距离的远球，并无大碍。从此我和董布结识并交好。不知我身上哪种特质吸引了他。他对我总是关爱有加，对我生活的某些方面加以指导，并常向我倾吐他的心事。虽然我不太喜欢他的行事风格和自以为是，但我并未因此而拒绝他。因为他身上有种特质，那种特质是所有少男少女渴望想拥有的，他们会为之着迷，为之疯狂，连我也不例外。当然不是仅指他身上的痞子气，而是还有一些东西，例如机敏，冷静，成熟。就他诚恳地向我倾吐心事这一点，我便无法抗拒他。

他常常介绍女孩子给我认识，甚至他那些过气的女朋友。当然我知道这些女孩子也许都被他"糟蹋"过。

前几天他拉我去酒吧。喝酒期间，他又给我介绍女孩子。那女孩是嘻哈风格女孩，一身前卫新潮打扮，不时地从小背包里掏出镜子整理她的头发和脸妆。

董布为她介绍我道，中国最后一个一九八七年生处男。

哦，是吗？女孩停住手中的唇膏笔，咯咯地笑起来。然后坐到我的身边，一个劲地往我身上蹭。

我和她对饮了几杯，然后上了一趟厕所。待我从卫生间出来，她早已在卫生间门口旁候着，她拉我进一个单人包间，关上门后马上抱住我。

听说你连吻还没和女孩子接过吧？她扑闪着黑黑的睫毛，嘻嘻笑着说。我还没反应过来，她就吻住我的嘴。我除了尝到一股杂七乱八混杂在一起的酒味、烟味、唇膏味，和闻到她脸上强烈的劣质的化妆品味，什么也感觉不到。并且觉得把初吻给了她有点得不偿失。

果然还是第一次嘛。她有点得意地说。来，脱去我的衣服。

我把双手搭在她柔软的双肩上，看着那层薄如蝉翼的衣服，忽然想到樱雪的裸体。我想，这层薄薄衣服下的身体肯定龌龊不堪。我毫不犹豫地一把推开她，迅速回到原来的包厢。

随后，那女孩气急败坏地跑出来，扬起她的小背包砸向我的脑袋，对准我的小腿骨，狠命地踢了一脚。

混蛋！她扔下一句话就气势汹汹地走了。

我对董布的出现感到有些奇怪。而且我看到他似乎还和樱雪说了几句话。这让我感到有些不安。

这种不安在几天后得以证实。

那天傍晚六七点时光，我再一次在天台流连，等待樱雪的出现。

七点的时候，洗澡间走进来的不是樱雪，而是那个胖胖的女生。她哼

 偷窥

着歌进来，似乎遇上什么开心事。看着她的身材我不由得想到哲学老师。我真担心有一天她会发展成为另一个哲学老师。

我背向着坐下来默默地吸烟。约莫半个小时后，我回头看时，洗澡间的灯已熄灭。不一会儿，洗澡间的灯又亮起来。这时走进来的竟是董布！他进来撒了泡尿后就出去了。我几乎意识到了什么。两分钟后，我看到他和樱雪在阳台密切地交谈。我忽然想起前几天周虚告诉我的一件事。董布和校花女孩分了手，他亲眼看到校花女孩狠狠地扇了他一巴掌。

混蛋董布！我羞怒地扔掉刚点燃的一支烟，然后坐在楼梯通道口兀自伤神起来。一年前未知名青年失意的一幕轮到我在这里重新上演。这简直是为我安排好的场所。那天晚上，我吸了十三支烟，踢碎了剩下的五个啤酒瓶。

我气冲冲地跑回寝室，二话不说倒在床板上。

哎，你怎么了？周虚抽着他的鼻子说道，先前有个女孩打电话来问你怎么手机关了，她让你回个电话给她。我知道是樱雪。

不回。我大声吼道，随手扔掉吸尽的烟头。

怎么回事吗？周虚捡起我的烟头，规规矩矩地扔进垃圾篓中。这小子最气人的是非但自己不乱扔烟头，还非得把我每次扔的烟头一一捡起来。

临睡前，我冷静下来，他们在一起说话不能说明什么问题呀，或许是表兄妹未定呢。是我疑神疑鬼庸人自扰了。但无论如何，我都必须做好战斗的准备。

第二天中午，周虚心事重重地告诉我，他看上了一个女孩。这小子每隔一段时间就会看上一个女孩，每次都是柏拉图式的幻想没有什么实际行动。他写的情书洋洋洒洒两三千字，像小说多过情书。不过他文笔的确不错，在某流行文学杂志发表了不少文章。

我问他是哪个女孩这么幸运。

他大致给我描述了一下那个女孩。那女孩住在对面的女生公寓701号房。

我一听便知道他说的是樱雪。

嘿，这年头，什么东西都有人一窝蜂地跟你争。大学，工作，女人。我一直以为樱雪只是个隐匿在人群中的美女，只被我这个独具慧眼的人发现了。我还为独自拥有她的美丽而沾沾自喜。可是现在，仿佛由于我的发现，她的美丽随之暴露于公众之下，引来很多人趋之若鹜；并且这种结果让我始料不及。我仿佛就是发现维纳斯的那个农夫。

周虚说他写了一封情书，却不知如何送达给她。我心生一计，说我认识她。

真的吗？

当然真的。她叫林晨雪。我在一次舞会上认识的。

那你对她怎样？周虚试探着问，用十分期待的目光看着我。

只是普通朋友而已。人是漂亮，但我对她没有一点感觉。

那好。周虚喜不自禁。他让我帮他送达情书。

我把情书抄了一遍，内容稍作修改，什么名都不署。以匿名情书的方式放至樱雪的信箱。

寄了四五封之后，一天晚自习，我把周虚发表文章的文学杂志拿给她看。告诉她我在上面发表过的文章。当然我说周虚是我的笔名，并在此之前在很多场合暗示她我有个笔名叫周虚。这样就会使得一切合情合理，顺理成章。

我就知道你很不简单。她看完文章后说道。我很喜欢你的文章。文笔优美，还是在大杂志上发表的。我还以为你一无是处呢？她一脸赞赏的微笑。

我心虚地笑了笑。我知道骗人是不对的，但这是善意的谎言。

她从手提包里掏出几封信。

这些都是你写的吧？

我点点头。

我说嘛，我想起这些书信的遣词造句怎么跟这些文章那么相似，原来是你这个大作家。你挺会给人制造惊喜，还搞什么匿名信呢。

那你现在有什么想法？我问她。

好一会儿，她才开口回答，脸微微有些涨红。

怎么，你是在追求我吗？她说得倒也落落大方。

是的。我真诚地看着她的眼睛。

她猝不及防躲闪开。那你要好好表现啰。

她羞赧中带有冷静，这一点让我着迷不已。

几天之后，有一天，樱雪告诉我有一个男生也在追求着她，而且追得很热烈。我知道她说的是董布。

那你觉得他怎么样？我装作毫不在乎。

还好吧。很高很帅。

我跟他比起来,你喜欢谁多一点。

当然是你啰。她说这句话时,我毫不怀疑她的真诚。

他给我的印象不如你给我的好。我听说他以前交往过很多女孩,而且我先认识你。虽然你缺点一箩筐,但基本符合我的心意。最重要的是你有才华,这足以让我倾心。

那你选择和谁在一起?

呵呵,很难说。她笑起来,脸上有小女人的狡猾。看你的啰。

樱雪用她超乎寻常的智慧和心机游走于我和董布之间。她把我们两个安排得妥妥帖帖。绝不让我们在同一个场合出现见到面。董布恐怕至今仍未知有另一个追求者,而那个追求者是我。因为有一次董布与我聊起,他说他正在追求一个叫林晨雪的女孩。即是说,晨雪没有把我告知于他。就这一点来说,我对她感激不尽,她喜欢我多于董布是千真万确。她能与我交心,却没有与董布交心。我当然力免避开董布,因为我不想与他正面交锋,我要暗地里击败他。击败他一直是我梦寐以求的。虽然有时我觉得她游走两个男孩之间,对我、对董布都不够诚实厚道,让我有欺骗和玩弄之感,甚至觉得她有点浪。但战胜董布的虚荣心和得到她的心切,让我变得隐忍和宽容,包容了她所有的不是。

可怜的周虚在一次目睹她和董布亲密地走在一起后,对我宣称他对她死了心。

樱雪和我在一起的时间要远远多于和董布。这让我非常感动。

有一次我们在教学楼游廊驻足远眺。她似乎半倒在我怀里,却几乎没有碰到我。我不知道她是怎么样做到这一点的。我在耳边轻轻地说了几句话,她听得一脸迷离,眼睛闭了起来。扬起的嘴巴等待我去亲吻她。

我俯头下去要吻她,却突然想起董布。我不知道董布是否吻过她。即使她不想给,董布那混蛋什么都做得出来。想到这儿,我变得十分沮丧,丧失了所有的热情和兴趣。

她足足等待了两分钟,见我没什么动静,她脸气鼓鼓地整个下午没有与我说多少句话。后来她说我不信任她,为人不够真诚。

这次以后,她总是说我不够真诚,再也没有给我亲吻她的机会。

有时，她和我谈起理想，人生规划。这个时候总让我头疼。我并不是没有理想，高中以前我有许多许多理想，有些今天看来如此幼稚可笑，却使人心生怀念。可是上大学以来却突然全消失了。

难道你每天就这样吊儿郎当地过，没有为自己的人生谋划一下？她总是这样开头。

现在不是很好吗？

你就没想到好好发挥你的才能，成就一番事业？

你指什么？

写作。例如成为知名作家或者编剧，甚至导演。

我说我压根就没想到这些东西。

这些真的重要？我问她。

当然重要。人不能白活着。要使自己变得荣耀，并给周围的人带来荣耀。

可是我觉得最重要的是开心，使自己开心，使周围的人开心。

谈到我的人生规划谈不下去时，她会谈她的人生规划。她说得头头是道，我只得洗耳恭听。我对她的人生规划给不出一点意见和建议。一个对自己的未来都毫无主意的人，如何能对别人的人生指手画脚。当然不能说一点没有，追到她便是我现在的理想。这才是一个痞子目前他所能考虑到的短期人生规划。

她说到动情的时候，我总能从她眺望远方景色的眼睛里看到她的躁动不安。这是令我生畏的东西，犹如烈日炎炎的夏天，走在烤得白花花的柏油马路上，总让我感到目眩和无所适从。

从此，我们围绕"真诚"和"人生规划"争论不休。

我们的关系开始出现裂痕。

大学三年级快要结束时，她的付出得到了回报。她如愿以偿考上了英国一所大学，一个月后就要飞往大洋彼岸。

我和她进行了一次促膝长谈。

她首先对我这些日子一直陪在她身边表示感谢。

我问她可不可以不要走。

她说不可以，这里没有什么好让她留恋的。

难道不可以为爱你的人留下来？

你们——你真的爱我吗？你们都不够真诚。在我看来，这远远不能算

 偷窥

爱。她说话毫不留情面。

况且我要的不是这种生活，那边的生活是我期待已久的；而且你们都不能给我带来巨大的荣耀。是巨大的荣耀，你懂吗？

我现在不是给你带来了一点吗？

你是指在杂志上发表文章这件事？这没什么了不起啊。她的话变得尖酸刻薄，我的心仿佛被割裂了一个口子。

或许将来我……讲到这儿，我的心就虚了，因为我现在提供给她的都是假的。我是个骗子，一个谎话连篇一无所有的骗子兼痞子。

她要离开的事实不可改变。我伤心至极，不知如何是好。

更令人伤心的是此后一天晚上我约她出来，她说没空。我问她是不是和那个男孩在一起。她说不是。

我流连她平时回宿舍的路上等候她。十点过后，却看到董布用电动车载着她回来。她头偎依着董布的背，双手环抱住他的腰，一脸的陶醉。

在宿舍游廊分别时，两人还紧紧抱在一起十分钟之久。顿时，我伤心的感觉如同灭顶。

第二天，她约我出来。我如时应约。我们在一个小花园见面。一开始我们的谈话就不是很愉快。我在一旁默默地吸烟。她见我态度不好，也没怎么说话。我隐晦地提了一下昨晚的事。

你是在跟踪我吗？她语气听起来有点不快。

你为什么骗人？

你就是不信任人。她嚷嚷道。

她不承认倒也罢，还说我不信任人，不够真诚。这使我忍无可忍。我想到能与她见面的日子越来越少了，无论如何也挽留不了她，想到这儿，我对准她的脸颊粗暴地吻了一下。这是我第一次亲吻她。

她非常气恼地推开我，用手使劲抹我亲吻的地方。

你干什么呀？她没好气地瞪着我。

我"哼"了一声，猛力地吸一口烟，吐出来。

一身的烟臭味。你为什么总是不听人劝告呢？

在我们关系融洽的时候，她说过喜欢男生身上有淡淡的烟草味，但不能太强烈。因此她允许我每天只能抽两支烟。我一直照做了，包括今天。现在她对我的态度是彻底变了。往昔她给予我的温存行将一去不复返。

我扔掉手中的烟，并且用力吐了一口唾沫。

你看你，就是痞子一个。她提高了嗓音。

痞子又怎么了，总比你好。你一味地说不真诚不真诚。你到底有多真诚。

你们两个就是不真诚。她斩钉截铁地说，仿佛是一个颠扑不破的真理。

两个？哼，你就是一脚踏两船，玩弄人的感情。我扬起头，对她不屑一顾。

喂，你说什么？你讲清楚一点。她的声音开始颤抖。

你根本就是放浪。

她发红的眼眶里转着泪水，即将倾泻而出。脸涨得鼓鼓的，像快要爆炸的气球。她瞪着我，许久才带着哭腔说道：

告诉你，对你，对他，我什么都没做过！

她抓过手提包，气冲冲地消失在盛放阳光过多的花园中。

接下来的日子里，我的心备受煎熬。她没有联系过我，我打给她的电话，发的短信，她一个都没回。只要我一露面，哪怕很远的距离，她都能察觉到，远远地跑开。我为我的不够冷静付出了沉重的代价。我只能躲在暗处远远地看着她。在天台，在游廊，在校道。每天晚上，董布都用电动车送她回来。虽然她在后座没有抱董布的腰，分手时没给董布拥抱。我的心仍一点一点地被撕裂，又一点一点地遗失在无尽的夜色中。她一脸的冷漠，显然对我的话耿耿于怀。

月末的时候，她给我发来了邀请。意思是希望我明天晚上能赏脸参加她的告别酒会。她后天早上就要离开。她的离开已是必然，谁也无法挽留，包括董布。

董布在收到邀请的当天晚上就来找我倾吐心事。我从未见过董布如此愁云满布。

他说，那个叫晨雪的女孩明天就要飞往英国。他无法挽留她。而且直到今天，晨雪才告诉他，她身边一直还有另一个男孩。曾经她喜欢那个男孩多于喜欢他；可是那个男孩让她失望且伤透了心。

董布扔掉手中只吸了几口的烟，失落的眼神沉落在惨白的夜色中。

我真想见见那个男的，到底是何方神圣。这是他一贯的痞子语气；但随即他的话充满苦楚和悲凉。

你知道吗？我是第一次彻头彻尾地真正爱上一个女孩。她给我非同一

偷窥

般的感觉，那是一种全新的体验。她是如此与众不同。好几次，我都想去吻她。可每次撞上她明亮纯洁的眼睛时，我都不知所措，退缩下来。现在才发现，她也是在刻意地避开我。一定是那个男孩的缘故。

可是现在知道了有什么用呢？那个下午朦胧回转的低喃和温馨再也回不来了。她去意已决，我并不会为此而改变多少。任何一厢情愿的挽留和补救终会是一场徒劳。

第二天晚上，我没有赴约。我在隔她们不远的另一家大排档看着她们。她邀请了十几个朋友，包括董布。

酒席未开始前，她站在路边不停地给我拨打电话。我心乱糟糟得很，不停地灌酒。她一共拨了五次，我终究一个都没接。我的自尊和懦弱仿佛魔鬼一样拉扯着我吞噬着我。她心灰意冷，回到桌席。酒席开始后，服务员把给我准备的椅子撤去。

她背对着我，我看不到她的表情。她的心情如何我不得而知；但她的朋友们都聊得很开心。董布也是。

酒席散后，董布送她回宿舍。他们步行回去，我在后面悄然跟随。

他们默默地走，没有说太多的话，似乎是每次董布都想说，樱雪却不太愿意说。

在临近公寓的一个路口，一脸怅然的董布不得不与她分手告别。

董布很快消失在沉沉的有些伤感的夜色中。

凭着最后一丝勇气，我在路中间把她挡住。她对我的突然出现感到十分惊愕。她看着我，嗔怒道，你怎么现在才来？

我什么都没说，借着酒意，我一步上前一把紧紧抱住她，亲吻她的嘴。

她瞪大了眼睛，做了微弱的反抗。随即她的身子软绵绵下来，舌头与我交缠。

仅仅交缠了一分钟，她仿佛想到了什么似的要退堂而出。我更加用力抱住她，但她还是挣脱了。

我们、我们不能这样。她嗫嚅着别过身去。

为什么不能这样？我是真心喜欢你。你还是怀疑我的诚意是吗？我抓住她的胳臂，想要再次将她揽入怀中。

你喝醉了。早点休息，明天来机场送我吧。她拉下我的手。

来，跟我去一个地方。我拉起她的手往前走，不容分说。

去哪里呀？她使劲往后退，不肯走。

别问那么多，跟我去就是。

我不去。

一定要去！我大声喝道。痞子气一下子全涌上来。

她被吓得怔了怔，惊恐地看着我，一脸无辜的表情。

我去就是了，何必那么大声。她嘤嘤地低声说。

我带她来到天台。这时我才注意到今晚的夜色多么美好。一轮满月当空，银色的光辉如瀑布般倾泻而下。空气，地面，墙壁，到处静静流淌着这种水质般的光华。凤凰木，香樟木，树影婆娑。

干吗带我来这里？她四处看了看，然后问道。

我有话要对你说。我站在她面前，双手扶住她的肩膀。你能不能安静地听我说完，不出一声，也保证不生气。

她抬起眼睛万分好奇地看着我，眸子里溢满清澈的月光。她点点头。

我深深呼了一口气，然后把我如何第一次见到她，如何喜欢上她，如何设法接近她追求她一一讲来。她听着听着，满是诧异的表情，脸涨得越来越红。当我说到不止一次看到了她的身体时，你?！她恼羞成怒，挥起手向我的脸扇过来，我在半空中敏捷地抓住她快要落下来的手。

哼！

她转而抬起脚，对准我的小腿骨狠狠就一脚。这我就防不胜防了。她穿的是尖形高跟鞋，踢的还是上回那个女孩踢过的地方，旧伤加新痛，疼痛立即传遍我的全身。我抱起脚"哎哟"了一声。

她转身向楼梯口走去。我忍住疼，冲上前去张开手臂用身体挡住门口。

你不能走。你听我讲完。

她一脸羞怒，再次挥起手。这回我没有挡，抬起脸，一动不动地看着她，大义凛然。

她见我没有用手去挡，大抵是不忍心了，手在半空中停住，哼一声放下来。她一句话不说，气冲冲地走到远处对面的围栏，背着身站着。我拐着脚走上去站在她的身后。

我知道你很生气。你一直说我不够真诚，今晚我要把所有的话都说了。追你的那个男生我认识，叫董布，还是我的朋友。我装作不认识他，是因为不想使你为难，三个人都尴尬。况且，况且我想证明自己比他优秀。还有，那些文章不是我写的，是我一个叫周虚的室友写的。我所做的这一切都是为了让你能喜欢我。我普通得很，一无是处，不知能拿什么东西来使

201 偷窥

你喜欢我。但相信，我的心是真诚的。从那天傍晚在这里第一次见到你后，我就深深地爱上了你。现在我把这一切告诉你，并不祈求你的原谅或指望能改变什么。你明天就要去英国了，也不知道什么时候能再见面。我不能给你什么，唯一能给的就是这颗还算真诚的心。我、我讲完了。祝你一路顺风，学业有成。

我轻舒一口气，抬头望了望月亮。她站着一动不动。沉默许久，她缓缓转过身来。

你说的所有这些都是真心话吗？她喃喃问道。

全是真心话。都到了这个时候了，我还会骗你吗？

她看了看我，想再说什么，最终欲言又止。最后我们没再说一句话。我们默默地走下楼梯。送她到女生公寓楼下，我们只简单地说了声再见。

回到宿舍已是一点多了，室友们都在呼呼大睡。我悄悄爬上床，抱头躺着。皎洁的月光洒到了床头上，我的心情十分复杂，迟迟没有睡去。

一个小时后，我收到一条短信。是樱雪发来的。

我现在正离开，在去机场的路上。你明天不用来送我了。我告诉我的朋友们也不用来送我了……

今晚我很高兴你对我说的这些话，其实我一直都……

我呆呆地看着屏幕，却没了下文。她是何意啊？她为什么突然匆忙离开呢？

过了许久，她才又发来一条短信，似乎从遥远的星球发射过来。

你、你可以等我两年吗？

我把手机深深埋入胸口，心立即潮湿一片。

我可以，樱雪。

遇见地下铁女孩

【1】

四月的一个清晨,在通往地下铁的走道,我和一个女孩擦肩而过。其实我每天和无数个这样的女孩擦肩而过,问题在于如果第一次没有印象,第二次没有,第三次也没有,那么第四次第五次……仍和同一个女孩,在同一个地点,同一个时段擦肩而过,则必然会引起注意。

就是有这么一个女孩,我十次在地铁通道和她擦肩而过。第十一次时,我们相互点头微笑致意。

如果仅是如此,第二天我们不再相遇,那么故事到此结束。

而偏偏第二天清晨,我们再次擦肩而过。我的钥匙掉落在地上,我匆匆赶着去上班,一点没留意。她在背后叫住我。

看,你的钥匙丢了。她纤细的手指拎着钥匙环,抖给我看。钥匙相互碰撞,发出银铃般的声音。我第一次发现钥匙也可以发出动听悦耳的声音。

谢谢。我伸开手掌。她的两根手指轻轻一放,钥匙准确无误地落入我掌心中。

如果仅是如此,这只能算是个很平常的相遇故事,恐怕也要到此结束。偏偏第三天傍晚,我们又一次相遇。我走向车厢时,看见她正站在柱子前,百无聊赖地看来来往往的乘客,似乎在等人。她看到我,向我招招手,雀跃般走过来。

嗨!

嗨!没想到在这里遇见你。

看，你的钥匙又丢了。真够迷糊呀。她仍像昨天清晨那样用手指拎着钥匙抖给我看。

我没想到她会用这样的词语。这像是朋友之间才说的话。我感到十分亲切。

是呀，怎么又掉了？真够迷糊的。呵呵。谢谢你啊。我接过钥匙，转身要走。

就这样走了吗？她追上来挡在我前面，看着我笑。

啊？那你想怎么样？我感到十分突兀。

看你的神情，好像我想向你勒索似的。她扑哧一笑，眨着长长的眼睫毛。你能陪我聊聊天吗？如果你只是回家，又没有其他要紧的事。

当然可以。我说。

我也很久没和女孩子聊天了。

我们坐在地铁候车厅的玻璃纤维椅上。这个地铁站有橙红色的墙壁和柔和的灯光，很温暖。乘客很少，十分安静。

我们聊得不多，毕竟还有点陌生。沉默的时间里，她就眨着那如芭比娃娃一样长的眼睫毛，右手的食指和拇指揉着左手的中指。她的打扮时髦精致，烫染的头发，卡其色蓬裙，复古印花上衣。她叫蓝蓝，外貌不是十分出众，但看久一点便觉赏心悦目，再看久一点便觉漂亮了。我对她产生了好感，很想和她成为朋友。临走时她只给我留下她的QQ号。

第四趟列车来的时候，她说我可以走了。

我跳上列车，她站在黄色警戒线外与我道别。

保管好你的钥匙哦。明天见。

【2】

我来到城市Z已经一年多了。这个城市的天空一年四季雾蒙蒙，下雨的日子特别多。三四月份是雨季，雨水稍稍有点泛滥。我早听说这是个浪漫的城市，除了雨水多外，还到处种着樱花。奇怪得很，我一次还没见到过。

我大学毕业三年，换了几份工作。这是第五份，在一间广告设计公司当助理，前十来天才找的。

我住在旧城区一栋老房子的阁楼里，离新城很近，到繁华的地带步行只需二十分钟。可是这里却异常安静。这是一处旧街区，密密麻麻地挤着上世纪五六十年代建的房子。灰色的砖，坑洼的窄巷。更难得的是，我所在的房子毗邻一处面积很大的湿地公园。打开窗户就有新鲜的空气和大片大片应接不暇的绿。

每天下班下了地铁后，我去超市买半斤肉，两个鸡蛋，一些西洋菜、莲藕、冬瓜，美蝶轩的袋装面包；在超市出口处的报刊亭买一份《Z市晚报》，然后回家。

除了中午这餐在公司吃外，晚餐我一般自己煮。我的煮法简单易行，就是把买来的几样食品一股脑儿放在电磁炉里，加上水、调味料一起煮。这是我从大学食堂里学的。大学的时候，我在食堂经常吃这样的东西。

我的生活很有规律。晚饭后一边听古典音乐一边画画。这是我的爱好，而且现在的工作也需要它。也写作和看书。一个星期喝一次啤酒，一边喝一边翻来覆去地看王家卫的或伍迪·艾伦的电影。周星驰的我也很喜欢。

晚上我几乎不出门。寂寞的时候我偶尔会在电脑上浏览女朋友的照片，一个很美丽的女子。几个月前我们分了手。自分手以来我的心情一直很沮丧。分手后，她很快去了另一个城市。我对她仍念念不忘，还很爱她。我保留了一切她留下的物品。我舍不得扔掉它们，痴痴地相信她还会回到我的身边。我至今未弄清我们分手的原因。只记得分手那天她说她受不了这阁楼又窄又潮湿。女人提分手的理由总是千奇百怪，如果这也能算是一种。

阁楼里除了我，还有一只巴西龟。本来是两只，和女朋友分手后，另一只被她拿走了。以前的朋友几乎没有。他们散落在这个城市以外的各个城市。也没有结交新的朋友。可以说，基本是一个人生活。

我拿点小龟饲料投入玻璃缸中。它迅速爬过来，叼起一粒，伸着头，眨着绿豆般小的眼睛望着我。大多数时间，它和我一样寂寞。

我忽然想起地下铁女孩。我迅速打开电脑，激活QQ。我的QQ好友群里，这个时候，头像一片都是黑白色。他们都很忙，很难得才看见他们在线上。

我打开加好友设置，键入她的QQ号，在请求里写：是我，地下铁遇见的。

很快有了回应。她接受请求后，我一按确定，她的QQ头像立即在好友群里弹出。五十米阳光。呵呵，好有味道的昵称。她的QQ头像用的是她本人的大头贴。半盘着头发，长长的睫毛，拍照时没有看镜头的表情。

五十米阳光：嗨！

寒岛：嗨！

五十米阳光：一个人住吗？

寒岛：是呀。有点无聊呢。

五十米阳光：我也是一个人呢。对了，你住哪里？

寒岛：R区。你呢

五十米阳光：Q区。离你很近呢，步行大概三十分钟就到了。你是这个城市的吗？

寒岛：不是。才来这里一年左右。

五十米阳光：这么说来，你在这里是举目无亲啰。

寒岛：是呀，可怜吧。

【3】

我很想再次见到她。第二天我起了个大早，希望在上班之前能和她多聊一会儿。因为我记得昨天在地铁站告别时，她对我说明天见。

当我来到地铁站时，发现乘客比往日少很多。候车道里出奇的清静。我才想起，今天是礼拜六呀。按惯常，这个时候我在睡懒觉。我有点失望，恐怕她也不会来了吧。谁不会利用这个时间睡睡懒觉呢？

我的皮鞋噔噔噔地叩击着光洁的大理石地板，空荡荡地在走廊里回响。

当我百无聊赖地将候车道快要走个遍时，我发现她正坐在一张深蓝色的椅子上。这是S站，有和深海一样快要溢出来的蓝色。前十二个清晨，我都是和她在这个地铁站擦肩而过。

早呀。我心中窃喜。

早呀。你今天还要上班？她站起来，问。

不用。我记错时间了。呵呵。我摸了摸后脑勺。

又迷糊了哦。她露出如贝壳一样洁白的牙齿。

她今天穿千鸟格灰色五分裤，藏青色POLO套衫，描淡蓝色的眼影。

那你今天还有什么事吗？她问。

没有。

那你今天就陪我吧。

我惊异她的直接与坦白。这样的女孩委实少见，也可爱得很。

我们并肩走出地铁站口。她比我矮半个头，扎成马尾式的栗色的头发在我肩旁雀跃地跳动。

烟花夜不见不散

一出站口，马上有阳光袭来。这是四月难得一见的阳光。我们俩都有些小小的兴奋。

请我吃麦当劳吧。她迷离着眼睛，一脸不容拒绝的笑。

好啊。可你要带我去，我还不知道附近哪里有麦当劳餐厅。

我对她提的这些要求，不再感到唐突，反而满心欢喜，好像早已习惯一般。我感到她是我于茫茫人海中要寻找的某个女孩。

在餐厅，我买了一份套餐。她只吃了一个汉堡和一根玉米棒。剩下的炸鸡翅炸鸡腿全都推给我。

你不喜欢吃这些？

迷糊。女孩子怕肥嘛。炸的东西不能吃，油腻的东西不能吃，脂肪多的……

可是你已经够瘦的啦。

呵呵。真高兴你这么说。为了奖赏你，我宣布你即刻起正式成为我的朋友。

啊？我不得不又吃一惊了。

怎么？你不愿意？

怎么会呢？是你说的，握手为证。我向她伸出手。

她立即把手递过来，贴合我的手掌。她的手柔弱无力，和缎子一样柔软。

沉默的时间里，她的眼睛望着落地窗外。一双眼睛像是困顿的时候眺望着远方似的，看上去很美。这时候的她，像一个需要得到照顾的孩子，寂寞的，惹人怜惜的。

今天没掉钥匙吧？她突然问道。

没有。我抖了抖左衣袋。在这儿呢。

你怎么会一连两次掉钥匙呢？她吮着吸管，喝印有大字母 M 纸杯里的可乐，白皙的脖颈细微地颤动。

右衣袋烂了。我习惯将钥匙放在右衣袋。所以一连两次掉钥匙。我将起右衣袋给她看。

真是呢。原来如此。她又问，琦是你女朋友的名字吗？

我很惊讶，点点头。

你怎么知道？

你钥匙上的小饰物刻着"琦"字和你的名字。如果不是这个小饰物，恐怕还不到你的手上。第一次捡到你的钥匙，我就注意到了这个小饰物。

遇见地下铁女孩

第二次捡到时,看到小饰物我一眼便认出是你的钥匙。

那我们真有缘分。

昨天我还你钥匙是在傍晚,其实我是在早上捡的。我在那里等你一整天了。所以请我吃东西是理所当然的。

等一整天?如果真的如此,那我也要奖赏你。你说你还有什么要求。

嗯,等我想好再告诉你……对了,你女朋友没和你住在一起吗?她一边说一边轻轻聚拢餐桌上的残余物。

早就分手了。

还有复合的可能吗?

不可能了。前些天我得知她已嫁人了。

我的口气异常平静,好像在说别人的事情,可心里不断涌出悲伤。

怪不得这几天你总是垂头丧气。

有吗?这你都看出来。我低着头没说话,心里暗暗地想。

嗳,是不是哭了?她探头探脑地看着我。"节哀顺变"吧。

我忍不住苦笑起来。

拿你的钥匙来。

干什么?我不解地问道,但情不自禁地把钥匙给她。她拎起钥匙环,在我眼前晃了晃,钥匙发出悦耳的声音。她飞快地把小饰物从钥匙环里解出来,拎着在我眼前停了一下,然后丢进餐桌旁的一个垃圾篓。

我对她这样的举动感到不可思议,甚至有点恼火了。

你不丢了它,怎么能去重新开始一段感情呢?她看着我,示意我把手伸出来。

我摊开手掌,她将钥匙放到我手上,问我是不是轻了许多。

我点头说是。

再把你的外套脱下来给我。她说。

又干什么?

她的话仿佛有一种魔力,我总是无法拒绝,一点迟疑的抵抗力也没有。我很快将外套脱下来给她。

为你缝口袋。如果下次又放在这个口袋掉了,就可能无法再找回来了。

这个城市的夜空总是迷漫着一种透明的蓝,当你望着某一块夜空的时候,那一处蓝就会像水一样漫延开来,将你包围。

这个时候,我总是在看王家卫的电影或读村上春树的小说。但由昨天夜晚开始,我时刻想起她。她的那些无理的、命令式的要求一遍又一遍在我耳旁响起。陪我聊聊天吧,请我吃麦当劳吧,把你的钥匙给我,脱下你的外套给我……

我打开QQ,希望她在线上。令人失望的是,她的头像是黑白色。大概她在缝我的外衣吧。我想。

为什么不打电话给她呢?我拿出手机,刚要按键,暗自傻笑起来。我连她的电话号码也未知,她的真实姓名、她的确切年龄、她的职业、她的朋友,我通通未知。真是奇怪呀,为什么我们聊天的时候从来没有谈起这些呢?好像我们一生下来就认识似的。

五十米阳光。我盯着她的头像发呆。她真的给我带来了阳光。看来,我已喜欢上这个女孩了。

喇叭忽然传来QQ上线的声音。她的头像在屏幕上闪亮了三下,由黑白变成彩色,一如她见到我时,脸上有点聒噪的表情。我迫不及待地打上字。

寒岛:嗨!

五十米阳光:是你呀。是不是想我了,在等我上线呀。呵呵。

真是古灵精怪的丫头。

寒岛:算是吧。

五十米阳光:果然猜得没错。你的衣服缝好了。明天早上在地铁站见面吧。八点,可不许迟到。还有点事,88先。

寒岛:哎……

我还想跟她多聊一会儿,可她说完后就立即下线了。

【4】

第二天我们准时在地铁站见面。她今天穿印有大朵碎花的百褶裙,一双黑色缎子凉鞋,化淡淡的妆,头发用蓝色网格束发带绑起。

她比我早到,优雅地站在那里,背后一片深蓝色。

嗨!

嗨,早啊!

她从袋子里拿出我的西服外衣,轻轻地抖开。

穿上吧。

我闻到衣服有淡淡的薰衣草香,和她身上一个香味。衣服仔细熨烫过,

遇见地下铁女孩

有清晰的熨痕。

看，领带结没打好。她撇撇嘴，笑着说。

她走上前，为我打理领带。我微仰起头，轻轻闭上眼睛，听见今天的第一趟列车从身旁呼啸而过。列车刺破空气带来的微微震颤，触在肌肤上，像某种温暖。

我们乘坐第二趟列车来到T站。她说这个站有一间糕点做得很好吃的茶点厅。

我们来到这间茶点厅时，已经有很多人在光顾。看来她说的不假。我们要来芝士蛋糕、夹心饼、蛋挞，一杯咖啡和一杯柳橙汁。她今天看起来很开心，吃了不少的东西。

等一会儿陪我看电影吧。

她将剩下的最后一点柳橙汁喝完。果汁像潮水般退去，露出像礁石一样的杯底。

我们走出地铁站，天空很阴沉，看起来随时会下一场很大的雨。

周日的电影院人很多，三三两两都是情侣。

我正欲去买票，她拽住我的衣袖。

进去吧，票已买好了。她像变戏法似的拿着两张票伸到我面前。

我许久没来电影院看电影了。自从同琦分手以后，该是一年多时间了。

影片叫《东京地下铁》，听说是一出伤感的爱情故事，赚了很多女孩子的眼泪。一年前，琦约我去看。放映的那天，我突然被外派工作，失了约。之后也就再没有留意这部电影。

你以前看过这部电影吗？一坐下来她就问。

没有。只是听说过。已经上影很长时间了。那你看过吗？

看过，这是第五遍了。

哎呀，我的女孩，都看第五遍了，怎么还哭得一塌糊涂？当影片放到男主角永远失去女孩，于人潮涌动的地铁站奔走找寻，苦苦无果，最后跪倒在站台失声痛哭时，她眼里酝酿已久的泪水像这个城市四月饱含雨水的天空，哗啦啦一下流出来，脸上的泪水像密布的河道一样铺开。

你不是看过五遍了吗，怎么还哭成这样？

迷糊，你不懂女孩的心。她拭着眼泪，抽噎着说。

我委实不懂女孩的心，实在难以捉摸。看完电影后，她拉我去拍大头贴。她贴着我的脸做出各种各样俏皮的表情，笑容灿烂得像这个城市难得

烟花夜不见不散

一见的阳光。

你真行,刚才还哭得一塌糊涂,现在却笑成这样。回来的路上,我对她说。

为了你呀,我不能一直哭丧着脸,破坏你的心情嘛。出来玩就应当高高兴兴。刚才只是一小段,一小段插曲而已。呵呵。

她又说,嗳,我累了。我们去坐地铁吧。

准备去哪里?

想好了再告诉你。

上了地铁,我发现她并不累。她絮絮叨叨说个不止。从刚才的电影说到拍大头贴,说地铁站打过一次照面的一个英气逼人的男乘务员,说理发店一个有色迷迷眼神的理发师,说凉菜色拉放生菜不好吃,说星巴克的咖啡有点贵。

读过村上春树的作品吗?

读过,但不多。我点点头。

给你念一篇文章。她从单肩包里拿出一本书。村上春树的《遇到百分之百的女孩》。她小心翼翼地翻到夹有书签的那一页,看了我一眼,然后念起来:

四月的一个晴朗的早晨,我在地铁站口同一个百分之百的男孩擦肩而过。

距离五十米开外我便一眼看出:对我来说,他是个百分之百的男孩。从看见他的身影的那一瞬间。我的胸口便如发生地鸣一般地震颤,口中如沙漠一般干得沙沙作响⋯⋯

听她念到这儿,我的心扑通扑通跳起来。她突然把书合上,认真地看着我,问我:

我对你来说,是百分之百的女孩吗?

绝对是百分之百的女孩。

确定?

确定。

那我们立即开始这份感情吧。

啊?!那、那要怎么开始?我有点紧张。

遇见地下铁女孩

她迅速把书放入包中,然后像非常困倦极了似的,把头轻轻靠在我的肩膀上。

你拉起我的手,放入你掌心中呀。她柔柔地说。

我拉过她的手,用两个宽大的手掌包围住它。她的手冰凉,像水一样轻盈。

全世界的地铁好像同时开起来,整个世界突然寂静无声。

我不知道地铁开出了多远,只知道地铁哐当哐当地飞速前行,穿越一重重的黑暗和一个个灯光明亮的站台。

蓝蓝似乎在我的肩膀安静地睡着,呼吸均匀而沉稳。她的十个洁净的脚指拥挤在黑色缎子凉鞋里,像十个探头探脑的小动物般可爱。

我忽然想起村上春树的话:

四月的一个晴朗的早晨,我在原宿后街同一个百分之百的女孩擦肩而过。

距离五十米开外我便一眼看出:对我来说,她是个百分之百的女孩。从看见她的身影的那一瞬间。我的胸口便如发生地鸣一般地震颤,口中如沙漠一般干得沙沙作响……

我们在S站下车,即有着深海一样颜色墙壁的地铁站。走在空气微凉的候车道,我问她,听说这个城市种有很多樱树,我怎么从来没见到过。

她转过身,拉起我的手带我朝相反方向的一个站口走去。

刚到出口,就听见雨下的声音。一株硕大苍劲、开满一树粉红色花的树突兀地立在出口处二十米开外的地方。花瓣和着雨水,洋洋洒洒地飘落。落在寥寥无几的过路行人的伞上。他们的脸上都有柔软干净的笑容。

看,这就是樱树呀!

她从包里拿出伞,交到我手上。我撑开,呵,是一把宽大的双人伞。

我们走到樱树下,头上立即叮叮叮地跳跃着花瓣落在伞布上的声音。

为了看到这棵樱树,每天我都从这个站口进入地铁站。她说。

我终于明白,怪不得我和她总是擦肩而过。

听说这棵樱树是这个城市最年老的樱树,一百年的树龄。每年都开出灿烂的花。在修地铁站时,人们舍不得砍掉它,让它一直生长在这里……

抱紧我。

她不容分说,扑到我身上。对她突然的举动,我一时手忙脚乱。

搂住我呀。

她再次请求道。我只得一手搂住她的腰，一手撑住伞，抵挡下得越来越大的雨。

把伞扔掉。

我自然而然无法拒绝。

我许久没抱女孩子的身体了，而且是在雨中。她的胸脯贴着我的胸膛，柔软而温暖。

雨水很快将我们的衣服打湿。四月的雨水仍然有点冰凉。她开始微微颤抖。我更加用力地抱紧她。

吻我吧。她又请求道。

然后，她的两片唇像蝴蝶两张翅膀般轻盈地触到我的唇上。我们旁若无人，久久地在雨中接吻。纵使雨停了许久也未知。

把你的钥匙拿来。她抹去脸上的雨水说。

我把钥匙给她。她从单肩包中拿出一个小饰物，和上次她扔掉写有"琦"字的饰物差不多，只是上面的字变成了"蓝蓝"。她把小饰物扣入钥匙环中，在空中晃了晃，然后得意地还给我。

我明白了一切。原来这是她一场策划已久的"阴谋"：买好的电影票，村上春树小说，双人伞，刻着"蓝"字的小饰物……

【5】

我们正式相恋了，在我们第十三次在地铁站见面的时候。有了蓝蓝的日子是简单而幸福的。

我的工作有了起色。我如愿以偿地进入公司的广告部。这是我梦寐以求的工作。我做出了很大的努力，于别人十倍的努力。因为我大学读的是一个与之毫无相关的专业。

每天，我们在地铁站见面。她每天早上带来各式各样的早点：比萨饼、苹果派、意大利粉、粟米饺子。她先陪我坐一程地铁，送我到上班的地方。然后再坐地铁返回她的公司。我问她这样你不会迟到吗？她笑笑说不会，那只是个无关紧要的工作。

现在，我晚上的时间不像以前那么充裕，大半的时间我要用来工作。我十分珍惜这份工作，必须全力以赴做好它。

晚上她常常打电话过来。其实也没什么事，她说只是想听听我的声音。

遇见地下铁女孩

有时我告诉她我在工作,什么时段什么时段再打过来。她总是很乖地嗯一声,然后叫我上QQ,把视频打开。她说想看着我工作。我不知道她是否一直在看着我工作。可是我每次休息或者突然想起她,走到电脑前跟她照一下面时,她都在视频上,对着我孩子似的笑。

她在三更半夜偶尔也会打电话给我。即使在午夜,她的声音也不会显得困倦。

明天陪我去逛街吧。

明天陪我看电影吧。

明天陪我去茶至典吧。

明天陪我去游乐园吧。

她知道我明天不可能陪她去,但她仍乐此不疲。因为周六周日我都会悉数补上。

有一个晚上凌晨一点,她打电话给我,问可不可以上我这儿来。我说当然可以,怎么不可以呢。我笑她傻瓜,对她说随时可以上来。她嘻嘻笑道,是你说的。

刚放下电话,门笃笃笃地响起来。我把门打开,有点惊讶,竟是她。蓝蓝穿着睡衣,趿着拖鞋。没施粉黛,身上还有沐浴后的清香。脸上有疲倦的表情,想必走了很长的路。

没想到吧?

还真是没想到。这么晚你就穿成这样过来,不怕有危险。我挺担心她。

不怕。然后她告诉我她换了一份工作。

你大老远跑来就为了告诉我这事?

当然不是啦。她跳起来用手臂圈住我的脖子,眨着一双无辜的眼睛说。想上你这里看看。我们都恋爱一个多星期了,我还没来过你这里呢。

然后她参观我的阁楼。她说像个小鸟的巢一样可爱,喜欢得不得了。她看到我养的巴西龟,说她也有一只,是坐地铁时一个美丽的女子送的。当时她坐在她的旁边。女子垂头丧气,好像有什么不开心的事。她的手提包倾倒在椅子上。那只龟从里面爬出,爬到蓝蓝身边。她拿起龟放在掌心中,爱不释手。女子问她喜欢吗。蓝蓝说一百个喜欢。女子说那好,送给你,好好照顾它。

第二天中午,我下班回来。她在我的阁楼里。房子收拾过,整洁干净,洗过的衣服晾得井井有条。空气中还有茉莉花香空气清新剂的味道。她说房子只能像小鸟巢一样温暖，但不能像小鸟巢一样乱。

然后我看到养龟的玻璃缸换了大的，龟变成了两只。

它们终于有伴了。龟也会怕寂寞的呀。她蹲在玻璃缸前看着它们。来，来，这只是我的龟，比你这只还要可爱、还要活泼呢。

我十分惊讶，问她这只真是你带来的龟。她说是的。我又问她，送你龟的女子的嘴角边是不是有一颗美人痣。她反问我你怎么知道？

我说，那女子是琦。你的这只龟是我们分手那天她拿走的。

蓝蓝听完后开心地笑着说，哎呀，世上竟有这么巧的事。可能是上天派我来接替她的吧。

【6】

你试过谈这样的恋爱吗？男女双方从不谈彼此的家庭工作父母朋友，不谈彼此的过去，也不谈他们的将来。他们不晓得彼此的确切年龄，具体的身高。他们是与这个世界无牵无连的恋人，为爱而遇。她对于他来说，是一直在寻找的某个百分之百的女孩。他对于她来说，是一直在寻找的某个百分之百的男孩。仅此而已。

时间很快来到六月，我的工作变得非常忙。最近我接了一个平面广告设计，是地铁公司与沿线的房地产公司联合做的一个广告，意在推销房地产公司刚推出的专门为新婚夫妻设计的套房。如果这个广告成功，我就可以正式加入广告设计部的主创团队。月薪翻三倍，并且在这个广告后有长长的一个月假期。我答应蓝蓝，如果得到这个假期，一定和她去旅行一次。这是一次千载难逢的机会。我几乎把所有的精力和时间都投了进去，没日没夜地工作。为了不影响我工作，蓝蓝说在这个广告设计未成功之前，绝对不上我的阁楼打扰我。

所以我们不能常常见面。由于见面少了，她的电话比以前多起来。其实也没什么事，她说时间久了见不到我就想听听我的声音。

工作开展将近一个星期，我设计了很多个方案，但没有一个令人满意。改了又改，想了又想，我无比苦恼。

这个晚上凌晨二点，她又打电话给我。

嗨，是你呀。

我就知道你还没睡。还没想好吗？她关切地问。

是啊，烦着呢。对不起，这些天比较忙，冷落了你啊。

呵呵，改天得双倍偿还。嗯，你的广告设计。她停顿片刻，我倒有个想法。

听完她的想法，我激动万分。到底是蓝蓝。这正是我苦思冥想却久久未果的一个意念。这个夜晚，我工作到第二天早上八点才去睡觉。

我按照蓝蓝的想法做了如此的设计：

画面中央是一列长长的前行的地铁。一个男孩、一个女孩从画的两端渐渐走近。画中央大片空白是淡淡的飘落着的樱花花瓣。采用漫画手法，主体色为淡蓝色。题目为《地下铁·遇》。

一个星期后，我终于如释重负。我的设计击败了多个对手，脱颖而出。他们告诉我，一个星期后，我将会在Z城市地铁沿线的各个站口、各条街道看见我设计的巨幅广告画。

我得到这个消息时，首先想到感谢蓝蓝。我打电话给她，约她明天在地铁站见面。

【7】

蓝蓝总是比我早到。她似乎没有太多的事情可做。她今天化了较浓的妆，但掩饰不住脸色的苍白。她的精神看上去不太好。她应节地穿了一条吊带白色抹胸连衣裙。见到我仍如往常一样聒噪雀跃。

我们坐上地铁。我们还没有想好要到哪里去。因为十多天没怎么见面，我们有太多的话要说。

我告诉她我的设计被采纳，两个星期后你将会在地铁沿线的各个街头看见我的巨幅广告画。然后我把原稿给她看。

她拿在手里看了很久，没有说话。当她问我原稿可不可以由她保存时，她的眼眶转着泪水。

嗳，你怎么了？我一时慌了神。

傻瓜，只是有点感动嘛。女孩子常常这样。看你慌的样子。她破涕为笑。

我也笑了。没想到像她这样活泼开朗的女孩，也会猝不及防地哭。

然后她轻轻地靠在我肩膀上。她说她有点累。她问我，知不知道我为什么叫五十米阳光。

我摇摇头说不知道。

因为我从小就很爱坐地铁,它让我感到舒适和安全。寂寞和无助的时候我就坐地铁,漫无目的地跑。地铁总能盛装人类的这些寂寞和无助。因为它本身也是寂寞和无助的,整天在地底下跑,连阳光都没见过呀。我不想这样。任何事物来到这个世上,都应当是快乐而幸福、充满阳光的。五十米阳光,正能照进地铁的深度。我希望能给它和那些正寂寞和无助的人带来阳光。

她的身体突然变得柔弱无力,往我怀里倒。她脸色惨白,呼吸急促。我问她是不是病了。她说不是,只是头突然晕得厉害,到我的阁楼里睡一会儿就好了。

第二天早晨我醒来,她一大早就走了。什么也没说,什么也没留下。我打电话给她,也没人接听。一连几天都没她的消息。我不知还可以从哪里去找她,至今我对她的其他一切仍一无所知。我只得每天发疯似的在街道和地铁乱跑。

我突然记起和她视频聊天时,从视频中看到她住的地方的窗外,是一座古老教堂的尖顶。

我千方百计找到她的住处。原来她的房子也是租的。房东说确实有一个女孩,但已退房走了十来天了,其他的事他也是一概不知。

她究竟去了哪里?发生了什么事呢?

我仍每天在地铁奔跑。因为她说过,她最喜欢坐地铁,因为她说过,《东京地下铁》那个男主角好可怜。如果她知道我现在的处境,她一定会在某个站口和我再次相遇……

一个月后,我终于收到她的来信:

在你收到这封信的时候,我已乘着地铁去了另一个地方。不要在乎我去了哪里,也不要在乎我发生了什么事。这些都与爱情无关。你相信五十米深处真会有阳光吗?是的,有。从我第一次见到你的那一刻起。

不要为我的突然离去不在你身边感到难过。有些人注定会一辈子陪在你身边,有些人注定只能陪你一段日子。呵呵,算起来,我在你身边共三个月零七天。不管长短,它们都是爱情。爱情也与时间无关。你说是吗?

我想你大概也能猜到发生了什么事情。如果你真的猜到了事情的真相,那就请你把钥匙扣上刻有我名字的小饰物扔掉吧。那样你才能去开始一段新的感情。最后一次听我的话好吗?

愿你幸福啊!

五十米阳光
七月七日晴

尾声

一年后四月的每个清晨,我都带着未婚妻从有最老的樱树的地铁站口经过。每次走到地铁入口,我都忍不住回头去望樱树对街一栋高楼上的巨幅广告画。

画中央一列奔跑着的地铁。男孩,在画面左边,手插裤袋,笑容清澈,眼神明亮。女孩,在画面右边,手背在腰后,微低着头,面如粉黛,裙角飞扬。

漫天的樱花就会在我眼前飞扬开来。一列地铁发出清澈凛冽的声音在我脑中速速穿行……

难道这只是一场幻觉?

再遇地下铁女孩

【1】

"早啊!"

"早啊!"

"今天又到你值班啦?"

"嗯,是呀。"

优雅的站务员向我打招呼,冲我甜美地笑。走过的时候,我无意识地扫了一眼她的胸卡,卡号 ZM214。我在心里称她为"甜美的 ZM214 小姐"。我在这个地铁站能够经常看到她,但却不知道她的名字。

告别甜美的 ZM214 小姐后,我继续往前走,向位于月台的尽头的 D 出口走去。月台很长,我故意放慢脚步。柔和的白炽灯光从天花板投射下来,在地上形成淡淡的若有若无的影子。偌大的站台几乎不见人影,十分安静。我今天穿得正式了些,皮鞋在光洁的大理石地板上发出"噔噔噔"的声响。

今年是个冷冬,即便在五十米深的地下铁站,仍然感觉寒气袭人。我稍稍捂紧了大衣,把冰冷的手插入衣袋中。我触摸到晶凉的钥匙,一股透心凉的感觉立即从手指传遍全身。我的心微微掠过一阵短暂的战栗。

我抓起钥匙,在掌心中颠起来。钥匙相互碰撞,发出银铃般的声音。

"看,你的钥匙丢了。"

蓝蓝甜美的笑容和声音又浮现在我的脑海。快一年了,她的音容笑貌仍在我脑中挥之不去。

"你不丢了它,怎么能去重新开始一份感情呢?"

我掏出钥匙,摩挲着刻有"蓝"字的小坠物。这是一个象牙漆雕制品,蓝字上面的涂漆已经被我摸得掉光,露出了洁白的质地。

蓝蓝,我丢不掉呀,你在哪里呢?

"嘎——咻——"又一列地铁进站,车轮与钢轨发出刺耳的摩擦声。空气再次被划破,像海浪般向两边荡漾开去。随即,车门开启,乘客像出舱的游鱼般汹涌而出。月台顿时充满喧嚣之声。无数的乘客与我擦肩而过。我站在那里犹如一块礁石,形成了阻挡,走也不是,退也不是。一阵警报声过后,地铁像一条巨大的毛虫迅速收拢身体上的每一个伤口后又呼啸而去。很快,这群"游鱼"也退去了,月台又恢复此前的宁静。而我仿佛一块退潮后的礁石孤零零地立在了那里。

我看看时间,上班高峰马上就要来临。我把钥匙放回衣袋,加快步子走出月台。

走到店铺门口时,那串钥匙仍还挂在铁门上。贴在钥匙下方写有"请认领钥匙"的纸条脱落了。不知道这串钥匙能不能物归原主。钥匙是昨天晚上我关门时在唱片架上发现的。昨晚我在店铺等了一个小时,见没有失主来,便在铁门正中粘了个拉钩,把钥匙挂在其上,等失主回来找。

我把钥匙取下来,在手中抛了抛。共有五条钥匙,钥匙圈上系了一条红绳,还有一个刻有人名的小坠物:林颂安。

我打开店门,略略清扫一下铺面,整理一下货架。主要是把送报员送来的一天的报纸放在报刊架上。这样,新的一天又开始了。

我把那串钥匙重新挂在门口一个显眼位置,并贴上一张大大的纸,画上一个钥匙的卡通形象,以引起注意。但愿这个失物能物归原主。我回到柜台,刚拿起账簿,就听到店门口响起一阵清脆的声音。

"哈哈,北安哥,怎么今天这么晚?"

笑笑像个麻雀似的,蹦蹦跳跳地走进我的店铺。她把那串钥匙拿在手中抛了抛。

"又有失物了。今天早上我来时就看见了。还没有人来认领呀?你这店落下的东西可真多。"

笑笑跳到我面前,从身后端出几块蛋糕,怪声怪气地说道:"当当当当,好东西来咯,这是东明新做的蛋糕,拿来给你尝尝。"

我看向青豆面包屋。这会儿,郑东明正忙着给顾客夹面包。青豆面包屋就在我店铺的斜对面,是笑笑和东明一起开的。两人是一对异国情侣,

烟花夜不见不散 220

郑东明是韩国人。他们常常把新做的蛋糕送给我吃。作为交换，我则把卖不掉的杂志和唱片送给他们。

笑笑指着门外道："你猜那串钥匙的主人是男的还是女的？"

"男的吧。上面的小坠物写着名字'林颂安'，男人的名字。"我说。

"我猜是女的。小坠物很女性化，林颂安肯定是她男友的名字。女生都喜欢把刻有男友名字的坠物串在钥匙上。"

我点点头，觉得很有道理。正如我的钥匙的坠物写着蓝蓝的名字。

这时对面传来东明的叫喊声。是喊笑笑回去的，店铺一下子来了许多客人，大抵是忙不过来了。笑笑跳起来，朝我挥挥手，回店铺去了。

上班的高峰时间来了。店外隔一会儿就响起一阵杂沓的脚步声和喧嚣声。笑笑的店铺是最为忙碌的，每天早上，笑笑和东明就像两只陀螺在转。我的店铺则十分空闲。这段时间，我总是一边吸着烟，或喝着咖啡，趴在柜台上，半弯着身子看店外过来过往的上班族。他们都面无表情，快速机械地移动着步子。一年前，我就是他们中的一员，步履匆匆地上班下班，赶地铁挤地铁，像只躯壳，对路上的景色视而不见。现在，我终于有时间去观赏这一切。看着那纷杂的人流，我总在想，今天会看见谁，遇见谁呢？

我能再次遇见她吗？

老邱又在 MSN 上找我了。老邱叫我晚上和他去酒吧喝酒，要介绍新的女孩给我认识，他认为我的生活太单调，没有约会没有恋爱，十足一个老宅男。老邱是我的绘本编辑。我已经出的这本绘本是他做的。认识老邱时，我还在一家广告公司上班。那时我忙得晕头转向，但闲暇之余我会随手画一些涂鸦放到自己的博客上去。蓝蓝突然离去后我更是疯狂地画。嗅觉灵敏的老邱很快发现了我，把我以前的随手涂鸦汇编成书，出了绘本，没想到反应很好。凭着这一本绘本的版税和多年的积蓄，我毅然辞去广告公司的工作，在地铁开了这间店铺，一边开店一边绘画。

之所以在地铁开，最主要的是我在等一个人。

我对你来说，是百分之百的女孩吗？……陪我去逛街吧。陪我去看电影吧。陪我去茶餐厅吧。陪我去游乐园吧……

蓝蓝的形象在我的笔下又一次鲜活了。每到这时候，我总感觉蓝蓝就在地铁附近。我甚至能听到底下五十米深处隆隆穿过的地铁带着她的气息来来往往。

可是她到底去了哪里呢？为什么就这样突然离开杳无音讯了？

这时，忽然听到风铃般清脆的声音，我几乎以为是蓝蓝。抬眼看时，原来是一个年轻女孩。她拎着那串钥匙走近我，说道：

"这是我的钥匙。"

原来是失主。我对她点头微笑："昨天晚上在唱片架上发现的。"

"还好找到了，否则我又得砸一次锁。"她抬抬眉毛。

"经常丢钥匙？"

"可不，丢三落四的毛病一直没改。"她咂咂嘴，抬眼四处看看，说道，"你这店的布置非常有特色，是自己设计的吗？"

"和朋友一起设计的。"

"你喜欢蓝色？走进这里好像走进海洋馆。"女孩在我的店内转悠起来。她沿着唱片架、报刊架走动，不一会儿便抱了一摞唱片和书刊到我面前。

"你全要？"我惊讶地望着她，"为什么买这么多？"她快要把我半个唱片架清空。

"还没见过嫌顾客买得多的店主。昨晚就想买了，可没带够钱。"女孩调皮地笑笑。她一张一张地把摞得很高的唱片拿下来，说道："你应该进多些大众的唱片，否则这些唱片只有遇上我这种小众顾客才卖得出去。你这店好像是新开的吧，生意可好？"

我点点头："对，两个月前开的。生意一般般。"

临走时，她告诉我她叫苏朵，在附近上班，以后会经常来光顾我的店铺。

【2】

接下来的第二天、第三天、第四天、第五天，这个叫苏朵的年轻女子都来我的店铺买走一张唱片或一本杂志。不是她说的经常而是天天。到了第七天，我对她说："你不用这样感谢我的，那只是我的举手之劳。"

"难道你不懂滴水之恩当以涌泉相报？"

"莫非你还要嫁给我不成？"

她掩着嘴银铃般笑开。后来我们成为朋友。每天下班她都来我的店铺坐一会儿。刚开始说是六点钟前后是下班高峰期，地铁非常拥挤，她要避开这个高峰期。后来我才知道，她其实在等男友。当她告诉我时，我说道：

"是叫林颂安吧？"

苏朵"啊"地惊叫："你怎么知道？"

"你的钥匙扣上有。"

"你有女朋友吗?"苏朵转而问道。

我略一愣,一时不知该如何回答她。

"有。"

"你的钥匙扣也有一个写有你女友名字的饰物吗?"

"有。"

苏朵饶有兴致地向我伸出手:"给我看看。"

我犹豫着,但最后还是掏出给她。

"蓝蓝。"

她一字一字地念,看了很久上面的字,仿佛要确认似的。"带了很久了吗?字快看不清了?你们恋爱几年了?"

几年了?这个问题把我陷入困境。三个月零七天?可我觉得我们一直在恋爱,片刻都没有停止。

"快一年了。"

"她现在在哪里?"

在哪里?我又一次陷入困境。"就在这座城市。"我继续撒谎。

"为什么我一次都没有看见她。她平时不会过来帮忙吗?"

我不知该如何回答。我忽然怪起苏朵问得太多了。

"哦……她很忙,她是个设计师,平时很少过来……她来的时候,你又恰巧不在。"我轻轻呼出一口气。我发现撒谎是如此吃力不讨好的事。撒了一个谎你就必须撒下一个谎和更多的慌来圆满前一个谎。

苏朵差不多天天都来我的店铺等她的男友下班。可她的男友从未在我的店铺出现过。她男友在对面的一个地铁道口出入,下到月台时他便会发短信给她,她收到短信后便会下去。每当短信铃声响起时,苏朵的脸上就会腾起一阵欢跃。慢慢地我也留心起苏朵的短信铃声来。可是,短信并不是每次都准时响起,也并不是每次都是男友的。这时,我的心也跟着苏朵脸上的表情变化而起伏。

可是苏朵不知道我也在等着一个人。

正如大多数奋斗在这座城市的年轻人一样,苏朵的男友正处于事业的上升期,加班越来越重,应酬越来越多,失约的情况时有发生。有一天晚上,直到我的店铺关门,苏朵的男友还是没有出现。于是,我们便一起走。

晚上的站台空旷而安静,白炽灯光把站台照得如同白昼。一列列地铁拖着疲惫的身躯进站又出站。

　　苏朵没有因男友的失约而不开心，反而滔滔不绝地讲话。列车来到时，她没有离开，让我再陪陪她。我们坐在深蓝色的椅子上。这个地铁站台有着如深海一样的蓝色。那蓝色过于浓郁，几乎像海水一样要溢出来。看着来来往往的列车。我又想起那些过往的时光碎片。苏朵在我耳边絮絮地讲，不知疲倦似的。

　　"不知道为什么，我很喜欢地铁。"苏朵看着刚刚下车正如游鱼一样散去的人群说道，"我有个大学密友，之前一直没有谈过恋爱。两年前她在地铁遇见了她的 Mr Right。对她来说那是她的初恋。你猜他们是怎么认识的？"

　　我摇头。

　　"是在地铁上。我这个朋友每天坐地铁上班，她男友是地铁司机。他们住在同一个地铁站附近，所以早晨上班经常会遇到，而且坐同一趟列车。这样一来二去，他们都想结识对方，但谁都没有勇气打第一声招呼。有一个下雨天，两人又在同一个车厢相遇。下车时，朋友走得太匆忙，忘记拿伞。地铁司机在后头拿着伞追了上去。"

　　"于是两人就这样相识相恋了？"

　　"嗯，后来朋友告诉我，那是她的一个'阴谋'，那把伞是她故意落下的。"苏朵停顿片刻，又说道，"可是我又讨厌地铁。"

　　"为什么？"

　　"因为一年前，这个地铁司机在一次地铁维修中出事故死了。那天，他们约好一起下班回家的。后来，我朋友足足一年每天都在地铁站流连等他。"

　　听到这里我有些难过，缓缓地开口说道："我和蓝蓝也是在地铁相识，就是这个地铁站。那时，我和她也是经常相遇，但都是擦肩而过。后来连续两个早上，我都掉了钥匙，而她两次都捡到，于是……"

　　"你也是故意的吧？"

　　"无心的。"我摇头说道。讲到这里，和蓝蓝在一起的每个日日夜夜又浮现在我眼前。那股藏在我身体里的久久不能释放的思念，此刻像觅得了出口，我开始絮絮叨叨地讲我和蓝蓝相遇相恋的故事。苏朵异常安静地听我讲完。不过短短三个月的故事，却被我说得那样长。我看见无数列的地铁来了又走。

　　"我遇到了我生命中的 Miss Right，对我来说百分之百的女孩。"

"百分之百的女孩？"

"嗯，百分之百女孩。"我用力地点头。

"你在这里开店铺就是为了等她？"

"对。"

"你觉得她会在这里出现吗？"

我望着空荡荡的地铁隧道，很久没有说话。这时，广播里响起最后一班地铁的通告。我和苏朵告别的时候，她站在末班列车上大声对我说：

"也许蓝蓝说得很对，你要重新开始一份感情。"

【3】

这天晚上下雪了。Z城今年的第一场雪。又一个冬天来了，而这个冬天来得有点早。告诉我下雪的是苏朵。当时我正在画画，QQ窗口突然闪亮了一下，偌大的窗口弹出一行字：

下雪了。

我还以为是她的恶作剧，哪有这么早下雪的。随之窗口又弹出一行字：下得好大。我急忙探起身子，推开窗户，不免惊讶，真的下雪了。雪白的絮状物充盈了整个夜空。飘落得那么安静，没有声音的。不知下了多久，外面已是纯白一片。湿地公园早已被落雪覆盖，俯瞰大片树林像一块奶油蛋糕。

看着黑漆漆的夜空，絮絮落下的雪和模糊在雪中的万家灯光，我心中的寂寞又深了一层。我忍受寂寞的本事是一流的，春去冬来，都是如此。

第二日是周末，见到苏朵时已是傍晚六点时分，雪依然在下。苏朵穿得很多，像只北极熊。她拍落身上的雪，待她脱去羽绒衣，我发现她今天用心化了妆。我问她打扮得如此漂亮去干什么。她满脸笑容抖出两张票，说约了男友去大剧院看戏曲。

我向店外望望。男友呢？我问她。

等会儿就来了，你就可以见到他了，可是很英俊的哟。她的口吻如同刚坠入爱河的顽皮少女。

可是我还是没能见到苏朵的男友，苏朵的男友再一次失约。戏曲是我陪苏朵去看的，上演的是昆曲《牡丹亭》。

看完戏曲，我又陪她到酒吧喝了点酒。她一边喝，一边咿咿呀呀地哼《牡丹亭》里的唱词，喝了很多。下到地铁站，她几乎是被我搀扶着走。

"你还醉着,我们坐一会儿再走。"我拉她到一张椅子上坐下。

"我真的没事。"片刻的宁静之后,她突然哭泣起来。她爆发了,她真的要好好释放自己了。我能感觉到她的男友早已经是移情别恋。她在挽留他,在等待他回心转意。

"你说,我们真的能等到要等的人吗?……或许,我们都别骗自己了,重新开始一段感情……你说你能等得到吗?你会一直一直等下去吗?"

苏朵忧伤地看着我。我沉默不语,不知该怎么安慰她。

"不知道彼此的家庭工作父母朋友,不晓得彼此的确切年龄、具体身高,不谈过去也不谈将来。有这样的爱情吗?"

苏朵说着说着缓缓地伏在了我的肩膀。我看着黑魆魆的隧道,看着一列列深夜的地铁列车犹如空盒子,载着时光来了又走。

耳边忽然响起《牡丹亭》曲:

"原来姹紫嫣红开遍,似这般都付与断井颓垣,良辰美景奈何天,赏心乐事谁家院……"

冬季又深了一层。街上的行人都裹得密密实实,像熊一般憨肥。地铁站旁的那株百年樱树落尽了叶子,露出光秃秃的深色的枝丫,仿佛死去了一般。

明年还会开出满树的花吗?在地铁月台行走的时候,我忽然想起去年四月,满树的樱花瓣和着雨水洋洋洒洒飘落的情景。

这几天的情况有些糟糕。前天坐地铁,我把手提包弄丢了,里面有我很多新画的画稿。而今天早上出门竟然忘记带店铺的钥匙。

连续几天没看到 ZM214 小姐,她大概被调到其他站台去了。站台调换是她们常有的事。笑笑陪东明回韩国参加他哥哥的婚礼,恐怕得有好长一段时间才能见到他们。

不见的还有苏朵。自从那天晚上以后,我一连半个月都没有看见她,好像消失了一般。现在的女孩怎么都喜欢玩突然消失啊!走走走,都消失吧。我怀着一股无端的愠怒,跳上一列刚刚进站的列车。

"下来吧。"

是苏朵。

"你今天怎么不开门?"

"我忘记带钥匙了。"

"快下来吧,车要开了。"

我急忙跳下车。我差点认不出她。她换了发型,剪成齐脖短发,染了栗色。衣着是学生模样。我发现她瘦了，脖颈和脸都小了一圈。原来她和男友正式告吹了。我感到有些惋惜，她做了那么多的努力。原来这就是她突然消失的原因，她躲起来一个人默默舔舐伤口。

我和苏朵来到地铁站附近新开的一家咖啡厅。她带我来到一个位置，从这儿看下去，刚好可以看见地铁站的那株樱树。这是第一次俯瞰樱树，有种新奇的感觉。人们带着冬天的表情从樱树光秃秃的枝丫下穿过。

"以后不用在地铁站等他了。"苏朵呼了口气，故作轻松似的说道。

"真的放下了？"

"不放下又能怎样呢。"她沉默良久，忽然问了一个问题，"假如，我是说假如，你深爱的人永远不在了，你会怎么做呢？"

我诧异地看着她："你男友出什么事了？"

她笑着摇摇头："我是假设。是一直一直爱下去永远不娶不嫁还是重新去开始一份感情？"

我愕然地望着她，不知该怎么回答。

【4】

苏朵又倚在唱片架上发呆。她失恋之后，把工作辞了，成了大闲人，每天往我这里跑。我倒免费得了个"工人"。每天她都把店铺里里外外清洁一番，店里的每一样物品她都是擦了又擦，唱片的封套被她擦得光亮照人。她还发动她的朋友和同事到我店里来购物。我不知她哪里来的这么多朋友，每天都有一小拨。自然，我这个月的营业额翻了几番。她还隔三差五地给我带来她做的各式点心。尤其是苹果派，她做的味道竟然与蓝蓝做的一模一样。

我不知道苏朵是不是真的已经放下，还是硬装出来的。每逢热闹过后，她都坐在唱片架旁，头倚在上面，望着门外发呆。这背影比她那时等待男友时还要落寞，还要孤寂。行人在她面前来来回回，这情景看上去就像一部默片电影的镜头。

我想是没么容易放下的，从她之前的表现来看她是那么爱他。

也就在这个时候，我第一次发现了蓝蓝。

那是新年元旦的夜晚。我和苏朵在Z城的时代广场看完新年倒数活动回来。人流很多，大家都往地铁赶末班车。每年这个时候，地铁都延迟至凌晨一点。不管是电梯还是步行梯，满满都是人。我还是在人群中发现了她——尽管我没有看清她的脸,但我肯定就是她。当时我和苏朵正踏上电梯,往下面望时,我看见了正走下电梯的她。她回头望了一眼,估计她也看到了我,然后有点慌张地钻入人流中。我喊了几声,她则加快了步子。我拨开一重又一重的人流去追赶她。但人实在太多,待我追到月台时,已经看不见她的人影了。我看着刚刚开出的地铁,气得捶胸顿足。

"你看到她了?"苏朵追了上来。

"是的,她上了地铁。"我气喘吁吁地说。

"你确定是她?会不会认错人?"

"没错,就是蓝蓝。如果不是她,为什么看见我要跑。"

这一次发现蓝蓝,说明了我的等待是有意义的,也说明蓝蓝根本就没有离开这座城市。我更加坚定了要找到她的决心。第二天我印制了许多张寻人海报,贴在各个地铁通道口、电梯、甚至月台。

"四月的一个晴朗的早晨,我在地铁站口同一个百分之百的女孩擦肩而过。

距离五十米开外我便一眼看出:对我来说,她是个百分之百的女孩。从看见她的身影的那一瞬间,我的胸口便如发生地鸣一般地震颤,口中如沙漠般干得沙沙作响。

看到此,请速与我联系。你永远都是我的百分之百女孩。"

"真是痴情汉啊!"老邱念着一张撕下来的海报说道,"没见过寻人启事写得这般充满爱意的。还制作成这么精美的海报。怪不得我这一路走来,路上没看到一张。估计不是被清洁阿姨当广告撕了,就是被小女生当收藏品撕了。"

"那你这一张怎么来的?"

"你店门口那张。"

我真是哭笑不得。自从我贴出寻人海报后,人没有找到,却发生了许多哭笑不得的事。首先是海报一贴出第二天很快就被撕了下来,我只能不停地去贴。后来我便收到了地铁管理处的"不许乱张贴"的警告。我的电话号码也不知怎的被泄露了出去,经常有女孩打电话给我,问"你的百分之百女孩找到了吗",或者说"我就是你的百分之百女孩"。直接奔到我店铺来的也不少。

后来我就只在我的店门口张贴海报了。

【5】

日子过得飞快。在日复一日的等待中送走了冬季迎来了春天，并且迎来了我的第二本绘本《遇见地下铁女孩》。蓝蓝依然没有出现。

三月初的一天，我的绘本正式上市。老邱本来打算要为我办签售活动，但我拒绝了，在读者面前抛头露面我还不习惯。我们只在宣布上市这天，在老邱家搞了个庆功 party。老邱叫来了一大帮朋友。他不知什么时候向他的这帮朋友传出流言，说我和苏朵是一对。我知道老邱的一片苦心，他老早就劝我别找下去了，这么活脱脱的一个苏朵摆在眼前。因此 party 上我和苏朵被众人当成开玩笑的对象，被灌了不少酒。Party 结束后，我和苏朵一起走。刚从热闹的场所出来，我们都一时没有说话，安静地向前走着。苏朵偶尔说几句，回味刚才 party 上的趣事。她替我喝了许多酒，她知道我不能喝太多。我看着她微红的脸颊，心中有一股复杂的感情。走着走着，不知什么时候，苏朵挽住了我的手臂在走了。

快到地铁站时，突然下起雨来。幸好苏朵带了伞。路过樱树的时候，我们被满树的樱花震惊了。它一夜之间开满了花，而且比往年提前了。樱树没有一天比一天老，反而更有生命和活力。

"我们在这站一会儿吧，反正雨不大。"我提议道。

站在树下，我立即想起去年和蓝蓝在这里旁若无人、雨中亲吻的情景。为什么此刻站在我身旁的不是蓝蓝呢？我的等待有意义吗？或者如老邱他们所说，我都做了这么大努力，她都不肯现身，她不值得我去等，我该重新开始一份感情，而且她走后给我留下的信不也是这样希望的吗？我正要放开苏朵的手却又用力握紧了。而她正微抬着头，看雨滴和着花瓣砸在伞上，脸上浮出淡淡的笑容。可能还未察觉我的这番举动吧。

这时，我突然看到地铁入口又出现了蓝蓝的背影。我立即把伞交给苏朵跑了过去。越走近那背影，我越敢肯定就是蓝蓝了，发型、走路的姿态都那么像。是你吗？这回你就无法再跑掉了。我的心几乎要从嗓子跳出来。接近那"背影"时，我轻轻地拍了拍"背影"的肩膀，叫了一声"蓝蓝"。

"不好意思，我认错人了。"

看着女孩一张惶惑的陌生的面孔，我连连道歉。女孩对我笑着摇摇头，继续往前走去。我像是一只刚膨胀起来的气球般突然泄了气。这时，苏朵已跑了过来。

"怎么了?"

"我以为是她。我是不是很傻?"我无比沮丧地抱着头,靠在通道的墙上,"我总感觉她一直在地铁站附近,可就是躲着我。她为什么要这样?为什么?"我有点歇斯底里地嚷叫。

苏朵忽然抱住我,把头埋在我胸口,喃喃说道:"忘记她吧,不要等了。重新开始一份感情吧。我们都该重新开始一份感情。"她抬起头,眼睛湿润地看着我。

我沉默许久,最后轻轻推开她,说道:"苏朵,对不起。"

【6】

临近四月,Z城的雨季开始降临,整日整夜下着毛毛细雨,天空阴霾不散。又连续几天,苏朵没有到我的店里来了。自从我拒绝了她以后,我们的关系就变得无比微妙。虽然见面时,大家都装作若无其事,但多少还是有点尴尬。她以前偶尔一两天不来找我是常有的事,但现在却变得越来越频繁,不来的时间也越来越长。我不知道那次的拒绝方式是不是伤害了她。

"那肯定是伤害了的。"

有一次我和老邱在酒吧喝酒时,我和他说起这事。

"她都主动到这个份儿上了,你却冰冷冷地一把推开。嚯,想想当时的情景。对于女人来说,天底下没有比这更能伤她们心的事了。"

"哎,你说这蓝蓝是何方神圣,把你害得这般苦?"老邱摸着他满脸的络腮胡,喋喋不休,"真是来得快去得快呀。她是不是'闪爱族'?"

"'闪爱族',什么是'闪爱族'?"

"就是闪电恋爱,闪电分开。现在的年轻人都喜欢玩这个,寻求新鲜刺激。短则几天,长也至多不过半年。你这个蓝蓝的一切行为完全符合闪爱族特征。她消失得多利索,唯有你这个傻瓜被'闪爱'劈中,倒下去就起不来了。"

"到了现在我只是想把事情弄明白。她为什么要离开?为什么要躲避?她到底发生了什么事?"

"有些事情是没必要一定弄明白的,难得糊涂啊。"老邱拍拍我的肩膀。

第七天苏朵还是没有出现,而雨已经持续地下了半个月了。这天早上,我给她拨了几通电话都没有接。又发了短信,也没有回。我有点生气,不至于这样躲着我吧。拨第四次,依然无人接听。这时我担心起来,她不会出什么事了吧?被抢劫了,出车祸了,煤气中毒了?第五次拨时,当我忐忑不安地按了一半号码时我停了下来。我为什么要见她?为什么要生气?为什么要担心?我不是拒绝了她吗,为什么我还要不断地靠近她,而她又有什么义务要见我,甚至接我的电话?

当我心情沮丧地把电话刚放下来时,苏朵却出现了。我不免一惊。她拿着手机在我面前晃了晃,说道:

"刚才我在地铁上睡着了,没有听到。"

她看起来精神萎靡,脸上布满了愁云。刚开始我问她时她还什么都不肯说,最后才告诉我,她的妹妹生病了,这段时间她都在医院照顾她。

"你还有妹妹?怎么从来没有听你讲过?"我有点吃惊。

"可能之前没有机会说起她。"

"那为什么她生病了你在医院照顾了她这么久也不告诉我?"

苏朵看了我一下,很久没有说话,似乎不愿意多说。是啊,她为什么要告诉我?我又不是她的谁。朋友?可为什么她要当你是朋友。并不是每对做不成恋人的人还可以坦然地做朋友的,很多只能成为陌生人。难道我和苏朵以后就会越来越陌生了吗?

苏朵只坐了一会儿,给我带来了她以前经常给我带的苹果派。她走时我提出一起去医院看她妹妹,她拒绝了。

"这、你,你不要去。我妹妹不喜欢见到陌生人。她现在不能受打扰。嗯,她没什么大碍,应该很快就会康复。嗯,下次吧,总有机会。"

之后,我就更少见到苏朵了。她一直不肯告诉我她妹妹的具体病情,每次都说"很快就会好的,没什么事",而且也不答应我前去看望。

"行了,你就别操这个心。很明显,她是有意地疏远你。这么重要的人生病住院都不告诉你。这都是女人的心思。她知道你不会接受她,她来找你还有什么意思,又和你吃饭又和你去看电影,名不正言不顺的。她也要自尊的嘛。你当然爽,不止逛街看电影,还经常有点心吃。但有哪个女人会一直这样做啊,不但爱你不成,还得一起陪你等你的心上人。世上哪有这种傻瓜。所以,你要做出选择,要么苏朵,要么继续等你的蓝蓝妹妹。"

老邱说话总是对我不客气,但他所言极是。这天晚上,我和老邱又在酒吧喝得烂醉。他结束了和女友七年的爱情长跑,昨天终于登记结婚了。还有一件喜事,女友也怀孕了。

"不过是奉子成婚。结婚后就没有自由咯。"当我向他恭贺双喜时,老

再遇地下铁女孩

邱感慨似的摊摊手说道。我知道他是口是心非,他盼这一天不知盼了多久。

这以后,我和苏朵几乎就没有什么联系了。她的冷淡使我日渐灰了心,我连平日的问候短信也懒得发了。这天,我又趴在柜台上,呆呆地望着地铁站的乘客来来往往。也许,每个人对每个人来说都是生命中的过客,大多都是打个照面擦肩而过罢了,有多少个能陪你几天几月几年,甚至是一辈子。我们总是这样,一个人怕孤独,两个人怕辜负,三个人怕孤立,而当身边有一群人在狂欢,突然又觉得自己好孤单。

如此又过了大半个月,苏朵才在我面前出现。这时的她瘦了一圈,看上去形销骨立,憔悴无比,仿佛她就是病人。

"照顾病人很辛苦吧?"

"嗯。"苏朵努力微笑着点头,眼里溢出淡淡的忧伤。

"你妹妹没什么事吧?"

"……没……没什么事,应该很快就会好起来。"苏朵没有说很多话,基本是我问她答。她精神好像游离在外,和我的对话显得心不在焉。几次她似乎有什么要说,可每次都欲言又止,最后以惨淡一笑收尾。苏朵在我店铺里坐了一个上午,几乎一言不发地望着店外。看着她萧索的身影,我想她妹妹病得不轻,否则苏朵不会如此担心。但她不愿多说,我也就不便多问。临走时,苏朵拿出一本我的绘本《遇见地下铁女孩》让我签名,说她妹妹很喜欢我的画。

"写上这句'你永远是我的百分之百女孩'。"

"这句?这样写,合适?"我疑惑地看着苏朵。没有理由给一个素未谋面的女孩这样写,况且她还是个病人,总该是"早日康复"、"战胜病魔"之类的话吧。

"嗯,就这句。她很喜欢你书中的这句话。她是你的超级粉丝了。"

我疑惑地抓起笔,苏朵低着头看我写完。我总觉得苏朵有什么事情瞒着我。最后,我还是加上"祝你早日康复"这一句。同样,她依然拒绝了我前去探望的请求。

我感觉我们越来越生分了。

【7】

不知是由于雨季的缘故,还是人们脸上都有潮湿慵懒的表情,四处弥漫着水汽,连地铁站台传来的报站声也是黏湿湿的。店铺非常冷清,整整一上午没有一个顾客光临。中午我约了心理医生。我的失眠症越来越严重，晚上经常彻夜无眠。在我拉上闸门的时候，遇上了ZM214小姐。她站在我身后，探头探脑地往店里张望。

"这么早就关门了？"

"是你。好久不见。"

"嗯，好久不见。"ZM214小姐如站在雨景中浮出淡淡的微笑。连人的微笑也是潮湿的。

"我想买份报纸。你看起来精神很不好。"

"我没事。你调回这里来了？"

"不是，我要离开这里了。"她有点羞涩，"我辞职了，我去我男友的城市。"

"以后还会回来吗？"

她微笑着摇摇头。原来我和她是最后一次见面了。她走时，我问了她的名字。

"赵婉澜。"

多美的名字。看着她的身影随着电梯逐渐沉落下去到消失不见时，我忽然生出一丝怅然。

从医院回来，经过樱树时，发现樱花凋落了很多。树下不知什么时候安了一张长圆凳。我打着伞坐在樱树下，回想着医生的话："比较严重，出现轻微幻觉……应该好好休息，调整作息时间，按时吃药，配合治疗。"

"你怎么在这里傻坐着？"

是笑笑。她一脸青春灿烂的笑容。我想笑笑应当是这世上最快活的人。她告诉我她和东明前天就回来了。

"你看起来精神很不好。一副愁眉苦脸的样子，好像有什么事呀？"笑笑在我身旁坐下。我对她苦笑了一下。好像确实是有什么事，好像又没有什么事。日子不天天都是这样过去的吗？要等的人没有来，不同的人与你擦肩而过，消失，来来往往，不都是这样的吗？

"那个女孩呢？"

"哪个女孩？"

"就是天天在你的店等男友下班的那个呀？"

"我有不少日子没见到她了。她妹妹病了，住院，应该是病得不轻，她天天都在照顾她。"

"原来那个是她妹妹呀！"

再遇地下铁女孩

"怎么，你见过她妹妹？"

"嗯，应该是那个吧。有两三个早上，我看见她和一个女孩站在你的店铺门口，好像在等你。但每次站了一会儿就走。难道你不知道吗？"

我摇摇头。

"你记得那女孩的样子吗，也就是她妹妹？"我忽然想到了什么。

"记得。大概和我一般高，身形纤瘦。齐脖的栗色短发，戴着圆形的长条发夹。眼睛很大，脸圆圆的，但面色很苍白，走路很轻……"

"还有什么？"我一下子坐直身，声音提高了八度。

"你怎么了？"

"快，你还能想到什么？"

笑笑思考片刻，嘴巴张成O形，说道："那形象和你画的女孩差不多！"

"说！你们到底在哪里？蓝蓝现在怎么样了？"对着电话，我是声嘶力吼。电话那头的苏朵被吓住了，半晌没反应，继而我就听到了她的哭声。

"我正要打电话给你。快来，快来，她可能不行了。她想见你……"苏朵含着哭腔。

我不知如何奔跑到医院的。雨水扑打着我的脸。暮春的雨水那么冰凉，几乎像刀子刻入肌肤。我在脑海里一点一点回忆苏朵与我交往的片段，那么凌乱而毫无秩序。这几乎是一部恶劣粗糙的影视剧，而我却没能看穿它。我像个傻瓜似的配合着她们演。

赶到医院时，苏朵早已在病房走廊外等着我。她眼睛红肿，一见到我便扑到我身上，身体剧烈地颤抖。

"对不起！对不起！我不是有意瞒你的……"

我推开苏朵，轻轻走进病房，一眼便看见她，我日夜思念的女孩。我立即感觉胸口有一团强大的空气在爆炸。我拖着沉重的步子走向她。这还是蓝蓝吗？她的手臂插着输液管，满是针孔留下的伤疤。皮肤紫一块青一块，毫无血色。我久久地凝视着她，喉咙被什么东西堵住，一句话说不出来。陪我去逛街吧，陪我去看电影吧，陪我去茶点厅吧，陪我去游乐园吧……一句又一句，一幕又一幕，清晰如在昨日。这时我的泪水一下子涌了出来。

"你叫叫她，她一直在等你。"苏朵在我身后哭泣着说道。

"蓝蓝！"我叫唤一声，半跪在地上，轻轻地抓起她的手。好一会儿，她才睁开眼，嘴角努力做出微笑。她喘着气，想开口说话。我把耳朵靠近她。

"下定决心……直至最后……都不见你……最后还是……忍不住……想见你一面。"蓝蓝的声音无比孱弱，一开口便融化在空气中。

"为什么？难道就是要让我能'重新开始一份感情'？"我心里充满了悲伤、愤恨、不解和委屈，五味杂陈。

"为什么你们都要瞒着我？为什么……"

"不关姐姐的事……是我要她这么做的……除了你……姐姐就是……我在这个世界上……最亲的人了。"

"她的出现是你安排的？"

蓝蓝轻轻地点头。

"你……你喜欢苏朵吗？"

我摇摇头。

蓝蓝用力抓紧我的手："答应我……以后去照顾她……好吗……我走后……她就孤身一人了。"

她使劲做出微笑。她吃力地伸出手要抚摸我的脸，我一下子抓住它，贴在我脸上。凉凉的，柔柔的，像水一样，几乎要从我指缝间溜走。我看见她的眼角聚满了泪水。

"你要坚强，你要活下去……"我用力地握紧她的手，但我明白说什么也没用了。

"别哭……我很好……"她的声音越来越弱，眼睛使劲往上抬了抬。我顺着她的视线看向天花板。苍白的天花板上贴着一张色彩浓烈的画，正是我寻找她的海报。

"四月的一个晴朗的早晨，我在地铁站口同一个百分之百的女孩擦肩而过。

距离五十米开外我便一眼看出：对我来说，她是个百分之百的女孩。从看见她的身影的那一瞬间，我的胸口便如发生地鸣一般地震颤，口中如沙漠般干得沙沙作响……"

看到这里，我的心都碎了。过了很久，她才又开口说话。

"我……仍是你的……百分之百……女孩吗？"

我用力地点头点头点头。

"永远都是我的百分之百女孩！……我呢，还是你的百分之百男孩吗？"

蓝蓝吃力地看着我，嘴角咧出一丝微笑，眼角聚起的泪水一瞬间全部滑落。

"永远都是……从我看见你的……第一眼开始……永远都是……我的百分之百男孩。"

【8】

四月的最后一个清晨,我坐着第一班地铁从这个城市的地底下穿过。我的怀里静静地躺着一个黑色的檀木盒子,那是蓝蓝的全部重量。

我读着蓝蓝写给我的最后一封信。

在你读到这封信的时候,我已经在天国了。我一定是乘着地铁离开的。真的很感谢你对我的爱。我多么多么地想,继续去享受你的爱,你温柔的目光,你宽厚的胸膛。我又多么多么地想,一直去爱你,一直在你身边,相亲相爱,一辈子都不分开。

现在上天做出这样的安排,我们谁都无法阻挡的。你知道吗,那年的四月,你重新给了我一次生命。我一出生就是个孤儿,在孤儿院长大。姐姐苏朵出生在单亲家庭,她妈妈是我们孤儿院的院长。院长对大家都特别好,尤其对我,视我为另一个女儿,她早已经是我的妈妈。我和苏朵也以姐妹相称。可是前年冬天,妈妈在一次深夜工作中脑溢血猝死。她太过操劳了。妈妈的死对我和苏朵来说都是不小的打击,尤其对我。自幼我比同龄人少了很多爱,妈妈的离去便连最后一点爱都从我身上剥夺了。更可怕的在后头,不久我被查出患了绝症。如此一来,我连生的愿望都没有了。

你一定不记得我遇见你的第一个清晨。那个清晨,我已经做好了死的打算,便是往轨道里一跃。当地铁进站,我正恍惚着要跳时,你却拉了我一下。我永远都记得你给我的那个温暖的笑容,真的如一道阳光。之后,我便每天在地铁站等你。没想到,你每天都需要坐地铁上班,而你又刚刚换了新工作,每天都来得那么准时。于是我第一次、第二次、第三次、第十次都在地下铁通道口与你遇见。然后和你坐同一趟地铁,一直目送你离开车站。

那时我已深深地喜欢上你了。可我从小自卑敏感,还未真正喜欢过一个男孩,更没有谈过一次恋爱。不知道该怎么和你说上话。第十一次我们遇见时,你对我点头微笑。你知道吗,那个夜晚我彻夜失眠。第十二次,那么巧,你落了钥匙。这,也一定是上天安排的吧。

在我的身体一天比一天变得差的时候,我想我应该退出了。你一定会

烟花夜不见不散

问，为什么不让我和你一起分担呢？不让我来照顾你呢？那是因为我太珍惜这份爱了，我想让它保持美好。我不想自己在你面前显得楚楚可怜，不想你来分担我的痛苦。我只想让你记住那三个月零七天我们在一起的美好的时光。可是它是那么的短暂。

　　我不辞而别后，看着那几天你拼命地在找我，在地铁站不停奔跑，躲在角落里哭泣，我有多难过。后来，你走了，消失了两个月。我以为你离开了Z城，去开始了新的生活，很快也会开始一份新的感情。可是一个月后，你却在地铁站开了店铺，开始了你对我的等待。可是我知道我们终有一别，既然做了就要做彻底。你看，我多么倔强偏执啊！

　　可是我多么想知道你的一点一滴，但我又不能常常出来。于是我让姐姐和你认识，我便能从她口中得知你的一点一滴了。但只要我身体好转一点我都忍不住去地铁站看你……

　　这一次我就不是不辞而别了。这一次，真正地要和你告别了。能和你相恋，我是死而无憾的。就听我最后这次，重新去开始一份感情吧。愿你永远幸福啊！

苏蓝蓝

　　读到这里，我脑海里闪出一幕又一幕。原来苏朵给我带来的点心和苹果派，苏朵为我织的围巾和手套，都是蓝蓝做的。原来苏朵的男友就是那个地铁司机，他一年前就不在了，而之前每天发短信叫她下去的是蓝蓝。她们精心地编造了这一套谎言。原来这一年以来，蓝蓝一直形影不离地在我身边。想到地铁深处，一个想爱却不能去爱的女孩是忍受着怎样的痛楚，怎样的委屈，怎样的残忍，远远地站着，看着，却不靠近，就这么去守护她爱的男孩。

　　想到地铁的漆黑隧道中，有一双清澈如水的默默地注视着我的眼睛，我抱起蓝蓝的骨灰盒，头抵在上面，喉咙里难以抑制地爆发出响亮的哽咽，眼泪如雨水般奔泻下来。

　　地铁缓缓地向前移动，车上的每一个乘客都不由自主地将目光聚集到同一个地方。一个陌生的男子正独自坐在那里放声痛哭。

天堂的伞

【1】

"爱着你的人都对应着天上一个天使。每天,爱人天使在你头顶上方的天堂跟着你来来回回地走,他打着伞,为了不让阳光晒到你。可是他不能下来爱你。他看着看着你,忍不住落泪了。于是世界便下了一场雨。"

小薇是个令人心疼、需要用一辈子去呵护去照顾的女孩子。她说这段话时,我多想搂过她,紧紧抱住她,用我高大的身躯挡住这场来历不明的雨。然后在她耳边轻轻地说:让我来爱你吧。

可我担心她会脆弱得如同一滴雨滴,在我的体温下很快化成一缕雾气消失在空气中。我们彼此都有心爱的人。她爱着她的清树。我爱着我的周萌。

但我们都是爱情不成功的人。确切地说,她在找她的清树,我在等我的周萌。

"但这有什么关系呢。"

是的,小薇她说,这有什么关系呢。

美丽浪漫的情人街。大块的青灰石板,两排枝繁叶茂的梧桐树。我们坐在树下一张石凳上。路边的低洼地漂浮着大片的梧桐叶。天正下着毛毛细雨,雨点清凉而精致,如细小的月橘花瓣,穿透叶与叶之间的空隙,枝与枝之间的纠缠,落在我们的肌肤上。冰凉,有凛冽的触感。我们没有打伞。两把雨伞撑开放着,像两只温驯忠心的波斯狗,静静地伏在我们的身旁。

"季木,你说我会在这里重新遇上他吗?"

"会的。一定会的。"

小薇心满意足地抬头望向天空。天空是灰蒙蒙的,小薇的眼睛却无比湛蓝。那是她的家乡,北方一个城市的天空所具有的颜色。她说那个城市下很少的雨,一年四季充沛的阳光,天空几乎天天都是湛蓝色的。小薇的双眸清澈明亮,像湖水一样宁静,任何景物倒映在她的眸子里都无法遁逃,并久久存留。她家乡的天空便如此留在了她的眸子里。

小薇是个如此容易打发的女孩。一个轻松的玩笑,她就能笑上一整天,一个简单的约定,她就能等上一辈子。

宽阔长直的情人街上有各种各样的情侣。有的打着宽大的双人伞在漫步。有的打着伞坐在椅子上偎依着说情话。有的在路边旁若无人地抱吻,雨水打湿他们的全身,伞丢落在一旁,倒转着,伞柄指向天空。情人们的脸上都有甜蜜的表情。

季木,如果清树在这里的话,他一定会拿着DV拍下那对情侣抱吻的画面。镜头后面的他肯定会脸红。我忘了告诉你,清树是个轻易脸红的男生。这个年代会脸红的男生很少了吧,应当算是濒危动物。我和他去动物园看树袋熊的时候,我总是对他说,你应当关在这里才对。他吸一口气问,为什么呀?我看着他的眼睛不回答他,直盯盯地看着他。这时他就会显得很困窘,脸涨得通红,磕磕巴巴地说,小薇,你看树袋熊多可爱。

他对世间的万物都充满好奇。他固执地认为一切东西都是美丽的。凡是有生命的都使人敬畏,不允许受到伤害。他看到蚂蚁会绕路走,养的金鱼死了会伤心一整天。他一直相信有上帝和天使。上帝很难见得到,而天使常常在云端行走。有时我和他就整整一个上午抬头看着天空,一句话不说。看得我腰酸脖子疼。

他的DV机时时刻刻带在身边。他热爱摄影胜过爱我。毛毛虫、流浪狗、乞丐,他都认真地拍。你知道他拍下的带子有多少了吗?

我说我不知道。

整整放满一个小衣橱了。她笑。脸色很是苍白,有隐匿的忧伤。

季木,如果清树在这里,你们一定会成为好朋友,很好很好的朋友。虽然你们没有从小一起长大,认识的时候已经十七岁了,没有一起度过懵懂无知、青春萌发的少年时期,但你们可以一起度过青年时期。上同一所大学,学相同的专业,睡同一个寝室。当然还有我,我是他女朋友,是你的至交。我们三个肆无忌惮地在大学校园穿行,没心没肺地大笑。我听说

天堂的伞

大学校园都是很大的，很大很大。动物园够大了吧，但邻居小林哥哥说比动物园还要大。真不敢想象啊！一个人走肯定会寂寞，迷路也未定。但我们是三个人……

还有周萌呢。我打断她。

对哦，还有周萌。我真该死，我怎么把她给忘了呢。对不起呀。是四个人，清树牵着我的手，你牵着周萌的手。四个人走，一定不会寂寞，不会迷路。

你会喜欢清树吗？

会的。这么优秀的男孩子谁不喜欢呀。

他一定会喜欢你，叫你哥哥。你比他大几个月吧。他一直希望有个哥哥。你说过你也希望有个弟弟。这下可好了，你们一定相处得很融洽，像亲兄弟一样相亲相爱。你们本来就是同一种动物。

小薇讲啊讲啊讲得很累了。她的头悄然落在我的肩头。

为什么他要走开躲起来呢？为什么呀？

【2】

"……嚓嚓嚓……未来两个星期，还将持续降雨。在本周周末，来自西伯利亚的冷空气将到达我市。气温会下降到十二摄氏度左右。各位市民出行除了带好雨具，还要注意保暖……"

每天，我都收听天气预报。尽管每天的天气预报大同小异，无一例外提到下雨，但我仍喜欢听。这个城市叫雨城，一年三百六十五天几乎天天下雨。它是座古城，有几百年的历史。雨城本名不叫雨城，它以前有个很好听的名字，可没什么人记得了。人们可以轻易地忘记一座城市的名字。也许是较之以前的名字，人们更喜欢这样直白简单的称呼，宛如叫唤自己的爱人。

播报天气的女主播叫艾拉。如果没记错的话，她今年已经是二十八岁了。可是她的声音一直没有变，仍然那样甜美柔细。在我的印象中，她永远年方二十，如同在海边行走，永不老去的伊帕内玛少女。每天，她都以欢愉的声调报出"今天下雨"和"带好雨具"。这两个词像"亲爱的"和"我爱你"一样动听，充满柔情蜜意。也许，这座城市就是她的爱人，或者是生活在这座城市的每一个市民。

我告诉小薇我十三岁那年不可救药地爱上艾拉姐，每天听她的广播不睡。直到有一天，播完天气预报，在她的节目即将结束的时候，她说了一件事，我明天就要结婚了。我记得当时她的声音很细很小，羞涩不安。在末尾，她说了一大堆抱歉的话，说不应该做节目时说私人的事；但谁会怪她呢。大家只会祝福她。嗯，可能妒忌更多一点，大家都舍不得她嫁人了，谁那么有福气娶走我们的公主啊。我伤心了一个晚上。以为她结婚了，就代表她从此离开电台，再也听不到她的广播了。第二天我画了一张小小的卡片寄给她。

小薇听到这里，抬起眼睛笑了。她问，季木，结婚应当是一件很神圣的事吧。

当然啊！是世间最神圣的事。妈妈说，人生仅有一次，能有什么比这更神圣吗？

可有的人有很多次呀？

妈妈说，那是他们不懂得爱情，还未彼此真心相爱。

我继续讲艾拉姐的故事。艾拉姐在婚后第三天照例播报天气。她的声音充满糖果的甜蜜和花朵的芳香。在节目的末尾，她讲到她昨天的婚礼。她没想到有这么多的市民祝福她，有几百市民亲自到教堂观礼。一天之内，她收到了一万张贺卡。她讲着讲着，声音开始哽咽。她落泪了，有一滴眼泪滴在她的话筒上，经过无线电波传播，收音机喇叭的扩放，是那么的清晰。我不知道别人有没有听到，反正我是听到了。

小薇的脸沉寂下来，充满童话故事的氛围。

季木，如果我和清树结婚了，站在教堂，面对上帝和神父，面对你和朋友们的祝福，我也是会落泪的。

由于这座城市一年到头都下雨。最常见的是伞店。伞店到处都是，拐一个弯，穿一条巷就有一间伞店。即使一时找不到伞店也不用着急，每条街道边都有伞具自动售卖机。透明的玻璃窗内，色彩缤纷的伞安静陈列。像银行的自动存取机一样方便。伞具制造业成为这座城市的支柱产业，每年生产成千上万的伞。这些伞都被运往世界各地。

伞在这座城市得到重视和喜爱。

人们像穿衣服一样时时刻刻把伞带在身边，像爱孩子一样爱护着自己的伞。即使伞用烂了，也不会像扔垃圾一样扔掉，而是把伞交给各个伞具制造厂的收购部。很快，这把烂掉的伞就会变成一把崭新的伞重新在这座城市流通。而上交伞的人是不会刻意去打听或买这把伞，人人都相信自己用过的伞到了别人的手中，这是一种缘分。人们喜欢这种奇妙的缘分。

我家就是开伞店的。一百平方米的商铺到处都是伞，各式各样的伞，五颜六色的伞。我家负责销售伞和设计伞面的图案。我父亲和母亲都是出色的画家。他们毕业于同一所艺术大学，在大学里认识，相爱，然后结婚，开伞店，生下我。

　　我们和一家伞具制造厂有密切长久的合作。我们把画好图案的伞样本送到制造厂，制造厂就成批地生产出来。更多的是，我们为个别顾客画伞。顾客找上门指定我们画他们想要的图案，这些伞不送给制造厂，而成为顾客个人的纪念性的收藏品。他们把这些伞送给爱人或朋友，也可能是纪念死去的爱人或朋友。有时也纪念一条心爱的狗。

　　小薇就是这样整整一个上午看我在伞布上画一条狗。

　　当时店里只有我一个人，母亲去制造厂送刚刚设计好的伞具。我不知道小薇何时出现在店铺，她在背后看我画了多久。

　　我太专注了，脸色沉郁，神情悲伤。

　　就在我快要画好时，我看到这个大眼睛、脸色苍白的女孩。

　　"怎么它一动不动。可真听话。是睡着了吗？"

　　"不是睡着了。它已经死了。"

　　"怎么死的？"

　　"被小汽车轧死的。它去扑主人五岁孩子扔出马路的乒乓球。"

　　她的眼眶竟然红了，苍白的脸升腾起复杂的悲伤。她走到静物台，上半身覆盖下去，用脸颊抵住小狗冰凉的身体。

　　"别怕！天堂是个很美丽的地方。相信我，天堂没有车来车往。"

　　她穿着白色衬衣黑色方格裙的校服，背一个大大的樱红色的书包。衣服被雨水淋湿了，紧紧贴在她的肌肤上。头发是潮湿的，水滴一点一点地从她的发梢淌下来。怀里抱着一把破旧的伞，紧紧地抱着，红色的充满褶皱的伞布。她十足负气出逃的孩子。

　　她目不转睛地一一观看墙上挂着的伞，充满好奇，像观看画廊的画作一样专注。店里挂的伞都是为顾客画的。一部分是顾客留下的，他们请求母亲把伞挂在这里或者付了钱之后就再也没出现。一部分是由于顾客的故事感人，母亲征得同意复制一件挂在这里。送到制造厂的伞是从来不挂在这里的。伞一律撑开，从某种意义上说，就是一幅幅画了。从每一具伞上，可以读到主人的一个故事或某一天的心情。

　　她出声地把伞上写有文字的念出来。

"最终我们没能在一起；但我仍十分感激。因为曾经有段岁月我们很相爱。傻傻地想过，假如我早一点或迟一点在你身边出现，结局会不会好一点呢。可惜世界上没有假如。小蓓，你要幸福啊。永远永远幸福。呵呵，我们都要幸福。"

"女儿，你终于长大了，敢一个人去远方了。记得天气冷的时候多穿衣服，晚上睡觉不要蹬被子。如果遇上心爱的男孩，要勇敢追啊。千万别错过。有什么事就打电话给妈妈。妈妈的手机二十四小时为你开着。"

"你到底一个人走了。悄无声息地走了。我不知道你为何如此害怕这份感情。看来我们约好去布宜诺斯艾利斯看瀑布变得遥遥无期了。你走得太突然，我都没想好送什么东西给你。只好送你一把伞。但愿你会收的到。我不知道布拉格会不会像雨城一样整日下雨，但记得每天收听广播，时刻留意天气。"

"昨天早上洗脸梳头发的时候，竟然发现了一根白发。突然想一想，自己已经三十岁了。从未想过，时间会如此飞快地流逝。时间流逝的结果就是死亡。原来任何东西都是会死去的。时间会死去，宇宙会死去，青春会死去，爱情会死去，真不知道有什么东西会永恒。二〇〇五年六月十八日，纪念一根死去的头发。"

她走过来对我说，问她可不可以买一把伞，在上面为她作一幅画和留下一些文字。

我说当然可以呀。我这家伞店就是专门为顾客这样做的。

她挑了一把缎绸布料的伞。红色，和她怀里那把伞一样的颜色。红得有些过于浓稠，透着鲜血的色泽和温度。平时很少人选这种太红的伞。她也看了一下天蓝色，但最终放弃。

我把伞撑开，她坐在我的对面。

说吧。

她深呼一口气，想了很久，表情很认真很隆重，睫毛一眨也不眨。

"致我的清树……"

随后她就不说话了，许久许久没出声。脸上的表情复杂，呼吸声清晰得像深海的鱼在吐水泡。

我一时不知道要说些什么。她对我惨淡一笑，像这个城市的阳光一样

 天堂的伞

柔软苍白。

你想好了我再写上去。我说。

到时候写好了，可不可以为我留一个位置在这里挂着？她问。

我问她不拿走吗，大部分顾客都会拿走的。

她拼命地摇摇头。

我想清树一定是她爱的一个男孩。也许是她的初恋。更可能的是一场暗无天日、苦涩的暗恋。她没有勇气将伞送给这个叫清树的男孩。这种感情我懂。

这我不好做决定，我需要同妈妈商量一下。我告诉她，我妈妈很快就会回来。

那我等一会儿好了。

然后我们开始聊天。同龄人总是很容易聊到一块。一旦话匣子打开，就像一阵风吹散了一片雨云，雨哗啦哗啦下，没完没了了。

她说她来自北方的一个小城市，来找一个叫清树的男孩。她和清树相爱已经很久了，可是有一天清树突然离开，不辞而别，很长时间杳无音讯。清树从来就是这个样子，永远长不大，像英国哈里王子一样任性冲动。前几天他才发短信告诉她：我来了雨城，如果你找到我，我就跟你回去。

我刚下火车，进入市区，转到这里，看见你在伞上画一只狗，感到很好奇。

你要找多久？

不知道啊。找到他为止。但清树从来不那么轻易让我找到他。也许他很快换一个城市，让我继续找啊找啊。

你爸妈知不知道你来了这里？

不知道。

你不怕他们担心你吗？

他们没有时间关心我。我爸爸开公司，他们两人都忙于打理公司。我从小就被撇在一边，自顾自地长大。我一直住校，两个月回一次家。他们看见家里那条斑点狗比见到我还多。况且我在他们面前一向安安静静，不吵不闹。他们一直很安慰，生了个如此听话乖巧的女儿。他们压根不会想到这么乖的孩子会一个人离开一座城市。老师不太喜欢我。在她的眼中，我只是个家里有钱，平时沉默寡言，爱听音乐，爱幻想，很早和男孩拍拖谈恋爱的坏学生。我请了一个月的病假，她什么都不问。我就这样来了。

你在这里有亲戚或朋友吗？

没有。我第一次来这里。

那你打算在哪里住？

她摇摇头。不知道。还没想好在哪里住；但我很不喜欢在酒店住。她吐一口气，如果有人收留我就好喽。

我收留你吧。

她开心地笑了。眼睫毛像蝴蝶的翅膀扇呀扇。她连续说了十个谢谢，弄得我有点不好意思。

但我们得向妈妈撒一个谎。我对她说。

很快妈妈回来，我把收留小薇的事告诉她。我对妈妈说，小薇是我的同班同学，她的父母一起出差去了，一个月后才能回来。小薇一家在这里既没有亲戚又没有很多的朋友。小薇自己一个人在家感到害怕，形单影只，让我们收留她。她是我的同桌，算是朋友。妈妈安静地听，带着柔软的笑容。她从来就很相信儿子的话。她看来也很喜欢眼前这个女孩。她进门一见到小薇，眼里充满欢喜的神情。用看橱窗里的布娃娃一样的眼光打量她。妈妈心地善良，说话柔声细语，即使我不撒这个谎，她照样会收留小薇。她能够收留流浪猫、流浪狗，即使这些猫儿狗儿喂养了一段时间纷纷离去，她毫不介意，没有停止过。她有一回甚至收养一条受伤的误闯入我家的草花蛇。所以妈妈没理由不收留小薇。这个眼睛大大、柔弱得像冬日里一缕阳光、安静得没有任何破坏能力、看起来需要得到人照顾的女孩。

妈妈走后，我双手抱十向上帝祷告，请求他的原谅。因为我刚才撒了一个谎。小薇笑了。她说，清树撒谎或做错事后也像你这样紧张，不断地向上帝祷告祈求原谅。

天气预报放完后，小薇拿起晶体管收音机在空中摇来晃去。收音机沙沙作响。每天早上七点三十分，她都跑进我的房间和我一起收听天气预报。她穿我的大一号的纯棉T恤当作睡衣，上面印有切·格瓦拉的头像。头发乱蓬蓬，如纠缠的水藻，带着猫一般慵懒的表情。有时很安静，一句话不说，听完后钻进我的被窝重新睡过去。有时很吵闹，喋喋不休说个不停。这时她的眼睛变得很明亮很清澈。在她没有来的以前，不下雨的日子，我早上只听到窗外电线杆上麻雀唧唧喳喳叫个不停。

这里真的天天下雨吗？她问。

没有天天。一个月大约有半个月下雨，半个月是阴天。有阳光的日子很少。有时一个月内会有一个星期连续出太阳，有时一个月内一天都见不到阳光。如果是晴天出太阳，艾拉姐的声音就会变得很激动。这一天人们是不会把伞带在身上的，更不会打伞遮太阳。只有这个时候你才能在大街上看不到一把伞。伞好像突然从雨城消失了一般。

现在有多久没出太阳了？她问。

差不多两个星期了。自从你来了之后。在你来的前一天，那天恰好出了一次太阳。两个月来的唯一一天。

下一次晴天到来会是什么时候？

谁也说不准。艾拉姐说今年的雨水特别多。

她放音乐，开很小的音量。是恩雅的歌。她的书包里没有装一件衣服，却装了二十张恩雅的CD。这个声音纯净空灵的英格兰女子，在我的印象中，永远那么美雅温情，仿佛从远古穿越时空走来。在她很多的MTV中，她穿着一身素白的连衣裙，在天堂的边际浅浅吟唱。一唱便是几个世纪。风吹起她的白色裙角，歌声从云的缝隙泻下。她的音乐极有穿透力，能穿透人的灵魂。来不及阻挡，灵魂因穿透而破碎，沉淀，重又生长。

小薇说她的音乐适合做灵歌，在葬礼上唱。那么死去的人在天堂就可以安睡了。

季明雨和木小春是谁呀？

她说店堂正中挂着的一把做得很大的伞。伞上面有一幅画。简单写意的线条，勾勒出一对爱侣的背影。两人在雨中撑着伞观望雨景，带着相爱的甜蜜。油彩颜料似乎永远未干，泛着模糊的暖光，爱情的永久的新鲜。画的一侧有字。

季明雨永远爱木小春。木小春永远爱季明雨。

又及，季明雨，你带走了我一生的思念。木小春于二○○○年七月七日。

是我的父亲和母亲。

哦，季木就是取自你父亲和母亲的姓，代表你是他们爱情的结晶。两人一定很相爱吧？

对呀。无比相爱。

你父亲呢？我住了这么多天了，一直没有见到他。

我父亲在我十二岁那年死了。

对不起啊。

没什么。我和妈妈只在他的葬礼上流过眼泪。妈妈说，他只不过是去了另一个地方。因为如此，两人能够彼此想念；但终究是会团聚的。

【3】

季木，我以前喜欢过很多男孩，但我只爱过一个男孩，那就是清树。你知道清树对我有多重要吗？恐怕你永远不会知道。

季木，清树是个很了不起的人。他什么都会，绘画、摄影、文学。如果清树在这里，他会给你提一大堆意见，这里该怎么画怎么画，那里的色彩浓了一点等等。如果你画的很合他意，他会安静地看，不说一句话。他提意见从来不会曲折婉转，总是横冲直撞。周围的人都认为他是头傲慢的野生小牛。他只有很少的朋友，来了一个又走一个。每个人开始很欣赏他，但最后离开。而他自己也被撞得遍体鳞伤。

很多女孩喜欢他，追求他；但他从来没有和她们之间的任何一个说上超过十句的话。他的冷傲比那些傲慢的漂亮女孩还要令人望而却步。可是他爱上我，不可救药地爱上我。他说这是他的初恋，也将是他最后的爱恋。他无法自拔。他向我表白的那天，正下着大雨。他在回家的路上拦住我，那么突兀地站在我的面前。他没有打伞，气喘吁吁，全身被雨水淋湿。他说了很多的话，说得都不流利。一出口就被雨水打湿，溶进雨水里，飞快地掉落在地上。雨太大了，顺着他的头发淌下，他眯着眼，我甚至看不见他的眼睛。有一句话我听清了，小薇，让我们相爱吧。从现在开始，让我试试。他不容分说，拉起我的手。他的手，火一样的温热，温度传到我的心，一下子就把我的心熔化了。那次他多么勇敢。以前在我的印象中，他只是个轻易脸红的男生。

季木，可是清树对这份爱一直没有信心。他说他是一只癞蛤蟆爱上一只天鹅。因为他很穷，我家很富有。你知道吗，清树是孤儿，父母在他很小的时候就死了，他一直由外婆带大。这让他一直很难过。他对待生活不像对待他的艺术那样有信心。他对艺术有一种居高临下的姿态。他谈起他的艺术理想总是轰轰烈烈，有一股蓄势待发的锐气。我坚信他一定会成功，有一天淋漓尽致地散发他的光芒。他对艺术的执著和热爱很像凡·高。那个狂热挚爱绚烂的向日葵，眼睛流淌着深沉的忧伤的男人。清树一直很欣赏他，对他崇敬有加。他热爱的画家有很多，但最热爱的是凡·高。他说他要成为那样的艺术家。可是凡·高又使他感到害怕。这个伟大的画家在他的爱情和友情方面一败涂地。他死后才声名鹊起，生之前贫困潦倒，像个无赖一样接受弟弟的救济。他不会干活，不会照顾自己，不会卖自己的画。清树说在未爱上我之前，什么都不怕，可爱上我之后却非常害怕。他不知道能拿什么东西来爱我。他一无所有。他从来不进我的家，每次送我走到我家的围墙，便像贼一样跑掉。大概是我家高高的房子和大大的花园刺伤了他。

可是，季木，清树他想得太多。他才十七岁呀，却装了那么多。他应当一心一意创作他的艺术，一心一意去爱我。

所以，他经常走开。在一个傍晚或黄昏不辞而别，我必须去找他。我怕失去他。你知道吗，清树的方向感极差，他分不清东西南北和左右，不会去记每条街道的名字，不会和陌生人打交道。我担心他迷路，回不来，找不到家，找不到我。每找他一次，我就更深地爱他。找寻的过程比等待的过程更让人刻骨铭心。一天天地找他，我就一天天靠近他的心。

季木，也许我永远都在找他的路上。

可是清树知道我在找他，知道我爱他，知道我在失去他消息的夜晚会无助地哭泣。四五天后，他总是突兀地出现在我的眼前，像一只青蛙一样从半路蹦出来，使我又惊又喜。他风尘仆仆，带着从远方赶来的王子式的笑容。看到我在生气，眼睛便眨呀眨，一脸的无辜。然后在我的耳边柔软地说，原谅我，小薇，让我们重新开始。他这句话很有杀伤力，我总是抵挡不住。生气的话一句说不出，就这样和心一起溶化在他的声音里。渐渐地，我也开始享受这种短暂的分离和重逢所带来的欢愉。近乎病态地喜欢。

在爱情的路上，我们都是病人。

小薇买来天蓝色的墙纸，把她房间的墙壁都贴成蓝色。她对我说，如果是她家的房子，就会用油漆喷了。她让我在墙纸上画大大的向日葵和章鱼图案。她说她和清树的房间就是天蓝色，画有向日葵和章鱼图案。她一直弄不明白清树为何如此沉溺地喜欢这两种动植物。向日葵桀骜，永远昂着头，无尽地索取阳光。章鱼生长在深海里，柔软地生活，一生都没见过阳光。它们可是矛盾的呀！

哦，季木，我忘了向你描述。清树是长得很好看的男孩子。看过《小王子》吗？他就纯净善良得像那个小王子。一头潮湿微卷的头发，睫毛像女孩的一样长。笑容柔柔的，涩涩的。沉思的时候很安静。打招呼说再见很有礼貌，很绅士。手指又细又长，小学弹过钢琴。虽然后来没有在钢琴上深造，但用来绘画或写文字也是很合适的。那样的手，就是为艺术而生的。

烟花夜不见不散

【4】

小薇喋喋不休地讲，讲啊讲啊，讲得很累，突然就不讲了。

"小薇，我带你去天桥看伞吧。"我拉她起身。

"为什么去天桥看伞？""去就知道。"

我带她去雨城最长最大的天桥。天桥下面是人行道，听说是最宽的。附近有中学学校和漂亮的写字楼。这会儿正好下班和放学。整条人行道漂移着各式各样的伞，五颜六色的伞。红色的伞，橙色的伞，蓝色的伞，印着唐老鸭的伞，印着史努比的伞，格子图案的伞，碎花图案的伞，单人伞，双人伞，复古的油纸伞，现代的涤纶伞……伞流浩浩荡荡穿过天桥，如太平洋一股巨大的洋流，每把伞就是一条色彩斑斓的鱼。

"我常常来这里看伞。开心或不开心的时候，我站在这里对着下面的伞讲很多很多的话。伞总是乐于倾听和接受，把我开心和不开心的事带向各个远方。可以想象伞里面的人永远是真诚的，因为你看不到他们的眼睛。当你看不到一个人眼睛的时候，是可以任意把他想象的。"

"小薇，特别是想念一个人的时候。"

"你在想念周萌是吗？"

我不语。

"你喜欢她，为什么不对她说呢？"

"我也想；可我不能。"

"因为你的腿，是吗？"

我点点头。小薇，我是个走路连女孩子都赶不上的人，我怎么能去和一个如白雪公主一样完美的女孩去表达呀！

"季木，记得《阿甘正传》的阿甘吗？他是两条腿都有问题，你是一条腿。阿甘能跑起来，你一定能的。请相信我。"

小薇，我何尝不想呢。我把《阿甘正传》整整看了二十遍，可我还是没有勇气跑起来。自从小学那次跌倒后我再也没有跑过。

"我只跑过一次，而且参加的是跑步比赛。在小学三年级的校运动会上。是我的同桌小杰帮我报的名，他和我一起参加。小杰是个好人，可是后来转学了，去了一个很远的地方，一直失去了联系。我们参加的是五十米。我跑出约二十米后就跌倒了，摔得满脸是泥。两旁观看的人都在嘲笑，喝倒彩。我清楚地听到他们在嚷，'看那个瘸子，跑得多难看。''哈哈，瘸子也来跑步。'快要到终点的小杰跑回来扶起我,陪我一起跟跟跄跄走完剩下的三十米。尽管赛后我和小杰都受到了表扬,可我还是灰心丧气,彻底绝望了。自从这次以后,我再也没跑过。那是我第一次跑,恐怕也是我最后一次跑了。"

"为什么你不试着跑第二次?"

我剧烈地摇摇头。小薇,没有那么多的为什么。

旁边有两三个年轻人在拍照。一个身材颀长,面容英俊,穿着黑色雨衣的男子拿着相机,对着桥底下猛拍,闪光灯"咔嚓咔嚓"闪个不停。

"每天都会有人到这里拍照。"我告诉小薇。

小薇笑笑,走向那个男子,跟他说了几句话。男子点点头,小薇走回来。

"来,我们照几张相吧。"

男子看着我们退后几步,打一个OK的手势,露出欧洲男子式的迷人笑容。他举起相机,闪光灯开始对着我们闪。

小薇做出很多鬼脸,看着镜头开心放肆地笑。并告诉我应该怎么做怎么做。照相机对着我们闪了很久,一定用了男子不少的胶片,用完了未定。小薇不管这些,只管摆出姿势做出鬼脸,好像男子是她的私人摄影师。男子不停地拍,没有拒绝,脸上始终保持着优雅的笑容。

拍完后,小薇递给男子一张纸条,上面写有她的邮箱。

"麻烦你发给我们。"

"好的。"男子接过纸条友好地冲我们一笑,然后告别。

这时雨停了,行人陆陆续续收起伞。人行道的行人基本散去,变得空旷寂寥。

"季木,快看,是周萌!"小薇突然对我喊道。

顺着小薇所指,我看到周萌,心立即潮湿一片。周萌骑着脚踏车正向天桥底下过来。她永远像只天鹅一样微昂着头。她是隔壁班的,我暗恋了她好几年。我第一次见到她便爱上了她。那次我们在走廊擦肩而过。我从来没想到会这么快爱上一个人。至今我只知道她叫周萌,在学跳舞,坐在教室第三排第五个位置。还知道她家的住址。原因是她家所在的住宅小楼附近有一间邮局,我经常到那里给远方的笔友寄信,几次撞见了她。每天早上她很早从我的教室走廊经过,可从来没有对坐在临窗位置的我看过一眼,更别说给过一个笑容了。可是,这有什么关系呢。

她骑车的姿势很优雅,仿佛是一只天鹅在飞翔。她的长头发飘散在风

烟花夜不见不散

中，潮湿滞重的空气也不能束缚她的头发。她的头发犹如高贵的天鹅羽毛，不会沾上一滴水，雨水落在上面，抖抖就滑下来了。

小薇扯起我的胳臂，往天桥下奔去。

"走啊。"

"干什么呀？"

"追她。"

我们来到人行道时，周萌已穿过了天桥，正向前方远去。

"跑啊，愣着干吗？"

我恐惧地摇摇头，往后退了一步。

"相信我，你能行的。"

这个柔弱女孩苍白的脸上射出锐利的光芒；声音在我的心房心室来回绕转，不停回响。

她拉起我的手，就这样带着我跑起来。我的脚充满奇异的重量。我不知道在别人看来这能不能算跑，但我确实在跑。我感觉我正刺破空气，空气在我耳边震颤，破碎，消散。

小薇跑在我的前面，她不停回过头对我说。

"清树说每一个追爱的男孩都是王子。"

"阿甘说生活就像巧克力盒，你永远不知道你会得到什么。你不跑，同样不知道你会得到什么。"

我的脚开始有点麻，但我很开心。两旁的建筑物在对我们微笑。我从来没认真注目过它们，发觉它们此刻很可爱。我到底体力不支，渐渐慢下来。

"来，抓住伞。"小薇向我递出那把破旧的红伞。她时时刻刻把那把伞带在身边，像对待一个孩子那样珍视，寸步不离。

那把伞有很粗的伞柄，厚重结实，很轻易地带着我继续向前跑。我想起父亲的手，粗糙有力，曾经拖着我穿越一条又一条的街道。

我们跑到十字路口时，人行道恰好亮起红灯。我们在路口站住，气喘吁吁，看着汹涌的车辆川流不息。过了路口的周萌被车流遮挡，消失在视野里。等下一次红绿灯变换时，周萌已经不知去向了。

我们失望地相互看了看，然后哈哈大笑。站在路口不过斑马线又大笑，行人奇怪地打量我们。

"季木，你终于跑起来了。"

 天堂的伞

【5】

"……各位听众,早上好。我是主持人艾拉。时间过得真快,我们又迎来了一个周末。首先来讲讲今天的天气情况。昨天天阴了一天,没有下雨。但未来几天都将有降雨,气温有所回升,在十二摄氏度至十六摄氏度之间。出行的朋友要带好雨具……"

季木,最近几天听天气预报,我都想起我原来生活的城市。那是寒带一个安静简单的城市。不喧哗,不华丽。像一只猫一样容易满足。虽然现在那座城市没有多少我想念的人,原来住着的时候甚至几度想要彻底逃离。可是一旦离开了它,却突然非常想念它。原来想念一座城市会像想念一个人一样无来由。昨晚有个同学发短信告诉我,那里下雪了,是小雪。那座城市从来不下夹着暴风的大雪。下的大雪是纷纷扬扬,很安静地落下。可是雨城却从不下雪,这是多么糟糕的一件事。这如同一个人只会流泪而不懂得大声哭泣。

那是一座我熟悉得不能再熟悉的城市。我记住了每一条街道的名字,熟悉每一间咖啡店、音像店、酒吧的位置。我家附近有一间花店。每天我从那里经过,和老板已经很熟悉。老板是个憨厚逗笑粗声大嗓的大伯,总是让我想起动物园的棕熊。可是他却伺弄出那么多美丽芬芳的花。他教会我认各种各样的花,百合花、月桂花、鸢尾花、薰衣草、圣诞红。他经常把那些快要枯萎或者压坏的花送给我。我无比怜惜地把它们带回家,插进透明的、带有鱼尾裂痕的玻璃瓶里,对着它们看上一整天。于是,我的房间总是充满各种各样的花香,四季不断。

认识清树后,我便常把花送给清树,清树欢喜地收下它们,乐得像收下了生日礼物。花枯萎后,他把它们制成标本再返送给我。以至于到现在他还没有送过我一朵新鲜的花。

季木,秋日的黄昏,我们会在城市的街头漫无目的地行走。他背着墨绿色画板,脖子上挂着佳能相机,安静地不说一句话。我跟在他的后面,很快的步伐才能跟上他。我总是去踩枯落在地面上的榉木叶子。叶子咔嚓咔嚓作响,碎裂。落日的余晖把我们的背影拉得很长很长。

有时,清树会滔滔不绝地讲话,像个电动玩具娃娃一样不知疲倦。他记得很多童话故事,能生动地把它们讲出来。他也会背很多电影里的台词。

"人如果没有理想，跟条咸鱼有什么区别。"

"当我还是孩子的时候，妈妈带我去看白雪公主，人人都爱上了白雪公主，而我却偏偏爱上了那个巫婆。"

"我听别人说这世界上有一种鸟是没有脚的，它只能够一直地飞呀飞呀，飞累了就在风里面睡觉，这种鸟一辈子只能下地一次，那一次就是它死亡的时候。"

清树曾经写过一个悲情的故事。故事的末尾是支离破碎的结局。他有个梦想是将它拍成一部独立制作的电影。我很深刻地记住了里面的一段话。

"人死后，灵魂是不会那么快上天堂的。他会在人世间游荡，在一个城市又一个城市之间徘徊。但他失去了大部分的记忆，找不到回家的路，忘记他爱过的人。但他懂得等待，等待爱他的人来找他，将他领回家。"

季木，我突然很想看电影。小薇幽幽地对我说。

我们启动电脑，插上影碟，是《大话西游》。我又看到紫霞仙子划船刺破江面白茫茫的芦苇草，看到中国西部粗犷荒凉的戈壁。

周星驰演的至尊宝死后在水帘洞里与观音对话时的一段独白：

"原来那个女孩在我的心里留下了一滴眼泪，我完全可以感受得到当时的她是多么的伤心。"

小薇看到这里无缘无故地哭了，眼泪像充沛的湖水般从眸子里溢出来。

"你怎么哭了？刚才不是笑得好开心吗？"

"我没事的。"她躲过脸去，极力逃离我看她的视野。

"想到了清树是吗？你找他找了这么多天了，他怎么还不出现啊？"

她苦苦地笑了。

"他会出现的。"

我不知道为什么今天周萌没有骑自行车回家。我尾随着她走了两条街巷，小薇则尾随在我的身后。我和周萌隔着约二十米远的距离，和小薇隔着十米。

我怀里抱着一把新伞和一封书信，频频向身后的小薇看去。

小薇则不停地朝我挥手，小声地催促。

"快呀，快上去给她。"

天堂的伞

从她形状复杂的说话口形和毫无规章的手舞足蹈，我看得出来她比我着急，几分恨铁不成钢。但我始终没有勇气跑到周萌面前，把伞和书信交给她。

小薇昨晚鼓动我今天要做一件很勇敢的事，把一封情书和一把画有周萌肖像的伞交给周萌。

昨天晚上我们帮妈妈照看店铺。在店堂看岩井俊二的电影《情书》时，小薇忽然对我说道，要帮我追到周萌。然后她对我喋喋不休讲了一个晚上。像一个极富演说能力的鼓动家一样煽情。我在店堂里绕来转去，一直说不行不行。她紧跟在我的身后，不停地说行的行的，季木你信我季木你信我。在她狂轰滥炸的言语鼓动下，我答应她为自己为爱勇敢一次。她帮我参谋情书。我按照记忆，在一把伞上画了周萌的肖像。她又为我设计对白和模拟场景。任何细节她都加以分析，无一遗漏。如眼神、微笑的程度。我越听越紧张，仿佛要上战场一样生死离别。

"青蛙能变成王子吗？"

"行的，季木。记住，季木就是王子。"

我跟着周萌又走了一条街。手心沁出的汗把信封边缘弄得毛糙，字迹也被洇湿。最后我和周萌在一个十字路口几乎并排站住。我们站在第一条斑马线后面，看着对街，等待过去。我想此刻是把伞和信交给她的最好时机。但我感觉身后聚集越来越多的人，他们从各个路口赶来，似乎想看我怎么把东西交给身边的这个女孩。我既紧张又害怕，连侧目都不敢，昨晚小薇教给我的台词全部不翼而飞。我闭起眼睛，感觉世界寂静无比。计时牌跳动的数字仿佛在倒数我的心跳。我想我应当尽快把手伸过去，也许只要轻轻碰到她的手即好。但数字跳到零了，我的手依然动都没动。手周围的空气都替我叹息。过路的人群像泻闸的洪流涌向斑马道，很快将周萌淹没。

我很着急，突然觉得我弄丢了她。我加快步伐，找啊找啊，终于在一个巷口看到她。可是那封信和那把伞突然变得很重，以巨大的重量将我的手坠下去。巷口出现一个男孩。是野武。帅气，优雅，会弹钢琴的男孩。全校的学生都知道他。周萌欢快地跳上他的脚踏车，搂住他的腰，头像一朵微笑的花偎依下去。我看他们远去，仿佛在看一列远行的火车离去。有说不出的伤心。

我回头去找小薇，小薇不在了。我不知道她什么时候跟丢了。我转身去找她，走了几个路口仍见不到她。我在广场喷泉的石墩上坐下来。这时天却下起雨来。下得很突然，我只好打起那把没有送出去的伞。

我抬起眼睛看伞，感觉周萌就像我在伞面上画的这幅画，一切都是我臆想的结果。世界上根本没有青蛙王子的故事。

"怎么，你没有把东西送出去？"小薇不知什么时候钻进了我的伞。

我摇摇头，然后把野武告诉她。

她咯咯地笑道，还以为是什么大不了的事。别灰心丧气，还有机会。我们再想办法。

我无所谓地笑了，自言自语似的说道，为什么今天周萌没有骑自行车回家呢？

"我放了她车胎的气。呵呵。"

【6】

小薇，你知不知道我今天受宠若惊。

小薇，你告诉我今天是什么日子。公元二〇〇七年十一月七日。唔，公元二〇〇七年十一月七日。我一定会用笔用纸记下这个日子。我想全世界都应该记住这一天。

小薇，你知不知道，我坐在周萌的身旁我有多紧张。心像打鼓一样怦怦响。我想心里面一定住了一个敲鼓的小人，今天的他是多么的卖力。

小薇，我从来没想过我会和周萌这样靠近地坐在一起。虽然只有短短的两个钟头，我们便告别了，结局也注定了。青蛙最终没变成王子。

但这有什么关系呢？

我和周萌是这样坐在一起的。上午，我在校园的一株梧桐树下坐着。天空蔚蓝，空气澄澈明净。很好的天气。天气预报说会下雨。我看来怎么都不像会下雨。因为天气预报也会有错的。耳朵里塞着耳塞，听恩雅的CD。是小薇介绍的专辑《树的记忆》。校道上有同学在踢毽子，有的在玩滑板，这些活动都是与我无关的。我唯一能做的就是听音乐看天气。

周萌在这个时候向我走来，以一只天鹅的形象。我想她肯定是弄错了方向，或者只是想抄近路穿过这排树走到后面去，或者是突发奇想来看一看我身后的这株梧桐树。也许一个幻觉更加能合理解释。幻觉。一个堂吉诃德式的幻觉。我静静地看着，以一个幻觉的想法，看她姿态优雅地走过来，直至在我身旁坐下。

 天堂的伞

季木是吗？

我不知所措地点点头。

她接下来不知说什么好，我更不知说什么好。我们都不知道该说什么好。沉默，沉默。

隔壁班的，是吗？她重又开口。

我点点头。我想我能做的就是点点头。

她侧过头来看我。你坐在临窗的第三个位置，我几乎每天都看到你。你来得很早，真用功啊！

这番话让我料想不及，我以为她从未给过我一个眼神。

我……也每天……看到你……从……走廊经过。我说得磕磕巴巴，像天空下落的断断续续的雨滴。

你家开伞店，对吧？我在你店里买过两次伞。当时你不在，是伯母卖给我。伯母画的画很漂亮。你也会画画是吗？当时伯母跟我说有些是她儿子画的，我就想起了应该是你。你母亲很爱你，我看到她讲起你时，眼睛里有骄傲的眼神。你母亲很漂亮，你长得跟她可真像。

她说了那么多，我终于敢侧目看她了。

小薇，周萌真的是很好看的女孩，谁见了都会忍不住多看几眼的。她的脖子挺拔纤细，耳朵如贝壳闪闪发亮。我只能见到这些，但我见到这些就很满足了。

这是你画的吗？她从身后拿出一把伞来。是我前天要送给她的伞。我很诧异，伞怎么会到了她手里，我一直没有送出去啊！

画得很好看，我很喜欢。谢谢你。她柔柔地笑了。

小薇，一定是你吧。一定是你替我把伞交给她。那封信你也一并给了她吗？如果给了，我不知道该怎么办了。如果说起信的事，我该怎么回答呢？你没和我说这些呀。我是逃离还是留下呢？我想只有逃离了。

我站起身，天突然下雨了。很迅疾，像夏天的暴雨一样防不胜防。天气预报真够准确的。

下雨了，你还要走吗？周萌拉住我的手臂，然后打开那把伞。我们避会雨再走吧。

小薇，你知道那把伞不是很大，只有挨得很近才能挡住所有的雨。我们坐得这样近，比我和你坐在一起时还要近。我确信我们最近的时候只有0.01公分。

我们挨得这样近，都不知道要做什么好。

有一个瞬间，我们同时转过头，**尴尬地相视一笑**。然后，我的脸涨得通红，像涨潮般迅速，脖子也红起来。她低下头抿着嘴偷偷地笑了，一边悄悄缩回被雨淋到的脚。她一定在笑我，真让人难为情。

在听谁的歌？

恩雅的专辑《树的记忆》。

给我一只耳塞吧。

小薇，我们就开始听起音乐。听音乐比说话要好。如果说话，真不知说什么好，场面一定很尴尬。说不定她送我回教室，然后就说再见了。嗯，是恩雅帮了我。

小薇，我们看起来一定像对恋人。只有恋人才坐得这样近，共用一对耳机听音乐。但又不像恋人，恋人不会坐得这样僵直，身子动也不动。情景很无厘头。

我看到周萌微昂起头，轻闭着眼睛，像一只天鹅一样陶醉。她一定也很喜欢恩雅的歌。

这时我看到小薇。她打着伞藏在斜对面一株梧桐树后面。她探出半张脸，对我做出鬼脸，然后捂起嘴嘻嘻地笑。果然是小薇的良苦用心。

小薇朝我不停地做手势，示意我去搂住周萌，去亲吻她。可是我一动没动，定定地看着小薇。忽然觉得周萌离我很远，有几亿光年之遥。我看着树干后面探出半个身影，寂寞地打着那把红伞的小薇，突然感到好难过。

雨终于停了，我和小薇走在情人街上。我们默默地走，漫无目的。小薇跟在我后面，我踢起沾满雨水的落叶。

"你一定很伤心吧？"小薇追上我小心翼翼地问。

"不。我不伤心啊。"

"别骗我了。你一定伤心得想哭。要哭就哭出来吧。"她突然挡在我的前面。

"我真的不伤心。"我笑了，对她的坚持己见感到好笑。"不信，你摸摸我的心，它现在不知道有多高兴。"

我和周萌听音乐一直听到雨停。雨停后，她从衣袋里拿出一封信。我一眼认出了这封信。正是我写给她的情书。

周萌对我说："一个叫小薇的女孩把你的心事都告诉了我。信我读了。我明白你的心。但是，季木，对不起啊！我现在正和一个叫野武的男孩相爱。这封信现在还给你。你一定会找到一个能收下这封信的女孩。伞我收

天堂的伞

下了。谢谢你。如果你不介意,我们是可以做朋友的。"

"真的吗?"小薇把手按在我的胸口,"你真的不伤心?"

"你还不信。难道要我在这里跑一圈大喊大叫'我不伤心!我不伤心',你才信?"

小薇轻舒一口气笑了。

"我们是有缘无分。爱情是不能强求的。况且她提出和我做朋友,我就很满足了。"

这时我们看到妈妈挽着花束走上通往郊园的小径。

"伯母去哪里?"

"郊园有一处公墓。她去看望我爸爸。"

我和小薇尾随着妈妈来到墓园。墓园是个美丽寂静的地方,不拥挤,不吵闹。安静得能听见任何的鸟啼和虫鸣。一片无比开阔的草地。青草及脚踝高,成块成块地匍匐下去。灰色的墓碑散落其中。有小鸟落在碑石上,或在草地上啄食。远处是茂密的松树林。由于雨城雨水充沛,这里的草木长势良好,一年四季绿油油。

我和小薇藏在一株大榕树后面。妈妈按往常一样,给爸爸献上花,然后站立在墓碑前,喋喋不休地讲话。

你不要过去吗?小薇问。

不过去了。让妈妈单独和爸爸待一会儿,说会话。妈妈每个月的这一天都会来看爸爸。如果想和我一起来,就会提前一个晚上告诉我。她自己一个人来,就是想单独和爸爸相处。

看来他们的感情很深啊!

没有哪对夫妻像他们一样相爱。

这时雨又下起来。

小薇说,真讨厌,动不动就下雨。

雨城嘛。我说。

妈妈打起伞,站近墓碑,让碑石和鲜花淋不到雨。伞是那把挂在店堂的伞,是爸爸生前和妈妈合作的最后一件作品,在纪念他们结婚十五周年的那天。

后来我把小薇说的天使打伞的故事告诉妈妈。之后,妈妈复制了一把一模一样的伞。再去看爸爸时,她打一把拿在手里,另一把打开放在碑顶上。

妈妈离开后,我和小薇来到爸爸的坟前。墓的周围散发着青草和鲜花的芳香。碑石渐渐被雨水打湿，显出深色的水渍面。

伯父，你好，我是小薇。我是季木的朋友。她朝我笑笑，调皮地眨眼。真不知道说什么好。

嗯，伯父，多谢你的儿子收留我。她微微鞠一个躬。然后接过我的伞，说，该你跟爸爸说些什么啦。

嗯。我想了想，望了望青绿的草地。

爸爸，我曾经告诉过您，我一直在喜欢着一个叫周萌的女孩。今天我和她坐在一起，挨得很近，听了两个小时的音乐。她终于知道我对她的爱。这也是第一次有女孩知道我对她的爱。虽然结果是我们只能做朋友，但我已心满意足了。这是小薇帮了我。小薇是我的好朋友。

呵呵呵，伯父，你的儿子长大了。小薇轻拍我的头。

【7】

季木，快跑！

小薇拉起我的手，在一条窄小的弄巷飞快地向前奔跑。那是一条青黛色、潮湿的小巷，天空和屋顶都看得很清晰，轮廓分明。小薇的黑色裙子宛如一朵隆重盛开的花，在风里绽放，每个褶皱舒展开。她的头发也在风中凌乱起来。裙子和头发都带着逃逸的速度。

我们在逃离。我们在以最快的速度逃离。

我们一边跑一边笑。笑的声音很大，有点放肆。整条弄巷在回荡着我们的笑声。小巷恐怕从未有过如此大的笑声。

我们记不清穿过了多少条弄巷，只记得每条弄巷有相同的颜色和相同的窄度，还有相同的转口。曲曲折折，我们却穿越自如。

确定野武不会追上来了，我们停下来，气喘吁吁，更加放声大笑。笑声含着轻蔑和胜利。

我不知道野武会不会被砸得很疼。当他看到砸疼他的硬物是五颜六色的玻璃弹子球，而不是丑陋的石粒，会不会很诧异，或者很好笑。甚至他看到那一颗颗上下跳动发出清脆响声的弹子球，会不会觉得很漂亮，一颗颗地捡起来。

不得而知。但肯定的是，在我们把两手弹子球同时向野武的背砸过去后，他转身时，眼睛里满是恐惧的神情。为此我们很得意，不顾一切地奔跑。

天堂的伞

野武昨天在放学路上把我和小薇拦下来。他带着两个朋友。三人眼里都流露出挑衅、不怀好意的神情。他恶狠狠地对我说，以后不许你再接近周萌。他说昨天看到我和周萌在雨中打着伞，很亲密地坐在一起。我说不是这么一回事。可是他不听我的解释，粗暴地打断我的话。他自以为是，像机关枪突突突地讲，他说你这个瘸子也想追周萌，不是癞蛤蟆想吃天鹅肉？他的话很难听。他拿出我送给周萌的伞。不知道伞怎么会到了他手中。他像刽子手一样发疯似的撕裂那把伞，折断伞柄。我们看到伞粉身碎骨，在流血，无辜无助地哭泣。他优雅的钢琴王子形象全毁，毁于一旦。那一刻，我们觉得他很粗鄙，很下作，很霸道。他把伞扔到我面前，推搡我一下，然后和他的朋友扬长而去。我捡起那把奄奄一息的伞，走向一个垃圾桶，很洒脱地将它扔进去。从此一段爱情彻底死亡，销声匿迹。

今天早上我和小薇在巷口一间精品店挑选饰品时，看到野武一个人走进一条偏僻的小巷。我们合生一计，丢下其他饰品，买了三十颗玻璃弹子球，于是有了上述我们奔跑的一幕。

真开心，哈哈哈。小薇背靠在墙壁上，捂着胸口，上气不接下气地说。

季木，你跑得可真快。我差点就赶不上你。

因为我害怕呀！

小薇忽然站得笔直，像一株过于严肃的松树，用认真的眼神看着我，说，季木，你本来就可以跑得这么快，只是你以前不跑啊。还有，你跑的姿态一点也不难看。

真的吗？

真的。

我开心地笑了。我无比信任她，像信仰一种宗教。因为小薇从来不会骗我。

"季木，其实不相爱也可以谈恋爱的。"

小薇说这句话的时候，我们正走过一座著名教堂的广场。黑白相间的地砖，青灰色的石墙。尖尖的教堂顶子，有成群的鸽子围绕着盘旋，翅膀振动的声音清晰可辨。

教堂的钟声当当当敲了九下。我会因此而记住这一刻，二〇〇七年十一月九号上午九时整。

小薇牵起我的手，熟练地穿过广场的人群。我跟着她走，像她一个新买的木偶。

小薇,你知不知道,你说的这句话是危险的。天真的男孩会把它作为上帝说的一句话,隆重地盛放于心。这样的"恋爱"也可能会整整劫持他的一生。

当然,小薇,我明白你的意思。

"走,季木,我们去疯狂购物吧。"

现在我才领略到女孩子购物是多么的疯狂。我们去夏奈尔服饰店,小薇像个颐指气使的公主,站在试衣镜前,一件一件地试衣服,两个女店员都有很好看的笑容。她们不厌其烦,站得像两个侍女一样恭恭敬敬。当小薇买下所有试穿过的衣服,她们眼里充满了惊讶。

在化妆品店,小薇一瓶一瓶地将那些名贵的香水打开。透明的玻璃瓶子,琥珀色的液体闪闪发光。小薇打开那些瓶盖像拧开矿泉水瓶一样随意。囚禁已久的香水分子迫不及待地逃逸,充溢整个空间。于是味道变得很混乱,很刺鼻。小薇买下它们时,女店员有同样骇然的表情。

她给我买瑞士手表,换最新版的诺基亚手机和OPPO MP4。我说这些我都有用不着。她说你不要我也要买下来。她给妈妈买针织毛线衣和纯棉围巾,她说从未见过如此好的妈妈。

在星巴克店,她点最贵的蓝山咖啡。我摩挲着印有油画色彩图案的马克杯,问她,你怎么有这么多钱在身边。她拿出钱包,抖落出十几张银行卡。

"都是我爸爸开的。他总是找不到存折,也懒得去存钱,于是每次都扔给我一张银行卡,存放很多的钱,告诉我五花八门的密码。每次开心和不开心的时候,我总是去购物。清树站在我身后,跟你一样,不停地点头,行啦行啦,别买那么多。"

季木,清树是不会喝酒的男孩子,他连啤酒都不会喝。真是世间稀有的动物。他只会一小口一小口地啜,苦着脸皱着眉。一罐啤酒他就醉了。醉了之后他会喋喋不休地讲话,有时会伏在我的肩头轻声地哭泣,无缘无故地哭。平时他没有在我面前哭泣过,总是以坚强的形象出现。即使内心有多么的绝望和无助,唯有酒后哭泣的时候,我才能看到他另外的一面。这时的他多像在沙漠中受伤的小王子。

他问我,你会永远爱我吗?

会啊。我答。

会像现在这样爱下去吗?

会啊。

天堂的伞

如果有一天我离开你了,你会一直一直找下去吗?

会啊。

我看到小薇的脸像一朵潮湿的云一样暗淡下去。天空的阴霾装进了她的眼睛。

"走,季木,我们去动物园和游乐场。"她突然又欢喜雀跃。

我们首先去游乐场,坐大型的电动玩具。坐听说是亚洲最长的过山车时,小薇紧紧抓住我的胳臂尖叫了半个小时。然后去动物园,用刚买的数码相机跟每一种动物合影。我们在狐狸笼子前逗留的时间最长,因为小薇说让她想起《小王子》里的狐狸。

从动物园出来,我们走进动物园旁边的一间小教堂。教堂很热闹,信徒们在做晚祷。一个年老的外籍牧师喃喃地讲道。唱诗班在他身后静静伫立,我们很认真地听完。在祈祷时,小薇闭着眼睛,神情很庄重很虔诚。她祈祷了很久,跟上帝说了很多话。

晚钟敲了六下时,我们离开小教堂,乘上地铁。

小薇十分疲倦,头倚在我的肩头。

我问她刚才祈祷了些什么。

她浅浅一笑。

"不能说的秘密。"

"季木,早上你听了天气预报吗?艾拉姐说,再过一个星期左右天会晴,有阳光。我真想见见雨城的阳光呢。"

微微震颤的列车在气流中呼呼疾驰,小薇伏在我的肩头带着一丝微笑沉沉睡去。

【8】

小薇那把红色的伞丢失了!

早上开始,小薇发疯似的找。她一句话不说,**嘴唇紧闭,什么都不说**,只是找找找。她的脸上凝结着大块大块沉重的阴云,比我在这座城市见过最沉重的阴云还要沉重。阴云饱含水分,随时会下一场滂沱的大雨。

她夺门而出,依然穿着往日那身暗淡的校服,白色衬衣黑色裙子。她本来打算今天穿上新买的衣服给我和妈妈看,但发现伞弄丢了后,碰都没碰就跑出去了。

她要找她的伞。她比一个母亲丢失了孩子还要紧张,还要恐惧。雨城的街道晃动着她焦灼的奔跑的身影。她的眼睛失去了焦距，茫然地问每个过路的人。

"你看到我那把红色的伞吗？"

她到昨天我们去过的每一个地方。夏奈尔店、星巴克店、游乐场、动物园、教堂、地铁。被问的人都向她投以奇异的眼光，一把伞有那么重要吗？

她不理会，只是疯跑，疯找。那把伞控制了她，她失去了理智，成了伞的傀儡。

我跟在她后面。

下雨了，我们都没带伞，雨水打湿了她的衣服和苍白的脸。此刻的她多么可怜，像只受伤的小动物在人群奔逃。

在天桥我用力抓住她的手臂，忍不住大声喝道：

"不就是一把破旧的伞吗？用得着这样吗？"

她瞪了我一眼，奋力地甩开我的手臂。她向前跑了几步，突然木木地站住，然后转身扑进我怀里大声哭出来。

"季木，我已经失去了清树，我不能再失去这把伞啊！"

第二天，我们很安静地在各条街道的墙壁和电线杆上贴寻伞启事。

我们来到天桥，把最后一张启事贴在灯柱上。这时，天又下起了雨。我们撑着伞，默默地站着。

人行道上的行人陆陆续续打开伞。很快，人行道上漂移起各式各样的伞，五颜六色的伞。我们重又看见红色的伞，橙色的伞，蓝色的伞，印着唐老鸭的伞，印着史努比的伞，格子图案的伞，碎花图案的伞，单人伞，双人伞，复古的油纸伞，现代的涤纶伞。

这张刚贴上去的寻伞启事，胶水来不及干，就被雨水稀释了。一阵风吹来，纸张便脱离灯柱，发出清脆的纸声飞向天空。但它来不及飞高飞远，雨水就打湿了它，像一只翅膀被雨水打湿的蝴蝶，飘飘悠悠跌落在地面上。

小薇看着人行道上来来回回移动的伞，不说一句话，脸上有凝结的雨水和大块的暗影。

"小薇，告诉我清树的实情吧。"

她依然面无表情，一动不动。过了许久，她才幽幽地开口，声音很细很轻。

"季木，对不起啊，我欺骗了你这么久。清树已经不在这个世上了。

263　　　　天堂的伞

"清树有一天终于勇敢地和我出现在爸爸面前。我爸爸先是惊愕,继而是愤怒。他平时对我漠不关心,可唯独对这件事无比重视。这个瘦瘦弱弱、脸色苍白、衣着暗淡的男孩仿佛令他受到了奇耻大辱。而这个安安静静、对他唯命是从、从不会在他面前有任何要求的女儿让他始料不及。这一切都不符合他的想象,超出他所能料想的范围。他能想象的范围很小,因为他想象力枯竭,任何细小的举动都会超出那个范围。他勃然大怒,像一头毛发勃冲的动物对清树说话。清树勇敢地昂起他的额头,对我父亲说,让我们相爱吧,我会让小薇幸福的。父亲怎么能听得懂呢。这好比要让他去相信童话故事《灰姑娘》。

"父亲从此阻止我和清树的往来。他监视我的一举一动。他常常暴跳如雷。去年大约这个时候的一天傍晚,天也是下着雨。清树送我回家。到家门口时,父亲恰好驾车回来,他透过车窗看到这一幕。进门后,我和爸爸发生了激烈的争吵。这一次我忍无可忍,不留情面地顶撞他。他再次暴跳如雷,也忍无可忍,狠狠地揸了我一巴掌。我捂着火辣辣的脸夺门而出。我拼命地在雨中奔跑,不顾一切地横穿马路。清树打着伞追上来。我以为他已经走了。原来他一直没有走。他担心我,一直在墙外静静候着。他为什么不早点走呢?他太单纯了,简单得像小王子。他不知道地球上有种可以撞得他粉身碎骨的庞大物体。当车的急刹声凌厉地刺破天空时,我看到那把红色的伞从空中徐徐飘落,如一只在空中死去的蝴蝶。伞落在他的身上,轻轻覆盖他。我握着他的手,久久哭不出声来。当他的手指在我的掌心微弱地动了一下时,我落泪了,在他的掌心留下了一滴眼泪。

"我曾经答应过他,当他离开我时,我会一直找他。他说过,人死后灵魂是不会那么快上天堂的。它会在人世间徘徊,等待爱它的人领它回家。如果他知道我在找他,他一定会来和我见面的。因为我在他的掌心里留下了一滴眼泪,他完全感受得到当时的我有多么的伤心。"

小薇哭了,眼眶转着泪水。她别过脸去,为了不让我看到她哭泣。可是我看到有一滴眼泪被甩了出去,那么的晶莹剔透,它划着固执的弧线,穿越了重重雨滴,落在过往行人的一把伞上。嘭!铮铮有声。那把伞恰好是红色的,一定是清树在打着伞走过。

第三天上午,我们接到一个电话。有人捡到了那把红伞。我们约定在天桥见面。

雨依然淅淅沥沥在下。从前天开始,一直没有停过。

是一个母亲和她六七岁的儿子。母亲打着一把天蓝色的伞,拉着儿子的手站立着。她们比我们早到,看来站了一段时间。男孩把那把伞搂在怀里。

"你们是伞的主人吧?"年轻漂亮的母亲,脸上有着柔软的笑容,"看你们贴出的启事,这把伞一定对你们很重要。我认得你们。前天在地铁,我们在同一节车厢。你们坐在我们对面。是我儿子发现你们下车后忘了带走伞。来,孩子,把伞还给姐姐。"

小男孩向前站一步,把伞高高举起。

"姐姐。"

小薇弯下腰去,抚摸他的头。她接过伞,紧紧地拥抱了男孩。男孩长得很漂亮,头发乌黑潮湿,眼睛很大很清澈。

小薇站起身,把伞抱在怀里,用脸颊摩挲了一下,然后向母子俩微微鞠了躬。

"谢谢你们啊。"

母亲和儿子走后,我和小薇站在天桥看了一会儿雨景。人行道上仍然流淌着各式各样的伞,五颜六色的伞。

"你明天一定要走吗?"

"是啊,伞找到了,我该走了。我来这里也有很长时间了。我开始想念我那座城市了。清树曾经把它比喻成一座安静的城堡。我离开了那么久,该回去了。也许清树回到了那里,也许又去了另外一个城市。"

"难道你真的打算一辈子这样找下去吗?"

"是的。"

"小薇,可是清树……"

"季木,别说了,我知道你想说什么。我已经病了,病入膏肓。说什么都没用了。"

"可不可以迟几天再走,你不是很想看看雨城的阳光吗?"

她摇摇头。"也不知哪天会有阳光了。艾拉姐说这几天突然下了那么多雨,恐怕要下很长时间了。她说天气预报也有不准的时候,谁都说不准啊。"

【9】

月台。

空荡荡的月台。无休无止的雨。橄榄绿色的列车像一堵厚实的墙。人很少。时间还早,远行的人和送行的人在伞下很安静地道别。

我和小薇打着伞,沿着月台默默地走。雨点打在伞面上的声音清晰可辨。月台很长,列车很长,我们从车尾开始走,可以走很长的时间。

小薇要离开了。我突然很傻地认为,如果世界上没有火车飞机轮船这类东西,是不是就不会有离别了,是不是每个人都会好一点。

来火车站之前,小薇让我在那把未写完的伞上写了以下的话,

"致我的清树:

我要你知道,这个世界上有一个人会永远地找你。无论是在什么时候,无论你在什么地方,这个人会一直一直地找你。清树,我爱你。"

火车鸣响了第一声汽笛,小薇终于要和我说再见了。她与我面对面站着。她穿了新买的衣服,是一套浅蓝色的连衣裙。脚上穿了一双高跟鞋。是她答应我穿一次给我看的。

"什么时候会再来?"

"说不定啊。"

"会想念我吗?"

她没有回答,踮起脚尖在我的嘴唇吻了一下。很轻很轻,很快分开。谢谢你。她转过身,走了,对我的问题始终没有回答,留下既"会"又"不会"的答案。

十一点三十七分,一个女孩收起她的伞,坐上了T99次列车,离开了一个几乎天天下雨的城市,和留下了一个未明朗的答案。

小薇,我会把那伞永远在店里挂下去,直到有一天你来取走它。

小薇,你可能永远不会知道,那天和周萌坐在一起,看到树后面你寂寞的身影时,我难过地流下了一滴眼泪。

小薇,我记得你说清树讲过,如果一个打伞的天使死了,会有另一个天使来代替它。这个故事你只讲了一次,我却深刻地记住了它。

还有,小薇,艾拉姐说,明天晴,有阳光。如果明天真是晴天,你愿意留下来吗?

烟花夜不见不散

无添加·青春原创精品馆
纯粹而无法复写 体验最新鲜的滋味

最感伤的也是最深刻的，
最决绝的也是最真实的。
用真挚的情感，捧出最炫动的文字。
用好看的故事，说出最动人的悄悄话。
青春的故事不会复写，没有杂质，充满欢笑和泪水。
通通收入我们最美好的记忆。

"无添加·青年原创精品馆"
作品选自"青年原创推新工程"

北京市新闻出版局在北京市委宣传部的领导下，自2008年4月起实施"出版原创推新工程"，推出并启动了"青年写作爱好者作品征集出版"活动。全国各地青年写作者的作品纷至沓来。经专家委员会和出版单位反复审读，遴选出最优秀的国内原创作品。

无添加·青春原创精品馆

飞吧，旧时光

作　　者：采采
定　　价：29.80元
出版日期：2013年3月

- 飞是一种信仰，是魔力。
- 没有助跑、等待，渴望一跃腾空……
- 国内首部高考恢复后青春叛逆系小说。
- 北大教授曹文轩、导演贾樟柯感心共鸣推荐。

探宝记

作　　者：祁又一
定　　价：29.80元
出版日期：2013年3月

- 时间能疗伤或许都是扯淡。
- 唯有杀死爱情，才能窥见生命之"宝"。
- 80后最具影响力乐评人、新晋导演、作家7年绝杀奉献。
- 高晓松、左小祖咒、徐静蕾、白烨、解玺璋、邱华栋联袂推荐。